曹林　王昱——

编

北大熏出来的评论

北京大学出版社
PEKING UNIVERSITY PRESS

图书在版编目（CIP）数据

北大熏出来的评论 / 曹林，王昱编. —北京：北京大学出版社，2016.9
ISBN 978-7-301-17835-5

Ⅰ.①北…　Ⅱ.①曹…②王…　Ⅲ.①评论性新闻—作品集—中国—当代　Ⅳ.①I253

中国版本图书馆CIP数据核字（2016）第111313号

书　　　　名	北大熏出来的评论
	BEIDA XUN CHULAI DE PINGLUN
著作责任者	曹　林　王　昱　编
责 任 编 辑	张丽娉
标 准 书 号	ISBN 978-7-301-17835-5
出 版 发 行	北京大学出版社
地　　　址	北京市海淀区成府路 205 号　100871
网　　　址	http://www.pup.cn　新浪微博:@北京大学出版社 @培文图书
电 子 信 箱	pkupw@qq.com
电　　　话	邮购部 62752015　发行部 62750672　编辑部 62750883
印 刷 者	三河市国新印装有限公司
经 销 者	新华书店
	660 毫米 × 960 毫米　16 开本　28 印张　360 千字
	2016 年 9 月第 1 版　2019 年 10 月第 6 次印刷
定　　　价	64.00 元

目　录

第一编　首节评论课之后的"评论"

　　每学期第一节评论课后，我都会给同学们布置一个作业，让他们谈谈上完第一节课后的感受：包括以前对新闻评论的理解，对这门课程的期待，以及对第一节课的印象。布置这个作业，既是为了了解学生的需求（以后讲课对学生提出来的问题就有了针对性），也是想了解学生对新闻评论的理解基础；当然，更是想以这种方式迅速了解每一个学生——从学生的文字中，能读到他们的个性、积累、优点、缺点，这对于课堂上的因材施教很有帮助。我不想做一个下课铃一响就卷着课本走人的老师，而想融入这个课堂中，尝试了解每一个学生，不仅是叫出名字，更是有针对性地进行教学。

　　我是 20 世纪 70 年代生人，面对的都是"90 后"，总担心出现巨大的年龄鸿沟，担心我讲的与他们关注的出现巨大脱节。这个作业，也是倾听这些可爱的"90 后"的声音，倾听这些优秀的年轻人对新闻和时事的看法，让我在心理上走近他们。

第二编　学生优秀评论精选

这是一门必修课，上好这门课才能拿到两个学分，因此，选这门课的学生未必会对评论感兴趣。让我欣慰的是，每个学期都能发掘好几个热爱评论的学生，或者是本身就想以评论为业，或者是听完这门课后评论激情被点燃从而一发不可收拾想以评论为业。这是一门实践课，老师创造了实践的机会，能收获多少，除了看老师讲评优劣，更关键的是看学生投入多少。投入越多，课堂讨论参与越多，作业越认真地写，课外越多地关注时事和进行写作，就会从这门课程中收获越多。

在这一编中，选了几个积极参与这门课程的学生的优秀评论，他们在这门课上写的评论既多又好，已经具备了一个出色的专职评论员的素养，我以他们为荣。每位同学的专辑后附有他们的写作思考，对新学评论者应该有所启发。

程曼祺专辑

第三编　课堂观点交锋

　　这是我最看重的一个部分，也最能展现北大课堂的气质和北大学生的自由精神，通过对同一个话题的交锋表现同学们多元思考、独到判断、用事实逻辑去说理的能力。这些话题都是我设置的，都是当时发生、与北大相关、在社会上引起激烈讨论的话题，设置这些"与北大学生很近"的话题，既考验着学生在判断上能不能克服"近距离感"带来的情感和立场障碍，又考验着他们排除干扰、从不同角度去思考的逻辑能力。

　　在这一部分，不仅能看到校园时事评论的美感，更能看到北大学生对事关自己学校的公共事务上的理性立场。

第四编　校园评论

　　每个学期，我都会给学生布置关于"校园评论"的作业，就某个校园热点、校园现象或校园话题写一篇评论，也许学生对社会有心理距离，但是校园却是自己每天生活和思考的地方，应该很有话说。——学习评论，应该从自己"最有话说"的领域和专业开始去写。在身边发现选题，在日常生活中发现评论点，这考验着学生的评论敏感和选题能力，最熟悉的有时并非最好写，熟悉了，有时反而没有了对问题的嗅觉，只缘身在此山中。

　　在这一部分，看评论文章之外，更能看到今天的北大学生对于一些教育问题深刻的分析和毫不留情的批判。

第五编　社会热点评论

> 经常有人质疑大学生评论时事的能力，认为评论是需要经验历练与沉淀的。有的认为，当记者很多年后才有资格写评论；有的认为，起码 35 岁后才能写评论——我一向反对这种观点，这种经验历练并非评论写作的充分必要条件，大学生也是社会中的一员，每天关注时事，互联网更是观察多元和复杂社会的一个窗口，虽然没有经历，但只要关注社会并深刻思考，当然也能写出很棒的时事评论。北大学生用这些见诸报端的优秀评论证明了，时事评论写作没有年龄障碍。

第六编　在北大的旁听生们

　　旁听生是北大课堂上的一道风景，每年我的课堂上都有很多来自外校的学生，甚至有学生每周五晚上坐两个小时的地铁来听课，而且风雨无阻，一直坚持，让我很是感动。总体来看，旁听生比北大学生更珍惜这种听课机会，抢坐在前排，抢机会参与讨论，积极写作业让老师点评。他们在课堂上的存在，很多时候让讨论更加多元，清华大学、中国农业大学、中国传媒大学、北京师范大学、中央民族大学，不同学校学生的多元观点有时能碰撞出很精彩的火花。课堂上还经常有一些业界同行来访，他们的从业经验也给课堂讨论带来了不同的东西。

第七编　评论考试佳作

　　　　每次新闻评论考试都是闭卷，两小时内就所给新闻由头写一篇评论。这种考试，考查的是学生的知识和经验积累（摆脱对百度和资料的依赖，纯粹靠日常积累），以及一学期评论学习之后对于判断、角度、逻辑和表达效率的掌握。虽是应试文章，但每次都有不少佳作，本部分所选的是 2015 年的考题、出题意图、高分文章以及我的点评。

序一

徐泓

　　这是一本北京大学新闻与传播学院学生的评论作品集，收入的 131 篇文章，均选自 2012—2016 五届新闻评论课的作业。

　　我在北大也是教新闻实务课的。本书的作者们，有的我教过，我认识；有的没教过，不认识。但无论熟悉还是陌生，入选此书的评论，从破题、论述、逻辑、表达，还有一扫八股腔的清新文风，都让我对文章的作者们重新打量，充满了刮目相看的惊喜。

　　教这门课的老师是《中国青年报》编委曹林，学院外聘的业界兼职导师。他精心挑选、精心编辑的这本学生作品集，也是他在北大任教四年，教学成果直观、系统、集中的呈现。

　　从教学成果反观曹林老师的新闻教学，我以为，曹林老师把一种先进的教学理念和与之配套的先进教学方法，带进了北大新闻评论课堂，打破了传统的定势，改造了以往的气场。

　　先进的教学理念，是指曹林老师对大学教师功能的再认识。他从授课的第一天开始，就非常明确地说："我教评论的一个核心工作，就是以各种方式点燃学生的表达激情。"他始终坚持"一个评论教员最重要的素养是能把学生的表达潜能激发出来"。

　　"点燃、激发"，对教师功能这个新的定位所带来的变化，直接反映在曹林老师活跃的课堂上，师生之间、同学之间精彩的脑力激荡。而深度的影响，则通过一个学期16次、32节课，日积月累，潜移默化，使学生们从"学好"的被动状态，转化为"好学"的主动状态。他们不再追求什么标准答案，"好奇心、好发问、好思考"的潜能被挖掘出来，于是一种独立学习的能力油然而生。

　　"点燃、激发"，对教师功能这个新的解读，其实更接近了教学的本质。教育学家马尔瓦·柯林斯曾说过，教学的本质是用一个思想点燃另一个思想。我也愿意用自己在大学执教15年的切身感受，呼应一下曹林老师：高校的教育不是要培养学生去适应传统的世界，不是首先着眼于实用性，甚至也不是首先要去传播知识和技能，而是要去唤醒学生内心的力量，帮助他们的生命自由地成长。

　　从这个意义上说，本书可以视作曹林老师为改进北大新闻实务教学，交上的一份出色的答卷。

　　因此，从对学生作品的欣赏，进入到对新闻实务教学改革的探索，应是本书更有价值的题中之义。

序
二

陆绍阳

作为对新闻事件的评述，新闻评论很少有长篇宏论，多是短小精悍的千字文，就事论理，直抒胸臆。它的作用不容小觑，能够影响小环境，也可以引导社会舆论，但要当好"晴雨表"和"导航仪"，并不是一件容易的事，作者既要有长期的文化熏陶，又要有扎实的写作基本功。

北京大学新闻与传播学院自建院起，一直聘请来自业界的优秀评论员担任新闻评论课的主讲教师。最近四年，我们聘请的是《中国青年报》编委曹林老师担任评论课的主讲教师。在教学实践中，曹老师着力培养同学们的评论思维以及联系实际的能力，激发同学们的表达热情。除了布置日常的作业以外，在每次课上，曹老师还会留出20分钟左右的时间，让同学们讨论新近发生的社会热点问题，鼓励同学们积极表达自己的看法，针砭时弊、明辨是非。每节课上，他还会指定一名学生向大家介绍最近给自己留下深刻印象的评论作品，或者谈问题，或者谈写作技巧，或者谈自己的学习心得。曹老师坚持这样做的目的，一方面是为了让学生更多地关注时事和评论，看看别人怎么写，学会鉴赏好的评论；另一方面是为了提升学生的表达能力，让同学们掌握快速、清晰、流利地表达观点的技巧，毕竟，反应迅速是一名优秀评论员基本的素质。更

　　重要的是，曹老师认为写好评论不只是为了让同学们获得一项职业技能，而是让他们在关切社会议题的过程中保持并完善独立人格，增强"审问、慎思、明辨、笃行"的综合能力。

　　经过严格的专业训练，每年都有多名学生的评论作品发表于各大媒体。现在，这些课程作业被曹老师整理成集，即将正式出版，书名就叫《北大熏出来的评论》，这无疑是北大新闻评论课上结出的一颗饱满的果实。同学们从关注事件到形成态度，从感性认知到理性判断，可以看出，同学们看待问题的方式、解析问题的能力正在迅速地提高。同时，也体现出了专业的、充满热忱的新闻评论教育对于大学生评论写作的实质性帮助。

　　梁启超先生曾经在《〈国风报〉叙例》一文中，强调舆论之健全必须基于五个"根本"，分别是"常识""真诚""直道""公心"和"节制"。作为一个有着27年办报经验的老报人，梁启超提出的一些新闻理念至今仍然具有借鉴作用。

　　梁启超首先提及的就是"常识"二字，我也觉得尊重常识是评论写作的起点。常识是什么？对一个评论工作者来说，它不光是指知识和学养，常识是要怀抱着为公众利益着想之心愿；是在论道说理时不被激愤和褊狭裹挟，自始至终秉持理性的原则；更是一种不曲意奉迎的直言相告。不人云亦云的观点、精辟的论述不是凭空得来的，须靠学识的悉心累积，而学识源于常识，这一点又恰恰容易被人忽视，以至于在常识问题上出错，贻笑大方。也不排除有的写作者是明知故犯，下笔时违背常理，不顾常情，这样的作品恐怕很难得人心。

　　"真诚"是评论者应有的态度。写评论看上去是在进行一种对社会现实的理性论述，实际上也是与他人分享和讨论观点的交流行为。很多评论作者总抱着说服人的意愿写作，就容易居高临下，甚至强词夺理，这反而会事与愿违，如果换一种方式进行对话，则会取得事半功倍的效果。理解比说服更重要，当你提笔写作时，试着理解各种行为，设身处地回到当时的语境，写出来的文章可能更容易引起共鸣。

"直言"是评论的利器。邵飘萍先生认为，"报纸精神的表现，全寄于评论的好坏"。报格出自评论，评论拷问人心，从中可以让人深切感受到一个评论者的勇气和担当。评论的价值就在于其面对真相、寻求真理时，不藏着，不掖着，不以犬儒之态沉默，不在权力面前噤若寒蝉。

新闻评论或许改变不了时代大船的航向，但它一定是对这个时代诉说的、一种弥足珍贵的提醒；评论可能无法扭转时代的风气，但它至少可以留下一个写作者不愿意随波逐流的清朗的身影。

激发表达冲动，克制正义激情

——我在北大这样讲新闻评论

曹　林

　　我把北大学生写的评论给同行看，他们都惊叹于学生的时事评论竟然写得这么好，角度独到而不刻意标新立异，逻辑清楚却又带着情感温度，语态清新活泼又不带网络流行的那种江湖痞气。每每同行夸北大学生的评论时，我总会说，他们的评论写得这么好，跟我没有关系，评论真不是我教出来的。

　　那么问题来了，既然评论不是我教出来的，他们的评论写得好也跟我没啥关系，那需要我这个评论教员干什么呢？

　　我这么说，并不是矫情地客套与自谦，而是想说，评论是厚积薄发的产物，是学生经过北大三四年的新闻教育和大学文化熏陶与沉淀所积累的对社会问题的看法——专业的描述称之为"缄默知识"。时事评论的核心，就是从这些"缄默知识"所衍生出来的"看法"。之所以这个人看问题能看到你看不到的深入层面，或这个人总能提出某个让人眼前一亮的看法，很多时候都不是"灵机一动"下的妙手偶得，而是长期的知识和信息累积所形成的"问题意识"和"评论敏感"，是他的知识积累支撑着他能做出有附加值、高人一等的判断，从正常中看到反常，从反常中看到正常。

北大的新闻教育、北大校园的讲座、图书馆、社团活动、教授言行、三角地、公共讨论、未名论坛，像一个泡菜坛子，会把身在其中的人熏出一种识别性很强的北大气质，当然，还有学生自己主动的阅读和积累。学生能写出这么好的评论，主要是受益于此。这些，是一门只有短短16周、32节课、两个学分的评论课无法突击培养的。

作为一个评论教员，我的功能是激发学生的表达冲动，在每节课对近期发生的鲜活热点新闻的讨论中，让学生进入到热点此起彼伏、观点激烈竞争、论点混杂多元的时事舆论场中，鼓励不爱看热点的学生关注热点，鼓励不爱说话的学生开口说话，鼓励懒于思考的学生习惯思考，鼓励习惯标准答案的学生在别人停止思考的地方再做进一步思考。当然，最重要的是，鼓励他们把自己停留在脑子里的想法，以让别人看得懂、让别人眼前一亮、让别人觉得没浪费自己宝贵的阅读时间、让别人觉得有说服力的方式写出来。

克制思考和表达的惰性，尽可能地激发学生的表达冲动，尽可能地让学生克制本能的正义激情而以专业精神去思考，这是我在北大讲授新闻评论课的核心。

激发学生的表达热情

我一直以为，一个评论教员最重要的素养，是要能把学生的表达潜能激发出来。大学生读书读了三四年，已经有了较多的知识积累，形成了对一些社会问题的基本看法，有了充分的表达能力。但如果缺乏激发，这种表达能力就会一直潜伏在体内，得不到表现，长此以往就会养成沉默习惯，习惯着习惯着就会在表达上"失能"。对一个普通人而言，不习惯"表达"也许不是啥大问题，但对于一个媒体人来说，就是很大的缺陷了。

很多人在表达上都有一种"惰性"，我们可能对一些社会问题有很多"想法"，但一般只会让它停留于脑子里，不习惯把它表达出来。不表达出来的原因有很多，比如有表达的惰性，想想就可以了，说出来又要整理思路，又要费时费力，又没有什么"好处"，如果没有非要写出来的压力，一般就懒得动笔去写了。很多思想和思考的火花，就在这种表达惰性中轻易地稍纵即逝了。我们不表达，也是担心说出来后被别人"笑话"。还有，我们的传统文化似乎以隐忍、内敛、沉默、不轻易表达为美，并不鼓励勇敢地把自己的想法表达出来。

还有一个问题，就是很多学生对于评论写作有心理障碍，觉得"时事评论"是很高大上的文体，需要知识、经验、历练、高度的积累才能写好。党报的社论看起来似乎很"高端"，评论版的专栏作者也有着各种身份。在人们的想象中，写评论的人应该有多年的新闻从业经验，或者在某个领域有不少的积累，那样的评论才令人信服。才读了几年书、身处校园的大学生能写好评论吗？

加上大学教育本身的问题，教师自己缺乏表达冲动，也不鼓励学生表达，课堂死气沉沉，长此以往，学生天然的表达冲动就被禁锢和隐藏起来，习惯了当"哑巴"，习惯了看到某个话题只停留于"想想"。我教评论的一个核心工作，就是以各种方式点燃学生的表达激情。

今年评论课开课后，上完第一节课一个学生给我写信说："'上帝给了我一支麦克风，只可惜我是个哑巴'这句话，就是我对于这门课最初的想法和评价。打有自我意识起，我对自己虽然没有一个完整又明确的认知，但是还是非常清楚自己不擅长什么的，而'评论'二字就是其中之一。每当有一个大新闻发生时，我的朋友圈就会被同班同学刷屏，刷的文章虽然是同一篇，但附上的评论确实五花八门，各种视角的都有，看得我好生羡慕，本想跟风加入'刷屏大军'，心血来潮准备写评论的时候才发现半天憋不出一个字，只好默默添加几个微信表情然后转发。这就是我和'评论'遥远又咫尺的距离。"

我回信鼓励她说："我改天给你发上一届一个旁听学生的作业，非常好，你一定会更好。我专治平常不爱开口说话的，好几个都被我弄成离不开评论了。"

创造条件让学生积极表达

每次评论开班的第一节课我都强调，"只是脑子里想想"和"把想法表达出来"是不一样的。只是想想，会停留于很浅的层次，只是灵机一动和灵光一闪，只是一个混乱的、不完整、不成熟的论点，缺乏论据，可能也是不合逻辑、经不起推敲的。但既然只是自己"想想"，就不会深入地分析，不会介意它合不合逻辑，人的思维惰性，就是不会否定自己脑子里的想法。

而把这种想法写出来就不一样了，写在纸上，就要仔细推敲这个论点是不是站得住脚，需要哪些论据去支撑？而且写出来后，文字的"线性逻辑"就会驱使我们继续深入地思考。最关键的是，写作是一个把不成熟的论点进行梳理的过程，停留在脑子里的思考可能是混乱的，写到纸上才能够梳理清楚，把混乱的想法以有条理的、让别人看得懂的方式写出来。而且，写作可能是一个不断自我批判、自我完善的过程，写到纸上变成文章，就不只是自己看，而要想着"怎么去说服别人"，欺骗自己很容易，而欺骗别人很难。让别人接受自己的观点，就要用事实和逻辑去论证，这样，写出来的文字才会有"论证意识"和"论证过程"，而不是自说自话。

每学期第一节课，我都会把往届学生写得好的、在报纸上发表的评论列出来，鼓励学生的表达，告诉他们评论并非想象中那么"高端"，有知识积累和表达技巧，也能够写出很漂亮、能发表在报章上、提起议程并引发舆论关注的评论。

激发评论冲动的一个方式，就是给学生们布置评论作业。我布置作业时不是盲目布置，不只是单纯布置一篇评论让学生去写。在北大开课的时间一般都是每年的全国两会前，所以我一般布置的第一篇评论作业，就是让同学们就两会热点和话题写一篇评论。那段时间，两会新闻是最大的热点，全国两会是中国最重要的政治盛会，有很多新闻点和评论点，话题很好选。政治是众人之事，大学生也应该关注这样的两会政治，尤其是北大学生，对这样的时事更应该有参与关注的热情。限定选题，从可能最能激起年轻人表达欲望的两会写起，而且那段时间的媒体关注形成了强烈的两会新闻磁场，可能更能够把评论热情调动起来。事实上，也确实起到了这个效果。

学生交了作业后，我会逐篇进行细致的点评，从语言、论点、行文和逻辑进行分析。其一，我会利用自己的从业优势，推荐一些写得比较好的评论在全国各大媒体的评论版上发表，为的是让学生找到成就感，告诉他们"评论发表并没有想象中那么难"（我很多敬爱的同行也非常乐意给年轻的大学生创造这样的机会，学生的评论也给评论版增加了活力，增加了来自校园原汁原味的声音）。其二，我一般会让学生自己比较发表前和发表后的评论，媒体编辑做了哪些修改，为什么会修改？其三，我会在课堂上对学生的作业进行点评，因为很多问题是共性的。我的点评会与我的教学结合起来，通过分析学生的评论作业来讲授评论应该如何开头、如何做标题、如何结尾、如何布局、如何避免思维发散和

"两张皮"、如何提高表达效率，等等。

接下来布置的另一篇作业，是就校园热点、话题、现象写篇评论。有了第一篇评论的积累后，很多学生都有了评论感觉，跃跃欲试。应该说，校园话题是学生最拿手的，校园就是小社会，身处其中的学生对自己所处的这个小社会肯定有很多想说的，这篇作业就是鼓励学生把自己最想说的说出来。写完了校园话题，就开始接触社会热点和社会现象，循序渐进，一步步地扩展到对整个"时事舆论场"的关注。

作为评论教员，我也一直在评论写作的第一线，虽然写了十多年了，但我仍然保持着平均每天写一篇评论的习惯，坚持对每一个引发重大关注的时事热点去表达我的观点。这样做，既是想把这种评论热情传染给学生，也才能在学生面前树立"权威"，让学生相信老师讲的这些不是纸上谈兵，而是带着当下时事味道的最鲜活的实践。曾有高校让我离开媒体而全身进入高校教书，我觉得，如果我离开了评论的实践岗位，就失去了评论热情，就与实践界"隔"着了。虽然我已经写了十多年评论，但评论教学需要"即时的案例"才更有感染力和说服力，有的评论教员拿着上个世纪60、70年代的《人民日报》评论作案例，与如今时代的时评语态和思维完全脱离，这样怎能让学生有评论语感呢？

我常常把昨天刚写的、今天刚刚发在媒体上的评论拿过来当案例跟学生分享，谈我的写作过程和评论的不足。一来，谈的就是正在讨论的社会热点，学生们会有参与讨论的热点在场感，从而进入时事评论的"场"。二来，因为是刚刚写的，对于选题和论点形成的过程非常清楚，带着实践的热气，带着写作的露珠，这样的实践经验可能更有生命力，而不至于让学生觉得是"死的教条"。老师坚持评论坚持表达，也给学生树立了一个示范。

我还会给学生提供另一种实践机会，比如带学生去报社观摩评论版的工作流程：如何开编前会定选题，如何形成论点，如何编辑，等等，让学生对评论编辑工作和报社的评论流程有直观的认知。在课堂之外，我还经常组织课外活动，比如爬山、K歌、烧烤等活动创造课堂外交流讨论的机会，让师生、学生间没有交流障碍，通过更紧密地与来自各个专业、各个年级、各个学校的学生交流，把评论班变成一种"评论共同体"。我尤其鼓励外国留学生、外校旁听生和外专业学生参与课堂讨论，他们往往能提供不同的观察视角。我也会邀请业界的其他评论员同行到课堂上分享评论表达经验，比如曾邀请央视、《新华每日电讯》、《北京青年报》、《新京报》的评论员，避免因我的思维视野狭隘而使学生的思维受到局限。

设置话题引导课堂讨论

作业之外，我还经常给学生们出题，引导他们进行讨论。比如，2015年"读书日"前夕，一篇《高校图书馆借阅量创10年新低，孩子今天你读书了吗》的报道里给出了一组数据：2014年北大图书馆书籍借阅总数为62万本，为近10年最低，而在2006年这个数字是107万本。我敏感地觉得，这是一个非常适合"激发讨论"的评论话题，一方面谈"学生读书越来越少"这个热点，一方面新闻说的又是北大，北大学生肯定有很多话要说。然后我先启发一个学生写出一篇反驳这个数据的评论，观点是"借书少了并非就意味着读书少了"。由于角度独到，有理有据，而且是北大学生现身说法，我推荐给《新京报》发表这篇评论后，引发了很大的舆论反响，成为一个热议的话题。

接着趁热打铁，我知道不少北大学生肯定不认同这个观点，会有不同看法，便鼓励他们把不同观点写出来。然后就有了其他几篇评论：《我承认我读书少，但并不以此为荣》《我知道自己读书少，你可别骗我》《每个人都不应背上阅读数量的枷锁》，从不同角度阐释了对"阅读率下降"的看法。这些评论都在媒体发表出来，成功了引起了一场大讨论。我们这个评论班还在媒体上提起过"北大为何总挨骂""需要什么样的'中国梦'""如何看待北大校长周其凤离任"之类的讨论。

微博兴起后，我有时会把学生的作业贴到我的微博里，让网友挑刺儿，也让学生看到自身论点的问题。微信也成为我激发学生讨论的一个工具，我会为每个评论班学生建一个微信群，把课堂讨论延伸到更加便捷和即时的微信讨论中，通过微信讨论即时的社会热点，并在讨论后给学生出题目，让他们去写。

每一节课我会留出 20 分钟左右的时间，让学生们在课堂上讨论一个社会热点。每周五晚上讲课，所以每周五上午我会把要讨论的话题放在微信群里，让学生们有所准备。我为讨论设置了这样的规则：

1. 每人发言在 1 分钟内。

2. 第一句话是介绍自己的观点，考查提炼标题和梳理思路的能力。

3. 每人每次最好只说一个观点。

4. 观点最好别重复。

5. 欢迎不同观点的争论。

6. 一个同学负责记录，最后花 2 分钟进行观点综述。

比如，某一节课我们讨论的话题是"职业打假人王海：花巨款买假货 1 年赚 400 万"。这些年，职业打假人已成为一个行业。现年 42 岁的职业打假人王海有四个打假公司，他透露，去年的打假成本在 400 万左右，总索赔额理论上有 1000 万。今年王海打算加大投资，买 1000 万假货，王海称打假和正义无关，赚了钱才能更高尚，并给公司定了 30 万元的"打假起步价"。王海在微博的自我简介里写着："一个清道夫，以赚钱为手段，以打假为目的。"王海承认会向所打假的企业索要赔偿，他说，打假与正义没什么关系，其实是一场商业交易，并且是公平交易。拿到高额赔偿后，王海坦言，利益受损的企业可能变本加厉地生产假冒伪劣，但"我没有义务继续管下去"。"我不赚钱，哪来钱去打假？与我们这些职业打假人相比，假货和欺诈对消费者的危害更大吧。"王海说。

关于这个话题，我先让学生们放开讨论，鼓励不同观点的交锋，然后我会总结和梳理同学们的观点，启发同学们从不同角度思考，突破常规思维，避免被冗余信息干扰。比如在学生们激烈争论这个话题后，我最后这样总结，在这个问题上的三个"干扰源"：一，王海自己说"打假和正义无关"；二，标题说王海通过打假赚了很多钱；三，有人说"因王海打假而利益受损的企业可能变本加厉地生产假冒伪劣"。通过分析这三个"干扰源"，避免被这三个问题制造的烟幕牵着鼻子走。

每周的课我还会让一个学生推荐一篇自己最近关注的评论，或者谈问题，或者谈评论写作技巧，或者谈自己对这个问题的看法。之所以这样设置，一方面是为了让学生更多地关注时事和评论，看看别人怎么写，学会鉴赏评论。另一方面是为了提升学生的表达能力，推荐评论时，一般要做 5 分钟的 PPT，然后站到讲台上向同学们推荐，可以提升语言表达能力，克服发言的心理障碍，敢于在众人面前大声地说出自己的观点，掌握快速清晰流利地表达观点的技巧。

我还会鼓励学生对我的观点进行批评。记得有一次，关于民主，我谈了自己的观点后，一个叫靳子玄的学生就站起来表达了不同看法。本来是讨论另一个话题的，我觉得这种讨论很有意思，这位同学的观点也有其合理性，于是让同学们就课堂上临时产生的这个话题进行讨论。当时的讨论很激烈，好几个同学都参与了，我也进一步谈了自己的观点，虽然最终并没有形成共识，但讨论的过程激发了同学们从不同角度思考的热情，也激活了"课堂民主"——可以随时站起来表达与老师不同的观点。

前几天的课堂上也是如此，徐芃同学对我那篇引发讨论的评论《学新闻的第一份工作最好别去新媒体》进行批评，观点很尖锐，毫不留情，从概念的界定到论点本身进行了全面的批评。我非常欣赏这种在课堂上对老师的批评，不迷信专家，不盲从老师，有自己独立的思考。评论教学的目标，不就是要培养学生这种排除各种干扰而保持独立判断的理性和勇气吗？

在克制正义激情中捍卫正义

作为一个评论教员，另一个我致力于影响学生的，是写作的思维、看问题的角度和思考的方式。在我看来，弱化情绪、直观所形成的正义幻觉和道德优势，冷静地去表达，这比表达的技巧重要多了。

我讲课时，强调得最多的一个概念是"克制正义激情"。我们的新闻教育常常抽象空洞地强调新闻理想，赋予新闻职业一个充满正义感的光环，却很少告诉学生新闻理想和正义的内涵。这种教育很容易使新闻学院的学生充满正义的自负、浮躁和盲动，热情有余专业不足，充满着正义感地去犯一些错误。对管制的反弹力使部分媒体人骨子里有一种挥之不去的受害情结和烈士般的悲壮感，这种站在弱者立场上的悲壮的烈士感和"反抗权力"感，更容易使那种正义感以一种偏执的、不容置疑的方式表达出来。新闻学院和教授、媒体从业者和网络舆论向新闻学子传播的，多是这套"新闻正义观"。

我觉得新闻学子身上不会缺乏正义热情和道德激情，要想客观地看待问题，恰恰需要的就是弱化和克制这种过剩和偏执的正义感。媒体和网络舆论最大的问题，不是从业者和网众缺乏正义感，正是过剩的正义火气带来的。比如最近发生的成都女司机被打事件就很典型，无论是攻击打人的男司机，还是人肉被打的女司机，每个人显然都带着毋庸置疑的正义感，认为自己坚守的才是正义。大家都觉得自己坚守的是正义，代表着正义，可指向的目标却是对立的，或者带来的结果却是无耻的伤害，这种"正义观"显然是有问题的。反思一起起网络和公共事件，都是由罪恶所起，但当媒体和网友以正义热情介入时，不仅没有终结罪恶，反而在自以为是的"捍卫正义"和群体非理性中制造了新的、更大的罪恶。

很多新闻事件，有着复杂的利益冲突，但我们往往会把复杂的纠葛简化为正义与邪恶之战。一个聪明的人，在独处的时候，有着对复杂事件的复杂思考能力。但身处群众舆论场中的公众，往往缺乏这种处理复杂问题和进行复杂思考的能力，习惯于把复杂的问题简化为二元的是与非、善与恶，然后充满道德优势感地站在正义的一方去围殴"邪恶"。其实，一方面，很多冲突不是正义与邪恶之战，而是正义与正义的冲突，需要在善与善之间做出抉择。另一种可能是结果就是坏的，只能在"坏的结果"与"最坏的结果"之间做出权衡。另一方面，很多社会问题是无解的，或者新闻中并没有一个敌人，但我们都习惯于去想象出一个敌人去批判。还有，很多正义需要"精细"的专业分析，而不能依靠那种粗糙、原始、直观的正义感觉。

关于"精细"的专业分析和粗糙直观的正义感，我在课堂上讲过一个案例。有一则媒体报道《西安飞深圳航班延误4小时 回应：机长没睡好》。新闻是这样描述的："本来早上7点多的飞机，直到上午10点多旅客还在机场。齐女士气愤得不得了，航空公司告知旅客航班延误的原因，竟然是'机长没睡好'。"

看到这条新闻，作为对民航缺乏专业了解、却又经常遭遇延误之害的公众，很容易生出一种充满正义感的愤慨，各种吐槽会本能地涌出脑海：竟然"机长没睡好"就可以不上班，航空公司没有备用飞行员吗？没有备用飞机吗？难道就可以置乘客利益于不顾？是不是随便一个理由都可以不飞？我睡觉没睡好，迟到了，飞机可不可以等我啊？这些吐槽听起来都是正义凛然。

其实，"机长没睡好"只是媒体报道时的简缩，因为民航的特殊性，需要保障绝对的安全，民航总局有明确和明文的规定，保障空乘人员有充足的睡眠才能飞行。具体规定是这样的：如果前一天是 24 点前落地，必须连休 10 个小时（不包括退场到家的时间。如果发生延误，但未超 14 小时，可以缩短到 9 小时）；如果是 24 点（即 0 点后落地）则必须连休 12 个小时；如果前一天是三人制机组，未延误，且执勤期超过 14 个小时（最多 16 个小时），则必须连休 14 小时且不得缩短。媒体报道的时候，往往不会说得这么详细，而是以符合公众直观的方式去报道，这时误解就产生了。当媒体和公众盯着"机长没睡好"这几个字去用朴素的正义观想象时，根本无法理解这种因为"机长没睡好"而导致的延误。

如果没有对那种粗糙、简单、直观式正义感的克制，很容易就充满了正义的愤怒戾气。网络上充斥着这种正义的火气，媒体人和评论员需要通过理性的评论向社会输送冷静的能量，需要浇水降温，让狂欢的舆论安静下来，而不是带着正义的激情去浇油，去消费大众的戾气。我常跟学生说，涉及航空、医疗、医学数据、转基因等技术和专业性较强的行业，下判断时一定要慎重，小心乌龙和反转。要用尊重专业的思维去防范那种任性的正义观。

每次课对某一个热点话题讨论时，我都会先鼓励学生的直观表达——就是看到新闻后条件反射性的思考，这种思考往往都带着那种"粗糙简单的正义感"，我会引导同学们把这些观点表达出来，然后再通过鼓励"不同观点"从而引导进入更深层次的讨论，即对那种"粗糙正义感"的批判。

与时事保持距离中冷静思考

在评论教学中，我强调的另一个概念是"学会与时事保持距离感"，保持距离感才能够不被反转新闻牵着鼻子走，才能让自己的判断经受住新闻反转和热点变迁的时空考验。尤其在新媒体的时效压力下，在快得让人窒息的时代要让自己的思考慢下来。新媒体下时事节奏越是快，越需要评论员提供"慢思考"下的"冷判断"。不能不假思索、不分青红皂白就作出判断，"慢思考"是评论员的核心素养，因为冷静的判断是需要与第一判断、偏见、标签和本能的正义感保持距离的。

我在评论教学中常会提醒学生防范"反转新闻"。所谓"反转新闻"是指公众态度的反转，某条新闻刚出来时，舆论会把矛头指向某一方，可新公布的细节会使新闻剧情突然发生逆转，舆论态度立刻随着新剧情情绪化地摆向对立的另一个方向，被同情的受害者瞬间成为被唾弃者，被攻击的作恶者立刻成为被同情者，180 度的情绪大挪移就在一瞬间。比如近日的舆论场就上演了好几场情节巨大逆转的新闻反转剧，成都女司机被打事件，女司机瞬间从舆论天堂摔到了地狱；在云南女导演事件中，公众也立刻翻脸不认人，一开始被同情的游客很快成为被攻击的对象；而在学生给老师打伞事件上，舆论也上演了一场先攻击后同情老师的反转剧。稍有不慎，就可能陷入这种摇摆的舆论情绪中。如何避免被反转新闻打脸，需要培养以下的判断力：

其一，警惕被标签所误导。新闻反转剧的背后，就是标签的反转。贴这个标签，公众会是一种态度；换另外一个标签，态度就完全不一样了。人们的情绪很容易被变换的标签牵着鼻子走，而不问事实和是非。比如，发生一起交通事故，路人违反交通规则闯红灯被车撞死，网友就会骂路人，批评不守规则的中国式过马路；可如果媒体报道那辆撞人的车是宝马车，开车的人是官员，被撞死的是保洁员，舆情立刻会反转，都去骂开宝马的官员了。还有，医院发生了患者打护士事件，因为公众的偏见，舆论常会站在患者那一边，认为患者相对医生是弱者，舆论反而会同情患者；可如果媒体告诉你那个患者是一个官员，舆情立刻反过来去同情护士了，因为医生相对官员是弱者。

瞧，新闻之所以发生反转，就是标签的反转，换一个标签态度就完全不同。说男人打女人，在本能的护弱下，会毫不犹豫地站在女人那一边；可如果换个标签，说那是"女司机"，在这个男司机掌握着话语霸权且常把道路混乱归咎于女司机的舆论场中，"女司机"这个被妖魔化的标签就会成为被网络审判的对象。

其二，警惕被碎片化的微博信息和浮躁的热点节奏所误导。热点的节奏与事实真相的节奏，在互联网环境中是不一致的，在热点节奏之下往往是一哄而上一哄而散，追求时效，事件一出来就立刻去仓促判断、迫切归因归咎，根据碎片化的信息去判断。而事实真相的浮出水面，需要比热点节奏长得多的时间，节奏比较慢，起码两三天才会有一个完整的事实。可在微博的热点节奏下，人们习惯于看到新闻就立刻判断。一看到"女司机被打"的视频，不问前因后果，立刻站到被打女司机那一边；第二天出来新的视频，曝光了女司机"别车"的"路怒"过程，又都站到男司机那一边。

云南女导游事件也是如此，根本没有耐心去等新闻，一看到女导游骂人就去网络围殴女导游，第二天冒出一封《曝光导游骂人视频的游客，你们欠导游一个道歉》信之后，网友又开始骂贪便宜的游客。正如后来有人评论，对云南导游辱骂游客一事，网上这几天从对女导游的愤怒，又转到对游客参加低价团的不满。真是奇怪了，这件事情最应该追责的，是云南旅游管理部门一直以来默许"低价团"的存在，出事情了只会处理导游和旅行社，而现在声讨这个录下视频的游客，完全搞错了方向。

其三，警惕被某方新闻当事人牵着鼻子走。有些新闻之所以发生反转，是因为偏听偏信，开始只听信这边新闻当事人，进入对她有利的叙述逻辑；第二天采访到另一个新闻当事人，又进入另一个当事人的叙述逻辑，缺乏兼听则明的公正旁观者心态，听这个就站在这一边，听那个又站到另一边，没有原则，没有客观的辨别力。在学生给老师打伞事件中就是如此，女老师第二天接受媒体采访后的哭诉，赢得了不少人的同情。可一开始人们愤怒地讨伐这个老师时，并没有倾听她叙述的心理准备，只是一味地脑补"霸道老师在学生面前如此耀武扬威"。

最后，应该警惕水军的干扰。很多新闻出现反转，并非事实出现逆转，而是水军的干扰。微博已经成为各种力量争取话语权的表演秀场，商业、权力、派别等各方力量的介入，干扰和"制造"着舆情。我之前的一条微博曾赢得很多人的认同："玩了这么多年微博，有个经验跟诸位分享，一条'热门微博'下的评论，一般'半小时后'到'一小时前'的评论是相对比较客观和真实的。刚发某一条微博，一开始的评论多是支持，因为关注你的基本都是认同你观点的人；半小时之后，转发中各色人等都来了，这时比较多元；一小时之后水军就杀来了。"不能因为水军介入干扰舆论，就失去基本的判断。

评论教学的很多案例分析，就是让学生在面对新闻的时候要学会慢下来，距离感才能带来理性。在当下的传播环境中，我们的思考常常是带毒运行的，新闻评论就是一种杀毒的过程。我要通过教学去帮学生杀毒，也让新闻评论这个文体成为流行谬误的杀毒工具。

致力于创造一个课堂舆论场

我在北大课堂上的实践，都是围绕一个中心：如何创造一个课堂舆论场，让学生在这个"场"中激起评论热情、进入时事战场和找到评论感觉。

我们常提到"舆论场"，"场"这个概念对于评论人很重要，我常想这个问题，我的评论冲动从哪里来？作为评论员的我们之所以有评论冲动，是因为身在舆论场中，这个时事的磁场有一种强大的引力吸引着我们去关注时事、介入时事、评论时事、推动时事，从而形成"有冲动并把想法变成文字"的评论习惯。

新闻评论课堂要想把学生的评论热情调动起来，也要形成一个

"场"，要通过教学的创新构建一个类似时事舆论场的课堂舆论场，让学生进入新闻的节奏和时事的场景中，在舆论场中像一个真正的评论员那样去指点江山激扬文字，通过"磁场"把评论潜能激发出来。

形成"磁场"需要以下的元素：评论教员的激情，像一个传教士那样向学生传播评论能量，用自己的热情感染学生，用自己不断表达、写作和积极介入时事给学生作示范，用新近发生的、学生熟悉的、在媒体上正激烈讨论的时事案例把课堂变成时事辩论场。学生也是网民，每天都在浏览时事，但关注时事的学生不一定能够进入到"舆论场"中，大学课堂与时事舆论场也有着天然的距离感，需要老师把他们"拉"到"场"中，在心理上进入时事的节奏和评论员"实战"的角色。

总结一下，为了形成这个对学生有感染力的课堂舆论磁场，形成实践的舆论场，让学生在心理上进入舆论场，我在北大课堂主要进行了以下实践，概括起来是两个"打通"和两个"打破"：

1. 打通从课堂到媒体版面的通道。
2. 打通从学生到评论员的心理障碍。
3. 打破从校园到时事舆论场的心理距离。
4. 打破从想想到写出来的习惯惰性。

以评论教员为业的成就感

这本文集是从四年来从北大四个新闻评论班的学生作业中选出来的，多数在全国各大媒体上发表过，很多都是学生第一次在社会媒体上公开发表的文章。我的邮箱里保存着好几个学生第一次发表评论、第一次看到自己的文字变成铅字、第一次收到稿费后与我分享的激动与喜悦。

北大是一种象征，尤其对学文科的人而言，这种象征更是神圣的，也许每一个人心中都有一个北大梦。当然，我也不会例外。当年高考时没敢报考北大，感谢北大新闻与传播学院前任院长徐泓教授给了我这个与北大有某种关系的机会。四年多前，徐泓院长在微博上给我发了一条私信，问我有没可能在北大带一门新闻评论课。我想，徐院长之所以向我发出邀请，可能是几年前我出《时评写作十讲》时邀请徐院长给我写过封面推荐，她比较能认同我的评论教育思想。教新闻评论课程的老师不少，写新闻评论的也很多，但既能写评论、又能把自己的评论写作经验总结出来与学生分享的人不多。

北大新闻专业自建院以来就强化新闻教育的实践性，邀请过不少业界老师担任课程教员，我在《中青报》的新闻前辈、担任过多家媒体高管、在业界有着相当影响力的杨浪已经受徐院长之邀在这所学院讲了好几年的新闻编辑课程。

我毫不犹豫地就答应了：一来，徐院长在学界和业界有着很高的职业声望，感召力和凝聚力很强，当初我写《时评写作十讲》时邀徐院长写几句推荐语，工作繁忙的徐院长立刻答应了，感恩于她对晚辈的提携。二来，到北大讲授新闻评论，是一个很大的职业诱惑，我在好几所大学做过这方面的讲座，也系统总结过自己的评论思想，但还没有在大学进行系统的讲授，这是一个很好的机会，而且平台这么好，在中国最高学府跟最优秀的年轻人分享对时事评论的想法，多少人羡慕这样的平台啊。从业近 10 年，也有想静下来梳理自己思路的想法。三来，高校对我也有一种魔力，我觉得我最终的归宿会回到安静的象牙塔中，静静地读书，与年轻人分享思想。

一拍即合，立刻敲定了课程的时间，非常顺利，2012 年春季就安排了课程。自己平常工作比较忙，所以课程定在了每周五的晚上。当然，这个时间对我也是一种考验，学生上了一礼拜的课，一般都把这个时间当成周末了，很多学生活动都安排在这个时间，一些学生也选择这时出游。如果课程对学生没有吸引力，课堂沉闷或很水，让学生感觉学不到东西，逃课率一定非常高。这样的压力，让我对课程的总体设计和每一节课的安排更加精心。几年来，这门课一直维持着较高的到课率和很好的课堂氛围，在课程评估中也赢得了学生的好评。由于良好的课程口碑，也吸引了不少外校学生选听这门课。北大的课堂很开放，我每年的评论班上都有近一半的旁听生，来自清华大学、中国农业大学、北京语言大学、北京联合大学、中央民族大学，等等。

很有意思，每年班上都有一两个来自中国传媒大学的旁听生，他们很辛苦，得跨区坐两个小时的地铁来北大。前年是完颜文豪，去年是张大鹏，今年是杨弘同学——他们都是口口相传，听说上一届师兄师姐去听过课，很有收获，便也过来了。而且他们都很能坚持，常常是课课不落地把 16 周坚持下来，一起交作业，一起参与课堂讨论。

徐泓院长听过我的一次课，给了我很多鼓励，让我有信心把这件事坚持下来。北大新闻与传播学院的孩子习惯称徐师为"徐总"，提起"徐总"，学生们都会肃然起敬地谈论她对学生的严格要求。我感受更多的是她对晚辈的关心，记得有一次，评论课结课后我到学院办公室交"成绩单"，正好碰到了徐师。看到我满头大汗，徐师赶紧把我叫到她的办公室，给我倒了杯水，像对自己的孩子那样用纸巾帮我擦去额头的汗水。也就是那一天，徐师告诉我她已经退休了，刚办完退休的各种手续，准备回到她熟悉的业界再做点儿事。

后来北大新闻与传播学院的院长是陆绍阳教授。陆院长研究的是电影文学艺术，以前并不太熟悉。2014 年春节后，收到一条短信，说北大新闻与传播学院的陆绍阳教授在主持"北大国情研究班"，知道我在北大讲新闻评论，很受学生喜爱，想请我给学生讲第一课。后来见面，陆教授给我的感觉很儒雅，介绍说他也是江浙一带人，更多了几分亲切。讲完课后请我吃饭，还让我叫来了往年评论班的几个学生。后来从学生那里才知道，如此低调、谦逊、儒雅的老师就是接替徐师的新任院长。后来与陆院长常在微信里分享我对评论教学的想法，每次陆院长都热情回复并表达自己的意见。当我跟他说了这本书的计划后，他立刻积极回应并且欣然答应作序。

特别感谢这几年以来北大新闻与传播学院学子的宽容，宽容了我那很普通的普通话，宽容了我刚开始讲课时的紧张，宽容了我对课程的严格要求，也宽容了我在某些方面知识缺陷的局限。北大新闻学子思想很开放，思维很活跃，这让我设计的课堂讨论常常能活跃起来。有些学生虽然抱怨我有时布置的作业多了些，但只要我布置了，虽然拖延症患者比较多，但多数都能交上质量较高的作业。虽然北大一些学生身上沾染着"精致利己主义"的陋习，为了成功保研，大三时会回避选那些"作业多、难敷衍、难得高分"的课程，喜欢选那种没啥营养却很好通过、没啥作业、方便逃课、易得高分的"水课"，每次选课前都会咨询师兄师姐哪些是"水课"、哪些是"虐课"，把不得不选的"虐课"留到大四选。据说一些学生就给我这门课程打上了"虐课"的标签，但他们只要选了这门课，都会认真对待、全心投入。

感谢这门课程的几任课代表，程曼祺、何威、裴苒迪、张一琪、张东兰、卢南峰，从催作业到安排课堂讨论，他们帮我做了很多工作。作为课代表，他们率先垂范，积极参与到课堂讨论和评论写作，也给其他学生树立了榜样。也感谢本科教务的高忠欣老师，因为我是外聘教员，在教务上给高老师添了不少麻烦。

这本评论集，是四年评论教学的一个回顾与总结，当然，也是一种分享，与其他高校的新闻学子分享北大学生的想法，与其他的评论教师同行分享评论教学实践。其实，这一篇篇文章，不仅仅是一篇篇评论作业，更是身处校园中的同学们对中国大学教育和大学问题的看法、对时事热点的判断。他们身处大学之中，对大学问题的感知更加敏锐，他们受过新闻和评论教育后，更能把想法清晰地表达出来。他们身处大社会之外，对社会热点更多一份冷静，虽显稚嫩，却常能提供一种未受世俗感染、截然不同的视角。像我们在体制内待了这么多年的老评论员写评论，思维不自觉地已经有了很多禁锢和偏见，他们常能突破这种禁锢，让人眼前一亮，感慨后生可畏。

在整理同学作业的过程中，我感受到了一种比自己十多年评论写作更大的成就感。就像我看到学生作业发表后的兴奋感，常常比看到自己某一篇自我感觉良好的评论发表后带来的兴奋感强多了。改学生作业，看到某个让我眼前一亮的观点后，我常会立刻给学生打电话或回信去鼓励，并兴奋地向同行推荐。一个同行评价我，说我具备一个评论教师最需要的热情，这种热情有着像磁场一样的感召力，能让听过我的课的学生对评论产生兴趣——我更愿意把这个评价看成是对新闻评论教师这个角色的期待，因为我深知，很多学生对新闻评论的兴趣，就是被毫无职业感染力的评论教员谋杀的。

01

第一编　首节评论课之后的"评论"

　　每学期第一节评论课后，我都会给同学们布置一个作业，让他们谈谈上完第一节课后的感受：包括以前对新闻评论的理解，对这门课程的期待，以及对第一节课的印象。布置这个作业，既是为了了解学生的需求（以后讲课对学生提出来的问题就有了针对性），也是想了解学生对新闻评论的理解基础；当然，更是想以这种方式迅速了解每一个学生——从学生的文字中，能读到他们的个性、积累、优点、缺点，这对于课堂上的因材施教很有帮助。我不想做一个下课铃一响就卷着课本走人的老师，而想融入这个课堂中，尝试了解每一个学生，不仅是叫出名字，更是有针对性地进行教学。

　　我是 20 世纪 70 年代生人，面对的都是"90 后"，总担心出现巨大的年龄鸿沟，担心我讲的与他们关注的出现巨大脱节。这个作业，也是倾听这些可爱的"90 后"的声音，倾听这些优秀的年轻人对新闻和时事的看法，让我在心理上走近他们。

突破心理障碍，避免带毒运行

俞 超

　　在第一周的所有课程中，新闻评论课是最后的彩蛋。在课堂讨论中，我发现了自己的定势思维，在没有质疑新闻本身的真实性的情况下就去评论新闻内容，当时就有种醍醐灌顶、相见恨晚的感觉。同时，我也很喜欢曹老师谈笑风生的讲课风格。在经历了哥伦比亚大学的短期交流和香港中文大学的学期交流后，我最大的感悟之一是我们大陆人太缺少幽默感了，无论是在课堂上还是在生活中。这让我不由得想起了一种戏谑："中国是一个经常开会，很少开玩笑的国家。"所以，我很高兴能够遇到这样一堂既有启发又不失幽默的课。

　　作为一名新闻与传播学院的学生，除了平时关注新闻以外，我也经常被一些新闻评论所吸引、所感染，往往唯有读到评论的时候才会使自己心血来潮。在感叹那些一针见血的新闻评论的同时，我也对自己产生了一些担忧，如果是我，我能够想到这些角度来切入吗？我能够思考到这样的深度吗？

　　因此，我对新闻评论课的第一个期待是：突破心理障碍。我觉得自己平时不太敢评论的原因是害怕，怕自己的思想不够成熟，怕自己的逻辑不够缜密，怕自己的语言不够有力……我不知道曹老师能够给我或者像我一样的同学一些建议吗？

　　其次，我期待新闻评论课能够让我的思维跳出怪圈，想得更周全。段永朝老师曾说："在互联网时代，我们是'带毒运行'的状态。"即我们的价值判断很容易就带上偏见。当然，段老师也指出"带毒"并不可怕，可怕的是"误读"。因此，我希望能够在新闻评论课上提升自己的逻辑思考能力，最大化地避免思维定式。

另外，新闻评论顾名思义是要结合社会热点。我想，和写作一样，不是生活中缺少素材，而是缺少发现素材的慧眼。就像前段时间我在《时代杂志》上看到的一篇汉娜·毕什（Hannah Beech）的评论《双雄的故事》（*Tale of Two Champions*），其内容是将李娜和徐志勇作对比，在感同身受的同时也感叹她独具慧眼。所以，我期待通过新闻评论课的锻炼，自己的新闻敏感度能够有所提高。

对于新闻评论，我的理解就是"结合热点、针砭时弊"。我想，客观公正的第三方精神应该是一个评论员最重要的素养之一。然而，我也认为客观公正的定义都是相对的，一个人的价值观潜移默化地受到了周围成长环境和社会主流价值观的影响，因此我认为新闻评论难免带有评论者的价值倾向。例如，上文提到的《双雄的故事》就带有明显的西方价值观，但是文章完全能够以理服人、自圆其说，不能因为它和中国主流思想不一致而嗤之以鼻。所以，我觉得新闻评论与其说是想要给读者一个公正的评论，毋宁说是给读者提供一个思考和判断问题的角度。

以上就是我的一些浅见。我更期待在这学期的课堂中和大家交流分享，并且不断探索对于新闻评论的理解和感悟。

喜欢新鲜却又不哗众取宠的观点

张 瑶

我对评论课的期待总是绕不开对评论的理解，所以先说说我的理解吧。

最早，对评论的刻板印象是高二时看《环球时报》留下的。那一整版掷地有声的标题让我觉得评论就是维护媒体或评论员观点的矛，尖锐、有力。每个评论员都像好斗的战士，恨不得在评论的"战场"上用文字的子弹将"对手"打败。

后来，对评论的印象更加丰富了。在整个高中的后半段，通过《三联生活周刊》等杂志的专栏，一些观点新颖的作家刷新了我对评论的看法。评论变成了或温和、或戏谑、或尖锐、或委婉的文字后面一个个鲜活的人和新鲜的、碰撞的观点。

一度，我还着迷于白岩松的电视评论。他的形象赋予了我心目中的评论冷静的声音和表情。

进入大学，几乎脱离了纸媒和电视，网络上的评论一下子喧哗了起来。各种声音和观点不绝于耳，让我眼花缭乱。这时候，评论又变成了互联网上的一条微博、一个转发，我自己也开始变成评论的主角。从稚嫩的第一次发声到后来受网络管制的风潮而鲜少发言，我也开始越来越认清评论的模样。

首先，评论有"standpoint"，有立场，有观点，就像《环球时报》留给我的印象那样（虽然其他特质不敢苟同）。

其次，评论有风格。那些杂志上的专栏文章让我觉得，评论就代表文字背后一个个鲜活的人。每个人在说服别人支持自己的观点时都有不同的风格。每一个评论员都给评论文章赋予了不同的性格。读不同的评论，像是在面对不同的人。

而网络时代嘈杂的声音，让我逐渐增强了辨识哪些评论更有价值的能力。我更喜欢冷静客观的笔触，更喜欢有理有据的文章，更倾向于新鲜却又不哗众取宠的观点；我更喜欢带我拨云见雾从而看清新闻事件或新闻本身的价值或弱点的评论；我更喜欢带我关注到我不曾关注的方面或层次的具有启发性的评论。

或许在没上新闻评论课之前，我对评论的认识还太浅，不过这就是我眼中的评论。

对评论课的期待

我认为，评论像结果实一样需要积累，是一个厚积薄发的过程。这也是为什么我第一次写微博评论会那么紧张，总觉得自己还不够发声的资格。评论，在我看来，是神圣的。虽然全民发声的网络曾让我对评论不以为意，但我现在越来越发现优秀的评论是多么难得和重要。

所以，我对评论课的期待就是能够尽可能发挥我的学识、经验、积累，写出有理有据的、能够启发受众的好评论。同时，增加与社会生活相关的学识、经验、积累，让思维之花更加绚烂。

对第一次课的评价

曹老的第一次课回应了我的期待。如何在这门课中学会化冲动为表达的力量，如何冲破心理障碍，如何克服惰性（尤其是我的拖延症晚期），如何让自己的评论可以融入时代背景而摆脱稚气，如何质疑新闻提供的"真相"，如何敏锐地看到问题所在，等等，我更加期待在这一学期得到这些问题的答案。

曹老的第一次课很有趣。虽然同样是讲个人简介、课程内容和考核方式，但曹老显然下了功夫，所以课堂更加有趣、更加贴近，少了很多故作高深的话语。

另外，插科打诨一下，我觉得曹老第一次西装加围巾的装扮和本人的反差太大了！我上课的时候看正对面的曹老，总有一种张明敏在唱《我的中国心》的既视感！

我和"求稳心态"的战斗

李茜

"你确定你真的要选新闻评论课吗?"

在我的印象里,新闻评论课一直被盖着"虐课"的大红戳。至今还记得大一的时候,看到几个当时我心目中呼风唤雨、无所不知的大三师兄,抓耳挠腮地写新闻评论课作业时的情境。这份"薪火相传"的心理阴影也使我的几个新闻专业的战友集体举了白旗,凝重地劝诫我,这门课"必须要留到大四",让对前途很重要的大三成绩"求稳"。

说实话,我对评论课也实在打怵。虽说专业课成绩一直不差,但很长时间以来,我都悲哀地感觉自己是个没观点、没思想的人,也很容易看到别人的话就"不明觉厉",甚至轻易地随波逐流。

这种"只知从众而不知从己"或"思想太过肤浅"的自我认知曾经让我痛苦。这种自卑的产生没什么契机,只是在某一学期的某个平常的晚上,突然开始怀疑自己大学生活的意义。在新闻与传播学院这种课程设置自由度很强的文科院系,"求稳"心态不知何时开始大行其道。和很多同学一样,我也学会了在选课时瞻前顾后,猛翻 BBS 寻找前人经验,反复衡量课程的考核方式是否简单易行,能否消耗最短的时间、最少的脑力得到最漂亮的分数;我也学会了扎堆选择"给分好的课",而课程内容本身吸引我的程度反而退居其次;我也学会了耍耍小聪明来迎合老师的口味,搜"知网"逐渐成为拿到论文题目的潜意识反应,"攒"一篇好看规整的论文越来越手到擒来……在这一次一次避重就轻的选择中,我逐渐丧失了独立思考的能力，成为几年前自己最不屑的功利主义者。

老师上第一节课时提到了惰性的可怕。在包括我在内的很多人的习惯里，这种逃避和懒惰好像已经被中性化，成为了"求稳"这个听起来并不坏的词。"我原定的论文题目没找到前人的相关论文，操作起来太麻烦了，还是用那几篇硕士论文里的观点，求稳吧。""我最后还是退了这门课，听这个老师的意思是学生期末考试要有自己的想法，为了绩点不悲剧还是求稳吧。"我们习惯以双学位、社团活动来提醒自己精力不足，最好"求稳"；并把保研、出国需要好成绩悬在头顶，时刻警示自己为了将来，必须"求稳"。在象牙塔的庇护下，以成绩为量表的我们仍然嗅不到危机。直到穿着黑袍的身影在毕业照里定格，当我们不再被当做某个学校的学生，而成为单独的、不再有别人来负责的自己——站在制度性学习终点的我们，真的有能力开启自主性学习的起点吗？

我个人认为，自己丧失独立思考能力有几个原因。首先，大学的氛围让我习惯了群体生活。我贪恋被朋友簇拥的温暖热闹，在思想上也时常需要多数人的肯定才感到安全。其次，面对大量唾手可得的信息诱惑，我在无人时刻督促的情况下，很容易在一个问题被提出时首先求助网络。此外，被各种各样的课程和五花八门的社团活动塞满的时间表，也让我没有了安静独处的时间。

对门儿大学的一位前校长曾经说过："人生不能离群，而自修不能无独。"只有给自己和自己对话的机会，才有可能安静地观察，冷静地判断，沉静地反思。拜读了《不与流行为伍》，曹老师在书中提到在喧哗浮躁的新媒体时代，负责任的媒体更应该"有一种直抵人心叩击灵魂的静默力量"。而独思的修行，更应该在大学时代就开始，才能在将来无论从事什么行业，都能在群体的喧嚣中保持相对的清醒。

曹老师在 2012 年期末写给新闻评论课同学的信里说："评论，其实并不是哪个老师可以教出来的，老师起到的作用，只是启发和激发。"激发对新闻评论的热情，对介入时事的表达习惯，"提供一种认知的方法"。我渐渐意识到，自己观点的贫瘠和习惯性的应和，也许正是懒于思考、疲于阅读的结果。这种习惯正像雾霾天戴的口罩上的滤片，不知不觉越来越黑，直到有一天因为不自知而无药可救。

而我对新闻评论课的期待，也许只是很简单的"推动"，推动我去阅读、去观察、去思考；就像有人从背后搡了我一把，让我摔掉了一直紧紧抱在怀里、寻求安全感的"求稳心态"毛绒玩具，被迫一个人努力向前走。也许我会走得跟跟跄跄，也许进步远比想象中来得缓慢，但我已全然做好了被"虐"的心理准备。结课之后，不管一学期的修行是否理想，更大的收获兴许是被"点燃"，让我以后的日子里也能有热情去阅读，有责任去观察，有冲动去思考。

评论课驱动了很有挑衅的讨论

肖异菲

　　您好！我是来自新加坡的肖异菲，是您新闻评论课的学生。我现在在美国的宾夕法尼亚大学读本科，这个学期来北大交换。

　　我在宾大修读的专业的是政治科学，在北大上的大部分课都属于国际关系学院的。但我一直对新闻传播很感兴趣，所以试听了一些跟媒体有关的课。

　　我选读了您的课，主要是因为本身很喜欢读新闻评论。我在今后的职业路途上肯定会经常接触到新闻评论，所以想更系统化地了解这一门颇有影响力的学问。

　　我对您的课主要有三大期待：首先，是学习新闻评论的独特技巧和思维方式，更深入地分析浮面报道。其中，我特别想了解怎样辨别新闻评论的"好坏"。再来，我希望能提高自己的中文水平（口语和写作），因为我在日常生活中和上课时运用的主要语言是英语。我也期望在写新闻评论的过程中培养自己的中文写作风格。第三，我希望课堂会成为一个开放式的论坛，培养我们"敢讲"，甚至挑战权威的精神。我很期待跟中国同学多交流，从他们的角度了解当今中国一些值得关注的现象和话题，互相学习。

　　我认为您的第一堂课就讲得非常生动幽默，结合了有趣的个人经验和课堂内容。您不仅清晰地概述了课程的重点和目的，还驱动了很有挑衅的讨论。我习惯于美国大学以讨论为基础的性质，所以非常喜欢您的课的互动部分。

我的中文显然还有很多进步的余地，不足之处希望得到老师的谅解。我相信这门课会使我对中国社会的认识及我的语文能力有很大的帮助。我一定会加倍努力的，克服我对中文的"心理障碍"。请老师多多指教。谢谢您！

摆脱惯性思维和盲目的正义感

陈　希

第一次课前，走进教室还没来得及坐下，旁边笑得一脸灿烂的室友凑过来说了句，"看老师那条围巾，就好想听他唱《我的中国心》"，于是，上课时看着老师总觉得有一种"中国心"的味道，总觉得这个带着一股民国学者风的老师不太像那个要"剥了教授的皮"，还会带着学生去西门吃烤串的人，这个在大学时如此特立独行的老师也更让我期待着在之后的课上能够听到一些对各种新闻事件全新的评论和思路，能够摆脱滔滔不绝的理论说教。

说起新闻评论，小时候，对它的印象大概就是"新闻联播"里念的《人民日报》评论员文章。那时，总觉得"评论"是份很高端的工作，义正辞严，指点江山。后来，为了应付老师的要求开始看报纸，在一篇新闻报道的旁边或是一个专版上有许多和报道事实不同的"议论性"文章，是各种各样和"评论员"不一样的声音与风格。高三的时候，没有电视和通讯，班长打着学习"文综"的旗号买了《看天下》《南方人物周刊》等许多杂志，与此前《人民日报》上的"端正"态度不同，在这些杂志上可以看到更多的讽刺和批判，彼此之间也常常秉持着不同的观点。在这些报纸、杂志上，我看到的新闻评论是一种表达观点和意见的议论性文字，不同于相对客观的介绍事件情况的报道，它们更多地在说理，风格上或者辛辣或者含情，给读者提供一种看事情的思路，更容易引发更深入的思考。

　　大学之后，新媒体越来越多地渗透进人们的生活，每个人的声音都有了被听到的机会，公众抓住了评论权，一个事件的一点苗头都可以在微博等社交媒体上引发铺天盖地的转发和评论。但这些似乎并不能称为新闻评论，人们常常想当然地认为自己代表的就是社会正义，但在评论前却未必有心情去了解事件的起因、经过和结果，很可能只是凭借自己的惯性思维，认定事件是自己想的样子，看到老人摔倒就是没人扶或者扶人被讹，看到官员就是贪污渎职，这样形成的评论不以事实为依据，纯粹是个人观点的表达或者情感的宣泄。新闻评论应当建立在对事实的了解和分析上，不因个人的情感因素左右判断，不因泛滥的正义感盲目地判定事件的性质。

　　然而，当人们共同的惯性思维触发的公众评论越来越多时，许多媒体就开始被"民意"绑架，单纯地顺应公众的心理来做新闻评论。正如布迪厄在《关于电视》中说的，长期以来的经验教育让记者以收视率和市场利益为标准选择新闻的内容，甚至迎合公众期待制造事件，记者用"哄读者玩"的心态去引发读者的共鸣来提高自己的关注度。在这样的原则下创作出的新闻评论并非出于独立的价值判断，也缺乏基本的思想深度，并不能称为合格的新闻评论。

　　因此，新闻评论不会是随意之作，它需要对新闻事实的清晰判断、严密的逻辑思维和思想深度，以及对多学科知识的了解。我希望能通过这门课，锻炼从不同角度去思考和看问题的能力，摆脱自己的惯性思维和盲目的正义感，带着怀疑和批判的眼光去看待一篇新闻报道或者一个新闻事件，而不是习惯性地被文章作者想要表达的观点带着走。同时，希望能在课程中培养表达想法的习惯，不是在看到一件事时有千言万语想要表达，却因为拖延的心理和不自信的心态而放弃了说出来的机会。老师在第一节课中提到每个学科的学者在评论问题时都会带有学科的局限，在我平时进行经济学双学位的学习时，也可以很明显地感受到经济学在多数情况下以"理性人"为前提分析问题的局限性，我也希望能在写作不同内容的新闻评论的过程中学会从多种学科的思维来思考问题，希望能够写出一篇值得去读的新闻评论，能够在一些人的心中产生一点触动。

双重现实中，逻辑何用

李佳凝

　　一周内我巧合地上了两堂"逻辑"课，有趣的是，它们相似又矛盾：前者是新闻评论课，关于如何识别谬误、如何正确地运用逻辑；后者是GRE写作，关于如何分析、解构他人某一陈述的逻辑。内容的重合不足为奇，而这样一句话却使两者的对比产生了戏剧性：在GRE课堂上，老师花费两小时详细讲授因果倒置、错误类比、无关概念等一系列问题之后感叹："同学们，我们学的逻辑知识只能用在考试作文上，可千万不能用在自己的发言和讨论里。"

　　姑且将两者同看做"写作之逻辑"放在一起反思，一个"常识"对于"学问"的挑衅便由此形成：是否存在两种逻辑，一种专用于正襟危坐、长篇大论的写作，而另一种则普遍存在于除此之外的俗世思考、日常话语中？我们是否需要将所学的评论规则与技艺，谨慎地使用在某一条界线、某一种情境之内，如果越过，便是浪漫天真和不识时务？

　　GRE老师的劝诫并不是毫无根据的。比如每逢节日聚会，大学生群体便常常抱怨和亲友聊及社会问题时，自己免不了与在场其他人发生一番争执。谈及腐败，便会有人说无能的人才去抨击社会，如果你当了官也一样贪；谈及日本签证游，便会有人高举爱国的大旗，说哪能让日本人挣咱们的钱。争执的结果，往往是被亲友贴上"书读呆了"或"心思太杂"的标签。同样地，不久前柴静拍摄《穹顶之下》，争议之中，一句"你行你上"成了反驳所有长篇专业分析的万能句式，强有力地占据了许多人的微博和朋友圈。借用麦克卢汉的概念，评论员的世界是"冷"的，而日常生活与网络舆论则热气腾腾，充斥着个人的好恶、碎片化的表述和"不必深究"的随意。面对"热"的日常，"冷"的逻辑往往只有形式上的优越，却在具体化的传播过程和个人的言论选择中败了下风。

惯习的规训力量或许比我们想象中的更为强大，作为准新闻人，很多时候我们不是对于何为逻辑毫无概念，而是主动或被迫地"学不致用""学无可用"。GRE 老师颇具代表性的话可以引申出一个悲观的假设：我们可以在课堂上头脑清明、在写作业时思路缜密，而走出课堂，以一个普通学生或网络用户而不是评论员的身份发言时，便终于卸下思维的重担，回归盲从的信息接受者，或者成为对一切"呵呵"而过的麻木者，甚至成为不受任何约束，也不负任何责任的宣泄者。

社会学家 Kari Marie Norgaard 用"双重现实"理论对这种状态做出了解释：我们主观地为自己构建出一个日常世界和一个思维世界；在每个世界中，我们都像另一个世界完全不存在一般地、"真实"地活着。我们已经习惯了两种模式间的切换，并且将其称为"生活的艺术"。我们在思维世界中写作，评写的对象仿佛与自己并无实质上的关联，遥远、陌生、抽象、面目模糊；在一篇评论画上句号之后，逻辑即可被弃之不用，因为日常世界中，没有逻辑的思考，我们照常地生活和运作，甚至在某些情况下可以更加自如。

Norgaard 忧虑地预测到这种"双重现实"带给人们的认知危机，而仅就一个新闻人而言，"为了评论而评论"也将是莫大的悲哀。逻辑作为一种技能，可以习得；但作为一种观念，却难以植根。经济学家张五常讲述自己求学经历时曾说，一次课后，教授赫舒拉发在课后来问自己："你旁听了我六个学期，难道我所知的经济学你还未学全吗？"张五常回答说："你的经济学我早从你的著作中学会了；我听你的课与经济学无关——我要学的是你思考的方法。"学习评论的逻辑，也不应该只满足于学习一种行文的工具、显露的规则，而更应该摸索一种思考的方法。在自我理性的不断完备中，我们可以期待，更多的人能够积攒一种跨越甚至消除"双重现实"边界线的勇气。

别在"他们"的经验中与"你"的大学渐行渐远

赵 琳

"师姐,新闻评论很虐吗?为啥你们都大四才选?""师姐,这门课是不是比较虐啊?"

"师姐,这课咋考核呀?"……

上课不到10分钟,我的微信已经被师弟师妹们炸开了锅。是啊,明明是大三的必修课,为啥我们都留到大四才修呢?是因为老师无趣?课程无用?还是作业无聊?……

都不是。恰恰相反,朋友圈充斥着大家对曹老的好评,只不过,只不过后面都加了一个"但是……"

毕竟一学期不是只上这一门课程,毕竟写评论需要时间、精力,还有大量积累,毕竟保研、出国、找工作样样都需要高绩点保驾护航……纵然有曹老"学习新闻评论要有自虐精神"的口号鞭策,纵然有去年申请了70%优秀率的分数诱惑(北大规定的是40%),纵然必修课躲得了今年躲不了明年,许多人还是在投入与产出、风险与收益的数学计算式中默默退掉众人口中的"大虐课"。

论文是搬运"知网"的复制、粘贴,选课是打听"虐不虐"的优胜劣汰,考试是复印前辈资料的大脑皮层记忆……是什么让我们的大学成为一场怕费力、怕失误的模仿秀?是什么让本该仰望星空、脚踏实地的我们,开始习惯于踩着前人的足迹,寻捷径,避风险,磨平棱角,中规中矩?

　　社会竞争压力大、成功的评价机制单一等原因固然有之，但我们对自己、对未来的迷失，更是根本原因。

　　首先，我们畏惧未知，畏惧重走前人的血泪史。但其实，"水"和"虐"从来都是相对而言的。且不论北大有成绩的优秀率限制，你"水"的课别人也"水"，你"虐"的课别人也·"虐"，而你"水"我"水"大家"水"的课，谁被正太却很是随机；就单从"虐"的定义出发，如果"虐"意味着大量读书、不断思考、艰难地掌握高深的技能，那么，你的大学不虐，将来找工作的时候就会很虐。有时候，弯路恰恰是人生的必经之路。

　　其次，很多时候，我们不相信自己付出就能做好，不相信"他们"都说虐的课程"我"可以学好。但其实，对待很多事情，我们常常是因为不了解才不喜欢，因为不喜欢才不擅长，然后在道听途说的刻板印象中避而远之，固执地认为那些不适合我们，循规蹈矩地复刻前人的成功经验。

　　最后，至今还记得高中班主任曾说过，"人生没有哪个阶段是单纯为准备另一个阶段而存在的"。大学也不例外。如果只是为了刷绩点、攒简历而忙东忙西、畏首畏尾，到头来只能是虚度青春。更不用说将这宝贵的四年，浪费在复制前辈的经验、重复别人的生活上了。

　　转眼，我已经快来到北大这本书的结尾，不禁感慨。让我自豪的，绝不是绩点有多高、学工有多牛，我庆幸的是，在美术、排球、经济、视频剪辑等我喜欢的领域学有所长，在无数自虐与被虐的纠结中获得成长。

　　所以，我想对自己和师弟师妹们说，别在复制别人的经验中与自己的大学渐行渐远，有虐点有泪点的人生，才会充满感动和不舍。"如今我在仰望，而我也在路上"，我的座右铭，对于这门课程，也当如此。

为什么我不爱看评论?

夏坤

标题一出来我就知道是要被骂的了。就好像不能对厨师说,食物只是用来填饱肚子的,没别的什么价值,身为评论家的老师也一定看着题目不太舒服。幸好这只是课堂,是交流讨论的地方,也就不至于得罪太多人了。然而,个人观点终不成说,如果有对评论误解的地方,也希望在一学期的学习中有所修正。

首先,为什么会有评论?按社会角度来看,这是对热点话题的延伸,对焦点事件的集中讨论,对权利相关方的追责,对受害者的慰问,对加害者的讨伐,对事件进展的推波助澜。但是对评论家而言,说狠点,就是"卖艺帝王家",卖的什么艺?诡辩的逻辑、刁钻的角度、犀利的语言和强势的态度。总之,就是让人看了之后直觉酣畅淋漓拍手称快的"精神鸦片"。

我并不是说"卖艺"不好,毕竟所有的行业都是在卖艺,不去卖的人只是因为没有艺罢了。记者卖的是奔跑采访,广告人卖的是 idea,运动员卖体力,老师卖文化。但我尤其不喜欢评论,是因为看了评论家的"艺"会让我损失自己的"艺"。说明白了,就是看了评论家的评论和思考,我往往很难产生自己的思考。我相信这不是我一个人的问题,而是大多数读者共存的特点,这不是我们笨,而是因为人性。社会心理学表明,在开始接受一则信息的时候,专家的说服效果要远远高于一般人。所以一打开文章,一看评论专栏,读者自然就产生一种望而却步的心态，用一种仰视的目光来看这篇文章，从一开始就是洗耳恭听的恭敬态度，又怎么能产生自己独到的见解和反驳呢？更何况，专业的评论家的写作是经过专业训练或者经验的打磨的，追求说服效果就导致了有意无意的"倾销观点"。很多观点不是读者自己形成的，而是在一次次阅读评论后被巩固加强的。然而在阅读没有距离的时候，思考也应该是没有距离的，能看懂文字的人就应当有自己的"个体精神自由"。我们买的都不是火车后面跟着跑票，自然不能够人云亦云。

那么，评论有什么用吗？当然有，一篇好的评论旁征博引，让人增长不少见识，又能够对事件有新的认识。但总体上，评论能产生的信息增量较少，却极易引起观点爆炸。对那些本来就固执己见、有自己立场的读者，评论很难产生效果；而容易被说服的读者又容易被其他人说服，所以顽固的还是顽固，倾倒的就倾倒了，摇摆的也开始摇摆。引起一场观念的风暴之后，评论家全身而退，就交给大众纠结去吧。

评论有什么不好吗？首先从评论文章构建的框架来说，是一种逻辑上的投机游戏。根据格式塔心理学，人们趋向于通过感觉元素的拼合，把经验材料组织成一个有意义的整体。我认为这种完形的操作手段在中国人身上表现得更为明显。就好像我们高中的时候都做过一种英语题型叫做完形填空，而这种英语题也只是中国人能做，因为中国人强大的逻辑思维和完形能力。热衷于完形，热衷于想象，热衷于自行填补空白的部分，这就导致了看到一点苗头立马"三人成虎"，演变成一个饱含了潜规则、暗交易的复杂故事。评论本身没有那么多言外之意，却被加工成了另一个版本的故事。

更何况，有时候评论家受某些因素的影响也会自行加工故事，混淆视听，模糊甚至扭转焦点。比如"我爸是李刚"事件，白岩松也评这件事，而他站的角度却是教育子女的话题。当然，更多的情况是评论家挖掘新的角度"给XXX敲了一记警钟"。

　　我不爱看评论，但却有理由来听评论课。因为评论是灌给我观点的，但是评论课是教我形成观点的。老师说，没有经过课程训练而自学成才成为评论家，这是高人。而我们还是深陷众多评论不可自拔的庸人，自然要多多学习。

　　而经过一节课之后，我也的确发现评论是一件蛮难的事情。首先是敏锐地发现焦点和热点的视角，其次是说服型的写作技巧，最后是具有突破意识的创新和不同角度之间的切换。而这些，是不论我做什么都需要具备的素养。

　　虽说不爱，但是致敬。

对已知的"真相"保持警惕

吴蕙子

　　如果说新闻天然肩负了向公众告知真相的责任，那么在新闻生产线上，新闻评论也许是与真相最有"距离感"的一环。

　　这种距离感并不是说新闻评论会罔顾事实，而是大多数写评论的人都不会真正到新闻现场去。当人们对一件事情产生表达欲望的时候，往往都是在接触了旁人所提供的"事实"并对其中某些话语、细节产生了共鸣或异议之时。这一类的话语、细节，脱胎于事件本身，但当它们在文本中被加以描述甚至强调之时，关注到它们的人便应当保持一份警惕了。为什么写作者要描写这些内容，或者说为什么要这样描写呢？是因为这些内容在平淡的现实面前显得如此突出、如此重要，还是这些内容能让阅读者产生兴趣？大多数的评论者因为无法到现场获得一手资料，故而会格外依赖这些二手信息。作为阅读者，此时以"最坏的恶意"来揣测一番写作者的意图，倒也不是一桩失礼的行为。

　　作为新闻评论者，在新闻事件中抓取亮点，先于部分公众表达自己业已成形的想法与意见，在某种程度上会影响到后来者对事件本身的态度，这是一项与追寻新闻真相的重要性不相上下的工作。大多数人在看到新闻事件的时候，脑中往往只有一些碎片式的感想，而评论者的逻辑与文字可能会将这些碎片连接在一起，而这种连接的方式可能是与阅读者原有的逻辑相似，又或者会完全改变阅读者最初的想法。这似乎就是传说中的舆论引导吧。在笔者看来，好的新闻评论可以凭借其辩证而理智的观点去协助某些读者摒弃偏见,甚至可以在不同的社会群体中都引发共鸣,从而弥合群体之间的裂痕。

因此,如果说新闻事件向我们抛出了一个话题,新闻评论则是"整合"社会意见的开始。所谓整合,并非说社会一定要在某个话题上达成一致,而是能够在摆正真相的基础上,让所有的意见都获得平等表达的空间,真正的好见解终将越辩越明。

迈入本科学习的最后半年,笔者曾有幸与搭档一起制作过新闻纪录片来反思社会议题,也曾有幸在自己尊敬的杂志社实习,虽然始终喜欢媒体这一行业,但是却愈发不喜欢甚至厌恶在公共空间中表达自己的想法。这种变化或许是因为看到过激的话语正在不断占领市场,理智的反思却被网友斥为"圣母""白莲花"从而大加嘲笑。毕竟,对于大多数人来说,情感的发泄远比思考来得简单。而我所期待的,是这门课可以使我重拾表达意见的热情,将我从一个旁观者重新拉回讨论者的圈子。

同时,我始终期待名为"新闻评论"的课程,可以将"真相"放在一切思考开始之前,不要让评论沦为自说自话,甚至随着事件的转折而不断打脸。

以上,便是我微不足道的思考与期待。

评论胡言二三事

甘兰蕙子

　　写对一件事的印象，也许还是在结束之后当即下笔为快。如同刚从树上摘下来的果子带着甜香，新鲜的印象、鲜明的记忆能让你的笔下流出许多诱人的细节。而在几天之后，随着一件一件的事情的冲刷，曾经的事情变得褪色，那些丰美的汁液也变得干涸。然而从另一面来说，这也让你的感觉得到一定沉淀。思考的韵味是一杯慢热的茶。你也许喜欢文字中透露的欢畅，那种让人受到感召的、跳跃的热情；但因一时之快而起的文章，所带给你的感受也会很快消弭。在表象的欢愉带来的波折中，你还是需要一条平稳的暗流。

　　我本人便持这种平淡的生活态度。并不是我对事没有冲动和热情，而是我发现以往的冲动和热情多少有些盲目的错误成分。这些错误，有时候是轻信，过于轻易地把别人的判断变成了自己的判断。比如小时候，因为郎朗的知名度和那些天才儿童的勤奋故事，就觉得郎朗的演奏一定是好的。我现在觉得，不仅仅是因为他浮夸的演奏形式，郎朗对于音乐的处理和我并不契合。他是一个张狂的表演者，他的狂是戏谑的狂，柔也是戏剧化的、梦幻的柔。他的柔并不温婉，古典主义并不拘谨，浪漫主义在他的表现下也太过汹涌。这些想法的产生，是因为聆听了其他的版本，知道了这些音乐背后的故事，有了对比和深入的了解，不再盲从于大众的一般判断。所以一个相对准确的判断总是需要一定的经历和深入才能获得的，时间在其中也是不可磨灭的变量。

　　然而新闻评论却不符合这种慢悠悠的、沉淀式的理解观念。新闻是具有即时性的，新闻评论是追赶着新闻的、快速有效的舆论引导。它不是慢热的智慧，而是犀利，是一种迅捷并且正确客观的反应。要具备这样反应的素质，需要的是冷静的、批判性思考的能力和常识的掌握。

　　评论是容易的，但好评论很难得。如果失去了冷静，就和大事小事都吵得不可开交的微博网友一样，徒有表达之能力，却没有表达之前的思考。

　　最近有两件事让我厌烦得不想去看任何的评论，觉得所有的评论和解释都是或绵软无力或偏激得可笑。第一件事是柴静的雾霾纪录片。柴静的信息重回互联网，一如她在《看见》之后一样炸开了锅。我没想到这件事其实是一系列话题的引爆，有对于雾霾问题炒得沸沸扬扬的第一回合，有因为其中的科学错误而砍"柴"劈"柴"的第二回合，有试图理性但却不够完整的第三回合，等等。环境问题、柴静的私生活，以及科学民智的缺乏，全部混在一起，成了一潭浑水。一名记者因为个人的介入而将一个公众议题变成了人身攻击，一个带有深度报道性质的纪录片因为科学错误的存在，不仅没有阐清事理，还让舆论乱成一团，我觉得这是非常悲哀的，尽管她本人非常努力。第二件事情便是那条让人见白金见蓝黑的裙子。这件事让人认识到，拥有几亿网民的中国互联网是多么的无聊。当一个疑问得到解答的时候，它并非是真正地过去了，它还需要被玩弄一番。对于一个试图知道其中道理的人来说，看到果壳网上转载的科学家访谈，就能够知道这其中的道理了。但在娱乐化的网络，这条裙子和成龙的"duang"一起，还要被段子手玩弄良久。相比制造话题而言，人们其实并不那么在意真相。

　　民智是如此的匮乏，对新闻行业的认识与新闻行业的自身认识似乎也没有好到哪里去。在韩剧《匹诺曹》流行的时候，一些网民对于记者的一般认识，似乎就变成了剧情里对嗜血记者的控诉。用韩剧的台词来控告记者的职业道德，像央视在"新闻联播"中引用名侦探柯南《贝克街的亡灵》一样，是多么有见地的引用和论证。最近的事情也是众所周知，在两会期间穿红戴绿的美女记者也可以当追星族了。照片散布之外，还有一篇低姿态的、肉麻的记者手记，让记者身份尽失。改稿是可以的，证明你尊重被采访者的观点，因为记者稿件里断章取义的地方的确不少。然而让被采访者改动得过多，是否也是证明了你专业能力的缺失呢？

在有意建立这种对新闻快速的、批判性的反应时，也让我想到这种倾向所可能走向的愤青极端。对症下药这件事，也许从"对症"这一步就开始存在挑战。针砭时弊，也得正中"时弊"。不是所有的新闻都存在着"非得教训教训不可"的大毛病。错也有许多错的可能性，有些错是徘徊在错与正确之间的、模棱两可的小错，错并非都是错得离谱。如果一味地否定全部，执拗地反驳，其实也是一种花大力气于无用的无聊状态。

就像寻求一种平衡，在这种犀利的"吐槽"中，评论人的心里也许应该存在一种"宽容"的态度，否则在这荒诞不经中，对人的定力也是大大的消磨。一次吐槽也许是快人快语，是对精力的快速消磨；而一种"宽容"则是其后默默地养分汲取，包容多元，恒常地获取知识来维持自己的世界观。吐槽是嘴上功夫，挥斥方遒是笔下风采，内心一定应该是平静的。

上第一节新闻评论课的时候，我有感于那种看穿混沌表象之后的真实原委的透彻舒畅感，期望自己能获得这样一种能力。现在的我，尽管不再清醒，却困顿依然。我能够形成的是并非"拿来"的我的认识，这种"我的认识"是否能够升格为"正确的认识"并且具有说服力呢？人的认识本就困顿，政治兴风作浪便能把一个人的小舟打翻，因而我们很多时候只能依附于它。人在不同时期有着不同的思考，这也就让不同时期的"正确"存在着不同的意义。如果曹老师将自己从开初到如今的评论一篇一篇连缀起来，议题相似的分个类，也能看到其中的变化与恒常吧。

七嘴八舌：写在首节评论课之后

现在的问题是书读得太多而想得太少

最开始一直在犹豫要不要来上这门课，因为在我看来，新闻评论不是教出来的，而是一个人在一定的知识储备基础上，在某种情感动机的驱使下，自然而然地写出来的，似乎"教（学习）怎么写评论"是一件事倍功半的事。然而第一节新闻评论课让我对以上观点产生了动摇。

这堂课上的学生读到大三，读书也有十几年了，但是我们缺乏针砭时弊、兵刃相接的经验，也缺少思维逻辑的训练，在分析问题时想法简单，常常诉诸感性，却说不出具体的驳论点，"现在的问题是书读得太多而想得太少"，没有人想要成为拘泥于已有知识却不思考现实的书呆子，新闻评论课或许是一个锻炼思维的好机会。

为什么来上这门课，为什么必须要上这门课？因为我们需要一个练习、修改、再练习的动机，一个自由讨论的领域和一位有经验的导师，因为我们需要重新拾起观察社会的兴趣，最后，还需要学习评论世界的基本逻辑。对于这堂课，我的想法是：对学生而言，先是要多写，写不同新闻题材的评论（国际、国内、社会、政治甚至娱乐新闻），然后是多说，在课堂上聆听并发表见解。希望老师能多推荐一些观摩评论的网站、书刊，通过对失败案例的分析，对我们可能犯的错误予以提醒，也可以用我们自己写的评论来当案例。

评论员的心理承受力该有多强

从我有限的新闻阅读经验来看，新闻评论有这样两种状态：一是从"正常"中寻找"反常"，二是从"反常"中发现"正常"。前者针砭时弊，试图帮助读者走出娱乐至死的怪圈，从那习以为常的消息洪流中寻找不合理之处，走出媒体思维的牵引，开动自己的生活常识，把独立思考的结果用文字呈现出来，使我们对温柔的世界多一份怀疑，就像火。后者淡定内敛，一些骇人听闻、颇具爆点的新闻，它们的发生其实早就有迹可循；换句话说，可以在逻辑分析的基础上，以相关的事实支撑分论点，甚至可以和读者一起通过思考，分析事件的未来走向，让我们对变化的世界少一份恐惧，就像冰。无论是哪一种，我都确信，新闻评论是有温度的。

在第一节课上，老师提到了心理承受力的问题。那么作为新闻评论者，我们应该如何看待反对的声音？现在的新闻评论文章也具有被读者直接评论的空间了。这的确有助于观点、思想的碰撞，但同时，我感到愿意在下方留言的人，在很多情况下却并不是对评论者的观点有所理解的人，而是在用自己的生活经验与愤怒，带着批判新闻事件本身的意图，向着评论文章发动攻击与反驳。媒体可以发表自己的新闻评论，读者也有权发表自己的认识。尽管我认为，越是能够对新闻事件有深刻理解的读者，在发言时也会越发慎重，但当评论文章下方的评论充斥着批驳之声的时候，新闻评论的作者到底该不该去看这些评论，如何让自己的思考不受这些声音的干扰？希望能够通过一个学期的学习，在课程的帮助下，自己把这些期待实现，去动笔写评论，去寻找问题的答案。

上帝给了我一支麦克风，可惜我是个哑巴

"上帝给了我一支麦克风，只可惜我是个哑巴"，这句话就是我对于这门课最初的想法和评价。酝酿了很多官方的答案，让整个作业能够显

得"体面"一些,但是到最后却觉得那么做反倒更敷衍。自打有自我意识起,我对自己虽然没有一个完整又明确的认知,但还是非常清楚自己不擅长什么,而"评论"二字就是其中之一。每当有一个大新闻发生时,我的朋友圈就会被同班同学刷屏,刷的文章虽然是同一篇,但附上的评论确是五花八门,各种视角的都有,看得我好生羡慕,本想跟风加入"刷屏大军",心血来潮准备写评论的时候才发现半天憋不出一个字,只好默默添加几个微信表情然后转发。这就是我和"评论"遥远又咫尺的距离。

下了第一次课后,我和朋友一同回宿舍,两人都对此课感到忧心忡忡,想想我们从小到大都是根正苗红、弘扬国家主旋律的乖孩子,主流媒体说啥都信,几乎不发表任何看法,即便有想法也是默默在心里吐槽,如今却要我们开口评论包括政治在内的国内外新闻,简直有赶鸭子上架的悲壮感。当我回顾起三年前那次冲动的专业选择,是"机缘巧合,身不由己"所致时,我竟然本能地松了一口气:原来,我年轻的时候就没想着会成为这块料。

专治虐课三十年

刚刚敲定选择这门课时,我同时给两个新闻系的同学看了我的新学期课表,两位的反应惊人地一致:"你干嘛想不通啊,选这门课。"我很奇怪,我没有想不通啊,曹林老师的课,其他学校同专业的同学吵着要旁听都没机会,我终于等到大三了,干嘛不选啊。最后在他们仿佛看到了什么奇葩的眼神中,我终于明白了那没说出来的深意:这门课很"虐"。具体表现为:时不时需要写一写东西,并且需要很好的才华才能够吸引老师的注意力,毕竟几十个人的班级,如何写出一篇让老师点头称道的评论文章是一件需要绞尽脑汁的事情。而对于大三最后一年时间拼绩点的我们来说,必修只能闭着眼睛拼了,或者干脆扔到大四放弃治疗;而像我这种不是必修还往跟前凑的人,纯属自杀。但结合我两年半的大学选课生涯，我大言不惭地给自己送了一个"专治虐课三十年"的称号。从往年来看，还是战绩辉煌的。

写在这门课程开始之前，总结一下我曾经零星擦出的思考火花。而我相信思想也将在这门课程中起航，我不觉得自己具备很高的起点，但我认为自己具有很快的领悟力。在文章末尾，要感谢和曹林老师的缘分，能够有机会在一个学期时间进行充分的交流和讨论，我也期待着半年之后自己的收获和成长。

面对一张平静的纸，需要将作为感性的自我抽离出来

三年前误入新闻学，半年前误入社会学，时间的节点总是那么有趣——它安排一个没有新闻梦的人去学新闻，又在大学将近之际让我遇到了为新闻助力的社会学；一直喜欢实打实的文字，接纳新闻之后，更觉得新闻评论是新闻写作中含金量最高的部分，但又不得不承认，思考和写作都是耗费心力的事。面对一张平静的纸，需要将作为感性的自我抽离出来，在逻辑的处理上多留个心眼，像一壶刚泡好的茶一样，新闻人只有吹开翻腾旋转的茶叶，避免情绪上的一时热，才能将杯底看得更清。太滚烫的茶，就像刚刚呈现到新闻人面前的事件一样，猛喝一口只有单纯"烫"的体验。

寒假期间，我在新华社评论部见习过一段时间，从未写过新闻评论文章的我，在写作之前采取了最笨的办法——看优秀评论文章，"窃取"写作构思和最要紧的思维与逻辑结构。到自己写文章的那几天，就赶大早起来看新闻，等着评论部的老师把选题讨论结果发过来，然后在下午1点到2点之前将文章初稿交给老师审阅，不合格的基本上就直接刷掉；有见报价值的就等着老师的批改意见，最后在晚上之前发出去。这样的节奏从未尝试过，当时也觉得挺紧张的，慢慢地也还算上道，写过几篇老师觉得"形似"贵部评论版的文章，但是在思想和逻辑的推敲上还很

欠功力，所以新期待来了——如果曹老能在课上慷慨地分享自己写新闻评论的经历和心得（哪怕是曲折，其实我们就爱听曲折的故事），我们也许更能在无意间"窃取"到老师在面对一个新闻事件时，是如何对它进行处理并最终呈现出一篇评论文章的。

期待获得新闻和评论敏感

我一直是个不自信、懒散、不爱动脑子的人，我做心理年龄测试都只有 5 岁，所以上这门课特别担心，但它让我感受到思维的碰撞是很奇妙很快乐的，就像给一个小孩子打开一扇新鲜的大门，我很期待每节课都是彩蛋，能让我的心理年龄上涨到年轻人，不要终日那么肤浅。

我一直很不敏感，主要是对有的东西不感兴趣，有时候同学们探讨一个新的热门事件，我不太了解，也没什么兴趣。柴静的片子，我在朋友圈分享了相关的评论，但是我没有看过片子，到现在也没有什么欲望要去看一下她到底拍了什么。我这种"没有欲望"和"没有敏感性"，我自己很担心，也不知道怎么处理。如果每天都关注社会热点，我觉得难免会随波逐流，而且心很累，但是我目前对什么都不感兴趣的状态，也很糟糕，连事件都不了解，我根本没有去评论的资格和底气。这个问题我很为难，可能是因为我真的太懒，书看得太少，应该改变生活的状态，老师如果有好的建议请一定告诉我，这是我的一个大问题，我很像一张白纸，什么都不太很有兴趣去沾一点。

基于我本人的这个缺陷，我对新闻评论的理解就是，评那些想评并值得评的人、事。我可能不是对所有的热点都了解，针砭时弊对我来说也太难，评论可能是对于一件感兴趣、值得谈的事情，附上一个客观的、有意义的切入角度。这个角度很重要，既不能显得有失公平，又最好是独特的、别致的、发人深省的。所以我希望，在接下来一学期的相伴中，能和老师、同学多多交流，我们共同分享对新闻评论的理解和感悟，共同成长。

但愿新闻评论不是"瞎说"

评论课下课后，我打电话给老妈，说我刚才上了新闻评论课，感觉有点难，你怎么看？老妈很实诚地说："新闻评论啊，不就是和人吵来吵去，在那里瞎说吗？"我无言，又打电话给正在上高中的表弟，表弟默然半晌回答："我还是比较喜欢看简单的吐槽。"

新闻评论是个"危险"而"孤傲"的活儿，以至于像我这种新闻专业的学生，一说起要写评论也开始畏缩。但左思右想，没上过新闻评论课何以能称是新闻专业的学生？不学点干货又何以在不远的将来于实习场或正式职场上拼杀？"虐课"每学期都会有，为了保研推到大四也保得名不副实，反正我是做不出来。我在选课网站上停留许久，带着想知道在这个文字最不值钱的时代里，如何寻找并写出点有价值的文字，还有曹老师那张要求我们自虐的萌萌的脸，终于艰难地决定将新闻评论课保留了下来。

不厌其烦地重复常识

几天前，我无意间看到一篇名为《过去三年来，我不看电视、不读报纸也不上网看新闻》的文章，作者系清华大学新闻与传播学院副院长李希光。题目虽鸡汤味颇浓，但细读之下深觉字字锥心。文中引用了瑞士小说家罗尔夫的观点，即"新闻无法解释世界""新闻报道与深刻理解世界的关系是负相关的""看的新闻越多，越看不清世界的整体画面"等。超负荷的新闻获取从一定程度上破坏着人们的记忆力和理解力，带来认知偏差。

新闻无法躲避，至少眼下如是；评论还有价值，至少眼下如是。如果说李教授的文章让我找到了新闻评论的价值，那么这节课则给了我做好新闻评论的信心。信心只源于曹老师的一句话："不厌其烦地重复常识。"虽是最简单不过的逻辑，却不易发觉。正像作家之所以为作家，就是因为他们能写出"人人心中所有，而笔下却无"的东西。这句话背后的希望，会支撑我完成本学期的"自虐之旅"。

跨越大半个北京城来选课

两年前，我还是中国传媒大学的一名大三学生，学习的是经济类专业，但对新闻、媒体有着无比单纯的向往。当时，我的一位学国际新闻的师哥（完颜文豪）告诉我说，自己坚持了一学期来北大听曹林老师的评论课，和北大的学生一起做作业，讨论问题，自己的很多评论都被拿去发表了，后来成为了曹老师的实习生。那时的我，一方面懊恼自己怎么没有这样的毅力和机会到北大来听课，到报社实习；一方面也梦想有一天自己真的可以走进这个圈子，触摸新闻的温度。

一年后，那些曾经以为遥不可及的事情就这样成为了再也平淡不过的现实。我成为了北大新闻与传播学院的一名研究生，在大四暑假来到了《中青报》特别报道部实习，后来成为了刺猬公社自媒体的执行主编，认识了许许多多的媒体人。我也终于，和当时的师哥一样，坐在了曹林老师的评论课教室里。这一切让我感动，因为，我终于明白，永远不要怀疑自己与梦想的距离。

作为一名研究生，来旁听本科生的新闻评论课，不为学分，不为成绩，支持我的不仅仅是一种情怀，更是对新闻评论本身的追求与探索。

我不再像从前那样，不假思索地相信别人的言论，我开始带着分析事物、探索真相的心态去看待发生的事情。同时，也开始学习如何表达自己的态度和自己知道的真相，负责任地评论人和事，因为评论可以影响别人，拨开他人心中的迷雾，更可以改变自己，因为我想成为一个有社会责任感的媒体人。

学好评论去回答尴尬之问

我不知道自己是不是会成为一个记者，但是上好这门新闻评论课对我无比重要。每次假期回家，我总会听到很多如下说法，"你们北大那个校长真傻""北大哪个学生被判刑了"……自从高考之后，我似乎在家乡的那个小城里就等于"北大"了。各种人关注着北大的负面消息，我一回家，这些负面消息就会不停地来找上我。而我每次都无言相对，我想和他们谈"新闻落点与新闻价值"，但是他们并不理解，我想和他们谈"新闻只是被选择的事实组合"，但是他们只认同"连央视都报道了"。所以，我渴求一种交流方法，能够打破人们心中固守的错误观念，能够抹平不同群体之间的偏见。学好新闻评论，窥见我想要的方法，也算是对我这个理想主义者的最大安抚了。

也看也爱写评论

平时看别人写的评论，或惊叹于其逻辑的严密，或对其漏洞百出而嗤之以鼻，甚至还会围观论坛上对于一些新闻评论的种种抨击。但是从来都没有想过，如果是自己写一篇评论会是什么样子的。只看不写永远都学不会，希望通过这门课的训练，自己能开始真正地写评论，锻炼自己的思维逻辑能力，找到清晰的论点，练习文章的语言与结构，并且能够兼顾读者的接受与理解。

周围有很多同学去年上过这门课，都对这门课程和老师赞不绝口；更重要的是，很多人从对新闻评论没有什么了解到变得热爱起来。作为一名大四的学生，没有了成绩与学分的压力，来选一门非自己专业的课程，在丰富自己大学生活的同时，也期待通过这门课程的学习，能够激发自己的一些热情，喜欢上新闻评论。

女篮特长生的评论情结

曹老师：

您好！

首先，介绍一下我自己。我叫于璐，是一个特长生，在校女篮打小前锋。您应该很容易就能认出我，我个子很高，长头发。第一节课的时候坐在第二排您的正前方。

去年的新闻评论课我没有选上，但是来听了两节，记忆犹新的是您讲的那句——"突破心理障碍，养成写作习惯"。同样，这学期您又提到了这点。可以说，北大人才辈出，对于特长生来说压力很大，再加上从小就不愿意写东西的心理，这真的是戳中了我的要害！

听了您的第一节课，出现了两种状态：动力和迷茫。很喜欢您讲的那些新闻和评论的例子，让我不觉得枯燥，并且还很有意思，但看了程曼祺和王润茜等学姐写的评论后，感觉她们真的写得很好，不知道自己怎么才能像他们那样写出那么好的评论。感觉压力好大。

看到您在微信群里和我们的互动，觉得就像朋友一样，所以想和您说说心里话。有些课的老师会对我们特长生有一些偏见，认为我们基础不好，比赛经常缺课，都不太关注。所以希望您能多给予一些建议和帮助。我一定会认真上课，努力完成好作业的。很希望在一学期过后能写出好的评论。

新闻评论能靠教授而写好吗？

狭隘地认为，评论作为个人思维过程的物化产物，难以通过"量"的教授而产生"质"的变化。我们都是从高中一路走来，高中语文作文是议论文的天下，大部分人都学过议论文的八股形式（我非常反感，所以高中作文很少采用议论文的形式，高考亦如是）。所以我狭隘地认为，教出来的评论难逃八股束缚，易成文却难出彩。实习时带我的老师曾经跟我说过，一篇评论中要有一些自己觉得非常出彩、经典的话语。因而我认为，这些出彩经典的话语是教不出来，靠的是思维的火花。

　　或许有人会说，所谓的"教"不侧重如何行文而是如何思考，那么学生我更有理由期待本学期的课程如何授之我们以渔。

02

第二编　学生优秀评论精选

　　这是一门必修课，上好这门课才能拿到两个学分，因此，选这门课的学生未必会对评论感兴趣。让我欣慰的是，每个学期都能发掘好几个热爱评论的学生，或者是本身就想以评论为业，或者是听完这门课后评论激情被点燃从而一发不可收拾想以评论为业。这是一门实践课，老师创造了实践的机会，能收获多少，除了看老师讲课优劣，更关键的是看学生投入多少。投入越多，课堂讨论参与越多，作业越认真地写，课外越多地关注时事和进行写作，就会从这门课程中收获越多。

　　在这一编中，选了几个积极参与这门课程的学生的优秀评论，他们在这课上写的评论既多又好，已经具备了一个出色的专职评论员的素养，我以他们为荣。每位同学的专辑后附有他们的写作思考，对新学评论者应该有所启发。

程曼祺专辑

　　我运气好，我们这一届（新闻与传播学院 2009 级）的新闻评论课，赶上了曹老的北大"处女秀"。曹老来的那天，我没记错的话，他穿着一件米白色的毛衣，头发上有几根立着的"呆毛"，用带点口音的普通话滔滔不绝地分享评论写作实战经验。于是，初中以来破天荒地，我十分积极地要求当课代表。既然都当上了干部，那就得更加认真地写作了。写作即是思考，写评论尤其如此。现在，我也成了曹老的同事，在《中国青年报》冰点周刊做记者。至于关于我的其他事情，读者估计没兴趣知道。

拿"及格"拯救你，我的艺术热忱

北大的热门课程有两种，一种是阳春白雪——听的人多，选的人少，因为大家公认这种课讲得虽好，成绩却不妙；另一种则十分亲民，大家总是争先恐后地去选，当然上不上课则是另一回事，这类课大体都有"提高平均绩点"的功效。

2011 年—2012 年春季学期，长期处于阳春白雪行列的艺术史课程在考核方式上做出了改革：成绩只记为合格和不合格，学分有效，但成绩不录入总绩点。此举一出，不少以往对这门课想选不敢选的学子拍手称快——"及格"拯救了我们的艺术热忱。

"及格拯救艺术热忱"，这本身很好笑，"艺术"带有理想化色彩，而与分数和竞争紧密联系的"及格"概念则是计算和功利性的。在向来有"理想主义"传统的北大，什么时候轮到"及格"来挽救对艺术的渴望了？

每当提到类似的问题，总有尊长前辈站出来语重心长地感叹，现在北大学生不一样了！

我倒觉得这不能全怪学生功利。我们，归根到底是我们成长与生活的环境的产物，且不说这个环境的构建者就是你们。

在一个分数计算和文凭认证以及其他的很多事物都越发规范化、数字化、标准化的社会里，我们能最快给陌生人呈现的实实在在的东西往往就是数字——绩点、英语考试分数、专业资格考试成绩……保研推免、出国交换、留学、找工作填简历，哪一样不看绩点？虽然对大学生来说，成绩不再是决定人生未来走向的唯一指标，但"分分分，学生的命根"这句话仍然在一定程度上有效。在现实的压力下，被外界描摹成天之骄子、国家栋梁的北大里这一群忧伤迷茫的年轻人啊，还是不得不在很多时候向绩点屈服。

在绩点的重要性几乎不能动摇的情况下，作为学生，我们所希望的是一个更加公平和合理的成绩认证体系、一个更能真实指示出我们学习能力的绩点。

之前，艺术史之所以听者众，选者寡，是因为朱青生教授要求确实比较严格，对于好的成果他不吝惜高分，这样的例子我身边有；但对于对艺术有爱好却没有过多涉猎的同学，他也不刻意照顾，这样的例子我身边更多。这就是为什么此课"虐名"很盛。相似的还有历史系阎步克老师关于官僚制度的课程，也是内容上口碑很好，成绩上"声名狼藉"。如果同一大类的课程，选自己不太感兴趣但是给分厚道的课程，能够得90分以上的分数；选内容充实、自己感兴趣但成绩严苛的课，却只能得到70多分的话，那绩点上就会有较大的差别。

这种差别对学生的心理意义大于实际意义，因为两三分学分的成绩在整个大学的总平均成绩中，其实无足轻重，但这种比较却让学生看到了投机的可能性——要想得到好的成绩，学好是一方面，考好是一方面，但在这一切之前还有另一项工作，选好。

选，表面是在选课，其实是在忠于兴趣的随性洒脱和瞻前顾后的精于计算这两种不同的自我态度中去做抉择。说得严肃一点，这是在选择自己的生活状态和自己要遵循的原则。回想刚进入大学时的自己，面临这样的选择有一种说不出的焦虑感，而这只是大学生活里形形色色的选择之一。

我认为这种现状是可以有改善空间的，理工科的课程特点我不了解，但是对于给分标准相对模糊的人文社科类课程，不妨以名次分布而非实际的分数来给定成绩。这种成绩认定方式可以减少因每个老师对分数心理定位的不同而造成的成绩偏差。当这种由于任课老师个人偏向问题而造成的差异和不公减少之后，更多的学生也许能敢于尝试自己真正感兴趣的课，使得"上的课不选，选的课不上"的怪相变少，成绩对学习能力的指示作用变大。

你看云时热切，你看我时眼盲

　　新闻评论课老师布置了一个作业，让我们写关于校园内的事务。我本以为主题会很多，话会刹不住，但想动笔写时，思绪却莫名贫乏，不知该从何说起。听着其他同学类似的抱怨，我知道自己的情况并非个例。

　　但校园中真是无事可评吗？当我开始思索校园中的事物和回忆自己的经历后，发现其实有很多值得写成评论的事。这些事，也如大多数评论中常提的事，有一定的负面性，有不合理之处或者有争议，因此可评，可写。比如北大助学金发得太滥，学校对申报信息的监管核查几乎形同虚设的问题；再比如学生活动开发票报销，到底哪些可以开，哪些不宜开？

　　凡此种种，我想到了很多，这些事都曾令我印象深刻，但今天，如果不是为了写评论，我可能不会想起。而最让我感到焦虑和震惊的也正是这一点——面对校园不合理现象时，我从容冷静和见怪不怪；说得严重点，是我的熟视无睹和麻木不仁。

　　回想起平日茶余饭后与一帮同学狂侃"权利""民主"的自己，回想起在论坛和微博上笑看"公知"掐架，静候官员雷语的自己，真是很惭愧。指点江山，激昂文字，本无可厚非，这是公民的表达权利，需要被尊重，包括被我自己尊重。但当把对自己身边事物的熟视无睹和对所谓社会热点的追捧关注并列来看时，则会发现，熟视无睹愈加明显，而追捧关注却好像并不是真的关注。

校园挡不住外面的诱惑和世故的侵袭，多数时候，我们把自己当做局外人，以冷眼旁观的姿态来看外界的种种乱象。而当我们自己也面临选择，当我们的利益也掺和到"问题"和"现象"中时，我们却失去了敏感，变得迟钝，不管是刻意还是不知不觉。这便是开头说到的提笔时涌上心头的那一阵失语感。

都说校园是社会的缩影，这件事上也是如此。外界的大社会里虽然没有校园这道围墙，但却有更多形形色色的藩篱。人们囿于其中，故步自封，常常不能或不敢对身边的不合理现象去质疑，去思考，更不论去实实在在地行动使之有所改变；而对于更远的事物，对于更抽象的讨论，我们却常常报以极大的热情，投以额外的精力。我们以为自己还在思考，还在负责，还在积极地生活，但在那样一种抽象的热情中，难道没有一点逃避现实和沉湎于舆论狂欢的成分？

作为学生，我们大骂裸官，但同龄人，我想问如果你爸妈碰巧是官，还有条件让你留学甚至移民，你是去还是不去？我们大骂教育不公平，考核有猫腻，那我也想知道，如果你因为家庭环境优越，从小受教育较好，因而有条件进到更好的学校，遇到更好的老师，你是去还是不去？这里没有质问的意思，因为当我们用这些问题来问自己时，会发现这根本不构成一个问题，不构成一个选择。

"你看云时很近，你看我时很远"这句诗，形容当下这个意见爆炸，但同时又思考贫瘠的世界真是很贴切。你看云时热切，那时你眼神清澈，你正义，你光明，你伟大，你纯洁；你看我时却眼盲，我就在你身边，你却对我爱理不理，浑浊的目光里是死沉沉的黑。

少一些会外照顾，多一些会上尊重

　　全国政协委员詹国枢在微博上批评两会的"过度服务"，他说："全国两会，各宾馆做了精心准备，服务可谓无微不至，尽善尽美。然而凡事不可过度。比如，清晨早餐，到餐台前要一煎鸡蛋。服务员很热情，很快做好端上。这蛋咋这么大呢？定睛一看，原来是两个鸡蛋煎在一起！每人要蛋，均是如此！这就过了！于是建议，要一给一，不要加码，但愿明天改正。"

　　早餐加两个蛋，显然是对代表委员的一种照顾。为了让代表委员更安心于参政议政，在各方面、各种细节上都有"照顾"。比如今年的两会交通管制规定中，多了一项有关环保的新要求：外埠机动车需进入北京市五环路（含）以内道路行驶的，持环保标志，并经环保部门现场检测车辆尾气合格后，办理进京通行证。

　　无须过度阐释这些细节上的关怀，这种福利上的关怀体现了对肩负重任的代表委员的呵护。公众并不羡慕和忌妒这种对代表委员们的照顾，不过更期待在这种"会外照顾"之外，更多一些"会上的尊重"，对权利的尊重，远比这种特殊福利上的照顾重要得多。

　　其实从代表委员的角色定位来看，他们是最不需要这种会外"特殊照顾"的人群，他们参加两会是受人民的委托行使对政府的监督的，太多的"会外照顾"可能让委托他们参政议政的民众不满，会让民众产生一种疏远感，不利于代表委员与民众保持一种亲近的关系。只有更多的

"会上尊重"，才能体现对代表权利和民众权利的尊重。

　　真正要使两会代表和委员的各项职权获得尊重，最好的做法是让代表委员们在负责任的履职中多提出有调查基础、有建设性的提案议案，并针对提案议案展开辩论，发表观点，提出建议。如果会外有什么功夫要做，也应该体现在"创造条件"让代表委员们与民众充分地交流，创造条件让他们批评政府，创造条件让他们充分地行使监督政府的权利。比如，将预算做得清楚一些，方便代表委员们监督；让政府官员与代表委员们面对面，接受代表们的质询和委员们的批评；将所有政务行为都置于阳光之下，接受代表委员们的审视。

　　没有什么比这种对权利的尊重，更能体现制度上的尊重和关怀了。让代表委员早餐"吃两个蛋"只是浅层的关怀，中国两会制度的丰满与完善，需要在"会上尊重"上下功夫。这是民众所期待的，也是负责任的代表委员们所期待的。

被忘记的雷锋，被记起的宣传

二月底的这天，我路过北大理科教学楼门口，无意瞟到某条横幅——"《雷锋离开的日子》观影会暨雷锋精神讨论会"。

这部电影触到了我的回忆。两年前的 3 月 4 日，我刚写完了第二天要在《北大青年》刊出的关于雷锋纪念日的稿子，那一晚我怀着写完稿的余热看了《雷锋离开的日子》。出乎意料，这部拍摄年代久远，画面也略显过时的影片却看得我热泪盈眶。

这眼泪中，除了对雷锋战友乔安山人生经历的感叹，更有一种惋惜，惋惜的是雷锋精神正在被淡忘。那期稿件的主题便是"被淡忘的 3 月 5 日和被解构的雷锋形象"，因为在前期讨论立项时，我们发现虽然临近 3 月 5 日，但在当时的各大门户网站上，很少能找关于雷锋的专题报道。百度雷锋贴吧里一篇题为《失望的"3.5"》的精华帖就是在抱怨主流媒体对雷锋的忽视。而我自己，如果不是要写那篇稿子，恐怕也不会记起那天有何特殊。

但今年，短短的两年后，主流话语又重拾了对雷锋的兴趣：雷锋声势浩大地回归了——他出现在校园的横幅上，他出现在未名 BBS 的活动推广栏目上，他以耀眼的红色标题出现在新浪、搜狐、网易的新闻首页，《人民日报》、新华社相继发表关于他的评论和通讯。

是的，雷锋回归了，与之相应的是那种全民学习雷锋的宣传思路的回归。这便是雷锋的回归何以声势浩大的缘由。

这种声势浩大，正好说明了之前主流话语对雷锋的相对忽视和我们对雷锋的相对遗忘。在去世五十周年突然高调返场的雷锋，就像一个生日才被记起的孩子。

不过生日被记起本身并不是坏事，而且如果能以此为契机引起长期的关注，便能让雷锋再次回到大众的意识。但在看到今年中国主流媒体和各大新闻网站上关于雷锋的文章报道后，我却觉得这是一个很糟糕的party——一群醉翁之意不在酒的人说着离题千里的祝词，在他们的话语里雷锋和雷锋精神承载了太多诸如人类命运、生命意义甚至世界和平的宏大主题，以致扭曲变形，让人看来哭笑不得。

微博上流传的那篇从高更在塔希提岛所作名画《我们从哪里来？我们是谁？我们往哪里去？》切入"雷锋精神永恒召唤"的通讯便是一例。除了这种引起诸多网友吐槽的"神作"，更多的是喊口号式的文章：《大力弘扬雷锋精神　共建精神信仰大厦》《雷锋精神永放光芒》《雷锋精神：社会主义核心价值体系的结晶》。虽然"宣传"本身已经是一个陈旧甚至陈腐的话题了，但这些文章题目，在宣传中也算得上是复古怀旧的，让人全无阅读欲望。

看到这一系列的"雷锋攻势"，我才幡然领悟，回归的不是雷锋，而是铺天盖地口号式灌输的宣传思路。明年的2月底、3月初，雷锋是否还会像今年一样成为焦点？或许这种盛况又要等到2022年雷锋逝世六十周年了吧。但一旦这种喊话被用顺手了，那么明年和明年的明年，我们也不会缺"雷锋"。"铁打的营盘，流水的兵"，树典型和"全民学习"的思维可以加之任何一个对象和事件。比如大寨，比如鞍钢，比如焦裕禄，比如孔繁森。

在两年前讨论稿件立项时，我们也注意到雷锋虽然被主流话语淡忘，但雷锋的形象并没有消失，这便是"被解构的雷锋"这一主题的来由。你如果到后海的文化小店逛一圈，最普及的商品之一便是雷锋帽，是印有"为人民服务"这句雷锋精神名言的 T 恤衫或帆布包；而天涯社区上也能见到不少对"学习雷锋好榜样"这句话的调侃式接龙。这一个雷锋并不只在 3 月 5 日前后出没，因为这是一个大众的雷锋，同时也是一个被解构、被恶搞的文化符号。

这一点在今天同样成立。有趣的是主流话语对雷锋的关注，使得草根文化对雷锋的吐槽更加厉害。当新华社那篇模仿交响曲结构的通讯在微博上流传时，网友们的评论多半是调侃和嘲笑，他们嘲笑的不是雷锋和雷锋精神本身，而是这种极致到虚假的雷锋宣传。同样，在微博流传的还有关于雷锋的各种"摆拍"证据，以及从雷锋"拾粪"事迹分析得出的 50 年代的中国是"粪坑"的结论（据说每 11 步就能遇到一块"地雷"）。微博上还有一本把雷锋、李小龙和列侬并置的书（《革命说明书之雷锋》），其导言是这样的："解密 22 岁四份最好工作的雷锋成功学""1940 年出生的三个人为何成为全世界顶级模范"。这个在《求是》杂志里仍代表共产主义精神的雷锋（《充分认识雷锋精神的时代价值》），已经在平行的网络时空里成为了和李小龙、列侬一样的 20 世纪大众文化符号。

在之前那个时代的雷锋宣传中，主流话语对大众的崇拜有着决定性的引导作用。而在今天，主流话语中对雷锋正统性的强调却激起了网民们更多的挑战和重新解读。也正是在这个意义上，雷锋依然被遗忘着，而《人民日报》、新华社或是《光明日报》上那些充斥了政治宣传话语的评论并不能扭转这种遗忘，只能带来在另一个不受主流思想控制的话语层面上的一时的热闹讨论。

但这种看似拙劣的努力本身却是一个更加值得关注的问题，那便是树典型、戴高帽的宣传思路的回归。而这种思路下一步会把焦点集中于何处，又会激起民众的何种反响？也许我该回家翻翻日历，读读党史了。

"方韩"大战，在变为事实的雄辩里狂欢

"事实胜于雄辩"，这句经常在各种"雄辩"中被当做常识喊出来的话似乎快过时了。在雄辩越来越成为事实一部分的时代里，如何谈"事实胜于雄辩"？

其实在更久的过去，雄辩与事实就一定是截然分开的吗？未必。戈培尔曾经说："谎言重复千遍就是真理。"从信息可能造成的后续影响力上来说，这话没错。"雄辩淹没事实""雄辩变为事实"并不是人类历史的新现象。

但在这个网络及新媒体技术空前发展，各种信息、观点、态度泛滥的时代里，我们又面临着新的情况——"在变为事实的雄辩里狂欢"，即人们追求的不再是雄辩过后真实的沉淀，而是享受雄辩这个过程本身。

人们对没完没了的辩论的热情，在最近引起广泛关注的两个网络事件——"方韩"之争及甄子丹与赵文卓的掐架中都有体现。它们的共性在于：扑朔迷离的真相、持续的讨论及巨量的关注。

在持续的证据、推理和观点的交锋中，韩寒是否代笔，甄子丹是否是戏霸，本身已不重要。重要的是每个发言者都在其中找到了自己的乐趣和价值，展现了自己骁勇善战的英姿、过五关斩六将的勇武；每一个旁观者都在其中满足了自己的好奇心甚至是窥私欲。这不是皆大欢喜吗？

我们总以为有些争论是因为事实没有水落石出，所以才没完没了；却

不想有些事实恰恰是因为争论还不够尽兴过瘾，所以才没水落石出。

网络技术和各种新媒体平台在此过程中扮演的角色是量变到质变之间的催化剂。正如上文所说，雄辩对现实的扭曲古已有之。而现代网络技术的去中心化和海量的信息承载在颠覆了权威对事实的唯一话语权之后，使原本具有相对统一面貌的事物变得支离破碎——所有人都可以从不同的视角、经历和立场去解释或理解真相，且在这不同的阐释和理解中，并不能简单地说一个是非真假。

在这个复杂的舆论环境中，真相变得越来越遥不可及，追寻真相本身变得困难而乏味。在打着"寻求真相"旗帜的各种论战中，不管是发言者还是观战者，都渐渐被真相之外的各种风景和目的地所引诱——不知不觉地，我们开始陶醉：陶醉于挥斥方遒的意气昂扬，陶醉于批评他人逻辑谬误的洋洋得意，陶醉于反智反精英的民粹发泄，陶醉于民族自豪，陶醉于站队抱团的归属感……平凡的可以讥讽"天才韩寒"不过如此；高端的可以嘲笑"网络暴民"逻辑不敌三岁小儿；"一生在大陆"的可以抨击入了美国籍、取了加拿大老婆的甄子丹是非我族类；"有正义感"的则可以把挺了甄子丹几句的舒淇那不堪回首的往事扒个底朝天，这其实和此次《特殊任务》剧组纠纷的是非对错无半毛钱关系，只是不少网友着实趁此机会一边"饱了眼福"一边体验了"伸张正义"后的快感。

这真是一场巨大的狂欢。也许每个人都只是放肆了一点点，夸张了一点点，满足了自己那么一点点的虚荣、自恋和自以为是，我们对此不以为然，甚至根本没有察觉。而网络中信息和态度的聚少成多则使这些舆论对当事人和社会造成了巨大影响。

波兹曼在《娱乐至死》中认为，相比于奥威尔的《1984》中那个恐怖的老大哥，赫胥黎在《美丽新世界》中所描绘的充斥糖衣炮弹的世界才预示着人类的未来，因此更值得警惕。

在中国网络的特殊语境下，我们一方面警惕着"大防火墙"和各种审查，另一方面却忽略了另一种更加伸手可及、弥漫周身的危险，那就是这种无节制的、嵌入力超强的、喧宾夺主的狂欢心态与娱乐精神。

这便是今时今日的"方韩"之争完全无法与近代思想史的几次论战相提并论的原因——后者是为答案而争鸣的辩论场，前者则是各方神圣都来露一手的戏台子，是群魔乱舞的狂欢节。

拒绝的不仅是香蕉，倒掉的不仅是芒果

5月17日，新华社刊发了一篇关于中菲经济摩擦的新闻摘要集合。报道中的信息分别来自《基督教科学箴言报》《金融时报》《马尼拉今日旗帜报》和法新社。各方媒体都讲了一件事——由于近日的中菲黄岩岛争端，菲律宾感受到了来自中国的经济贸易压力：香蕉和芒果出口受阻，旅游业受到打击，菲对中的劳务输出在未来也有可能面临困难。

冒一看，这篇报道真是让人出了一口气，就像有网友在留言中所说："犯我中华者，虽远必究。"可谓豪气干云；又如"不战而屈人之兵，上策也"的评价，可谓志得意满。

但是仔细回味一番，我觉得这篇报道并不让人振奋，也不让人得意，反而让人害怕。看了网友的评论，又想到最近微博上"不吃香蕉""不用菲佣"的言论，怕上加怕。

其实这并不是中国的胜利，反而是中国的危机；这并不是中国的成就，反而是中国的负累。

刊发这些信息的都是国外媒体，如果从旁观者的立场来看这些报道——"前段时间还进口着的香蕉，突然检查出了虫子；前段时间还摆上架的芒果，现在则要在南海上倒掉"——我读到的不是一个"正义伸张"的中国。中国在这个问题上用了策略、耍了手段，谈不上正义，也谈不上不义。黄岩岛这个错综纷杂的问题，本是利益的博弈而不是正邪的较量。但是这个国家中的很多人，却拍手称快认为这是正义，所以他们大概有点盲目和热情过度。

那么那些对中国带有偏见和负面印象的读者又会怎么看？第一个要说的是此次冲突方之一的菲律宾。我不想从历史和法理角度来讨论黄岩岛的主权问题，但我相信一点，既然中国人能被教育而义愤填膺地认为黄岩岛是我们的，那菲律宾人肯定也能被教育而理所当然地认为"Panatag Shoal"（黄岩岛的菲律宾名）是他们的。所以菲律宾对目前中国的做法绝对会抱有怨恨，即使那些呼吁政府缓和处理此事的旅游业和水果种植及出口业的商贩们也是如此。他们虽然不得不在中国的经济压力下低头，但这种情况下，头低得越快，埋得越深，心中的委屈和不甘也生得越快，长得越深。这对中菲的长期关系没有好处，况且这本就是一个两方俱损的局面，只不过中方的损失小些，菲方的压力大些，当然没什么好得意好高兴的。

那么可能对中国有负面印象的其他群体呢？比如日本、韩国、越南、印度，还有距离远一点的、常常把"中国威胁"挂嘴边的欧洲和美国？在这些国家和地区中，中菲贸易摩擦的报道正好印证了他们平时接收的对中国的负面观点和信息，这可能强化他们对中国的负面印象。而被这些负面观点影响的读者也许会生出对中国的厌恶、不屑、鄙夷、愤怒或担忧。因为人总是容易热情过头，热情过头的时候会赋予黄岩岛一类的争端以正邪较量的意义。只是我们认为我们正义，但那些一向对中国的强大抱有忌惮心理的人不会这么想，他们想到的是"以大欺小"，再热情点，便能想到了"恃强凌弱"。

这种鄙夷、厌恶或担忧是一种反应，另一种反应是高兴。当然他们的高兴不同于我们的高兴。我们中的一些人是因出了一口恶气而高兴，而他们中的一些人则是因又抓到了小辫子而高兴。比如那些持"中国威胁论"者，他们的素材库又多了精彩的一笔，岂不乐哉？

不管是怨恨、疑惧、鄙夷还是偷着乐，持有这些想法的人有一个共

性：并不真正服气中国，且不怎么认为中国能推进"和谐世界"，不怎么期待一个日益发展壮大并可能成为区域或世界主导的新兴的中国，甚至十分反对。

被拒绝的何止是香蕉呢？被倒掉的何止是芒果呢？

奶茶的味道是二锅头

文章一定深深地感谢刘强东，这位大他 10 岁的互联网大佬用自己的新恋情救文章于水火，代替一个星期前还深陷出轨风波的"好男人"文章承受着数万网民的嬉笑怒骂。

而这段备受关注的恋情的女主角是不满 21 岁的网络红人——"奶茶妹妹"章泽天。高一时，她因一张手捧奶茶的清纯照走红猫扑论坛，得了"奶茶妹妹"的封号。在"网络人肉"的强大威力下，人们很快知道了她叫章泽天，是南外的学生，特长是艺术体操，父亲是江苏著名商人。此后，她"拒绝张艺谋片约"和"被清华录取"的经历一路吸引着人们的眼球。

这次奶茶与京东 CEO 刘强东相差 19 岁的忘年恋更是引起了网民大讨论。但说到底，这不过是两个未婚男女你情我愿的交往，它绝不犯法也很难说有什么道德上的不伦。非要找点事来说，无非是两人年纪差了些，不比一般的情侣。

真正让此事备受关注的其实是这段恋情承载的各种话题性符号：名企富豪、名校美女、悬殊的年龄、起先否认随后被证实的反转剧情。

以上的所有因素让这事件成了一个集中当下各种情绪的大缸，什么苦水都可以往里倒。在浮躁的名人文化和娱乐习惯中，人们并不真正关心符号背后的真实个人，人们大肆谈论"奶茶妹妹"但并不想了解"章泽天"。名人和热点事件是被异化的，是更多人在宣泄和表达自己情绪时可以随手拈来、随意拿捏的工具。说白了，不把你当人，把你当个由头。

我们讨论或想指责的其实一种现象：比如爱情被金钱侵蚀，比如清纯面对世俗诱惑的不堪一击，比如屌丝在事业爱情尊严上全面败给了土豪。

我们甚至只是在借此证实一种自己情愿相信的偏见：富人们总是道貌岸然，拒绝坦诚；表面光鲜优秀的女神金玉其外败絮其中。由此，生活中遭逢种种不如意的我们终于在他人的瑕疵和污点中找到了一点对自己生活状态的合理化解释。

这说明了为什么我们如此热衷于讨论一场别人的爱情。因为空对空的讲阶层间的差距、物欲对美好的侵蚀、成功人士都是道德败坏者……实在是没劲也找不到抓手。得，那就得着一个是一个。转发评论之间，尽显我道德高尚，理想充盈，顺便睥睨一下那些所谓的社会精英，何其快哉！

但和如今的"老牛吃嫩草"及"绿茶婊"的标签一样，昔日那"高大上的成功人士"和"真善美的完美女神"，都不是刘强东与章泽天的本来面目。人是复杂的，但复杂的人偏偏不关心他人的复杂，大多数时候只图自己痛快简单。于是，总有些人成了"树靶打靶"游戏中那些倒霉的靶子。

如果说娱乐圈的人物在处理公众对其隐私的窥探和指责时，还得考虑下自己毕竟是靠形象来吃饭的，那推掉了各种商业活动和广告邀请，且不以公众形象直接进行职业活动的章泽天所面临的指责和关注的确有点过了。

不过"奶茶妹妹"也别太担心，网上的是非来也匆匆，去也匆匆。你的东哥已经舍身忘我地拯救了文章，不多久，你们也会等来救世英雄的！

在这个热点来了又走、排行榜上了又下的时代，网民们挺完"伊利"，又来消遣"奶茶"，天晓得下一杯饮料贴着哪个牌子？

但派对参与者们才不会去做这种费事的思考，只要饮料供应不断，不管你端上桌面的是苏打水还是阿华田，一些人总是只能尝到二锅头，若非如此，迷醉的狂欢该如何继续？

人们为什么会同情贪得少的官员

因贪污受贿 164 万元被判有期徒刑 13 年的山东德州民政局原局长刘治温，在庭审中为自己叫屈："按潜规则，我应该发大财。"（综合近日媒体报道）

这位官员的自白让我想起了另两条新闻：一是在无锡任职超过 11 年的原无锡市委书记毛小平，因"先后收受各种贿赂折合人民币 57 万余元，同时与两名女性'通奸'"而落马。（《钱江晚报》4 月 23 日）；二是湖南湘潭副市长朱少中因 7 年内敛财 200 万元落马。（《检察日报》2 月 28 日）

三条新闻的共同点是，贪官们的落马没有招来谩骂反而引来同情。"他说的是实话，如果他放开贪的话，可能远远大于这个数。"这是网友对刘治温的热门评论之一。对于毛小平，网友说："先后收受各种贿赂人民币 57 万余元，还是折合，这官当得太清廉了！"而 2 月落马的那位更是被有些网友称为"当代海瑞"！在同情中，还有不少网友揣度他们落马的原因："是不是得罪了上面？"刘治温不等网民去同情他，自己已经开始喊冤叫屈了。可见"小贪即是清官"也是一些官员的想法。

网民们这种"小贪实为清官"的逻辑，有点"五十步笑百步"的意思。但这种荒谬放在我们这，又不奇怪。因为在部分网民的意识里，很少有官不贪。既然贪腐才是官员生活的常态，那么小贪自然是"清"！

而当某些官员自身也认为"小贪即是清"是常识时，则不仅荒谬，而且可怕。一个国家的官员自己明明贪了钱、损害了人民利益，但还觉得是"受害者"，还觉得很有道德，那真是悲哀和恐怖。

悲哀在于人在环境中的无力。网民无力，身为草民的他们对贪腐无可奈何；官员也无力，他觉得自己是人在江湖，身不由己。"草民"一旦当上官，情况似乎也不能好转。出身贫寒的朱少中在二十几岁的时候不也是现在的"蜗居"一代吗？但是一旦上了位，他就"在其位，谋其政"了——在这样一种对官场的想象中，人的位置在哪里？

恐怖则在于，当这些官员自己都认同"无官不贪"之后，那么"无官不贪"就预言自证了。

荒谬也好，恐怖也罢，我自己却很能理解人们对"小贪"的理解。也许你要给我讲法律，但是我想说，在一些地方，中国的法律是新型的"刑不上大夫"。现在不是动不了官员，而是为什么动，该怎么动，谁动谁不动，平头百姓看不明白也说不清楚。法律一旦到了官场就变得捉摸不透，扑朔迷离，因此所有"上马下马"都在某种程度上被想象成了"政治运作"而非"依法办事"。既然是政治动作，那么这些被整下马的"小贪"们便多多少少带点替罪羊的悲剧色彩，于是引起了向来死磕贪官的网友们的"恻隐之心"。

网民之所以会同情刘治温、毛小平、朱少中并揣度其落马的"背后原因"，实则是因为中国官场的不透明和不公开——信息不公开，规则也看不清。在毛小平案的报道中，可见"蹊跷""颇有意味""内部流传""隐隐"等用语。所有人似乎都在暗示什么，但又什么都没说，一切需要去猜测。

在不公开中埋伏着危机，这正是流言蜚语的重要来源。这就如严打谣言，但只要扒人衣服者，自己依然遮着掩着，就怪不得谣言如"离离原上草，春风吹又生！"我们都快被扒干净了，您倒好，还犹抱琵琶半遮面。

爆与不爆，相信已在那里

8月21日，前北大教授、经济学者邹恒甫在微博上爆料"北大院长奸淫梦桃源服务员"。邹至今未提供证据支持其"北大淫棍多"的指控，这条有"诽谤"嫌疑的微博却被转发7万多条。25日邹又发布"北京大学学生实名举报北大学生会主席贿选"的微博。在"举报人"否认自己写信后，邹删除了微博原文，此条微博也被系统标志为"不实信息"，但不少意见领袖、微博大号仍参与了信息接力：为不实信息正名者少，抨击高校学生会腐败或泛谈学术圣地堕落者众。

人们为什么会轻易相信邹恒甫对北大尚无证据的指责？

从此次事件的发酵过程来看，不实信息的广泛传播与邹的身份有关：与北大纠结的关系（他自称被张维迎排挤出北大光华管理学院）、素来敢言偏执的作风和出色的专业简历，都使他成为绝佳的爆料者。

但这件事的关键并不全在于邹的"爆料"，而在于广大民众的"相信"。甚至可以说，"相信"是先于"爆料"的。爆与不爆，相信已在那里；传与不传，不满已在那里。邹无头绪的指责能达到一呼百应的效果，并不纯然如一些评论所说是信息素养低下，也是因为他们早已相信了由邹恒甫道破的"玄机"。

这就使得北大人不得不先反求诸己，找自身的原因。在我看来，这一是因为北大是"中国最高学府"，中国人向来对北大有高期待。这种期待和要求除了北大在中华民族兴衰史中奠定的光辉形象外，还有充足的现实原因：北大享受了大量中国高等教育资源，但每年能录取的学生却极为有限。一个用着纳税人的钱运作又注定要走"精英路线"的机构，当然容易成为众矢之的。人们之所以骂北大"不是圣地了"，恰恰因为他们认可曾经的北大是圣地，并且认为现在的北大应该继续是圣地。

另一个原因在于，北大及其他高校近年来出现了"行政化"倾向加强的趋势。很多学者如钱理群、陈平原等都指出过这个问题。学官亮相，学者退场，权力取代学问成了校园的通行证，官阶而非成果成了众人的指路标，更遑论学者的修为与大家的风范。这种风气有时也影响到了学生。邹恒甫所抨击的正是北大官僚之风盛行，这种抨击虽无证据，却戳到了中国大学的痛处。冰冻三尺非一日之寒，北大此次受谣言之害可以说是在为近年来高校悄然发生的变化和时时被爆出的丑闻埋单。

面对此次风波，查清真相是第一步，正视被广为抨击的问题是第二步。在 8 月 27 日的通气会中，北大纪委经调查称在梦桃源未发现邹所指情况。但这种"自己查自己"的机制和"访谈所有员工"的调查方法，本身又引起了新一轮的指责。这次指责的依据不再是谣言，而是北大实实在在的应对行动。至于第二步所涉及的实际问题，更是老生常谈。作为一个北大学生，我也期待切实的改变，我希望北大能更好，我希望北大学生能更好，仅此而已。

至于事件的另一方——网民，他们的"可怕"之处并不在于狂热，而在于冷漠。网络，尤其是微博的基本信息传播生态是"来也快，去也快"。对谣言的狂热是一时，对热点的追捧也是一时，而对平凡真相的冷漠却是绵长的。邹恒甫事件能撼动北大吗？北大就真的水深火热、焦头烂额了吗？直到目前，他的指控仍是无证据的谣言。在没有新发展的情况下，再过个十天半月，网民对此事定会热情减退，北大也算熬出头了。

　　但这并不是北大真正的出头之日，只要问题还在，北大就会面临类似的挑战。下一次也许便不再是谣言，而是丑闻。怕就怕狂热又冷漠的网民只把丑闻作谣言，怕就怕北大自己也只把丑闻作谣言。那时，北大倒是"百毒不侵"了，如果那样，北大却也无可救药了。

"骚"与"扰"的三个战区

在上海地铁官方微博提醒着装暴露的女乘客要自重之后,两位女生在地铁上举出 "我可以骚,你不能扰"的告示牌,抗议"自重"言论。这让我想到前不久看小说时的一个情节,讲的是布拉格之春后,苏联军队开进了捷克,布拉格的少女们成群结队,穿上短得不能再短的超短裙,裸露着修长的双腿在坦克周围搔首弄姿,以此来挑逗并报复俄罗斯大兵。

"我可以骚,你不能扰"这句讲起来十分痛快的话,就带着布拉格少女们那种盛气凌人的"得意"和充满骄傲的"胜利"。

当然,地铁女乘客和地铁男乘客间的关系,并不是布拉格少女和俄国大兵的"敌我关系"。但女同胞"骚的权利"和男同胞"扰的欲望"之间,确实是一场持续了千年的战争。这场战争有三个主战区:本性、法理和道德。

从法律角度来说,"我可以骚,你不能扰"完全正确。从道德伦理角度来说,这个问题就复杂了,比如穿得太暴露是不是有碍公德?是否会引起某些人的不适?进一步来说,如果公共场合很多人都穿得暴露,是否会导致整体犯罪率的提高?(夏天犯罪率较高,是经过实证检验的一个结论,那么,夏日着装暴露是不是中介变量?)如果扯进"人类本性",那就更说不清楚了。

人类历史的发展和整个现代化的过程就是规范逐渐战胜野蛮,本性逐渐被规训、引导和束缚的过程。换言之，这是一个女性气质的秩序与稳定战胜男性气质的野蛮与暴力的过程。而对性冲动和兴奋的压制是这个规训过程的重要议题。

现代社会无疑支持"我可以骚，你不能扰"。法律上是如此，道德上基本也是如此。虽然穿得太暴露可能产生上文所提及的一些道德批判，但主流的道德观，也绝对无法容忍将女性着装暴露视为男性骚扰的合理化借口。

不管网友们怎么吵翻天，我骚了不见得会怎样，但你若扰了就有麻烦，法律是这么规定的，道德也是这么要求的。那么，胜负便见了分晓。"扰"者稍占有优势的，只有"本性"这一战区。不过在今天，"本性"本来就是一个被打压、被规范的对象。克制不了本性的，都被视为异类或者败类。

因此当女性打出"我可以骚，你不能扰"这句话时，其实带有一种挑衅意味。何为挑衅？那是掺杂着得意和逗引的优越感，而且挑衅往往是安全的，是有所依仗的。在"性骚扰"这件事上，女性可以依仗法律保护和道德申诉。由道德赋予的优越感越被骂越凸显，也越有价值，因此，打得不可开交的"女权"和"男权"之争，不过是一场吸引眼球的狂欢。

所以，我觉得"我可以骚，你不能扰"这句话表达的意思，其实只是一个现代社会的常识，毫无新意。之所以会引起如此大的争议，是在于它带有挑衅意味的表达方式。那些留言表示反对"我可以骚，你不能扰"的人，是在反对这种挑衅的表达方式，但在行为上他们是无可奈何的，你要在这世间好好生活，就得服从规范。

对于中国女性来说，最频繁也最让人不爽的性骚扰，并不发生在地铁等公共场合，而是在与权力相结合的职场或官场。一旦有了权力的佐料，"我可以骚，你不能扰"这句响当当的话就显得软弱了，这时的情况是"骚不骚随你，扰不扰在我"。面对上级的"动手动脚"，多少女性敢拍案而起？但这能怪她们不够勇敢吗？这里，女性忍了性骚扰和男性在地铁上忍了"咸猪手"，其实是出于同样的理由，规则使然。只不过，后者服从的是具有合法性的正当规则，前者服从的是职场的潜规则。在地铁里赢得肆无忌惮的女性，到了写字楼便败得一塌糊涂了。

怎样解决"性骚扰"这个问题，我们需要的不是挑衅，而是挑战，挑战那些保护和隐蔽性骚扰行为的积习。当然挑衅也不是绝无用处，我想这几天大概会有不少报章开说"性骚扰"话题，争得一点关注也是好的，就算是以作秀的方式，反正很多人除了表演也别无选择。

公益不要洁癖，慈善不唯圣人

国庆长假期间，凭借 "微博打拐""免费午餐""最美白血病患者鲁若晴救助"等事件成为意见领袖的薛蛮子遭到刘仰、八分斋等人的"扒皮"。刘仰等指责薛蛮子在使用微博推动公益、募集基金时，往往将公益项目与自己投资的商业项目相勾连，有借慈善公益之名牟取个人利益之嫌。"打通公益与商业链条"成为薛蛮子的主要"罪状"。

薛蛮子"打通商业和公益"的具体事实尚存争议，单从民众对"打通公益与商业链条"的反感来看，这反映了目前对公益的一种误解：人们盲目痛恨"公益"和"私利"间的混淆，而不思考中间可能的合理合作模式；对公益有洁癖，期待做慈善的都是特蕾莎修女那样舍身忘我的圣人。

国人对"公益"的洁癖与我国福利体系在历史上长期由政府公办有关。在公办福利体系下，民众期待政府的公益动机和目标是纯粹的，容不得私利。但随着市场改革的深化，商业企业越来越成为社会活动中的重要主体。各怀利益诉求的商业企业做慈善往往是要获得间接利益，如声誉和形象，这并不符合公众的传统预期。于是，"洁癖"就产生了。

"倒薛"者以比尔·盖茨等捐出大量财产成立基金会的欧美"慈善名流"为正面例子，殊不知，欧美公益事业的特征之一，恰恰是有一套较成熟的商业与公益的合作体系——包括相关的法律法规、鼓励政策以及丰富的实践经验，这和欧美的资本主义路线导致的市场经济的发达及企业主体的活跃有关。

在欧美国家政策中，捐资公益事业和上税间的替代关系是促进企业资本进入公益领域的一个动力。公益和商业合作的形式还包括：公益组织内部管理企业化，向受益人提供服务并收取一定费用，接受政府采购服务并获得对价，进行商业投资，与商业合作伙伴从事公益和商业活动。

如果一味排斥公益和商业间的连通、合作，将减少中国公益事业可资利用的资源总量，同时减少对有益的公益模式的探索。

其实，公益事业最重要的是在结果上有利于提升或维护公众利益，在程序上注意合法性并排除商业活动可能带来的损害。只有在宽容多元公益动机的前提下，才能最大程度地聚集各方力量，做真正需要做的事情。

另一方面，市场中的商业企业也有塑造自己形象、提高自身声望的需求。通过企业承担社会责任、投入公益事业来满足这种需求，是企业和社会的"双赢"。

商业和公益的交流沟通是必然且必要的。今天我们要做的不是批判"打通商业和公益链条"的思路，而是探索联通二者的适当途径，进而规范商业与公益合作的具体方式和手段。在公益与商业的合作中，要特别注意界限问题：不能让商业活动危及非营利组织的独立性，削弱公益组织的宗旨和目标；不能对剩余的经费或利益进行再分配，反对利益私人化；在公益组织投资方面注意风险控制；同时也要注意不给商业企业带来不正当竞争。

那些对薛蛮子的作为有质疑的网友不妨从上述角度更理性地思考，薛的"公益模式"是否在结果上危害了公益目标的实现、在过程中有不当之处。若真有所发现和总结，将是对中国公益实践的有益一课。

炒作"传统文化"需求何在

中学课本中有一篇鲁迅的《父亲的病》，文中"经霜三年的甘蔗"和"先知秋气的梧桐"，是对玄妙中医的一种玄妙讽刺。

而风水轮流转，近年来传统文化逐渐有回暖趋势，周易、中医、武术等传统"国粹"成为人们追捧的对象。但在怀着各样的目的参与到传统文化复兴潮流的人群中，也不乏鲁迅提到的S城神医式人物——他们名声在外、修为非凡，却有骗子的嫌疑。

"经梧太极第一代传人"闫芳，就是这么一位神人。在走红网络的收徒仪式视频中，闫芳大师面对几个徒弟的轮番进攻，神情自若，潇洒淡然。只见她一抬手，一甩肩，所有试图近身者莫不大喊大叫，上蹿下跳，弹开数米。这一段夸张到滑稽的视频引起热议，闫芳被不少网友视为骗子。在9月10日的电视采访中，央视记者亲自上阵尝试隔山打牛，证实这位突然走红的太极传人确实疑点重重。

但这种对不符合科学常识或缺乏科学根据的传统文化炒作，却层出不穷。远的有炒热绿豆养生的张悟本以及收了不少名流弟子的李一，近的有甘肃省卫生厅真气运行骨干班中9天打通任督二脉的41位高人。

对"传统文化"的炒作不是个例，而成为现象。这是因为在当今中国，被玄化、神秘化的"传统文化"很有市场，在经历经济快速发展和现代化进程的当下中国，有现实需求。这种需求既是商业的也是政治的，同时有社会心理层面的原因。

从商业和市场的角度来说，在人山人海中，真有一批人信这种奇功异术。只要有这样的人存在，闫芳们就不愁跟随者、响应者和交钱学习者。之前张悟本的"万能绿豆养生说"和他的畅销书，为他赚得盆满钵满；李一道长为徒弟们提供的高额道教修行"度假套餐"，为他挣来了翻新扩建道观之利。这些游走在"文化产业"和"骗局"之间的"商界传奇"，往往能为其组织者赢得暴利。因此，效仿者前赴后继，络绎不绝。

从政治上来说，在国家提倡传统文化复兴和大力发展文化产业的政策之下，不少地方把"搞文化产业"变成了"搞文化政绩"，甘肃省卫生厅甚至专门开个骨干班研究真气运行。难道复兴传统文化，就是拉帮公务员来打坐运气？而这个骨干班花了多少经费，就不得而知了。

有人说这反映了中国人愚昧迷信，没有真正接受科学观念，官员和普通民众中皆有此辈。笔者倒是认为这其实不仅仅是传统观念所致，更不是中国社会和中国人的特例。西方社会也曾发生过不少类似的事件：上个世纪六七十年代狂飙岁月中，年轻人对大麻、幻想和神秘主义的沉迷；50 年代创立，至今依然活跃的山达基教（也叫科学神教 [Scientology]）和各种盛行的催眠术……西方人在其漫长的历史中，不是也有很多"愚昧""神秘""玄幻"的资源被挖掘或新造？

对玄虚和神秘主义的追求和倾向，其实反映了人们对现代化和程式化生活的一种抗拒。在一切皆有规范和流程的今天，在科学技术越加发展，并且控制到方方面面的今天，人们似乎时不时愿意相信有那么些"不可解释的现象"和"不可言说之物"。

利用这种心态所进行的商业炒作和形式化复兴，同时也是快速现代化进程中，中国社会浮躁氛围的侧面体现。一方面，我们要看到目前这些"笑话"的过程性，不少"先进国家"都经历过类似阶段。另一方面，民众对于传统文化要有一个理性的认识，存一份真的温情与敬意。国家政策在引导文化产业发展时，需要更多具体的政策来鼓励真正的创新，打压以"传统文化"之名、行坑蒙拐骗之事的行为。

评论写作经验：做一块有价值的拼图

如果没有在大三时碰到曹林老师，我可能不会在那么年轻就尝试写新闻评论，因为我实在没有挥斥方遒、指点江山的渴望。但 2012 年春天，在第一节新闻评论课上，听了曹老的开场白，我竟鬼使神差地第一个蹿起来举手表示要当课代表，打鸡血的心情有如重返高中。

曹老具体说了什么，真不记得了。但我一定认准了他是个有趣的老师，这会是堂有趣的课，我大概也能做个有趣的课代表。

事实证明，在全班一片哀鸣嗷嗷中，屡次手握"Deadline"之剑"痛下杀伐"，的确很"有趣"。自此，新闻评论得了"大虐课"的名声，不少师弟师妹为了推迟和曹老的"致命邂逅"，硬是把这门大三的必修课推到大四才上。哎，大四狗，大四狗，那时你们还有精力和精神好好会曹老吗？

现在的我，虽依旧对评论没有不写手痒、不吐不快的热情，但我会不时翻翻自己写过的东西。暗地里也曾"自我感动"地为自己的观点和文笔叫好：哎哟，这是我写的吗？想想也有点小犀利啊！

新闻评论对我的意义是个人化的：每一次坐下来，静下来，写评论；每一次把游离的思路捕捞进网，我都又一次，再一次，发现着自己，改变着自己。这像照镜子，像旅行，像解题。在这宝贵的体验中，我曾专注地凝视自己和自己眼眸里的世界。

至于评论的公共意义，我理解，但不被吸引。从最开始学新闻到现在，新闻对我的最大吸引力一直是"有趣"，而非"理想"。我喜欢的是一个混合着屌丝和贵族气质的怪异帅哥，偶尔可以和我喝喝啤酒、吃吃串，也聊聊世界，看看天；而非望之生畏的救世主塑像。我怀疑文本的直接力量，怀疑把"铁肩担道义，妙手著文章"挂嘴边的乐观激昂。有些事是不可说的，正如内衣是不可外穿的，除非你有觉悟和天赋做超人或麦当娜。

所以我也不时问自己，像我这样一个长在"小时代"里的怀疑者，真的能写好对现实有深切关怀的新闻评论吗？以前我觉得也许不能，但近来反而觉得能了。

"做一块有价值的拼图"这句话打消了我对自己的疑虑。这是一位我钦佩的新闻界前辈、我的师傅教给我的：要有自己独特的书写，而不是包办万事的表达。

回味这句话，它既让我保持着谦卑，又缓解了我写作时的焦虑和不自信，并向往着进步。

拼图首先是谦卑的，遑论是否有价值，拼图无法摆脱的特性是局限：某一块拼图只能表现局部。

好的评论者应当知道自己的局限。一方面，我要尽可能从自己的角度贡献经验和认识，去接近我所认为的"正确""应该"和"有益"。但另一方面，也不要忘记，所谓我的"正确""应该""有益"，一定不能甩脱"我的"这个前置限定。它们来自"我"个体化的经验，包含着我的洞见，同时也就有我的局限。"我"，一定会有局限。

这提醒我对所评论的人和事保持一份"同情"。"同情"不是指"怜悯"，而是指换位思考。我并没有经历他所经历的，我在评说他时，就必须抱一份谨慎，要考虑被评论对象所处的特定环境和处境。

用"同情"的眼光来看人与事，往往能发现特别的视角和观点，这决定了一篇评论的起点高度：在别人都从舞台正面拍摄时，我也许能做第一个俯拍的人，向世人展现这场舞蹈精彩的走位，聚焦领舞身后的其他演员。

从写新闻评论的技术层面来说，"同情"能使我围绕被评论对象"就事论事"。它导向的一个结果是"站中间"。其实曹老就处于这么一个位置，他在左右上下都不受持久的待见，因为他没一点"忠心"。但这正是最好的位置，不要被夹到中间，而要选择中间。

对自身局限的认知也在提醒我，不要为了追求正确和盖棺定论而表达，不要享受洋洋自得，不要羡慕"一言九鼎"，不要期望"主流舆论"和"网友民情"的掌声——自己没事偷着乐就够了。

虽然新闻评论的主流写法需要肯定而自信的语态；但在感触、追寻和表达的过程中，却需要开放和谦卑的心态：随时准备迎接各种事实和观点对自己已有认识的挑战。这是写评论最有趣的一面，我得以观察自己内部，以及我和外界的"化学反应"。

每一块拼图又都那么不同，我虽渺小，但也是一个特别、特殊的存在。这是"拼图理论"让我感到放松的部分。

写新闻评论的时候常常会遇到一个问题：我孤灯独坐，挖空心思敲键盘有什么用？这事还有可说的？说了又怎样？

现在我想，还是有点用的。这个"有用"，不是我们从小被教育的"我要做个对社会有用的人"的那种有用。它可能在一时看来，不能满足什么具体的目的，不能达成什么具体的效果或功用。但你写出来，就是贡献了一种特殊的表达，说不定就是埋了一颗种子或地雷呢？

而具体到新闻评论的技术层面，明确自己的"独特性"后，不妨从自我的经验和兴趣中发展独特的风格。比如你有特别关注的领域：法律、文化或教育……比如，你可以把自己的个人感受、身边人事作为评论的论据；你可以在文章里更多袒露自我……

现在，我同时有了谦卑和自信，有了焦虑和松弛，这是写新闻评论和进行其他所有表达的一个好状态——不保证能出好东西，但能保证在出东西的过程中，自身相对愉悦与平和。接下来，我要考虑的便是"价值"问题了，如何让自己的评说和表达更有价值？

虽然，每一块拼图都有特殊性，但其中一些的确比另一些更有价值。若这是张人像，那么那些反映了五官的部分就更为关键，而表现衣着或背景的部分则次之。（当然，前提是人们关心"这是谁"。）

提升价值，是一个缓慢积累的过程。曹老第一节课就说过，最重要的积淀是阅读和体验。"写"本身也是一种体验，很多东西不下到笔头，也难上到心头。这没什么好说的，因为实在没什么技巧或捷径。我只有一个体会：不要只读喜欢的书，不要只和趣味相投的人交流，要有意给自己制造一点不舒服、尴尬和冲击。我们还年轻，没必要给自己框定太多"喜欢"或"不喜欢"。

最后，说一点写新闻评论的忌讳：不要为一时的意气、义愤或感动而写评论。这种情况下，你可能太激动，太想表达，以至于都来不及平心静气地了解事实。这是新闻评论，仍属新闻范畴，新闻的生命是"核实、核实、核实"。

冯慧文专辑

　　"90后"，河南安阳人，偶尔署名"慧慧"，在北京大学新闻与传播学院"熏"了六年。大三时在曹林老师的课堂上第一次写新闻评论，也是在曹老师的帮助下发表了第一篇评论，后曾于《新华每日电讯》评论部实习。写评论也写鸡汤，写时局也写随笔。热爱法学，崇尚逻辑，行文总体风格偏理性。思考和码字都不快，但希望自己不说则矣，要说必能站得住脚。

大学必修政治课，请教我如何做好公民

大阶梯教室里前三排基本没人，而最后一排却需要提前去抢座。有的人戴着耳机在笔记本电脑上聚精会神地打字，有的趴在桌上睡觉，甚至有时鼾声还会响彻教室，给沉闷的课堂带来一点欢乐的气氛，而老师也只能装作没看见，自顾自继续讲下去。这是在大多数政治课堂上出现的场景。

这种情况不是新鲜事。大学公共政治课堂的消极生态很早就暴露出来了，政治课的改革也不断进行，2005 年经历了一次"大动作"：在高层亲自批示的促动下，大学本科生必修的政治课"瘦身"，教材变薄、课时减少。可时隔 6 年后的今天，我们却依然面临着同样的困境，学生们依然只是怕点名才勉强坐在教室里，政治课依然只是因为是必修才会有那么多人去选。

为什么学生们总是这么不"领情"呢？政治课已经一步步"缩水"，可为何还是没人愿意上呢？正如网上流行的段子，毁掉一首好歌的办法就是把它当做闹铃，毁掉一本好书的办法就是把它划进考试范围。是否可以续接，毁掉一个好理论的办法就是把它放进必修的政治课。

其实马克思主义本身是非常精辟的一门理论，并不输于很多大学生张口闭口爱谈的亚当·斯密、霍布斯之类。今天中国的年轻人之所以毫无兴趣，是因为从小学到高中我们被灌输了太多，到了大学的政治课上依旧如此，只是把已经烂熟的内容翻来覆去又说一遍，而没有新的思想角度和现实启迪，反而激起更为强烈的叛逆心理。

面对这种情形，有人建议高校政治课必修改选修算了，但我认为这行不通。对于年轻人在意识形态方面的影响，是每个国家都在做的，只是形式不同而已，对此不能妄言放弃。而之所以屡改不成，"治标不治本"是关键。仅仅把课时缩短、教材改薄，要求教师要认真备课，从形式上激发学生兴趣是不够的，政治课的问题在于，它给了我们一种对政治的错误印象，以为政治就是脱离生活的意识形态理论，而与我们的生活毫无交集。

实际上，政治的确是公民的一门"必修课"。在一个民主开放的国家里，每一个公民都有义务参与到国家政治生活当中。而目前在中国，这种公民的政治参与和权利意识还很薄弱。就以刚刚闭幕的两会为例，很多非社会科学类专业的大学生可能连两会是指哪两会都不知道，一些记者连人大代表提的是"提案"还是"议案"都分不清，甚至一些代表委员本身连自己进京履职的责任都不明确。再好的制度也需要有相应素质的公民去支持。在中国不缺乏把社会主义理论背得滚瓜烂熟的人，缺的是能深刻了解现实的人，能真正用好手中权利的公民。

高校开设政治课的目的，不是把每个大学生都培养成马克思主义理论家，而是把他们都培养成合格的公民，让这些有机会接受高等教育的年轻人具备对我国政治制度和国情的基本认识，让他们知道应该如何珍惜和使用自己的政治权利。

大学必修政治课，请教我如何做好公民。

谁的文化？谁的胜利？

　　"屌丝"这个来自贴吧的词汇最近走红网络。网友纷纷自称"屌丝"，自然站在了"高富帅""白富美"的对立面。腾讯网还推出了相关的专题，名为"屌丝：庶民的文化胜利"，称"屌丝就是每一个愿意将自己视为屌丝的人"，将这种网民自我标签化的行为捧为一种大众自愿参与而获取的庶民"文化胜利"。

　　"屌"字本义为"男子外生殖器"，常被用作骂人的话，可见不是什么好词。之前网络上风靡的一些词语，大多是形容别人用以泄愤的，难听一些尚可理解。而这次，在腾讯"屌丝"专题页上所做的"你认为自己是不是屌丝"调查中，87%的网友选择"是"。既然不是什么褒义词，可是为什么网友这么热衷于用这个词自我标榜呢？

　　表面上看，网友都是自愿认同了"屌丝"的身份，在相互的调侃中本着阿Q精神接受了这一称谓。但是，他们真的是心甘情愿的吗？这种所谓的"文化胜利"是他们所想要的吗？这真的是"庶民"的胜利吗？

　　贴上这种标签是他们内心一种无奈的表达。且不讨论社会是否真的不公，"屌丝"是否真的再怎么努力也不可能赶上"高富帅"，这就是一种现实的心理状态。干活累、薪水少、找不到理想伴侣，自认"屌丝"不过是这些"苦逼青年"们在网络上的吐槽，只是因为迎合了大多数人的心理而快速走红，并非"愿意将自己视为屌丝"。至于什么"文化"、什么"胜利"，恐怕更是没有人在意的。

　　至于这是否是"庶民"的胜利，我看更不见得。当人们感知到对立的存在，才会产生群体的区隔，而普通人感知这种对立的重要来源就是媒体。社会上对"官二代""富二代"的仇视和讽刺风潮迭起，没有人愿意当众标榜自己是"高富帅""白富美"，每个人都希望避免成为舆论的靶子。一旦有一种与其对立的群体划分，便会受到大家的追捧，就好像站在"屌丝"的队伍里就真的成为了一种被欺压的弱者，带着一种天然的正义理由去对对面阵营指手画脚了。而对于每一个个体的人来讲，如果你身边的同伴都说自己是"屌丝"，你即便是不喜欢或者不在乎这种身份的对立，也不得不拖过一个"屌丝"的身份标签当盾牌了吧。

这样一来，"高富帅""白富美"在大多数情况下就成为了一个"假想敌"，一个被所有人指着骂却没有人承认自己是的群体。媒体推动了这一亚文化的产生，又把其作为一个噱头大嚼。这到底是谁的胜利？

网民的狂欢虽然有着自发的外表，但在其迅速演变成一种现象的过程中，媒体组织的力量功不可没。在网民纷纷给自己贴上"屌丝"的标签时，到底是谁定义了"屌丝"？一个网友在使用这一词语时可能只是觉得好玩，看见别人都用也借来耍耍，要真让他告诉你什么是"屌丝"，恐怕还真说不清楚。之前我问一个天天满口"御姐"的同学什么是"御姐"，她先是讶然，"你没听说过吗？"然后的反应是"我也说不清楚，你自己去查百度百科吧"。真正给某一网络标签下定义的不是网民自己，就如针对"屌丝"的流行，腾讯网和凤凰网分别开了专题，而百度百科词条上的内容则大部分是从这里来的。

网络上这种自我贴标签的调侃行为已经见得够多了。确实如腾讯所说，"我们无须对其中的自嘲和揶揄太过紧张"，不是什么大事。但是媒体给它套上一个如此文绉绉、响当当的标题，看起来还当是有李大钊《庶民的胜利》一般重大意义的事件。

谁不向往更美好的生活？谁真心愿意当"屌丝"？谁喜欢这样的"胜利"？媒体不必以这种方式为类似的网络吐槽鼓舞欢歌吧。

过早职业化的大学生你们等一等

每天在校园里都可以与身着西装、夹着公文包、步履匆匆的学生擦身而过，正如强世功老师在今年元培文化节开幕式上所说，如今的大学生正在越来越早地经历"职场化"的过程。

在这个竞争无比激烈的社会中，大学再也不是一个"两耳不闻窗外事，一心只读圣贤书"的象牙塔。窗子已经被打开，世俗的气息充斥着整个校园。原本该在塔中专心念书的青年们好奇地看向外面的世界，迫不及待地摩拳擦掌，只为能在走出象牙塔的那一刻为自己抢占一个更加有利的位置。

去年暑假参与招生工作，在填报志愿的时候我劝考生们填一个不报不录的专业保底，他们反问我："学了哲学出来除了能当老师还能干什么？"我一时间哑口无言，确实，人文类的专业没有一个明确对口的社会就业领域，我始终无法用"能提升自身知识修养""训练逻辑思维""为将来从事具体工作打下基础"等理由让他们信服。也难怪，大学的下一步就是进入社会、走入职场，对于历经12年寒窗刚考上北大的高中生来说，学一个公认"好就业"的专业无疑对他们具有极大的吸引力。

相比于这些尚未进入大学就开始考虑如何走出来的学生来讲，我们身上这种焦虑就显得更加迫切。有些同学从大一、大二就开始实习，还没进行足够的知识能力输入就开始急着要输出，还没有学习最基本的新闻写作方法就开始跟着实际工作学习"新华体"。不少人从一进入大学开始就参加各种项目或社团，积累各方面的经历，虽然自己也不知道自己真正的兴趣在哪、将来理想的职业是什么。大一适应，大二风月，大三实习，大四准备出国保研、找工作，若此，这四年的大学究竟学到了什么？

吴增定老师戏言，这么急着要文凭找工作的话，不如高考完直接给你们每个人都发个光华管理学院的学位算了，干嘛还要在这浪费四年？这种幽默无形之中就像抽了焦躁不安的大学生一个响亮的耳光。

没错，我们处在一个焦躁不安的社会当中，后面的盯着前面的，处于第一的也不时回头看看，很担心哪天被超过，大家都在拼命向前奔跑，大学生也是这个社会环境的受害者啊！过早的职场化并不是我们的错，而是社会激烈竞争逼迫的结果。

这听起来是一个冠冕堂皇的理由，大学生的无奈也确实值得同情。然而无论从理论上还是从个人发展的角度，这种借口都显得非常单薄。大学是具有"独立之精神，自由之思想"的圣地，应该是站在社会思想最前沿的地方，应该是引领社会发展的地方，应该是改变社会风气的突破口，而不应该反倒被社会牵着鼻子走。

对大学生个人来说，大学四年之所以宝贵，并不仅仅因为它是进入社会的最后一个训练营，是一个进入职场前的"缓冲地带"，而是因为这是一个开阔眼界、认识社会、寻找到自己真正兴趣所在的好时机。因为这时候你还没有进入职场，尚有较大的选择余地，你可以去了解社会的方方面面，阅读各门各类的书籍，接触形形色色的人物，尝试各种各样的生活，从一个懵懂的高中生成为一个对自己的兴趣有比较清晰认识的"准社会人"。和寻找自己的方向相比，多考了几个不知有用没用的证，多去了几个不知什么目的的项目，多混了几个不知学到什么的实习证明，就显得无足轻重了。

工作是一辈子的事，与其急火火地蒙头往前跑，不如先利用大学的四年找到自己真正的兴趣所在。

两会不是地方形象宣传的舞台

"迎来送往"是我们中华民族的传统礼仪。如今两会召开在即，各地方政府也纷纷组织座谈会欢送人大代表和政协委员进京。比如郑州市在代表委员进京前就举行了欢送座谈会，领导在讲话中说，"出席全国两会是一次难得的推介郑州、宣传郑州、展示郑州的机会"，要代表委员"领会好会议精神，反映群众心声"。读了这番发言内容，笔者不禁产生了疑问，地方政府是否已经如自己强调的那样，充分认识了全国两会的"重大意义"呢？

两会之所以重要，是代表委员完成民权赋予的权力的履职过程，是要反映地方民生民意，在国家做出重大决策的过程中发出自己的声音，而不是给地方做宣传、打广告，树立地方"形象"。

这并非偶然和个案，不少地方政府领导和两会代表都把进京看做是一次向中央和其他地方"推介"和"宣传"本地的机会。不仅仅是郑州，黄冈也强调要利用这个机会，宣传黄冈，推介黄冈；长沙的代表委员也表示要"充分展示长沙人的良好素质和精神风貌"，"反映长沙经济社会发展建设情况，在北京做好宣传长沙的工作"……

地方代表和委员是要进京向谁推介？又宣传地方的什么呢？可想而知，在两会上重点推介对象只能是中央领导和其他地方代表委员。而内容当然不会是旅游广告，而是地方发展的成就，换句话说，就是地方官员的政绩。而这些宣传工作与人大代表和政协委员的职责似乎有些错位了。

在我看来，这种错位认识的产生是受到了我国历史上封建官僚"朝觐"思想的影响。《明史》载："自弘治时，定外官三年一朝觐，以辰、戌、丑、未岁，察典随之，谓之夕嚓。"即京外任职的官吏每隔三年就要进京朝觐一次，而这种朝觐的目的是为了考察官吏的政绩，并以此作为奖惩的依据。因此官员们进京就是想让中央和其他官员知道自己的政绩，获得赞誉、奖赏或者提拔。

正是在这样的传统背景下，某些代表、委员和地方官员的思想观念仍深受其影响，对人民代表大会制度和政治协商会议制度缺乏基本的认识。这些代表和委员将自己的使命，错误地理解为是去向中央汇报地方的政绩，领会和贯彻会议的精神。

但是人民代表大会制度是一种现代的社会主义民主制度，与会代表们不仅要汇报地方的发展、描绘美好的蓝图，更重要的是要反映地方的诉求；不仅要带着耳朵去听，更重要的是用嘴巴去讲，用手去投票，以积极参与的方式来完成人民交付的使命；不是要去掩盖地方发展中的矛盾和冲突，去树立"地方形象"、宣传地方政绩，而是要积极献言献策，集中智慧去解决社会发展中存在的问题。

这种落后的观念和错位的认知表明，制度建立后的观念变革依然任重而道远。

朋友圈为何盛产"知识性谣言"

最近,一篇题为《请别在朋友圈里"强奸"我的智商》的文章,在社交媒体上广为流传。话糙理不俗,很多人看过之后都深有启发。文章盘点了近几年一些网络热帖中的"知识性谣言",比如"德国禁止学前教育""火车票不能乱扔,二维码会泄露个人信息""黄鳝大都是吃避孕药长大的"等。值得思考的是,那些明显有漏洞的"知识",为啥总有很多人会相信和转发,以致不断荼毒更广的人群呢?

回答这个问题,可以先看看我们身边的一群人:他们未必是虔诚的教徒,但热衷于进庙拜神;他们自称啥也不信,其实是名副其实的"啥都信";他们见寺庙拜佛祖,见道观拜玉皇大帝,碰见关帝庙就拜关公,到岳飞等历史名人纪念堂前也还要双膝跪地,哪怕见到一口大缸、一尊赑屃也要扔几张钞票……这些人的心理是:只要是可能有好处的,那我就都先拜着吧,万一灵验不就占了个大便宜吗?

人们热衷于在朋友圈传播那些"知识性谣言",其实也怀着类似的心态——宁可信其有,不可信其无。他们似乎总觉得,万一那些帖子的内容确有其事,就能帮自己和家人朋友躲过一劫,"既然没啥坏处,为何不转?"可事实上,朋友圈的很多"知识性谣言"都曾被反复辟谣过多次,只要随便上网一搜就知真伪。问题是,朋友圈的信息都来自我们熟悉的亲友,让很多人都放松了求证和核实。

其实想起来,我小时候也曾对一些"知识性谣言"深信不疑。比如,小时候妈妈说说谎鼻子会变长，我信了；老师说，在月球上唯一能看到的人造建筑是长城，我也信了……但后来上了大学、读了研究生，看到朋友圈有人说小龙虾是二战时期日本人基因改造的结果，还是有很多人相信，我却不信了——我知道1953年沃森和克里克才发现DNA分子的双螺旋结构，二战时期哪来的基因技术？

　　朋友圈之所以有很多"知识性谣言"，一方面是因为，朋友圈是一种扁平化的话语空间，没有被普遍认可的权威和专家，信息传播也处于半封闭状态，很难像微博那样在信息公开传播中鉴别真伪。另一方面，在微信语境下，也不可能指望每个人都有足够的好奇心和时间精力，在冗杂的网络当中寻找线索，去对每一条有疑问的信息进行核实再传播——甚至连专业的记者也不能指望做到这一点。

　　没有权威的声音，只能信任亲密关系，在面临事关切身利益或安全的话题时，做出最稳妥的选择，这似乎是在朋友圈这样的环境下，一个理性人最正常的举动。但是，这种行为带来的后果，却如经济学中所揭示的困境一样——个人的理性结果是集体的非理性，许多漏洞百出的"知识性谣言"得以在朋友圈中持续传播。

　　仔细分析朋友圈的那些"知识性谣言"，不难发现，有一些话题很容易"中枪"。比如转基因到底有没有危害，比如各种奇葩的犯罪手段——火车迷药、冰块浴缸醒来腰上两道伤口等，再比如食品安全问题——人造假鸡蛋、螃蟹打针、避孕药黄瓜等，还有一个典型例子是"某政协委员提议儿童上户口一律采集指纹和DNA"。

　　这些经常被拿来编故事的主题，通常与人们最基本的安全需求息息相关，而且大多有现实基础，比如媒体上轰轰烈烈的关于转基因的争议、频发的地沟油、三聚氰胺、黑心工厂等食品安全隐患，儿童被拐卖和性侵害等社会治安不好的消息屡屡见诸报端。"击中你的恐惧"，就成了这些"知识"迅速流行的秘诀。

　　当然，如果只是在朋友圈里传点不痛不痒的健康秘籍和社会乱象，最多是让一些"惜命"的人生活得小心翼翼。但是，如果在整个社会里人们也因担忧和恐惧无处可化解，只能求助于"自助式"理性的话，恐怕其不利的影响就会大得多。

"985"和"211"的问题不在存废而在标准

　　"985"和"211"，在外国人眼里也许只是一串无意义的数字组合，而在中国却代表着高校的不同等级。近日，中南大学校长在讲话中透露，"985""211"工程建设即将取消，此消息虽迅速被教育部否认，却再次引起了人们的争议。有人认为，"985""211"工程早就应该取消，因为它们拉大了高校的"贫富差距"，加剧了教育的不公。

　　不论是哪个领域，公平问题往往最容易受到关注。高校之间，确实存在"贫富不均"的状况，但这并不一定完全是"985""211"的原因。"985""211"工程本身，就是遴选那些有历史底蕴、办学实力与科研能力较强、成果显著的学校，因而入选的学校科研经费会多一些。而所谓的清华大学科研经费是普通高校西南石油大学的 23 倍，也只是以学校为单位的整体比较，如果具体到特定学科或考虑实验室数量、项目数量、人均科研经费等指标，差距也许并不悬殊。

　　况且，人们关于所谓教育公平的理解，也是各持己见的。事实上，在资源有限的条件下，教育公平的含义，应该是让所有人都拥有平等的机会去竞争优质教育资源，而不是让所有人在每个方面都享有同样的资源。因此，只要高考、考研等每个环节的选拔制度是公平的，教育公平就有了最大的基础。

　　换言之，简单地在教育资源之间"均贫富"，是不可取的。若真的像一些人呼吁的那样，贸然取消了"985""211"，很可能会带来其他的问题。

在上个世纪 90 年代之前，中国大学比较少，那时候主要是拼实力——凡是能跨进大学门槛的人，总体上素质都还不错。后来，随着大学门槛的降低，大学文凭开始泛滥。用人单位在选人之时，只能通过简单、临时的笔试、面试来考查一小部分内容，而这种选拔随机性很大。此时，"985""211"等工程在某种程度上代表着一种能力和信誉的保障，是一种新的标杆。若无"985""211"等门槛，用人单位可能面临着更大的选人公平问题。若无门槛限制，"拼爹"现象恐怕更烈，最终受损的必定是除了努力学习考上名校而无爹可"拼"的寒门子弟。

即便取消了"985""211"，名校还是名校，社会各界的资助、科研经费和优质学生仍会不可避免地集中。就像再怎么挤，大家也都愿意千里迢迢起早贪黑来协和医院看病一样，就算再贵再有雾霾，大家也纷纷想挤进"北上广"。

当然，不能简单地取消，却并不意味着现存的这种状态不需要改变。的确，优质大学的标准划分不是"中国特色"，美国也有"常青藤"这样的品牌，入围的学校都被认为具有悠久的历史、严谨的学风。不同的是，这些学校的遴选并非是以行政化力量为主导，而是考虑了各种平衡因素综合的结果。同时，即便有《"985 工程"专项资金管理办法》等规定约束各高校科研资金的配置和使用，但中国各高校科研经费的运作状况，一直都不足够公开透明。

集中力量建设一批高水平大学，这样的做法并无不妥，但这些学校的遴选标准却是可商榷的。比如，可以参照国外一些有权威性的大学排名的考量因素，综合学校声誉、科研成果、软硬件实力等诸多方面综合确定；还可进一步设置进入和退出机制，进一步推动我国高校建设向良性发展。

评论写作经验：当我学写评论时，我在想什么？

我第一次接触新闻评论，是在曹林老师的课堂上。那年我大三，之前尝试过消息、人物通讯、特写等新闻题材，可一直没敢碰过评论。在我心里，评论那可是"高大上"的东西，哪里是我这样的等闲之辈能写出来的呢！

所以，当接到第一次的作业"两会评论"时，我心里无比忐忑，早上一头扎进图书馆，直到下午5点左右才开始动笔，晚上听着闭馆音乐出门，终于，写出了一篇一千字的小文章，最后还因选题的时效问题而没有发表。

随着课堂进程的逐步推进，慢慢觉得，写评论也不过就那么回事：找一个可正说可反说的话题，选好一个观点，然后把理由列出来不就得啦！

但是，当今年8月，我进入《新华每日电讯》报社评论部实习之后，我发现自己之前想得太简单了，要想长期把评论写好，真是需要下一番功夫的，需要不断积累、思考与创造。

写评论的过程中，困扰我的主要有这样三个问题：

第一，差不多的事，怎么才能写出新意？呼吁改革、批判好大喜功、反腐、权力滥用、提倡法治等，很多新闻都在这些大的常见范畴内，要怎样每次都写得不一样呢？

第二，零碎的现象，如何才能写出深度？比如今天老太太跌倒了没人扶，你把路人批判一通；明天公交上没人给老人让座，你再把车上的人批判一通，可是，这种说教有什么价值呢？怎么才能让它变得有价值呢？

第三，同样的意思，怎样才能让人想读？如果话题确定，而观点又无法太出新意，那要怎么才能让人想读下去？

关于这三个问题，我至今依然在思考，并没有成熟的答案，今天我从一个学生的角度，简述一下我至今为止对这三个问题的想法。

第一个问题，如何写出新意？

什么叫"新"呢？就是别人没说过、没想到，而你能够想到并说出来的东西。作为一个学生，如何才能发掘出别人没说过、没想到的东西呢？每个人的经历、知识储备和思维方式都是独特的，关注的点都不一样，写自己熟悉的东西、动用自己独特的经历和知识储备，比较容易发掘新的角度。

比如我有一次写评论，写了一个非常老套的话题——大学生的政治课，但主要的观点还不算很老套——大学政治课应该教我们如何做一个好公民。我之所以想到这个观点，与我个人的知识储备和经历密切相关。我喜欢法学，本科时修了法学院的双学位，也读过一些西方法理学、政治哲学类的著作，对"政治""公民"这类词本身就比较敏感。而当时我因一个跨文化的研究，常常与几位美国同学聊天。有一天吃饭时我问他们，你们国家有政治课吗？他们说没有。那你们的爱国主义、政治价值观等教育是怎么进行的呢？他们认真想了想，说，是在历史课上。这让我领悟到，政治课不是我们的特色，每个国家都会对自己的公民进行基本的政治教育，这是维护一个民族和国家认同的基本手段，这本身并没有问题。关键在于，我们要进行的应该是有助于公民在现代社会主义民主法制的框架下，行使公民权利和承担公民义务的教育。

还有一个好用的办法，就是利用学校独特的学术资源，做一个学术界与公共知识之间的桥梁。今天出现在我们视野里的很多公共话题，是学术界早已讨论过或者已经初步有科研资料和成果的东西，只不过还没有为大众所知。作为学生，学校里有各个领域的课程、各个领域的老师和书籍，可以从这些资源中发掘出很多新的观点和资料。比如我也写过关于景区门票价格不断上涨的问题，但当时我的观点来自一些论文，读过这些论文之后发现，各国对遗产的管理体制不同，也可能是导致国内外景区门票价格差别的原因之一。

第二个问题，如何写出深度？

怎么就"深"了呢？让单个的事件变成现象，就可以通过对比梳理发现其背后共同的规律了：如果是类似事件的聚合，那是什么导致相同的事情一再发生呢？如果有不同的部分，那是什么导致这两件本身差不多的事情有不同的结果呢？差别的根源在哪里？

那如何让单个的事件变成现象呢？两种办法。纵向联系，就是联系过去曾发生的事情；横向联系，就是联系其他地域、其他领域类似的事情。写论文文献综述的时候，老师都会告诉我们，梳理文献要顾及"古今中外"，写评论也可以借鉴，这样之后你会对今天所要分析的事情有一个更加深刻、更加全面的视角。

第三个问题，怎样写得好看？

标题吸引人是第一步。怎样的标题会是吸引人的呢？一般来说，如果你文章的观点很中规中矩，把观点提出来做标题，恐怕就不会那么好看。这个时候，可以利用一些典型的意象、诗句、最近流行的词句等拟一个。如果你文章的观点本身就比较新颖，提炼出来做标题也是个不错的选择。

至于行文当中，要想写得好看，需要讲别人说不出的故事，说别人写不出的语言。小说为什么好看？因为是在讲故事，大多数人觉得，看记叙文比看议论文有趣，因此可以在评论中适当讲一些故事。但由于评论篇幅很短，故事也只能是作为一个"论据"的功能，因而讲故事不能洋洋洒洒，需要凝练、精准地表达你要突出的部分。至于语言方面，引用名人名言古诗词、提炼排比句、恰当化用一些词语等手段都可以提升语言的魅力。

　　当然，要做到这些都需要较充分的积累，多读书、多交流、多思考、多动笔，短时间内的确很难做到。那怎么办呢？那就先去别人的文章里"偷"吧，学习初期最好的办法是模仿。心理学的某些流派倡导，要提升自我价值感，第一步是要"做出成功的样子"，然后就可能真的成功了。写评论也是，先模仿着写出好评论的样子，一段时间的努力之后，也许就真的游刃有余了。

沈佳妮专辑

1991 年生，狮子座，上海女。

6 年前，喜出望外地考上北大，开始奇妙的人生。大一结束，果断从电子系转到新闻系，开始学习观察社会、自我拷问。后又前往伦敦国王学院攻读硕士学位，过了人生中最丰富多彩、心智大开的一年。回国后在青海住了两个月，爱上西北的天和山，生出了在那里养牛养马的人生愿景。总之，就是个成绩不出色、人品不败坏、愤世嫉俗又耽于享乐、胸无大志、只求心安的人。

老师，您不是来教书的

《师说》有言：“师者，所以传道授业解惑也。”韩愈强调的是老师传授道理和知识的作用。这是小学、中学老师的职责，但大学老师要做的，比这难得多。

如果按照教学成果来划分的话，我把我的大学老师们分成三类：

最不济的第三等老师顶着“教师”的桂冠，却没有为学生作出任何实质性的贡献。或是出于能力问题，或是态度问题，听其一节课还不如花同等时间自学的收获大。难以想象在北大还有这样的老师：上课迟到早退，随意接电话，却不向学生做任何解释。其教学质量可想而知。不赋予学生课堂的真正价值，就等于浪费学生的时间，实在值得反思。好在目前这类老师人数甚微。

二等老师传授知识技能。如今大学里的老师多属此类，方式可能有乏味和有趣之分，但最后的效果仅限于教会课程内容，学生学到了理论以便解释更多现象，学会了公式以便解答更多难题。我们无法断言这类大学老师有失职之嫌，因为知识也是经世致用的一部分，况且在过去，知识只能依靠老师来传承，但这一认识已在信息化社会被推翻。如果想学习，我们有 Google scholar，有网易公开课，有国家图书馆，可以在卧虎藏龙的万千网民中寻找答案。因而，如果老师的功能止步于传授知识，那我们为何还要上课？

头等老师教的不是知识，而是除了知识以外的、能让人活得更有意义的东西。这些东西到底是什么，每个人可以有不同的答案，但它一定是抽象到无法具体描述只能亲身体会的，比如获得快乐的能力，比如挑战自我的信心，比如独行其道的脱俗。当我们离开校园回忆老师的时候，记得的一定不是他们传授了什么知识，而是他们的性格、气质与为人。两年前上过一门社会学系的课程，老师人已中年，高大、儒雅、淡然，但在某一刻提起自己已故父亲的时候却突然流下眼泪，随之用手背一抹继续上课。也有老师讲新闻直播时，模仿阿姆斯特朗在月球上蹦蹦跳跳走路的样子，视学生如朋友。还有老师做记者几十年，用深厚的积淀来讲述新闻人的使命。有人会问，这些事让理工科老师们如何做到？可以借鉴一下哈佛学院前院长刘易斯的做法。他曾在计算机理论课上用 5 分钟时间介绍了图灵悲剧性的一生。谈到图灵因为当时人们对同性恋的偏见而自杀身亡时，台下鸦雀无声。如此出其不意的道德教育让学生们受到强大的冲击，这样一堂课才是理想的大学。老师们偶然间的一个举动一句言语也许会铸就一个学生的梦想和追求，甚至改变他们的心境与执念。只是这类老师实在不多得。

优秀的教师队伍是一所大学的灵魂，更是人类文明的承载者和传播者。可如今的大学老师却流于平庸。或许他们有百般无奈：为了养家糊口也得屈服于体制缺陷；但至少我们没有看到他们为了完成伟大使命而做出的努力。大学老师不会花时间去记得同学的名字，哪怕班上只有一二十人；也不会亲自批改作业并附上评语（大学至今我修过约 60 门课，为学生作业写评语的老师不超过三位）；更不会主动与同学打成一片。许多课程一星期只有一节，老师们都忙什么去了？他们与学生几乎完全割裂，成为高高在上的存在。

"教育就是我们把在学校所学的内容全都忘记以后所剩下的东西（Education is what remains after one has forgotten everything he learned in school.）。"这是爱因斯坦留给我印象最深刻的一句话，也比韩愈的理解更适合当做现代大学的核心理念。知识是容易被遗忘的，如果想获取知识，大可不必上大学，老师不是必需的。大学最重要的任务是教会学生如何判断是非善恶，如何在现实与理想之间做选择，如何坚持自我，如何摆脱窠臼，如何包容尊重，如何服务社会……

　　老师，您的最大职责不是教书，而是育人。

大学生离两会有多远？

　　食堂里的电视上正在播放两会新闻，嘈杂的声音让人听不清记者在说什么。同学们边往嘴里扒饭，边时不时地抬头看两眼。这可能是我们离两会最近的距离。

　　2013年的两会已经开幕一周，北大里的两会气氛却并不热烈。楼长在黑板上写下"搞好卫生，用实际行动迎接两会到来"的标语，班主任在班会上传达院团委的"关注两会"指示。除此以外，似乎再没有什么提醒着我们，在同一片雾霾下，有另一批人在为这个国家的未来操心着。

　　即便在北大这样一个曾经政治思想活跃的地方，如今也已见不到往日"激浊扬清"的豪迈。不要说两会的流程和作用，有些同学甚至不知道两会的全称是什么。于是，总理的政府工作报告到底有哪些重点、国家将在哪些方面做出政策调整等问题更无足轻重了。作为一名新闻系学生，倘若不是出于专业需求，我应该不会去主动了解两会情况，最多点击一下"明星委员卖萌表情""风中的美女记者"这类八卦花絮。根据我的个人观察与体会，人文社科类的学生普遍比理工类学生更关注两会，原因多半是出于专业差异，学政治、新闻、国际关系的同学再不想关注政治也必须得关注啊！理科生在此方面倒是能置身于专业强迫之外。

　　政治从来都不是我们这一代大学生十分关注的话题，最深的印象无非是令人昏昏欲睡的政治课和恼人的政治闭卷考试。不只是应试教育的中学阶段，即便进了大学，甚至考上研究生，都摆脱不了政治顽固的束缚。在我们的印象中，政治与乏味、枯燥、形式主义联系在一起。先入为主的刻板印象使我们对其避而远之，这种对政治的漠然和厌烦直接导致了我们对国情缺乏了解，更对国家事务缺乏应有的热忱。所谓的政治教育实质上把我们与政治之间的距离越拉越大，实在有些讽刺。

除了失败的政治教育，造成大学生们远离政治的另一个重要原因在于功利主义的蛮横滋长与理想主义的急剧衰弱。

"谭天荣"这个名字如今不知有多少人还能记得。在1957年整风运动中，这个我校物理系男生可是无人不晓。他以理科生的逻辑思维客观地批评了毛泽东写的文章，却中了整风运动名不副实的圈套，被打为"右派"后经历了长久的痛苦折磨。

上个世纪80年代的大学生"竞选风潮"也被视为展现年轻一代义不容辞地承担社会责任的典型。但90年代之后，由于改革开放进程的不断深入和一些其他因素，为政治呐喊逐渐成为大学生遥远的梦想，时至今日，财富成为大学生的首要追逐对象。经济学院与管理学院的报考分数相当高，经济学的双学位也是报名最多的，理科学院如物理专业和数学学院的本科毕业生又多会选择经济、金融作为研究生的专业方向，哪怕是我们新闻学院的学生最后也有不少进了银行、房地产公司……这种对金融行业的趋之若鹜足以说明问题。谁都想在经济浪潮中分一杯羹，又还有谁愿意为国家、为社会做艰苦、冒险又未必见得到有效成果的奋斗？功利主义与实用主义取代了浪漫情怀与理想主义，我们害怕了，退缩了。

参政议政是每个公民的责任和权利。大学生们受着高等教育，更应该明白这个道理。几十年后，也许我们是这个国家的决策者，也许是执行者，又或许只是普通百姓，但这种公民精神应当是每个人所坚持的信仰。只有了解，才会参与。只有参与，才会改变。

大学生们，离两会越远，离国家和社会就越远。

大学生要减少"圆滑"之气

都说大学是个小型社会。这话真没错，混社会首先需要的是圆滑，这一点我们无师自通，并且学得扎实。

此处，我所理解的"圆滑"是指通过一些并不非常正当的途径为自己谋得利益，这利益可能是老师的好印象，可能是期末的好分数，或者其他任何与学生有关的好处。以下所述的情况均曾发生在我同学或是我自己身上。

每学期初是选课时间，凡是碰到可选择的课程，我们都曾问过或者回答过同一个问题：这门课的老师厚不厚道？所谓"厚道"，通常表示该门课平时任务轻松，当然更重要的是老师给分好。学长们的回答一般都根据自己的得分给出，要是得到了"优秀"（85 分以上），答案可能就是"厚道"，否则答案就是否定。年年都有人重复问同样的问题。先不论这种衡量完全忽略了个人努力的因素，有多不科学，关键是，我们上课的目的不知不觉从获取知识转变为获得分数，初衷的错误一定不会带来结果的成功。老师确有严厉和温柔之分，但学校有硬性要求，整体成绩必须满足正态分布。所以对于学生，几分的努力配几分的成绩，这是理所应当，也是心安理得。

大部分课程都有出勤率的要求，一般要在满分中占 10% 的比例，这个比例并不小，于是产生了一系列"争夺"出勤分的手段。一些人还没开始上课就想着待会儿怎么溜出去方便，首先选择离后门近的位置，等老师点过名或者确定这节课不点名就悄无声息地溜走，有时候甚至连书包都不带，佯装成出去上厕所的样子。如果老师要突击点名，短信早已传到没来上课的同学手机上，他们匆匆赶来，没错过点名的仿佛走了大运，错过的在课间还要以各种理由向老师解释，争取不失分。甚至在一些学校，还有"代人喊到"业务。有时候我也是投机取巧者中的一分子。不免扪心自问：既然自愿选择了逃课，又为何还要害怕点名？既然害怕点名，又为何还要逃课？如果真的有比上课更重要的事，我们应该心安理得毫不犹豫地去做，因此丢了一分两分又算得了什么？如果没有，那就乖乖回去上课。我们没有学会为自己的选择承担后果，没有学会平衡舍与得，却学会了怎么通过钻空子取得权宜之计，左右逢源。

海南大学的王小妮老师在她的书《上课记》中写道，有一个学生总在下课的时候逆着人流走进教室，和她套近乎。学生中少不了类似的小聪明。如果老师的给分是 59 分，或是 84 分（84 分及以下为"良好"，85 分及以上是"优秀"），总有同学要去向老师"求情"，好说歹说要老师多给一分。他不明白，这个分数其实往往已经超过了他的实际所得分。还有学生对老师察言观色，做什么事都从老师的偏好出发，或者刻意与老师混个脸熟，以备"不时之需"。

这种种讨巧的行为都是基于"分数至上"的准则，不过，先慢些追究教育制度和老师的问题。我们逐渐懂得人情世故，可能已经不再单纯，但在拥有成人眼光的同时，应当对底线和原则有更深的理解。追求自身利益不代表要放弃诚信与踏实，否则，大学生将是未来社会上的投机倒把者、既得利益者、阿谀奉承者。

古往今来，不少人讨论如何做老师，却鲜有人关注如何做学生。学校没有教给我们的，我们自己要补上。

精明的反对者

批评早已成为网络舆论的一股大流。批评社会、批评政府、批评明星、批评富二代、批评"90 后"……批评本没有错，但必须建立在事实依据之上。然而，拍拍脑袋就给人定性，既方便又痛快，已经成为很多人不假思索的一种表达方式，甚至成为某些人利用这种趋势为自己塑造正面公众形象的有力工具，我称之为精明的反对者。

东方卫视曾有一档新闻谈话类节目叫《东方眼》，崔永元主持。因为是时事类节目，很容易扯到批评社会、批评政府上去。有一条新闻关于"3·15"前夕，中消协做了比较试验，点名几家大品牌洗衣机洗衣效果不好。小崔评论说："我想知道中消协为什么还差两天到'3·15'了，你忽然就查出来了，平时都干嘛去了？"并顺便质疑试验方式的正确性。台下鼓掌。又比如，有观众问他，为什么嗑瓜子能嗑一个小时，学习却不能？小崔回答："嗑瓜子的时候也可以想想加抗生素了没有，这也是学习了。"台下鼓掌。类似的小段子不胜枚举，而且总能赢得掌声。

一些所谓的批评总是陷入这样的怪圈——不论什么事，都可以扯到公共问题上去，非常肤浅地批评一下，展现幽默，展现头脑，展现社会责任感。中消协的比较试验几乎每个月都进行至少三四次，官网上都能查得到报告结果。小崔却要让观众觉得中消协在"3·15"前临时抱佛脚而平时无作为。更何况，这也可能是媒体在"3.15"前集中报道的结果，而并非中消协渎了职。再者，学习无法专心的问题竟然能轻轻松松扯到食品安全问题上去。这就好比前面有个靶子，一支箭钉在圆心，观众还要欢呼射手射得准。

这种批评的方式在这个社会似乎特别行得通。批评者唯一的根据是："你名声很差啊，你做什么肯定都有猫腻。"这些批评往往建立在先入为主的刻板印象上，没有事实，没有论证，逞一时口舌之快，哗众取宠，并自以为是社会的监督者、混乱时代的清醒者。自各种丑闻被曝之后，许多国家公权部门的形象一落千丈，成为网民争相批判的对象，变成网络舆论中的"弱势群体"。一些人利用这种民情，在公共空间大肆批判，抖尽机灵，赢得关注和尊敬。而事实上，他们的批判毫无价值，虽痛快但武断，只不过刻意迎合了众人的某种想象。而像崔永元这样本身就拥有丰富的社会和文化资本的人，他们的批评听上去更掷地有声，但同样空洞无物。抖一个有强烈暗示意味的包袱便算尽到了监督和批评的责任，只要一个负面的结论，不需要任何推敲。而这又正是许许多多人"喜闻乐见"、热烈追捧的。肤浅的批评者们为自己树立起勇敢无畏、有批判精神、不向权力低头的模范形象，而事实上，让他们低头的恰恰是这种虚无的光环，他们确切地知道什么是大众想听的，说什么最能投机取巧博得喝彩。

怀疑是高尚而可贵的品质，批判者永远是国家和社会的财富。但空穴来风的怀疑太廉价了，插科打诨吐个槽，人只管唱反调就行。如果怀疑做不到理性，做不到就事论事，那可能就是偏执，就是别有用心。"看你不顺眼就处处给差评"的强盗逻辑却帮助那些曲意逢迎的伪批判者们在这个时代获得追捧，不知是谁的悲哀。

拒绝"作秀"，欢迎"表演"

这个社会充满了各种"表演"。官员下基层、商人做慈善、学者瞎扯淡、明星秀恩爱……在"作秀"被众人鄙视的年代里，"作秀"实际上又是一种必需。

马云没有在"天津港"事件后作捐款的表态，范玮琪没有在抗战阅兵和巴黎恐袭时发布支持和祈祷的言论，遭网友大肆谩骂。不说爱国主义、道德绑架这些问题，先看看网友们批评的根据是什么——那就是没有在公共平台上看到他们表达关切的证据。是不是不发微博就代表着不关注？是不是公开表达了关注就一定是真心实意？对公众来说，这些可能都不重要，重要的是你必须得"表演"，必须得向众人展现你在乎，这个社会首肯的规则是"不管做没做好事，吆喝声必须要大"，尤其对公众人物而言。

而其中，众人对娱乐明星在日常生活中的"表演"期待最大。某某某的甜心萌娃、某某某的长腿翘臀、谁和谁的豪华婚礼、谁和谁的"撕逼大战"……判断一个人的好坏仅仅凭的是一张照片、一条微博、一个小视频、一部真人秀。"某某某真是又有涵养又会照顾人，好想嫁给他""某某某吸毒了，真没想到他是这样的人""某某某的小孩真是自私又娇气，足以见得家教不好"……好像每个人都跟明星很熟似的，或热烈追捧，或大肆声讨。"演戏"时，明星们倒未必拿出了真情实感，观众们所投入的感情才是如假包换。看客们声称厌恶明星"作秀"的同时，其实也是这场秀最忠实的观众和最认真的参与者。

而观众们本身又时刻在自导自演。戈夫曼的"拟剧理论"认为，社会是一个舞台，每个人通过精心的表演，塑造个人形象以达到某种目的。社交网络的出现确保普通人的"表演"也能拥有可观的观众数，并能在生活中处处搭建"舞台"，轻而易举地让人欣赏到精彩的"演出"。打开朋友圈，自拍的为了表现美貌，对时事评头论足的为了表现智慧，晒朋友合影的表现社交能力，方向盘车标表现财富，旅行表现人生经历，祝爸妈节日快乐都要发在朋友圈广而告之。甚至有时候连一个"赞"、一句评论都成为一种"表演"——向一个半生不熟却有利可图的朋友表示"我关注着你哦"，或者故意向其他人炫耀"我和他关系很铁哦"。每个人既是尽职的导演和演员，又是殷勤的观众。

戈夫曼还认为，在社会这个舞台上的"表演"又可分为"自知的"与"不自知的"。所以，那些痛恨明星"作秀"的人，大概多半都对自己的"作秀"行为不自知，才能批评得如此理所应当，才会产生拒绝他人作秀、自己却放肆表演的自相矛盾。倒不是说这种"表演"有多肤浅，毕竟如果从功能主义的视角出发，人的社会行为都是为了满足一定的社会需求。但要紧的是，如果把"表演"当做真相，那对真相本身可能是莫大的伤害，越容易获得的事实可能越需要警惕。就好像我们不能轻信"所见即所得"，因为亲眼看到的也许只是虚幻的泡影，而看不见的又可能正在其他角落激烈上演。

评论写作经验：评论是反映个人修行程度的镜子

如果说时评界有一扇大门，那么我属于那类连一只脚都还没跨过门槛、只是探头朝里张望了一下的那类人。但这一张望，难免也管中窥豹，张望出一些自己的想法。

我想，写时评从来都不是为了讲一个道理。时评只是传递一种观点，但这种观点必须符合基本的"道"和"理"，只有这样，一篇时评才不至于有恶的影响。而更吸引人的时评或能发人深省，启发讨论，或能让人酣畅淋漓，把心中郁结代为发泄，又或者一语中的，振聋发聩。可要写出这样的评论太难了，于我此等菜鸟，难到让人战战兢兢、下笔无力。

首先难的是素质储备。我认为这素质主要包括写作能力、思考能力和知识面。即便经过高考语文的训练，如何较为高效地表达观点对很多人来说仍非易事，不是连篇累牍就是言之无物。而思考能力对应的是更高级的逻辑推理能力。在北大上时评课的时候，老师总是提到评论的逻辑问题，以偏概全、偷换概念、假性因果等都是评论员时常出现的问题，有些人故意为之混淆视听，有些人则能力不足无法察觉。但即便这两项基本功都具备了，知识储备不足仍可能成为评论的硬伤。丰富的知识储备不但能增强论证力度，更重要的是提升全面、深层认识问题的能力。大学的同班同学里总会有那么几个耀眼的天才，写出的评论精炼老到，让人望洋兴叹。回过头来看看，哪一个不是饱读诗书的？而像我这样读书少的，写起评论时常绞尽脑汁力不从心。阅读是一辈子都不该停止的，所以我想一个人写评论的能力也永远都有上升的空间。

写时评的又一难体现在整个思考过程。关注新闻热点和洞察社会现象都是时评人的分内工作。想象中，合格的时评人应当无时无刻不在思考——思考如何选题、如何取角度、如何立论又如何具体论证。以前老师布置时评作业以后，我总是很焦虑，因为那意味着接下来的几天内无法停止的脑力劳动——怎么样从纷繁复杂的各类事件中找到值得关注的话题？热点话题又有哪些值得分析的新角度？这个论点会不会太平庸乏味？那么写可能会出现哪些漏洞又该怎么圆满？我的评论给读者提供了"附加值"没有？写评论于我而言，是一个不断建立又不断推翻的过程。选一个话题、定一个论点都不是一蹴而就的，面对一个事件最先出现的想法要毙掉，推理逻辑站不住脚的要毙掉，句子里有什么漏洞的要毙掉。一篇评论一千来字，我却要几个小时才能写出来，加上前前后后的思考斟酌，最终却仍可能生产出一篇并不专业的时评。这过程不可谓不艰辛。

学新闻的都知道"理中客"的原则，但实行起来却是难中之最。我觉得写评论最要紧的一件事，就是要放弃偏见、删除情绪。有些偏见人畜无害，比如人一天要吃三顿饭。另一些偏见则"暗藏杀机"，不得不防。媒体中最常见的偏见应该体现在"标签化"上——官员一定是腐败的，EXO 的粉丝一定是脑残的，女人一定要结婚生孩子……这大概就是老师说要"否定那些快速涌现在脑海里的观点"的原因吧，"第一反应"总是偏见的产物。简介里我把自己描述为"愤世嫉俗"的人，对一个"过分"的人、一件我以为的"不符合常理"的事总是觉得愤怒。但冷静下来想一想，有时候愤怒恰恰代表着还没有看清事物的本质。如果从社会学、政治学、文化研究等角度去严肃地思考社会上那些滑稽荒诞之事，也许就能让自己清醒过来，不至于被情绪控制而写下肤浅浮躁的句子。越发觉得这是一个学者，也是一个评论员应该具备的素养。时事评论不应该是巩固偏见、发泄情绪的工具。

但"理中客"的"冷漠"总需要什么来中和一下。关怀和尊重是我此刻唯一能想到的良药。这两个词说来空洞抽象，可一旦缺了，那就是一场灾难。比如灾区采访中，养尊处优的记者问出类似"百姓无粟米充饥，何不食肉糜"的可笑问题。比如电视上的道德表彰节目邀请天津港大火中牺牲消防员的父亲谈感想，那一刻我替这电视台感到羞愧，我不知道一位丧子之父对着摄像头应该有什么"感想"。或许是人生历练不够，或许本是铁石心肠，许多人总表现出"不食人间烟火""不知民间疾苦"的姿态。评论员的确需要一双旁观者的"冷眼"，但没有高高在上、俯视众生的权力。每一个个体都是鲜活的，并非只是一个名字、一串符号、一段故事，写评论的时候需要站在评论对象的立场看待问题，这不仅仅是为了更全面地分析问题，更是为了保留一份珍贵的"人情味"，不要让时评变得冷血无情、面目可憎。

所以，在我看来，写评论就像个人修行程度的一面镜子，反射出作者的种种姿态与心境。它真正考验的不是文笔，而是作者本人的思维能力和深刻程度。扎实的基本功是做评论员的必要条件，但这远远不够，真正能形成气场的是作者的智慧和品格。一个符合我想象的优秀的时评人应该是满腹经纶、思维敏捷、善良谦逊的人吧——洞察人世俗恶，却仍保恻隐之心。所以每次我总是难以下笔，总不好意思把自己的浅薄暴露给人家看。

如果说北大教会了我什么，我会说，它让我独立思考，学会理解，懂得体谅，尊重人和事的多样性。如果说新闻评论这门课给了我什么，那就是让我见识到了一个优秀的时评人应当是什么样的，并让我有机会去实践北大教给我的那些宝贵经验。

张东兰专辑

　　北大新闻与传播学院 2011 级新闻学专业学生。是一枚病入膏肓的拖延症患者，所以唯有逼迫自己多读读书、看看电影、遛遛弯，免得过早衰老。偶尔动笔表达也是同样的目的。表达带来的酣畅淋漓时生出的成就感，隔些时日再看旧文时的极度尴尬感，毫无头绪刺激下的求知欲望，都成为治疗我懒惰和拖延症的药方。

分数、真知，哪个才是学生的命根

新闻评论课最终选课名单终于尘埃落定。计划 60 人的专业大课，最终选课人数只有 22 人。倒不是因为该课"臭名远扬"，相反，这门课有相当不错的口碑，每次课上都有不少旁听的外校同学。学生不选，症结在一个"虐"字：作业多，难度大，最终得分有风险。

与"虐课"遭冷遇相映成趣的是"水课"的备受追捧。难度低，作业少，最重要的是容易得高分。未名 BBS 流传着各种版本的刷分神课，师弟师妹纷纷向前辈取经，北大某著名大"水课"更是每学期都人满为患。

胡适先生说，"怕什么真理无穷，进一寸有一寸的欢喜"，而今天，能让我们欢欣的，不是向真理进一寸，而是把绩点拨高一分。

我们一边骂"水课"太敷衍，一边又对"水课"趋之若鹜；一边对以分数作为单一衡量标准的机制不满，一边又甘愿为分数奴役。分数的重要性不言而喻，保研、出国、好工作，一个漂亮的学分绩点常是一块敲门砖。可在大学，为了分数而放弃这一切，真的好吗？

为什么要上大学？我想，除了未来有更好的生活，上大学最重要的目标，是给人知识、人格两方面的成长。大学不仅教书，而且育人，所以大学为"大师之学"。大学校园讲坛上的学者倾授的是毕生所学，某个教室里滔滔不尽的先生也有可能以其人格魅力影响学生的一生。大学能够给学生最好的礼物绝对不是一个美好的分数，而是学术卓著、品格高贵的老师，是图书馆浩如烟海的藏书，是让学生在短短几年的耳濡目染中对自我和对外部世界认知焕然一新，是让学生从四年前的青涩到四年后的睿智、独立和人格上的完整，从而成为一名合格的公民。高中缺失了这一切，大学可以补上这一环，北大更可以。可是，如果从一开始便背负着分数的包袱，我们便会和这些珍贵的东西擦肩而过。

"水课"或许可以给我们许诺一个好分数，却永远无法许诺一个好未来。校友张泉灵在 2011 年毕业典礼上说："如果，你考大学时选的专业不是你喜欢的，而是你父母喜欢的；你的选修课不是你喜欢的，而是拿证多、学分好得的；你求职不是挑你喜欢的，而是待遇好的，请问，选时未拿喜欢当事，凭什么你会从事喜欢的职业，并且成为终生的事业呢？"我想说，如果没有勇气去"受虐"过，没有因为攻克一门课程而生不如死过，没有在生不如死后豁然开朗过，如果总是挑最简单的事情来做，我们又怎么去充实自己、更新自己、重新认识自己，我们又凭什么说自己上过大学，凭什么说自己来过北大。

或许有人会说，在分数和知识这两难命题上，做出对自己最有利的选择有什么错？可是"两难命题"本身就是一个伪命题。假如全心投入，求知若渴，在"虐课"上也能得到一个骄人的成绩；若是平时得过且过，期末临门一脚，即便选了再"水"的课，也有可能被呛得不轻。付出和回报是成正比的，只是"虐课"更加不留情面地证明这个道理而已。

这已经是我在北大度过的第三年。也是因为留在燕园的时间不多，我才更加悔恨和悲哀。我选"水课"，刷绩点，对分数有狂热的偏执。但是现今回想，那些留在我脑海中的，增进我知识的，改变我对某种东西甚至是整个人生看法的，培养我自由而无用的灵魂的，不一定是给了我高分的课，却一定是曾让我畏而远之的课。如今我只恨时间太快，彼时太蠢，如果时光可以重来，我一定会对 3 年前那个姑娘说，别怕被"虐"，你得到的欢欣肯定会比痛苦多。

"分分分，学生的命根"，在大学，请给这句话多一些思量的余地。分数、真知，哪个才是我们的命根？它应该不辩自明。

盲目追逐头条的年代，头条意义在何方

　　最近 3 天，文章出轨无疑是各大媒体和街头巷尾谈论的焦点。3 月 31 日凌晨，其道歉声明一出，12 小时内转发量便超 100 万。明星与八卦、阴谋与爱情、欲望与伦理，这件事满足了人们所有的窥视欲和想象。很难相信，就在 3 天前，微博上还充满了对茂名人民抗议 PX 项目的声援；一周前，打开电脑看到的还是为失联航班祈福的满屏蜡烛。而半个月前看到凤凰卫视曝光东莞丐帮内幕时的愕然与愤怒，早已是遥远又陌生。

　　我们从未离头条如此之近。因为社交媒体，我们不再是被动的信息接收者。我们拥有了发声平台，可以参与讨论、发表意见、提供信息，见证事件从昨日话题发酵为今日头条。我们甚至可以合力发起话题，只要人数足够多，两个"#"号中间的任何诉求都可以进入公众视野。可是，我们又从未离头条如此之远，因为一切更新太快，今日头条，或许下一秒便是明日黄花。我们谴责完失足的官员，却无暇监督他们是否"三十年河东三十年河西"；为不幸的人点完蜡烛，却不管生者是否得到应得的赔偿。因为前面众声喧哗，自己又怎可落伍。头条像一种时尚，以前所未有的速度繁衍，以前所未有的速度消亡。我们追逐着，也盲目着。

　　在关注头条的过程中，很多人忘了思考一个问题：我们究竟是为了得到在场的感觉而关注，还是希望把关注作为表达诉求、表明立场的方式，以汇成舆论的力量为这个社会带来哪怕一丝丝的改变。事实上，公民关心公共事务，积极理性地表达诉求，正是社会成熟、文明的标志。可惜的是，从当下的情况看，大多人的参与只是表面文章，走过场而已，一个三角关系狗血剧便可以让我们沉溺于新的狂欢。

这对社会的伤害是非常大的。表面上看，公众对公共话题的参与度增加了，事实上对公共事务的分析和处理能力却被削弱了。因为当意识到再大的民意也会轻易冷却，那么社会上的假恶丑还会对什么有所畏惧？既然公众注意力这么容易被牵引，为何不在背后操控以从中攫取利益？我们的媒体也会因此而更加讨巧，泛娱乐化；舆论对公权力的制约也会逐渐削弱，一些需要持续监督的议题由于被忽略而迟迟得不到推进。更可怕的是，在一次次的盲目追逐中，我们会逐渐失去思考力和判断力，变成一群失去方向的乌合之众，把自己的脑袋退化为无意义信息的跑马场。

有人会说，人们对层出不穷的头条热点无所适从，点到即止，还不是因为这个社会禁区太多，不能触碰。谁不想起底断尾新闻，弄个水落石出？可是艰难行走总比止步不前有意义。收容制度、劳教制度等不都是公众和媒体的合力而最终改变了国家意志吗？知晓容易，行进难，何必先行放弃，不妨且行且珍惜。

1985年美国人顺利躲过了乔治·奥威尔的"1984"预言后，尼尔·波兹曼提出了另一个预言：当一切公共话语以娱乐的方式出现，并成为一种文化精神，人类便会进化为娱乐至死的物种。那时还是电视作为媒体主流的时代，而在网络时代，众声喧哗，更容易迷失。

与其被头条牵着鼻子走，不如盯紧和自己诉求点相关的议题，别让它轻易被拍死在沙滩上，让民意去推动历史前进的车轮，也让头条具有它应有的意义。

走出圈子方可放下成见

3月30日，在一场跨文化哲学的主题演讲中，加拿大哲学家William Sweet说起年轻时的留法经历。为了真正了解法国人的生活，他逼迫自己"不和加拿大人深交"，以避免和自己人扎堆。

扎堆现象在留学生群体中并不罕见。在北京诸多高校中，韩国留学生群体最为庞大，虽身处异国，但大部分韩国学生的交际圈依然局限在本国同学当中。而在欧美等国，许多中国留学生也扎堆抱团。永远趋向于自己熟悉的事物，在William Sweet看来，这是人的惰性。

中韩两国学生虽然生活在同一座校园，但实际交集并不多。双方各有自己的圈子，连接圈子的纽带是相似的文化背景。日常所有活动都在自己圈子内进行，大家也都对这样的情形怀有默契。因此，在北大3年，我常看到，上课的时候，韩国学生往往集聚在教室最后一排，而到了分组作业的时候，中韩学生也自动地花开两朵，各表一枝。

圈子让人感到舒适安全，但是圈子之间的疏离却带来了双方的误解，加强刻板印象。在不少中国学生眼里，韩国学生就是一律头戴清一色棒球帽，课上旁若无人地坐在最后一排，叽叽喳喳地说着听不懂的韩语，每一门课都得过且过，课下则骑着电动摩托车绝尘而去的一群人。有人很不客气地称韩国人为"棒子"，这是一个带有侮辱性的字眼。而韩国学生对我们也不客气，一位韩国朋友告诉我，他们对中国学生也有相似的称呼，译成中文是"炸酱面"的意思。

　　明明跨文化交流是为增进了解，但因为局限于各自的圈子中，所谓的"交流"是缺乏的，也是无效的。正因为交流的无效，双方了解程度没有任何促进，反而加深了原有成见，甚至生发新的成见。

　　物以类聚，人以群分。人天然地喜欢生活在熟悉的环境中，寻找和自己同样的群体，在天然的亲近中获得归属感。越是陌生的环境，寻找熟悉事物的渴望便越强烈，因为遭遇陌生和差异的过程必然是痛苦的。消解这种痛苦有两种方式，一是寻找相似的人获得故土般的安全慰藉，二是试图了解并融入新环境。前一种方式往往更为简便易行，因此，结成圈子机会是人们在陌生环境中的应急反应。但是后一种方式却能让人了解他者想法的来龙去脉，同时也让别人了解自己行为的前因后果。在相互了解的基础上方可产生理解，成见才会失去它生长的土壤。正像William Sweet 所说："当我花很长时间走进他们（印度）的生活，我才明白他们的智慧不仅是宗教，也是哲学。我们很不同，但是我们对世界有同样的疑问，也尝试过同样的回答。"走出自己的小圈子，海纳百川的开放心态和走到他人生活去的智慧和勇气，并非易事，它恰恰是对身处日益多元的当代社会的我们的考验。

　　我们的生活存在无数圈子，区分这些圈子的标准可能是国别、语言，也可能是阶级、性别。我们在圈子中天然亲近，自得其乐，但也别忘了走出圈子去，多创造几个交集，消解一些成见。

质疑壹基金善款走向切莫陷入阴谋论

公益机构如何使用社会善款一直为公众所关注。"郭美美事件"之后，这个话题更能牵动公众敏感的神经。近日，"四月网"质疑壹基金雅安善款走向的问题吸引众人的目光，不少人参与讨论。

壹基金为雅安地震灾区募得善款超过 3.8 亿，规划 2014 年用于地震灾区款项总额为 1 亿元，迄今已用 4 千余万，远远低于国家 70% 的下限规定。在这种情况下，质疑善款去向很有必要。这次讨论对于推动公益基金会管理透明化、反思国家慈善立法都有一定的积极意义。然而，令人不安的是，某些情绪化的论调，也在把质疑壹基金拖入阴谋论的怪圈中。

有人搬出李连杰的新加坡国籍、曾和某宗教"领袖"合影的旧照，便推测李连杰贪污、沽名钓誉、壹基金支持境外反华势力；也有人拿壹基金理事会大佬云集开炮，"企业家干公益还不是为洗钱"，"他们手里的钱哪一分不是带脓带血"，俨然把壹基金说成一个穷凶极恶的大阴谋，言语之偏激、逻辑之混乱，不仅针对壹基金，很多其他机构和公益人士也无辜躺枪，令人咋舌。

质疑需要冷静、严谨，有理有据，没有事实无从支撑任何有力的质疑。没有法律规定外国人就不能在中国做公益，也没有任何证据显示壹基金和境外势力有任何联系。作为中国内地第一家民间公募基金会，壹基金经过了政府重重严格审核，和境外势力有关联的可能性微乎其微。

而对企业家做公益横加指责就更加可笑了。世界各国投身公益的企业家比比皆是，回馈社会也是应然之举，比尔·盖茨就是典型代表。中国企业家不做公益的时候被骂没有社会责任感，在投身公益的时候又被怀疑其中有猫腻，这实在有些不讲道理。

诚然，公益组织不仅赢得社会赞誉，也享受国家税收方面的优惠政策，不排除有人利用制度上的漏洞，以公益组织为幌子，达到某种不可告人的目的。国内外不乏这样的先例。但是，不能因为有这样的可能性就把一切想象成阴谋。编织阴谋论只会让本应客观理性的讨论充满戾气。

把质疑演变为阴谋论还会伤害正在成长中的、根基尚弱的公益事业。和国外相比，我国公益起步晚、从业人员少、经验不足，再加上制度上的制约、公众对公益的认识不充分、持续参与热情还不够，公益机构的发展非常不容易，每一次起步都是筚路蓝缕。而毫无依据的阴谋论不仅伤害公益事业从业者的热情，令一些想要投身公益界的人望而却步，更会削弱很多人对公益机构的信任，最终伤害整个公益事业。

和大家一样，我非常期待壹基金能够正面回应善款支出不符合法律要求，更希望有关部门能够依法处理。让基金会运行规范化、善款使用透明化，让爱心到达需要它的地方，这应该是质疑的目的、共同的愿景。

而达到这个愿景的路径，唯有公众理性持续的监督、法律的有效制约和公益组织自身的专业运作，堵塞阴谋假借公益的外衣的一切道路。我们要要求收支透明，监督项目实施，发现违规行为则以舆论指责和法律严惩。而一切无事实依据的阴谋推断，只能是南辕北辙。

评论写作经验：以平和的心态写新闻评论

　　在选修曹老的新闻评论课之前，我从未写过评论。此前我认为新闻评论是专家学者的专属文体，须有高屋建瓴的洞察与鞭辟入里的见解。而我不管在知识的积累还是思维的严谨性上，都尚未有此造诣。后来在老师的指导和鼓励下，写过几篇习作，每天阅读各大报刊的评论文章，我对评论的认识有了一些改观。我原先把评论想得那么高大上，是因为我过于强调或放大评论可能到达的社会影响力，从而臆想出我和评论的距离。现在我更愿意把写评论理解为对某一事件的观察、思考或体验的表达过程，是满足个人的表达欲、敦促自己多思多写的一种方式。

　　确定对象是我构思评论的第一步。虽说评论的对象无所困围，但对于初学新闻评论的我来说，侃起大山来口若悬河，真正落笔却不知从何写起。因此一开始，我选择以我最熟悉的东西入手。很多校园话题，如上课实习、保研考研，是我正在经历的习以为常的事情。聊起这类事情，不愁没话说，不仅是个人感受，也是独特的素材。我的第一篇评论是关于大学生选"水课"。以新闻评论课因为"虐名远扬"而让不少同学敬而远之入手，讨论课程"干货"和"水课"程度在选课中的考虑比重及追捧"水课"背后，少付出却希望得到好成绩的取巧心理。我的第二篇评论也选择了校园话题，提出在大学校园内，不同文化背景的学生各自围于原先的圈子而没有真正实现跨文化的理解和交流的现象。基于熟悉的生活，选择熟悉的话题，让自己有话可说，有故事可讲，是我和评论破冰之旅的第一步。

　　确定评论对象后，开始梳理观点。评论是自由的文体，但正因其自由，更要警惕信马由缰。短短一千字，若非文字的造诣到了炉火纯青的境地，能把一个观点表达清楚已属不易。在写说理类文章时，我容易刹不住笔，想在一篇文章塞进所有的观点，最后面面俱到、洋洋洒洒两三千字却无甚亮点。评论不是按点给分的阅读理解，它似表达观点的打铁锻剑的过程，利剑出鞘，一把就够。为避免观点杂糅堆积，我会就评论题材列出好几个可能的论点，然后在每个论点下列出所能想到的支撑这个论点的论据。最后，哪个论点有最多的发挥空间、最有趣且最让我有表达欲望，我就选择哪个。按照列出来的论据安排评论文章的逻辑，写作效率很高，也可以帮助避免写作过程中偏离主题。

　　有了对象和评论角度，便开始写作。我对我文章的期待，第一是简洁，少即是多；第二是对评论欲望的节制。

　　少即是多，是指语言运用上的删繁就简。在整体篇幅上，我把文章限制在一千字左右，以提高表达效率，避免反复说理、掉书袋和文字拖沓。当以这个字数要求进行删减的时候，我会更加敏锐地发现不必要的修辞、无信息的句子、可合并的段落。这样的习惯不光影响我写评论，还影响我此后的所有写作行为。相比于码字的数量，文字的表达效率更有意义。

　　对评论欲望的节制，是希望我能保持评论的心平气和，不站队，不自以为是，并保持虚心和坦诚。作为一个评论者，必然要比一般的读者在所评论问题上拥有更多的信息和个人的思考。但是即使掌握再多的信息，我觉得，写作和阅读始终是基于平等交流的基础。少一些来势汹汹的说服，或许是对写作的慎重和读者的尊重。

　　对读者坦诚，对自我坦诚，老老实实地，自己知道五成，就不要装作知道十成只透露八成；若是对某一领域不熟悉，要么不碰这个主题，要么查找足够多的资料挖掘背后其逻辑链条。花心思去弥补知识短板；评判一件事，能用理智和情感量度他人，也能以此审视自己。对读者来说，具有坦诚气质的评论让人印象深刻，也容易引起某种共鸣和思考。对评论者来说，自我坦诚方可得出对评论对象的真实判断。前一阵子有关于北大图书馆阅读量下降的报道，在看待这一类事情的时候，"北大人"的身份很容易让北大学生下意识地捍卫母校，提出纸质书阅读量下降了，但是也需要考虑同学们图书阅读习惯的改变。但这时候有同学反击说，"别人我不知道，但是我确实被太多东西分心，没有多读书"。两种观点都让我信服，但后者更打动我。承认自己的懒惰和不够专注，告诉读者，我们都一样，很真诚，很可爱。

很感谢曹老为我展示新闻评论的魅力，并帮助治疗我这个思维惰性、拖延症重度患者。在评论课上学到的表达技巧是次要的，重要的是开始建立有逻辑的思维习惯，这对我的影响非常大。

卢南峰专辑

　　1993 年生，浙江东阳人，中共党员，行走江湖的名号是"南柯太守"。在北大新闻与传播学院读了四年本科，好像啥也没学会，接下来还要在这里读两年硕士，又能学会啥？因为年少轻狂，总是难耐提笔上阵的冲动，所以做了评论公众号"不阅即焚"（微信号：byjf1898），意思是书买了不读还不如烧了，不是不读书就要自焚。

北大哪个主席盗窃：关于"两个故事"的故事

2014 年 10 月 15 日，《京华时报》刊发的报道《为挽回堕胎女友剁手指明誓，为排解精神压力疯狂盗窃：北大法学院前学生会主席获刑》出现严重失实，搞错了犯罪嫌疑人身份，把"北大法学院前任研会主席"写成了"北大法学院前任学生会主席"，对北大法学院前任学生会主席造成名誉损害，引发北大学生在社交网络上对《京华时报》的声讨。

今天的事，大家大概都已经明了，故事是这样的：一个业务水平不高或者是别有用心的记者，搞错了犯罪嫌疑人的身份，把"北大法学院前任研会主席"写成了"北大法学院前任学生会主席"，对法学院前任学生会主席造成了名誉上的损害，所以我的微信朋友圈里就被辟谣的帖子刷屏了，大家都在以激烈的口吻谴责无良媒体。于是，出现了滑稽的一幕：北大学生一边在朋友圈转发这条失实的新闻，一边呼吁别人来举报这条假新闻，我实在不明白这种举报的意义何在。

一起盗窃案，因为加上"北大""主席"这些标签引发了社会广泛关注，记者还在其中加入了博人眼球的戏剧冲突：贫寒子弟、虐恋、自残、慈母、不孝子……苦情戏的元素一应俱全，简直可以直接拿来当剧本。不过，在这个眼球经济、标题党横行的时代，这已经算不得是什么新鲜事了。怪只怪这位记者功夫不到家，爆料"北大丑闻"的报道出现了硬伤，搞错了基本事实，侵犯了他人的名誉权，理亏在先，而他激怒的是全中国最优秀的一批学生。

于是，这篇有硬伤的报道，顺理成章成了众矢之的。因为它有硬伤，驳倒它几乎不需要什么思辨能力和道德压力。然而我们在反驳的时候却有混淆事实之嫌，这篇报道造成的负面影响要分为两个方面：一个方面是对法院前学生会主席个人名誉的侵害，这几乎是毋庸置疑的事实，我坚决地支持当事人向媒体追求责任，要求媒体赔礼道歉、恢复名誉、消除影响、赔偿损失。我相信作为北大法学院的学生，有这样的法律意识。另一方面是，北大的的确确出了这样一位"主席"，给母校抹了黑。

两个方面不能混为一谈。而我们现在的策略是，通过攻击第一个方面，来达到反驳第二个方面的目的，这在逻辑上是行不通的。这篇报道诋毁了前任学生会主席，却未必诋毁了北大。就像我的一位师兄所言："特别好奇要是人家记者没搞错学生会和研会，那么今天我会被什么样的言论刷屏？人家错固然是错了，咱也没必要骄傲啊。"

前面这种论述的方式，只不过是犯了一个逻辑错误。而另一种反驳的方式是强调这位研会主席本科不是北大的，其堕落与北大无关。我猜大家在转发的时候，强调报道对象的身份错乱，一方面是同情前任学生会主席个人名誉受损；另一方面，潜意识里大概也是为了强调犯罪嫌疑人的非北大本科身份，来维护北大的名誉。这在我看来是极其无聊并且低劣甚至是愚蠢的做法，因为它还引发了北大"土著"与"非土著"之争，埋藏在背后的是北大本科出身对非北大本科出身由来已久的优越感和鄙薄，似乎当年那场高考，就决定了大家这一生的阶级高低。但我坚信，只要是北大培养的学生，无论"土著"还是"非土著"，北大都有义务对其负责，并部分承担其行为造成的后果，因为北大有教育、监督失职的责任。这是这所有着一百一十六年历史的高等学府，应有的气度和成熟。

而在这种反驳论述中，我们无意识对非北大本科同学造成的伤害，较之这篇报道造成的负面影响，是得不偿失的。我身边有非常优秀的非北大本科出身的硕士师兄师姐，较之某些背着"北大"的金字招牌招摇撞骗的"土著"同学，不知道高到哪里去。当年那场高考，真的只是过眼云烟，我们已经生活在大学，而不是后高考时代。

而"北大人生活圈"微信公众号发的那篇讨伐檄文，我也不敢苟同。因为它太过于情绪化了，而情绪化对于媒体是一件很危险的事情。我想起我大一的时候上中国近现代史纲要，一位同学做课堂展示，用各种史实来证明北洋政府是中国近现代历史上最好的政府，当时老师评价说："虽然你得出的结论与教科书截然相反，但是你们用的思维方式却是同一套，被既定的立场裹挟，呈现单一事实，假装在说理的面目，实际就是蛮不讲理。"

这种情绪化的背后是我们的气急败坏。之前读过一篇文章，说："很多人生平的第一次骄傲感，是从戴上北大或清华的校徽开始的。这种骄傲感使这两所学校的毕业生往往在几十年沧桑之后，依然自称北大人或清华人以缅怀那个留住他们黄金岁月的地方。"说得直接一点，很多时候，北大这所有着光荣历史和辉煌成就的学校，已经成了我们自信心的支柱，北大的名誉与我们每个人的情感牵连，也与我们脆弱的自信和我们的实际利益纠缠在一起，如果北大成了一所充斥着犯罪和堕落的学校，我们又有什么资本去骄傲。所以捍卫北大声誉也是捍卫我们自己的利益，而就是在这个捍卫的过程中，我们往往丧失了对客观事实的判断力。

我在大一的时候读过外国语学院张琦师兄的一篇文章《关于〈关于高等教育是干什么用的〉》，受用至今，现在摘抄几段，与各位共享：

> 我想，北大把每一个入学时的愤青往"五毛"的方向拉了一些，把每一个"五毛"往愤青的方向拉了一些，最终在意识形态光谱上形成一个非常陡峭的正态分布。为什么会是这样呢？因为北大给我们讲了两种故事。
>
> 第一种故事是，北大精神已死。周其凤写了歌，精神已

死；周其凤跪了母，精神已死；周其凤笑得不好看，精神已死……在经常的情况下，坐在食堂里吃饭，刷刷微博才知道，哦，今天又死了？

第二种故事是，周校长是一个好校长。这四年来的学生，大多是这么想的。

第一种故事是，北大精神已死。纳税人的钱造起来的校园，凭什么不让进？

第二种故事是，那一天有重大外事接待，我亲眼看着不过20岁的师弟几乎彻夜未眠地打点一切，确保万无一失。

第一种故事是，我在近代史课上听"文革"时候的荒唐故事，在科学通史上听近代欧洲的非凡文明。

第二种故事是，我在中国经济专题上听过去30年的伟大转折，在美国历史课上听麦卡锡时期的"红色恐怖"。

……

所以，如果我要点一下题的话，高等教育要教会一个人的，是了解多重真相的理解力和讲好不同故事的说服力。最后，那些看上去太好的事情不会有那么好，太差的事情也不会有那么差。

而今天，朋友圈里清一色地谴责无良媒体，选择性地忽略部分事实，都让我感到不寒而栗，因为我们已经陷入了只讲"一个故事"的困境中，而当北大学生都只能看到"一个故事"的时候，我们终于可以说：北大精神已死。希望我们都学会或者保持讲好"两个故事"的能力。

"两个故事"之后的故事

昨天我写的那篇文章火了。据说在今晚的某个北大课堂上，那篇文章被拿出来品评，老师赞了句"这可能是个文人"，对我来说是不虞之誉。中国传统的文人，无论是在朝在野，总是有一种干预社会现实的情结与冲动，虽不能以武犯禁，却忍不住以文乱法。所以中国知识分子始终是中国历史一条有力的动脉。

在我看来，那篇扰乱大家视听的文章，无非起到了一个搔痒的作用。前面的两轮刷屏，当朋友圈里被某种铺天盖地的信息霸屏的时候，无论我们参与与否，心里总会有一些别扭，甚至是如鲠在喉。这是我们对单调重复的信息近乎本能的反抗，或言之，对洗脑的本能排斥，就像我们不待见"新闻联播"一样。那篇文章不过是在恰到好处的时候说出了大家觉得不对劲的地方，搔到了大家心中的痒处。

写那篇文章的冲动也来源于对某种铺天盖地信息的厌倦，因为我总觉得，当舆论的天平开始一边倒的时候，就是它几近倾覆的时候，而我应该在天平的另一边加上自己微薄的力量。倒不是因为矫情做作，为了反对而反对，而是我觉得群体意见的完全一致，无论是追求的目标听上去多么高尚纯粹，都是一件非常可怕的事情，群体极化所造成的暴政、动乱、战争，在我们的历史上已数次上演。因为当我们觉得自己真理在握的时候，号令天下，莫敢不从，往往是我们最愚蠢的时候。

这种"多数人的暴政"在不同的学科以不同的面目被反复申说，在我们传播学中，有一个叫作"沉默的螺旋"理论，简而言之，就是人们在社会表达中，如果看到自己赞同的观点是主流意见，就会积极参与进来，这种观点得到大胆而充分的发表和扩散；反之，人们往往选择保持沉默。所以优势意见方的表达和弱势意见方的沉默形成了一个螺旋上升与下降，最终造成优势意见越来越大而弱势意见越来越小。

这种螺旋的形成源于人们对社会孤立的天然恐惧，虽然我们的历史和现实中不乏持有异见并敢于表达的人，但往往遭到社会主流意见的压制，即便最后证明他们是对的，那也须待到日后"平反"，所以天才的叙述和大众的认知之间总是存在时差。（当然，这个理论似乎越来越不适用于我们这个社会，现在网络上充斥着舆论成名的"公知"故作惊人之语，这部分源于网络身份的虚拟性、社会孤立的威慑减弱。）就像在这个事件中，假设有个人持的意见是"非北大本科生就是不如北大本科生"，那么，在我那篇文章逆袭成为主流意见后，持这种观点的同学大都不敢再发声，这就是"沉默的螺旋"。

"沉默的螺旋"在我们的生活中非常常见，主流意见有时候可能是合理的，有时候是无理的。但我们身在局中，却很难去对其进行有效的判断。而问题就来了，在"沉默的螺旋"中，万一主流意见是错的呢？

所以这就是为什么当舆论开始不健康地一边倒的时候，我要站在舆论的另一面，这是为了让不同的社会意见能够共存，以防止"万一是错的呢"？

所以极端地说，当全世界每个人都保持冷静的时候，总该有一个人疯狂。否则这个世界不仅是单调乏味的，还可能是危险的。用中国古老的智慧来看，一阴一阳谓之道。所以我一直以来都信奉平衡的力量，虽然我的师兄告诉我，平衡是最不稳定的状态，我这种骑墙主义是投机取巧，没有原则。但我觉得平衡不是一种状态，而是一个过程。

讲到这里，我又不寒而栗了。因为我面临了一个问题，万一我是错的呢？我的意见打破了旧的"沉默的螺旋"，形成了新的"沉默的螺旋"，在朋友圈形成了一轮新的刷屏，我的文章成了自己反对的东西。"我们长大以后，都成了自己曾经讨厌的人"，真是一个绝妙的讽刺。

总算没有辜负我们这所伟大的学校，今天晚上，北大学生会发表了"北五环长安君"的评论《没有绝对的客观，只有相对的中立》，文章中说："当 10 月 15 日，北大学子的朋友圈被'法学院事件'刷屏，我们欣喜的是大家对思辨性文章的转发、力挺；我们担心的是对思辨性文章的追捧是另一种形式的盲从，我们担心的是独立思考的能力最终让位于对意见领袖的点赞。"

　　虽然评论以我的文章为靶子，但我想我们是不谋而合的。于是我知道了，这所学校到底有什么东西让我，让一代又一代的北大人如此着迷，所谓的北大精神到底是什么，就是那句被我们用烂了的"思想自由，兼容并包"。

复旦学生公开信和那个面目模糊的媒体人

卢南峰、杨文轶、徐苋

背景： 2015 年 1 月 1 日，上海外滩发生踩踏事件，复旦大学一名云南籍大二学生重伤送医后不治身亡。随后一些媒体以报道为名公布了该女生大量个人信息和照片，引发复旦学生抗议，并发表《复旦学生致媒体公开信》。随后，某媒体人发表《媒体人就外滩踩踏事件致复旦学生公开信》予以回应。

诡异的争论

讨论有两个前提：一个是知道自己在和谁讨论，一个是知道双方在讨论什么。这本来是一个再简单不过的道理，但吊诡的是在这次复旦学生和媒体人的公开信的对话之中，这两个前提好像都被忽视了，变成了一场与假想敌的针锋相对和一场自说自话的舆论热潮。

第一，从公开信里读出来的，好像是一边代表了复旦学生，一边代表了媒体人，个体绑架了群体，看起来阵势浩大，实际上双方都面目模糊，争了半天都不知道在和谁争。虽然我们这个国家有被代表的悠久传统，但既然大家都默认按照新媒体时代那套"人人可以胡说八道"的游戏规则来玩，个人就不应该躲在群体标签背后放冷箭。

第二，和 MH370 之后对于家属报道的争议如出一辙，一边强调遇难者的隐私权，一边强调媒体的报道权，合理的报道权大战合理的隐私权，最后两边各说各话，最后的争论变成了"你这样不对！""你矫情！""你才矫情!"这样的小学生作文。隐私权、报道权,这个合法合理,这个也合法也合理,任意挑一个出来论证合法合理都可以做到自圆其说。个人的隐私受到法律保护,而报道权归根到底源于公众的知情权,也是无可指摘,所以那位媒体人开头说的没有什么问题,这是一个在具体新闻报道中的技术(我更愿意称其为"操作")问题,具体来说就是媒体为何报道、报道什么、怎样报道的问题。

为何报道?

为什么是杜宜骏?现在特稿越来越廉价,更何况《新京报》的那篇人物特写也没有什么出彩之处,他非要写也没有错处。但是《新京报》没有给出足够的理由让读者信服,给杜宜骏专门撰写特稿是否对外滩踩踏事件的真相还原和未来预防有所助益?她是踩踏事件的导火索吗?她是踩踏事件中第一个死亡的受害者吗?踩踏的悲剧因为她的死亡而停止了吗?这些从《新京报》的报道里都看不出来,杜宜骏只是 36 位受害者中的普通一个。如果仅仅因为她在踩踏事件中遇害就为她撰写专门的人物特写,那么所有 36 位受害者都应该有这一待遇。

所以又回到第一个问题,《新京报》为什么要选择杜宜骏?从他们的标题《复旦 20 岁"才女"外滩踩踏事故中遇难》就可以得窥。因为她的名校背景和她男朋友在社交平台上的发言,这很显然是煽情的而且能吸引读者关注的。这里的问题是,煽情、吸引读者关注,是不是新闻的应有之义?

报道权来源于公众的知情权,外滩踩踏事故属于公共事件,了解这次事故具体是什么情况,是什么原因,这些都是公众的知情权,自然媒体也有这个报道权。

然而在这场讨论之中,"知情权""报道权"与"知情欲望""报道欲望"之间的区别被不理智的争论模糊了。灾难报道的意义在于防止悲剧再次发生，因而事件的核心在于明白"为什么"，这次事故的发生有哪几个方面的原因，谁应该对此负责。

报道什么？怎样报道？

不仅仅是这次，在历次灾难报道中一些媒体都喜欢对灾难中的生离死别、人性闪光，或者死者生前的音容笑貌进行刻画，记者也因此会将目光聚焦于死者亲属、朋友，以及死者生前在社交媒体上的资料与动态。

谈到这样报道的理由时，拥护者往往会说："在这样的报道中，死亡不再是冰冷的数字，而是变成了一个个可以感知的、鲜活的个体，这种鲜活生命的逝去所带来的震撼是那些冰冷的数字无法达到的。也正是这种震撼推动着我们去反思灾难，倒逼事件的问责。"

所以，再问我们是否要采访亲历者、报道遇难者？当然要。但是，在我们看来，其主要作用不是为了"人性的光辉"。

还原现场、展示悲惨，固然可以震撼观者的感官，我们也从不否认还原现场的重要性，但是它的重要在于通过了解这件事情"是什么样"，来推动"为什么会这样"，进而达到倒逼问责、防止事件再次发生的结果。因而，如果"展现悲惨"压过了"还原现场"，"还原现场"压过了"追问原因"，那么无疑是一种喧宾夺主。

《新京报》的另一篇报道《踩踏人流，冲走了他与未婚妻的永久》，虽然前一部分还是煽情，但在一定程度上是在还原事实，且后一部分已经踏出了问责的第一步。在《新京报》的基础上，再去追问应急预案、现场安保、城市规划等一系列政府管理问题，还有善后赔偿和问责问题，再去探讨大型群体活动该不该办、如果要办应当怎么办，以及踩踏事件中的自救和应对。这才是媒体的责任。

我们可以看"财新"的报道，在专题的"现场还原"部分，《外滩踩踏前曾有孔明灯落入人群》《此秀非彼秀　外滩缘何不封路》《上海警方否认踩踏事发处无警员说法》三篇报道中对于现场的描述都是从不同方面，指向对于事件原因的追问；而在综合性的特写《那些在外滩倒下的生命》中，也是摒弃了个人的叙述角度，而选择综合更多的信源，尽可能完整地梳理事故的全貌，对于遇难者及家属都匿名处理。专题最显著的位置是事故的最新进展，辅以现场地形、相关历史事件的反思回顾、官方反应与相关评论。不得不说"财新"在这次的报道中表现得最为专业。

"技术"问题

《媒体人就外滩踩踏事件致复旦学生公开信》还有一个核心论点是，亲人对这篇报道拥有最大意见权重，所以复旦学生无权为同学发声，这逻辑实在是有些要流氓了。复旦的公开信抨击的是那些已经发出的报道和传播报道的媒体，公布死者照片，连打码都懒得打，还暴露大量个人信息，违背了最基本的新闻伦理，而这种新闻伦理并不以亲人的意见为转移。至于可能造成的"二次伤害"，是在媒体违背基本新闻伦理的行为发生后，复旦学生对媒体进一步行为的担忧。这就像你打我一顿，我下次见到你怕了，然后你说"有啥可怕的，真是太矫情了"。

最后回过头来谈一谈它的另一个论点，媒体人认为社交媒体上的资料是个人自愿公开的，因而不具有隐私的属性，这显然站不住脚。个人"在社交媒体上填写个人信息，公开发布自己的动态"和"允许大众媒体报道自己在社交媒体上的个人信息和动态"是两件事情，普通个人的社交媒体与大众媒体的传播范围完全不在一个级别，举个例子，你可能会在朋友面前说我讨厌咸豆腐脑，但是你就一定愿意对着镜头说我讨厌咸豆腐脑吗？

就像我们耳熟能详的"人肉搜索"，也是将个体散布在茫茫网海中的信息搜集起来，用碎片化的信息拼凑出一幅较为完整的图像。但这种拼凑到底是为了还原真相，还是网络暴力，恐怕还需要具体问题具体分析。单纯谈媒体是否有权利公布个人社交网络上的信息内容，在新闻伦理学中还没有一个定论，而那位面目模糊的媒体人，却将之作为一个貌似不证自明的定理来表述。

而这篇文章最让我们不舒服的一点是，男子汉大丈夫行走江湖，行不更名坐不改姓，如果你怕被人骚扰用个假名也行，何必用不清不楚的"媒体人"来指代那个充满表达欲和攻击性的自己？

教授、女学生、无良媒体与新闻反转剧

　　每当有媒体曝北大的负面新闻时，身边的朋友便开始近乎本能地痛斥"无良媒体"，这时候作为新闻系的学生处境就比较尴尬。

　　最近北大又出事了，《新京报》11月20日标题为《多次与女留学生发生性关系北大副教授被开除党籍》的报道中说："10月24日，北大毕业生刘伟（化名）实名举报，北大某院副教授XXX诱骗女留学生，多次与其发生不正当关系。刘伟和该女留学生要求北大对XXX'双开'。今日，北大某院党委书记证实，XXX已被开除党籍。"

　　今天，我们的新闻陷入了类型报道的怪圈，两位女记者讲述的是一个已经被程式化的故事，若你有心，可以把以前教授潜规则女学生的报道扒拉出来，换一换新闻要素，跟本篇报道应该差不离：已有家室的衣冠禽兽诱奸（迫奸或强奸）孤苦无依的女学生，女学生在暂时软弱后开始不屈地抗争，最终揭穿了教授的真实面目，而教授也因此身败名裂。

　　程式化的报道不仅是因为记者的思维定式和懒惰，也是因为我们的读者口味如此。

　　一般的读者很容易在逻辑上接受这样的故事安排，因为情节基本合理，符合普通人对于大学男老师与女学生不正当关系的想象，而恶有恶报的"happy ending"满足了惩恶扬善的道德期望。另外，这种事发生在具有某种象征意义的北大，多少也满足了某些人内心隐秘的妒忌。而故事中的性爱元素，又为平淡的生活带来多少绮思。

　　我大概能想见网上的评论，无非是"北大精神已死"或者"北大已经不是当年那个北大了"，貌似惋惜痛心愤恨，实则是幸灾乐祸。这些年，我们的精神不知死过多少回了，但日子照过，世界一流大学照创，北大还是那个北大。

　　不过这次校方没有公开澄清，也未主动与媒体交涉，《新京报》之后其他媒体的报道就更加重口味了，强暴、性虐、性奴之类光怪陆离的情节被演绎得活色生香。所有的故事，在一千次转述中都会变形走样，更何况是转述者有意识地扭曲。

　　校方的沉默引发的是学生"自备干粮"，为北大而战，我觉得是一件极好的事情。这个时候，某微信平台发表了《见报的是仁义道德，罔顾的是礼义廉耻》《忍不住齿冷》两篇文章。

　　文章的大概意思：这是一桩发生在三十多岁的"女学生"和一个四十多岁的"男教员"之间的风流韵事，前者发现偶然怀孕后要求后者负责，后者迟疑，前者于是开始没有底线地撒泼打滚，扮演弱者向媒体报道，在公众面前歪曲事实。而媒体听信片面之词，于是本身你情我愿的婚外情就被扭曲成了副教授诱奸女学生的公众事件。

　　此文一出，情节急转直下，大部分北大学生大概可以舒一口气了，副教授不过是一个管不住自己裤裆的蠢货，而不是报道里描述的那个禽兽。于是朋友圈里是一轮刷屏，虽然很喜欢两篇文章泼辣的文风，但我对这种文章的刷屏心存警惕，因为舆论的一边倒是一件危险的事情。我一直认为，当我们觉得自己真理在握的时候，往往也是我们最愚蠢和狂热的时候。真理在握的感觉会给我们蔑视事实、罔顾伦理的勇气，尤其是真理在握的感觉得到了群体一致的支持。

　　当我们抽离北大学生的立场，再回过头看这篇文章，就能看到不对的地方了。当我们批判报道扭曲事实、混淆公众视听的时候，有一群假象的读者，他们看完报道后，如行尸走肉般毫无思考，打开网易客户端，对北大进行恶毒的攻击。而现实中的场景也是这样的，当我们压抑了一天，遭受这些群氓的恶毒攻击与揣测，终于横空出世了这两篇泼辣的文章，瞬间体验到反败为胜的快感，于是不做思考转发到朋友圈，顺便骂几句"无良媒体"。

但这两篇文章义愤填膺地谴责媒体无良的时候，是否真的理解什么是新闻伦理呢？莫非在文章里公布当事人的不雅照片、年龄、单位，将男方的责任简化为管不住自己的裤裆并且愚蠢，而以"bitch""婊子"称呼女方，便是"有良"的表现？

我的一位师妹今天说了一句话："以'强奸'民意的口吻骂'强奸'民意的报道，以洗白之行为骂洗白之现象，以'没有调查宣泄愤怒'的行为骂没有认真调查的媒体。其实我觉得弄巧成拙。"

当我们以精英主义的姿态批判公众愚昧无知的时候，自己也做着和他们一样的事情。责人易，律己难。我理解作者的义愤，但请保持冷静，注意言行，保持北大应有的成熟。

至于我们不经大脑地转发，图一时快感，"北大博雅好书"微信公众号曾经推送过一篇文章，作者是王芳芳，里面有段话我记忆犹新："如今，朋友圈的一个转发就可以完成一次道义或者品位上的消费。这种行为本身无可厚非，需要反省的是，有时候我们是否太过满足于一种仅仅是姿态或者说自我形象的展示？"

招生大战中的几个对手

吴咏慧的《哈佛琐记》中有一段很有意思的记述，说 MIT 前面连接剑桥镇和波士顿的桥梁，竟然名之为"哈佛桥"，惹得历代 MIT 学生为争夺这座桥的"主权"而与市政府抗争。而当初"哈佛桥"的命名，有种说法是因为这座桥建造得不巩固，毛病颇多，随时可能倒塌，估计寿命不会太长，所以 MIT 主动提议取名为"哈佛桥"。

看到这段的时候不禁哑然失笑，想到北大、清华之间微妙的关系简直是全科大学哈佛与工科 MIT 的中国翻版。而北大和清华之于中国的意义，恐怕还有甚于哈佛和 MIT 之于美国。北大看不起清华的刻板无味和急功近利，而清华一样看不起北大的自由散漫和不切实际。"互黑"是大学生活寂寞无聊时候的点缀，老师们也乐得在课堂上有意无意地调侃"隔壁"，往往能引得昏昏欲睡的学生的亢奋与哄笑。若听过坊间流传的段子，又不得不折服于学生的机智慧黠和玩弄语言的高超技巧，而这些也通过口耳相传的方式成为"新生教育"的重要组成，"互黑"几乎成为了两校的校园文化。

从社交网络上的相互调笑、电视节目上的智力比拼，一直到 QS 大学排名，两校的"瑜亮情结"体现在各种方面。若说这些还只是暗暗较劲拼内力，那么一年一度的招生就是短兵相接白刃战了。

而我今年参加北大招生，也见识了两校为了争夺高分考生的盛况。虽然在招生过程中对对手的一些行为有情绪化的抵触，但事后想想，除了突破道德底线的行为，其他一些战术无可厚非，不宜过分渲染。当我义愤填膺时，曾找清华一个参加招生的师姐交涉，发现对方通情达理，无辜躺枪。而后躬身自省，想到以前听过的一句罗素的名言："读一份不同于你的党派的报纸吧，如果那些人和报纸看上去疯狂、变态、邪恶的话，你要提醒自己，他们也是这么看你的。"

"人人网"上清华的一位同学说得挺好："招生这种事本身就是'将在外君命有所不受'，各个招生组良莠不齐很正常，但请不要以偏概全，伤了好人的心。调侃归调侃，批评归批评，请勿一棍打死，徒增敌意。"与其相互妖魔化两败俱伤，不如相逢一笑泯恩仇。

毕竟，虽然哈佛与MIT关系错综复杂，但却能抛开门户之见，允许对方学生选修课程，不致有遗珠之憾。北大和清华虽然在各方面互不相让，但我更愿意相信，攀比的背后是英雄惜英雄。北大和清华招生策略的不同，是习性与气质使然，两所学校的气质也共同构筑了中国大学精神最重要的两个支柱，北大所代表的人文主义与清华所代表的科学精神相互补充，才能构筑真正意义上对人类文明有所增益的世界一流大学。

而我觉得，在招生中面临的最大的对手，不是执拗挖墙脚的清华，而是那些十七八岁的年轻人和我们自己。他们在父母的主持和家中各路亲戚的参谋下，变得世故而精明，与两校招生老师都保持联系，专业选择变得如商品般可以讨价还价或者待价而沽，给人一种菜市场的即视感。从工商管理等新贵专业到文史哲等足以彪炳青史的老牌专业，被列置在条案上，等着主顾挑肥拣瘦。由于手中的专业资源有限，我们既想留住高分，又不能将他们都往某些热门专业里塞，于是也虚与委蛇，同样变得世故而精明。

有时候，我诧异招生人员和考生之间竟然有可能变得如此缺乏信任感，考生觉得招生人员在"压低"他的专业"档次"，而我们亦不喜欢考生在两校之间斡旋以积累"抬高"专业的资本。甚至有学生可以不顾道德，为了选择有利于自己的专业，随意允诺和反悔，甚至进行欺骗。专业选择居然有了商品经济的属性，并且还是带着血腥味的资本原始积累阶段。这些问题是招生人员和考生，还有我们这个社会合谋造成的。

理想中的招生不应该是这样的吗：招生老师和考生长相谈甚欢，帮助考生明晰适合自己的专业，至于最后的选择，尊重考生的意愿，不做过分的强求。而现实却是这样的：与招生老师的谈判大都是全家上阵，父母以及七大姑八大姨七嘴八舌地砍价，反而是考生本人低头沉默不语，偶尔问他一声，只回答一声"哦"或"不知道"。最后的专业选择不问自己适合什么，而仅仅凭着对专业"好""坏"的评判，什么样的分数匹配什么样的专业。至于评判的标准，往往是未来职业的光鲜程度和预期收入。最致命的是，这种标准也被招生人员默认。于是招生如招聘，高等教育从一开始就甘为市场的附庸。

问题在初等、中等教育阶段就已经埋下了伏笔。中小学的学生只需按部就班地考高分，没有时间和意识去考虑自己真正的爱好、志向和理想，而高考出分后短暂的三四天时间，没有工夫去深思熟虑。所以凭着一些刻板印象和符号化的概念、一些不靠谱的测算软件，以及家中七大姑八大姨真假难辨的小道消息，草率地做出将影响其一生的决定。至于经济管理类专业，无疑是这些草率的决定中比较靠谱、不易出错、沉没成本最小的选择。

2009 年《中青报》就做过报道《经管专业成吞噬未来工程师的黑洞》。大学扩招以后，很大一部分扩大的是社科类专业，即那些既不需要昂贵的设备、实验室，也不需要深厚的人文积淀和老先生的、相对速成的专业，包括经管、法学，还有我自己就读的新闻。尤其是经济管理类，早已泛滥得超出了社会需求，我们家亲戚朋友的小孩，大都读的是金融、会计。所以有亲戚朋友问我，我都说，若非名校，慎选经管。并不是每个人都适合经济，比如像我这种从小数学极差的人；更何况在高等教育最发达的美国，本科阶段并没有商学院，哈佛、芝加哥等名校觉得本科阶段应该主打通识教育，了解整个西方文明，培养健全人格和独立而清晰的思考能力，而不是过早地投入商、法等实践性极强的专业。

以经管专业举例，并不是对其有偏见，只是我觉得当全社会对某类专业趋之若鹜，比如计划经济时代的工科，这个社会是单一的、脆弱的。若是全社会都去读哲学，我一样认为它是病态的，天地万物总归有其限度，讲究一个动态的平衡。我们已经走过了"四书五经"的时代，欧美比我们更早走过博雅教育"七艺"的时代，多元的社会需要多元的专业选择，我们有历史的责任，将这个时代最优秀的人才送到最需要他也最适合他的地方去。

教育功利化是社会风气大势所趋，不是北大、清华独有的病灶。但北大、清华两校在考生争夺战中，动辄以光华和经管为杀手锏，对这种风气起到推波助澜的作用。于是，功利主义从大学的原点——招生，便开始侵蚀高等教育，从一开始便注定其培养的只是精致的利己主义者。我始终觉得，在学生自己没有表达意愿的情况下，以热门专业诱惑学生上北大，是不明智的，也与北大精神和风骨相背离。北大或许不能以一己之力下至小学治愈中国整个教育体系的沉疴，但北大作为中国大学的标杆，应该引导，或者至少尝试引导整个社会回归正轨，但开风气。

北大是可以理想主义一点的，北大要培养是不仅是那些光鲜亮丽的白领，北大还要承担的可能是整个民族的未来。如果 20 岁不到的孩子，填志愿满脑子想的都是就业，所有人都去读某个热门专业，换个十年又一窝蜂去读另一个热门专业，如同追逐流行文化，我想不出这个民族和它的文化将何以为继。我觉得我们有必要明晰北大本科教育的本质目的，到底是培养"全人"还是"工具人"？

许知远的《那些忧伤的年轻人》里面有段话如今流传甚广："我的

学兄总是说我有某种北大情结，因为我总是希望北大是个充满传奇的地方，让她的传说感染每一个人，而事实上，北大越来越像一个平庸世俗的好大学，而平庸世俗的好大学是不需要传奇的。"

我们浮躁的社会和浮躁的大学，从招生开始，就扼杀了多少传奇？

评论写作经验：知识分子与新闻评论

在我大一刚入学的时候，我的师兄何威给我讲了一个寓言："《笑傲江湖》里，剑宗功夫易于速成，见效极快。大家都练十年，定是剑宗占上风；各练二十年，那是各擅胜场，难分上下；要到二十年之后，练气宗功夫的才渐渐越来越强；得到三十年时，练剑宗功夫的便再也不能望气宗之项背了。"

我们常常自我安慰，北大新闻教育是一场"练气"的修行，所以四年的本科教育并没有教会我们糊口的技艺，只是让我们沾染上了百无一用的书生意气。

我承认我有严重的知识分子情结。以前读周一良的自传，读完整本书只记得一句话："五十年风云变幻，老友毕竟是书生。"说的是书生面对大历史的无奈和悲凉。自清季以降，最后一批经天纬地的曾文正、李文忠为士大夫政治打下历史句点，"士"从传统社会结构"四民"之首的中心地位退出，继之而起的现代知识分子迎来一个命途多舛的世纪。20世纪的书生先是在启蒙与救亡的双重变奏中失去方向，面临道德信仰和社会秩序的两重危机。而后经历新中国三十年的知识分子边缘化，80年代的回光返照，90年代再次退却，等到新世纪他们重新粉墨登场的时候，乐于接受或者疲于抗衡权力豢养和资本裹胁，似乎没有心气继续当领导中国文化与政治两千年的士大夫或者说"社会的立法者"。

后来我读到一篇关于杜月笙与文人的稿子，文末是这么说的："书生迂腐、短视、不懂事，会有种种毛病——可是有一点确凿无疑，历史是书生写的。书生文人的好恶，可以决定任何人物的生前风评身后定论。"虽然这在我看来未必，但历史好歹为书生留了一点面子。权力和资本或许任意妄为一时，但月旦品评，青史挥毫，还是能讨回公道。中国自初，文化与政治相互交融，难舍难分，中国知识分子始终难以忘情于兼济天下或者社会立法者的古老理想，而知识、思想、言论是知识分子的力量所存、尊严所寄。

所以，新闻评论最让我迷恋的一点，不是纯粹的逻辑快感，或者是将对手驳倒的爽劲，而是其中应该洋溢着的知识与视野、气节与担当。我也更愿意把新闻评论当做知识分子参与社会、影响社会的工具，而不仅仅记者和评论员的自留地。

更进一步说，最好的评论，可能不是由"本报评论员"写就的，而是由来自各个学科的知识分子，依傍自身的知识和思想，采用公共表达和传播的手段，去建设或批评社会，去支持或反对观念，去驳斥或说服对手。而最好的评论界，不是评论员关起门来的职业协会，而是这个社会的知识分子——他们学的不仅是新闻，还是政治、经济、法学、社会、文学、历史、哲学，乃至自然科学——都积极参与的知识共同体。知识分子是这个社会的表率，然而还需要进一步参与进来的是各个群体——他们是工人、农民、企业家、官员等，各种意见——国家主义、自由主义、女权主义、环保主义等。最后，我们能形成一个思想自由、理性表达、交流充分的社会，一个能够形成共识而不是当今这个意见撕裂、鸡同鸭讲的社会。

至于我们教新闻的、学新闻的、做新闻的，要做的是去建设共同体的讲坛，传授公共言说的技巧，然后怂恿大家都来说话，好好说话。

越说越乌托邦了。

我后来慢慢理解我师兄说的寓言，为什么北大新闻系的主要课程，不是采写编评这些基本功，或者视频编辑、摄影摄像等硬本事，而是看起来虚无缥缈的知识——是这些坐而论道的知识让我们成为了知识分子。所以，我们的新闻评论，被北大熏得随心所欲，不讲章法。

王昱专辑

　　跑过突发现场，采过文娱八卦，录过综艺节目，当过出镜记者，玩过大洋索贝，干过熬夜转播的苦力，体验过捏造标题的网编。给财经媒体写过专题特稿，给中央党报写过杂谈，做过 App 推广方案，也做过正儿八经的节目策划……媒体圈里折腾了一溜够，最钟情的还是时评。大二开始摸索，以"有温度，有锋芒"自期，不幻想出师成为"评论员"，甘当永不毕业的"评论学员"。

不是读书无用，而是你无用

　　每隔一段时间，就会听到一种"读书无用"的论调。鼓吹者们言之凿凿地举出不少例子，什么隔壁村的张二狗，小学都没毕业生意却做得有模有样。而刻苦用功十八年的老同学，还是个拿死工资、从牙缝里还房贷的小职员。什么比尔·盖茨辍学了照样能当首富，北大毕业也不过是个卖猪肉的，云云。底气之足，让我瞠目结舌。

　　在众声喧哗的读书无用论中，我比较注意三种声音。

　　一种读书无用论的鼓吹者，自己真没读几天书，但或是其他能力突出，或是生逢其时运气较好，也取得了不错的世俗成就。你的旧友聚会，或许也有这样一种悲凉的酸楚：极没文化的发小，居然成了大款。我们这些读了十七八年书的，除了学位啥也没有。他们给你倒上茅台酒、递来中华烟，再送你一句加了冰块的风凉话：文化能当饭吃啊？你心里五味杂陈，这书都白读了啊。

　　沟通能力、交际能力、执行能力，确实太重要了。但它们纵有天大的价值，都无法冲击掉读书的必要。成功者不见得都读过书，但读没读过书，很大程度上决定了一个人究竟能够走多远。如果成为一个除了钞票什么都没有的土豪就是你的人生终极目标，就能使你满足了，那么，读书确实没用，你也没什么用。

　　另一种读书无用论者，确实读过几年书，甚至还有相当漂亮、镶着金边儿的学历背景。你跟他聊哲学，他能把纯粹理性批判给你讲得头头是道。你跟他谈美学，他能把斯宾诺莎、海德格尔诸人的美学观梳理得脉络清晰。回翻他的在校表现，还真是可圈可点。但眼下，知识和财富之间的转化很不尽如人意，甚至在清贫愤懑、怀才不遇中挣扎。知识分子的清高理想，被现实的苟且与悲哀分割得支离破碎。在功利意图的驱使下，读书不是为性情的雕琢、底蕴的贮藏、襟怀的开阔，完全是为了换得利益，一旦变现受阻，就觉得读书无用。

　　这些人怯于面对的事实是：不是读书无用，而是你自己无用。你确实是个不错的考试选手，确实从字里行间咂摸出了些墨水味，但失去了书本的荫蔽，你再也没有半分优势。你所有的只是单薄的知识，而不是应用到实际中去的能力。你的视角局限在那几本偏狭的书本里，却不知大千世界的无限可能。你只能在故纸堆里与前人对话，却不具备在现实世界里周旋的本事。种种无用中，最无用的巅峰是将自己的一事无成归结为读书所限。我失败不赖我，赖读书没用，要不是当初浪费那么多时间去读书，我也许就有用了。读书无用论，给他们提供了那么舒适、有面子、有理由的庇护所，那么理直气壮地回避了自己的懦弱无能。

　　种种读书无用的论调中，最可恶的一种是别有用心者。明明知道开卷有益，却巴不得周围所有人都被读书无用论蒙蔽了双眼，沉浸在玩乐中虚掷青春，自己躲在众人视线之外偷偷地刻苦。每个人的学生时代，都会有这么几个同学：熬夜的黑眼圈堂而皇之地挂在脸上，偏能大言不惭地告诉别人自己从来不学习，昨晚又早早睡觉了。明知课堂所学东西的价值，非要激进地说这种填鸭式的教学毫无意义，除了应付考试、谋个学位，别无他用，恨不能招呼得全班同学都弃之不顾。他们几乎是人格分裂的——一边拼命地读书，一边一脸厌弃地说读书无用。

　　在他们看来，如果读书无用论能大肆风行，那么每多一个信奉者，自己就少一个对手，就越容易在愈发激烈的竞争市场上占据一席之地。如果班上的同学都不读书，那么寥寥几个的保研名额非他莫属。如果同年进单位的新人都不读书，那么获提拔擢升的机会更有可能是自己。目光灼灼盯着一己之位，置社会风气于不顾，是为自私。比自私更浓烈的，是自卑的心理底色。这种人看似很有"谋略"，其实最没用，他不敢光明正大地迎接任何一种透明公开的挑战与竞争，只能动用这样卑劣的手腕，遮掩迫切求胜的病态竞争心理。

读书无用，问题是，这些书究竟是什么书？不是所有印刷装订出来的纸张都配称为书。那些停留在数十年前与当下完全脱节的、佶屈聱牙、卖弄高深的教材，一不会给你带来求知的快感，二不会拓展你的眼界。那些火得一塌糊涂的畅销书，观点浅薄、形象易懂，很容易让你有一种"在读书"的错觉，其实你只是被肤浅的大众文化喂饱了。如果在教材和流行书之外，你没有更进一步地与经典对话、与大师交流，既没有感悟的意识，也无法转换为性情，还真别说，读书无用——有用的书，你一本都没有读过。

在这个涌动着反智情绪的社会中，读书无用论总轻易地受到众多赞扬，读书人的悲凉处境总是被带着嘲讽的态度围观，读书人的负面信息总是被满含鄙夷地放大。说实话，我也被无数次问过，你读北大出来能干什么？不还得跟我一样工作挣钱吗？读那么多书不还得嫁为人妇吗？有什么用？

对此，我想说的是，哪怕我们做着同一份工作，我不会同你一样目光灼灼地盯着眼前得失。哪怕我的处境比你还寒凉，我口袋里揣有无尽的文化可以取暖，哪怕我们都将回归家庭的琐碎，我知道琐碎之中也有诗意与温情。哪怕我们都将面对生活的苟且，我会为我的子女在苟且嘈杂中开辟出一道安静的缝隙。

而如果我一无所成，我绝不拿读书无用来遮掩我的无用。因为我读过书，油墨已融入骨肉里，而你没有。

毒舌们跪舔的是丑陋电视文化的痔疮

近日，一段"超女"海选的视频流出，评委柯以敏对比赛中一个自称感冒、还没开唱的女孩说："那就不要唱了，滚吧。"粗暴言论遭到网友炮轰，舆论几乎一边倒地去批评柯以敏。说实话，我也对那一声骄横跋扈的"滚吧"充满了反感。但我注意到了柯以敏道歉中的另一个细节——"编导一直在我耳边说，柯老师你骂人啊"。

我也参录过不少电视节目，深谙柯以敏所说的"编导要求"。我觉得问题不仅仅出在柯以敏的个人修养，而是整个电视圈中弥漫的"硝烟饥渴症"及冲突利益链。许多节目的编导，生怕现场不火爆、没冲突，一旦选手或者评委流露出一点厌烦的端倪，便兴奋不已，可以拿来大做文章。

他们是怎样制造冲突的呢？拿我前几日刚录制完的一档竞答节目来说。上台前，导演找我单独谈话，期待我能从其他选手的身份入手，进行话语交锋。我懵懂不知所措，导演耐着性子给我做起了示范——"比如 XX 是个模特小鲜肉，你就可以说他徒有其表啊！腹中无物，是花瓶啊！"听明白了，是怂恿我对素不相识的人进行攻击与挑衅，以升腾出他们所期待的火药味。

"编导要求"远不止于此。长达四小时的录制中，如选手流露出懈怠、和缓的情绪，导演立即喊停，跳上台前猛打一针鸡血，双目炯炯有神盯着选手连问三遍：你叫什么名字？直到选手以近乎嘶吼的语调喊出答案，喊出他们喜欢的状态，才算满意地离开。

当我们守着微博、微信怒骂柯以敏的时候，或许想不到，真到了万事俱备、灯光闪亮的舞台上，人很大程度是身不由己的。你几乎没法因为一己之正，而让整个节目组、全体观众一次次停下来重来。只有眼见着你的激烈言辞给现场添了把柴，把战火撩得更旺，编导们仿佛才吞下一颗定心丸。

在"唯恐荧屏无冲突、唯恐冲突不剧烈""有火要撒，没火现场拱火也要撒"的心理期待下，各档节目争相邀请的选手未必是能力最强者，而是最能挑衅、情绪最激烈、最能把现场点燃的火炬手。最受热捧的导师评委，未必是点评到位、德高望重的老前辈，而是出言不逊、擅长明讽暗骂的毒舌。

由此想到的是另一位以毒舌著称、活跃于各大知名节目的评委金星。柯以敏只是对选手开炮，金星的靶子可宽泛多了。李阳殴妻，金星骂其下流腌臜自私；文章出轨，是"贱女渣男都跑到一块去了"；都教授蹿红时，金星对之嗤之以鼻："不就是一个小明星，红不了多久，我才不把他放在眼里。"；而黄子韬则"没才没德行，除了发型一无所有"。圈里圈外看不惯的，全都敢骂。不以理性思考为前提，全凭个人情绪之张扬，却广受电视节目的欢迎。

毒舌本身不可怕，可怕的是故意言辞激烈来撩拨观众的神经，以毒舌为武器，听话地配合电视节目组的期待。自甘矮化为一个在口水中获得存在感、在辱骂中获得赞扬、在迎合中受到电视节目追捧的人。

毒舌其实不毒，他们是在跪舔电视广告商。有金星在的节目，似乎都有不错的收视和广告收益，极易登上热门话题榜。在电视节目的鼓励下，她已陷入了一种话语狂躁，情感高涨、话语狠毒，有话绝不能好好说。在理性稀薄的对话语境下，媒体依然怂恿她不遗余力地去输出着一种"天大的理敌不过姐姐不高兴"的价值观，迎合着极端个人主义。以"毒舌"的幌子遮掩素质与教养的亏空，向本已戾气爆棚的社会输送更多的情绪。但这又有什么关系呢？金星可以尽情享受这种偏执的快感，节目组还能赚得足够的眼球，实在是一举两得。

喜好冲突的电视文化，也正是在这样的皆大欢喜中形成了一条牢固的利益链：寻找有冲突性的评委选手，制造冲突放射硝烟，吸取眼球腰包鼓鼓，然后拿更多的钱请更有冲突性的评委选手，制造更大的冲突……无论是评委还是选手，实际上都是靠冲突夺眼球的利益链条上，卖力的一环节。毒舌们跪舔的，恰恰是这种丑陋电视文化的痔疮。

尽管种种不合理，但我们的媒介文化，已经贫瘠到不得不让这样一个人手舞足蹈、否则就无法吸睛的程度。电视节目赖以生存的冲突利益链，丝毫没有断裂的迹象。这所暴露出的，不仅是过分追求刺激、追求冲突以至于走火入魔的电视文化，还有怒气汹汹而无从发泄的社会情绪。

只要上网，你就会发现每个人好像都陷在某种冲突中，活得很不爽：象牙塔藏污纳垢，职场钩心斗角，交通拥堵不堪，环境肮脏恶化。尽管网络话语空间已是戾气横行，但人们无限放大的负面情绪依然无处倾泻。在这种语境下，电视节目中的毒舌嘉宾被异化成一种工具性的宣泄渠道。人们未必在意他们具体在骂谁，也未必有耐心弄清事件始末，而在乎骂词是否激烈、攻击是否新颖、是否可供自己参考。

暴戾十足的社会情绪，让那条冲突利益链成功地延伸到荧屏外——他们如同一台批量生产骂句的机器，有购买需求的人在电视前盛接，提回自己的世界中，作为释放压抑的解压阀。只要有荧屏外的需求，利益链的那端永远有丰厚的受益。

当然，你金星是著名舞蹈家，你柯以敏是著名歌手，生活优渥、洋洋自得，粗暴言辞反倒让你呼声更高、眼球更足、酬劳更高，赢得更多电视栏目的评委邀约，为什么不骂呢？收看你节目的老百姓呢？当他们与同事心生间隙、与领导意见不合时，是不是也可以马上以"贱人"相称、让他们滚呢？希望借电视节目中一夜爆红的新人呢？为了搏出位、早出名，是不是也处处寻找攻击的靶子、将电视节目搅成相互撕咬的斗兽场呢？

　　面对这些口无遮拦的节目宠儿，我们当真就没有办法了吗？须知，他们赖以疯长的土壤，是弥漫的暴戾之气与扭曲的电视文化。当我们能够意识到，所谓的犀利毒舌，不是针砭时弊，而是冲突利益链上的配合环节，能够意识到，你所看到的电视冲突并非自然发生而是人为制造，你的拍手叫好和关注眼球都变成了他们的丰厚收益，而对大肆宣扬冲突的电视节目保持一份警惕时，当他们的刻薄言辞既没有人围观喝彩，也没有人尖锐回击，一次次攻击如同石沉大海时，自然就闭嘴了。

我特爱学习，但就是不爱上课

你是否有过这样的困惑：我特别爱学习，但就是不爱上课。很多课不仅不是在学习，简直是在耽误学习——上百人甚至数百人攒聚在一间偌大的阶梯教室里，老师端坐讲台上，一页页翻着PPT，近乎照本宣科，且语调毫无起伏，内容并无新意。

课堂的枯燥，不止于此。有些老师，还十分乐于在概念上大做文章，这一弊病在人文学科尤为明显——什么叫评论？什么叫传播？新闻的定义是什么？甚至有极端者，竟能用三四堂课的奢侈篇幅去阐释一个定义。我读大学时，讲授新闻理论的那位老师，足足用了四十分钟时间带领学生去分辨"新闻价值"与"新闻的价值"有何区别。学术固然需要严谨扎实的态度，但一个"的"字，是否值得拿一堂课的时间去纠结？拿一些高深的词汇去包装定义，自造一些莫须有的差异来鉴别，把学生唬得不知所措，是否真的合适呢？

课堂的问题，也不止于枯燥。很多时候，我们的课时设置确实有不妥——学分较高的课，往往对应着长达三四小时的授课时间。拿什么来支撑如此长的时间，真是个大问题。许多老师们不约而同地选择将困难转移给学生来分担，让他们自分小组，围绕某一话题或所读书目，做长达数十分钟的分析展示。美其名曰给学生锻炼的机会，实质上却在顺应自身的惰性——每节课只需两三组，就能把老师的压力减轻一半。

当然，PPT展示也是学习。但是，我们费尽千辛万苦考入这样一所外人须登记身份证、排着长队才能进门参观的高校，是为了什么呢？学生的自学能力与意识确实很重要，但它并不意味着教师的惰性就理所应当。拿大把的时间用于展示，某种程度上是对优质教育资源的浪费。

另一种惰性表现为，课堂讲义经久不变，过时的冷饭反复烹炒。似乎做出一套教案便万事大吉，任外界风云变幻，我自守着这份讲义岿然不动。倘若某学期伊始，你借来一份学长的笔记，简略翻翻，就几乎可以做到老师讲了上句，你便知道他下句要讲什么，甚至连调剂氛围的段子都一模一样。一届一届的学生，都是咀嚼着相同的东西成长，但他们走出校园后，要面对的却是迥然不同的世界。经典案例固然有反复研读的价值，但对于新闻传播学专业而言，唯有不断地将新近现象引入课堂，才不至于让学习太过书斋化。

枯燥无味且惰性十足的课堂，自然容易激起学生的反感。反感之中，最尖锐的矛盾出现了：学生采取翘课的方式消极抵抗。老师在讲课教学上毫无建树，在为难学生上倒是花样百出。我读大学时，便领教过这样一位老师，授课实在平庸，给传媒专业的孩子授课，还拿八十年代的媒体作品当范例。一百五十人的大课，他至少要从头至尾地点两次名，宁可浪费时间，也要坚决抓出翘课者以显示其权威。

让我们深感无助的是，种种问题，在现实中几乎没有解决的途径，学生与学校之间存在着一片巨大的沟通真空。尽管每所学校都有个什么校长信箱、教务热线，期末都设置了一个评教打分环节，但它们几乎形同虚设，对改进教学的助益聊胜于无。如果你细心观察，甚至会发现教过你的那位老师，在下一年的课程中没有丝毫长进，还是枯燥平庸，甚至连 PPT 讲义都没有修改一下。

在我看来，问题的根本，是当下的教师评价机制存在着一种价值颠倒。一位教师能否评上副教授、教授，先看他发表过多少学术论文、搞过多少项目、写过多少专著，而不是看他授课质量如何，是否广受学生欢迎。在官本位色彩浓厚的教育行政体系中，教师首先努力取悦的是掌管职称评定的领导，而不是拿出十足的诚意去取悦学生。上课，甚至成了搞项目发论文的累赘。然而，恰恰忽略的是——教师，首先不是学术论文的撰稿人，不是项目的牵头人，不是专著的作者，而是三尺讲台的主人。

尽管学生一直被奉为教育事业的服务对象，但在教师职称的评选中，学生几乎没有话语权。仿佛分割出一些分数权重让学生来评判，就会陷入主观随意、听凭喜好中。但其实，学生心中自有一杆秤，一位教师真正倾注了多少心血在讲台上、他的讲授方式是否合宜，课堂里的学生要比办公室里的领导清楚得多。

如果"我特爱学习，但真不爱上课"只是个别的吐槽，那么它顶多是一种亟待疏导的心理苦恼。但如果它是很能引起共鸣的困惑，我们就不得不注意它背后的那份无奈与失望。

面对这种失望的情绪，教师与其急于批评学生学习态度不端，不如先反思自身的问题。与其绞尽脑汁把学生留在屋子里制造很受欢迎的表象，不如想尽办法提供优质内容更治本。讲台确实不是教师的全部天地，但传道授业解惑的本分不能丢。就算不能博得满堂彩，起码也别用陈年冷饭与小组展示来消极地撑时间。

别说你有拖延症，你就是又懒又 Low

在我所经历过的大大小小的合作中，至少不下十人，曾带着一脸莫名的得意与坦荡告诉我：我有严重的拖延症。言外之意是，提前告知你一声：我交东西迟到是习惯，是理所应当。同这类人合作，往往伴随着巨大的痛苦：你须不停地、苦口婆心地跟在他身后追要。尽管如此，耽搁集体进程之事还是时有发生。

当下，拖延症还真不是什么稀罕病，"Deadline 是第一生产力"是大有市场的共识。被布置了某种工作或者作业，总觉得离截止日期还早，玩乐照旧，该看电影看电影，该追美剧追美剧，毫无半分紧迫感。如果这项任务难度再高点、再枯燥点，便更无动力。非要拖到不得不动手的程度才磨磨蹭蹭地迈出第一步。在开始之前，还要扮出一副肩负重任的使命感和焦灼不堪的无助感，求东告西，如同祥林嫂般一遍又一遍地告诉周围人：我今天有 XX 个 Deadline 要赶。非要从周围人的眼光中读出一丝同情、一丝敬意。

当然，拖延症"患者"们自有其苦衷：有些时候，他们的迟滞确实不是恶意拖延，只是因为事情太多。既要把手头的工作做到不出差错，还要兑现给老婆的承诺，同时不忘替孩子操心，年迈的父母、抬头不见低头见的邻里、虽已毕业但情谊不散的老同学、朋友圈里虽不相熟但也许日后有用的点赞之交……现代人的精力，被太多琐碎的事情割裂着。

但对于以学业为重、没有过多复杂的社会关系需要维持的学生来说，我不觉得拖延症有半分值得同情之处。纵有千万条理直气壮的理由，也掩盖不了一个刺耳的事实：拖延症，意味着自我调节的完全失败，意味着时间规划得一塌糊涂。起码从学习品质上说，拖延症就是一种无法掩盖的恶劣陋习。

不得不承认，除少数天赋异禀之人，拖延必然伴随着潦草、慌乱和低质。有多少篇质量低劣的学术论文，是在截止日期前几小时才慌乱地动笔。有多少篇纯粹凑字数的读书报告，是在截止日期前几分钟才勉强拼完。如此仓促之作，输出的大半是毫无回味品鉴价值的学术垃圾。而本可用在充分准备、深刻思考的时间，全无价值地虚掷在素日的消遣娱乐中。敷衍得多了，更心安理得地享受拖延中那份不计后果的快感。

拖延的本质，其实是逃避与无能。对繁杂事务的逃避，对枯燥工作的逃避。逃避者自身也心虚得很：他比任何人都清楚，既定的截止日期，不会因一己之不情愿而更改。尽管如此，他依然愿意做一匹将头颅深埋于沙堆的骆驼，贪图那片刻的苟且与安逸。说其无能，并非他真的不具备控制时间、规划生活的能力，而是怯于在严密布局、强大执行力下的约束与不适，更钟情于自我迁就的任性，宁愿选择这种逍遥一时是一时的短浅安逸。

在拖延症的问题上，人们其实不像面对其他疾病般无力、被动，一旦染上便手足无措。在现代，只要有足够的定力，智能规划 App、手机定时提醒、微博经验分享……可找出层出不穷的治愈办法。只可惜，更多时候，我所看到的是人们自甘为拖延症所驱使，自甘被矮化为一个毫无主动性可言的时间奴隶。那些高声叫嚷着"我有严重拖延症可怎么办？"的人，其实没有一丝有诚意的治愈愿望。

但凡有点起码的自尊、自重，经历过一次赶 Deadline 的潦草慌乱，经历过因一己之慢耽误团队进程，都该在心底有一份羞于示众的愧疚与不安。精神心理学也认为，拖延症往往伴随着强烈的自责情绪、负罪感、不断的自我否定与贬低。但现实世界全盘颠覆了权威的医学逻辑，呈现出另一副怪相：很多拖延症"患者"非但不觉得自己的行为有何不妥，不愧于这种习惯上的瑕疵，反倒为得了这么个"病"而沾沾自喜。仿佛拖延症是某种流行的风向标，不得便是落伍了，仿佛是具备某种身份象征意味的富贵病，底层劳动人民想得还得不上。你听说过哪位农民工兄弟卖弄娇嗔地喊自己得了拖延症？能得上这病，起码得是日理万机、学业繁重或者事业蓬勃之人。人家都得我不得，倒好像显得我不合群、我无所事事，我在炫耀自己的时间规划能力。

这种怪相，培植出一种奇特的优越感：拖延症，成了脑力劳动者的专属病，暗示着学业忙碌或事业奔波，暗示着某种前景的光明。它还滋养着一种自我陶醉的虚幻奋斗感——有些拖延症"患者"特别乐得将自己的朋友圈装扮得鸡血味十足：大考在即，他晒一厚摞非得点灯熬油才能看完的复习资料。论文截止前，他晒自己守着电脑敲敲打打的焦虑状。夜深人静，他拍宿舍小灯下陪伴自己刷夜的一盏孤茶。不明就里的旁人看去，还真唏嘘他的刻苦用功。就连其本人，也那么饱含怜悯地心疼自己，为自己这种不惜点灯熬油、哪怕熬坏了身子也要把任务做完的坚韧而感动。然而真相是，大考前他耽于玩乐，论文撰写时他全然不急。

但你得承认，无论布置的任务多么艰难枯燥，总有人可以不拖沓、从从容容地做完。为什么他能享受着这一份从容而你只配有一身慌乱，为什么他不必熬夜而你非得，为什么……一切为什么所指向的残酷真相是：有多少刷夜无眠式的努力，不过是自鸣得意的拖延症导致的罢了。

研究生真是任导师宰割的小绵羊吗？

南京邮电大学研究生这一跳，将研究生与导师的关系问题又一次牵扯到了公众视线中。加之此前曝出的学生为给导师报账，凌晨四点起床排队之事，舆论充斥着对导师的不满。批评一针见血地点破了师生关系掩护下的暧昧劳资关系，揭露了"克扣实习工资、强行收取论文版面费、冷暴力打压"等长期藏纳于象牙塔的污垢丑行，将注意力引向了长期缺位的导师监督考核机制和退出机制，这些批评不可谓不深刻，我已无须做锦上添花式的补充。

但一边倒的批评声浪中，师生关系的另一端却鲜有人深思。关注者不过说几句学生心理素质差、权利意识薄弱云云不痛不痒的批评罢了。我倒觉得，问题到今天这般地步，研究生自身的弊病同样不能回避。

从复试通过到正式开学，研究生有近半年的时间来权衡导师的选择，对他的性格特点、授课质量、科研项目、学界影响有个粗浅的了解，绝非难事。但问题是，许多研究生在选择阶段，不约而同地钟情那些科研课题多、学界地位高、行政职务高的名导、大牛，无比垂涎于导师的人脉资源、发表渠道，而对导师本身的性格特点、道德素质考量不足。而后者，恰恰是酿就一次次悲剧的根源。功利心驱使的选择观，本就为日后扭曲的利益关系埋下了伏笔，发觉导师竟是如此苛刻吝啬、道德败坏之时，才如大梦初醒般恍悟。

我不相信，那个劣迹斑斑的张代远能在往届学生中间留下芬芳美名，也不相信，往届学生都会带着一种期待新人进套的恶劣心态对新生进行隐瞒。

在入门之前，有些人一腔虔诚地念着"要是能成为 X 门弟子，干活不给钱我也愿意""能参与国家级项目多难得，不给钱我也想干。"因为"X 门弟子"这一名号和国家级项目本身，在领域内就是可为简历添彩的金字招牌。入门初期，还真有人为了积极表现，什么杂事都愿揽，枯燥机械的活也不在话下，带着一种毫无尊严的跪舔姿态来取悦导师，甘做导师的生活助理与免费勤杂工。研究生并非如媒体所想象般权利意识薄弱，而是为了换取隐性的资源，甘愿受委屈，甘愿牺牲维权机会，揣着赌博心理来进行一厢情愿的利益交换。这些人不必多，但饱含媚态的虔诚却足以滋养起部分导师的正当幻觉，认为能收入门下已是其荣幸，让他参与到项目中去更是"看得起"的恩赐，还谈什么补贴。

另一方面，有些研究生对导师怀着不切实际的苛刻期待：发钱大方、派活轻松、用心指导、推荐发表、联系实习、包揽就业、共享人脉……诚然，我们希望有一个更良性完善的研究生培养机制，让寒窗多年的学子有更多获得，而非在毫无意义的简单机械劳动中虚度光阴。但问题是，他只是一位导师，不是对你肩负着道义责任的父母，象牙塔里这点美事儿不能让你一个人都占了。于是，拿钱多的去和活儿少的比，觉得自己累得不行。没入项目组的去和充实的项目组员比，觉得自己简历里少了可以贴金的经验。以己之短度人之长，比来比去，自己或活累，或钱少，或没收获，理想的都是"别人家的导师"。

当你对生活满意时，晒在网上的幸福细节就算能唤起共鸣，也引不起多大围观。只有当你的不满触痛了他人的隐伤时，这种情绪才格外容易受到注意、放大、传播。网络揭黑的帖子和媒体铺天盖地的报道，已然在强化这一种情绪化极强的刻板成见：导师都是黑心的剥削者，挤占学生时间、压榨学生金钱还侵犯学生精神领地，却又掌握着决定生杀命运的大权，令学生有心反抗无力回天，只能乖乖做任人宰割的小绵羊，扮演廉价甚至免费劳动力的角色。

　　在这种渲染中，导师的素质被明显低劣化了，导师的权力被夸张化了——他决定你能否毕业，决定你求职就业、学界地位，简直掌握着后半生质量的决定权。我不知，提出这些观点的媒体人，有几位真正读过研究生？不知有多少已毕业的研究生，会认同自己现在的生活是导师决定的？事实上，现实中的研究生与导师的关系，全然不像媒体所想象的那般，皆充斥着赤裸裸的利益关系和扭曲功利的劳资剥削，天下导师一般黑，天下研究生一般惨。导师的权力，也没有大到这种程度。如此不负责任地抹黑，只能增加师生的隔阂，让我替身边许多善良正派、渊博随和、堪为人师的硕导深感不平。

　　学生的被动无力、弱势惨状也被抹浓了——面对学术不端、道德低下的导师，他们没法反抗，只能委屈自己。自己没找到好工作，没在学界有所建树，不赖自己，全赖导师。只有慵懒度日不思进取者，才会拼命认同这种"导师决定论"的逻辑。

　　研究生朋友们，如果你们也被这番渲染蒙住了眼，轻信这些既不客观也不现实的诱导，继续带着一种跪舔的姿态行愚孝之举，自甘放弃对精神侮辱、报酬压榨说"不"的机会，自甘把人生的决定权让渡给媒体所捏造的莫须有的"掌控者"，那么注定有更多惨淡将与你相遇，多么金光闪闪的硕士文凭也无法扭转。

别用鄙夷春晚来自我标榜

　　许多次了，每当我与人谈起春晚，席间总有那么一个人带着丝莫名的审美优越感说："我才不稀得看春晚"，或者"我从来不看春晚""我都已经 XX 年不看春晚了"，以表达对春晚及其背后的政治说教的憎恶，表达对一届又一届导演的集体失望。

　　春晚，也真是不大争气。三十多年过去了，呈献给全国观众的年夜饭依然难逃生硬的政治说教，依然是多年不变的老面孔、老语调，依然是喜庆洋溢却只能打动自己的主持词。每个节目都有赤裸裸的象征寓意，每首歌曲都在极力渲染着生活的满足，每个演员都那么想让自己的台词引爆新年。而这些陈年弊病，似乎无药可治：金越不行，郎昆也不行，哈文不行，冯小刚也不行。

　　面对积重难返的除夕夜宴，遥控器攥在你自己手中，摁上关机自然是你的自由。但问题是，你不能因证明自己选择的正当性，而尖酸地去贬低别人。从那些论调中，我总能品读出一丝莫名其妙的优越心理，一丝"众人皆醉我独醒"式的清醒：你们所看的东西，都是我不稀得看的。你们还在傻傻中，我早已看穿一切。言外之意，是看春晚的人欣赏水准不够，无异于轻易被宣教蒙蔽了双眼的无知大众。

　　这种论调，很是自得地炫耀了自己的审美高雅，很有些叛逆俗世的文化勇士色彩：根本看不起那些浅薄的笑点，根本不觉得浓彩装扮出的喜庆有何美感，根本不觉得这政治宣教式的祝福有何诚意。倒是年年如约守候在电视机旁与 CCTV 共度除夕的人，才该自惭形秽才是。

仔细品这些话——"我从来不看春晚"，我便要问了，你从来都不看，又如何得知它的好坏呢？你对春晚的评价，是来自身边亲友三言两语的闲谈，还是来自心中某种根深蒂固的偏见呢？"我都 XX 年不看春晚了"，平心而论，1983 年至今，春晚就没有一丁点儿可喜的变化？因为某一年的不合你意，便粗暴地斩断了它其后表现的一切可能，认定它今后也好不到哪里去。不管世界多么让人失望，我们对某样东西的评判，也不该草率到想当然的程度。

有问题咱们说问题，别用一声充满鄙夷的拒绝来回呛。事实上，你不止呛了那些与春晚相伴守岁的观众，还误伤了庞大而无辜的演职人员、工作团队。没有人主观上愿意让自己苦心创作的作品被生硬地植入那么多影响效果的符号，至于质量高低，其实不是普通的演职人员或哪位导演可左右的。无情地砍掉那么多不为人知的包袱，本就很委屈，一声"我才不稀得看春晚"，又给他们的年头泼了怎样一瓢冷水？

我们所处的社会，其实是很缺乏批判思维的。但偏在春晚这件事上，人们的批判神经尤其亢奋。小品台词、相声包袱、主持人串场乃至歌星的一件衣服，都拎出来批判一番。然而，我不能赞同这种自恃着文艺批评的逻辑来看待春晚的习惯，要求春晚同话剧、电影、文学作品一样具备文化反省的功效。春晚所追求的，可能只是阖家团聚之际的一种点缀，辞旧迎新时刻的一种陪伴，一种与其他节日、周末相区别的文化符号。它须讨好的，不仅是占据着网络话语权、审美挑剔的城市知识分子，还有更多受教育程度不那么高、觉得"热闹乐呵一下就挺好"的普通人。

在我身边，有许多人其实对春晚好感度不高，但能够带着一份充满温情的耐心，陪爷爷奶奶观看。在我们挑剔苛刻的眼光下，那些节目贴合实际靠拢得那么生硬，那些多年不变的老面孔已无半点新鲜，那些渴望创造流行语的演员用力过猛。但许多老人没有这般复杂的念头，也没有这般高标准的打分系统，只是觉得歌舞热闹，小品逗乐，晚会喜气，又有儿孙绕膝，就是特别纯粹而简单的幸福。

对许多人而言，一年中只有春节的几日空闲能够归乡。而这寥寥几天，还要塞进大量的聚会、酒局、串门，真正能够陪伴亲人的时刻，不过是守岁的除夕。亲人心里，多么期待能与你有一段共处时光，有一点共同的话题。你怎忍心，以一句生硬的"我才不稀得看春晚"把满眼期待的祖父母晾在一边，而坐在沙发另一头捧着手机？

说实话，这种充斥着"我才不稀得看春晚""我都多少年没看春晚"论调的讨论，很容易使身边人陷入沉默螺旋式的怪圈，仿佛看春晚成了一件思维僵化、品位不高、甘受宣教的事，成了羞于启齿、不敢直言的节庆方式。

我也曾一度心生隐忧，投入巨大的春晚岂不成了自娱自乐？事实上，春晚确有观众在流失，但远没有惨淡到无人观赏的程度，甚至在与网络的默契配合中，衍生出了另一种新狂欢。昨天几位朋友还说，今年说什么也得把春晚从头看到尾，否则都跟不上微博、朋友圈的吐槽节奏，找不到假日聚会的谈资。迅速更新的机智调侃、犀利吐槽，确实让人捧腹。当然，这是"不稀得看春晚"的人们所体会不到、也不屑于体会的快乐。

从这些年的情况看，没有骂声的春晚不能叫春晚。但这些骂声，有多少是就事说事的节目批评，有多少是带着偏见情绪的抵制，又有多少是压根不看春晚的人在扮演叛逆？

我确实非常相信，不看春晚、厌恶春晚的人中，不乏思想深刻、洞察睿智之士，但总觉得那句"我才不稀得看春晚"难逃自我标榜之嫌，虽有雅识，但少雅量。

莫让段子吞没了理智之声

众声喧哗的网络世界，是意见的交汇场，也是"才华"的展示地。每逢有青岛大虾、叶良辰，抑或更早些的切糕事件在网络话语场中发酵，我们总能捕捉到许多段子手的活跃身影。他们对新闻事件中不合常理的成分进行戏谑与夸张，为数以亿计的观众烹饪出一顿又一顿种类繁多、口味各异的笑料大餐。

不得不说，有些调侃确有高妙之处：青岛大虾能使其联想到按粒出售的大米、嗑瓜子嗑到破产的顾客……仅一种售卖方式，就能引发无数令人捧腹之语。民智似乎也成熟到了可以隔着屏幕会心莞尔的程度——人们不难识破，笑料背后埋藏的是不满，是抗议，甚至是恐惧与不安。我们不满于一次次被蛮横地宰钱，又隐忧于层出不穷的新式宰客花样。

这样的隐忧与诉求更该通过直接而理性的方式表达，而不该在一个又一个看似精彩实则消费注意力的段子中暗含。嬉笑怒骂的狂欢让许多人在围观中笑出了眼泪，又如何呢？他们很难做出比捧腹更深刻的举动。大量的浏览、爆炸式的转发，于事有何补益？很难唤醒理性的建议和有价值的反思。乱象依然没有得到遏制，不作为的管理部门依然在做着亡羊补牢式的反应。狂欢中，获利的不是普通消费者，倒是那些赚足了人气的段子手，只要能引爆网络，一个名不见经传的写手便可身价倍增，他们脚下，踩着受害者的肩膀。

一事当前，来不及透彻地了解事件始末，甚至来不及问清真假，倒先绞尽脑汁地从中挖掘可调侃的笑点，编织出一个个小聪明十足的段子供人一乐，这种习惯本身就是病态的。许多时候，段子手是带着围观者的"看戏心态"来搞创作，网民则怀揣着"看热闹不怕乱子大"的心理期待更精彩的作品出世。只因他们不是挨宰千元的食客，不是扶老被讹的路人，才得以带着一份事不关己的轻松来调侃，才能编写出吃瓜子致顾客欠债、扶老人致富翁破产的段子。很难想象，一个在餐厅消费被狠宰一刀的顾客，投诉无果、维权无门之余，还有闲情逸致来自黑自嘲。

但我们不得不面对的一个现实是，在这样一个商业道德沦陷、监管漏洞重重的大环境下，无人能够独善其身。就算躲得过青岛大虾，岂敢保证自己在花样百出的有毒食品、假货横行中安然无恙？

有时，遭遇同样的困境是无可避免的必然。当雾霾肆虐时，段子手与网民不再是围观者，心态也悄然演变成一种无奈：反正也改变不了现状，我找点乐子还不行吗？这种"擅长讽刺、乐得批判又不知道如何可以改变"的心态，反映出的是心头强烈的无力感和对现实问题的回避，滋养着一种玩世不恭、愤世嫉俗却毫无作为的犬儒主义生存状态。

一个只有正经言辞的时代刻板而无趣，心中郁结的情绪无处宣泄；而一个任由段子吞没理性声音的时代则使人绝望。当下，段子的感染力异常强大，一则微博新闻的回复中，点赞量最高的热门评论往往是调侃，而真知灼见和理性之声微之又微。段子狂欢给予时代最大的伤害，便是让正经与理性无处容身。人们难以收回嬉皮笑脸的话语方式，用正经而深邃的目光打量一下所处的周遭世界。

段子如同一剂迷药，很容易让人暂忘眼下的不顺，而沉浸在抖响的包袱中，对段子手的才华啧啧称奇。然而，我们无法因这份浅薄的幽默，而回避忽略它所折射的真实世界。当我们见惯了常日笼罩的阴霾、唏嘘于偶然出现的蓝天，见惯了媒体发布的橙色预警、习惯于怜惜孩子稚嫩的心肺，当身边的每个人都在为雾霾致癌、口罩无用而焦虑恐惧，再去面对疯传的段子，无论它揶揄得多么精彩，都很难挤出一丝笑意。

因而，无论网络段子充盈到何等地步，幽默到何种程度，我都愿做一个从纷乱笑声中打捞真知灼见的人，一个耳际嘈杂而内心清醒的人，一个哪怕不被听到也要发出理智声音的人。

"最大份炒饭"映照出扭曲的"申吉"观

这几天，一份重达 4192 公斤的扬州炒饭在网上掀起了波澜——这道消耗甚巨的重量级主食刚创下吉尼斯世界纪录，就被清理工人任意踩在脚下，随后装上垃圾车运走。尽管主办方宣称只有 150 公斤受污染的少部分被运去喂猪，但舆论对于这一比例并不买账，指责音量不减。

有人特意给这份炒饭算了一笔账：以一人吃 2 两计，吃光这份炒饭至少得有 4 万多人。这意味着，就算把瘦西湖的所有游客都动员起来，还是会浪费掉不少。

不仅世界最大份炒饭有浪费之嫌，世界最大块月饼、最大的包子……近年来，国人创下的许多以分量居奇、体形出新的吉尼斯纪录，收获了惊奇的目光后，往往都是弃之一旁，原因何在？烹饪常规的菜肴，佐料比例尚且易于控制，但要放大上千倍，怕是要失调了。做出来的东西，往往徒有形似而难以苛求味道。以月饼为例，一刀切下去，光馅料就一尺多厚，哪还能提供皮香馅醇的口感配合？也许分到你手里的那一小块就是团没化开的糖。更何况，主办方根本不关心能给多少人带来品尝的体验，只是希望借此博些眼球，得些名头。一旦涉及入口，就不得不考量用餐安全、现场秩序、卫生打扫等环节，牵扯出无穷新烦恼，故而既没有意愿也没有耐心来消耗甚多时间精力，进行巨大的动员组织，也是情理之中。

这便导致了对分量体形过度追求的"最大份"，牺牲了起码的品质，徒具观赏用途，充斥着好大喜功的虚荣之味，映照出的是国人扭曲的"申吉"观。

近年来，"申吉"热不断升温，人们万般渴望打造出一种世界范围内的独特，作为自我肯定的资本。但对多数人来说，指望以高空走钢丝、翻越雪山之类的极限挑战创纪录太遥远。相比之下，在分量上下功夫是见效最快、最没技术含量的捷径。因而从诞生之日起，"最大份"就功利味十足，体现不出新意和本事，只是靠动员组织、财力支撑拼出来的空名。

即便是空名，有些人也不愿放过：创下一项吉尼斯世界纪录，相当于得到世界范畴内的肯定。按照他们的行事思维，炒出了一锅世界最大的炒饭，就可名正言顺地称当地为"炒饭之乡"；蒸出世界最大号馒头，就敢以"馒头神"自封，这是何等的诱惑！因而，无论是官方还是个人，都迫切地在量上下功夫，管它能不能吃、好不好吃，先将称号收入囊中再说。

中国地大物博，如果单纯地比大拼多，只要动员工作到位、物质支撑过硬，"最大份炒饭"之类的世界纪录可以创造得花样百出。频现的"最大份"，传递出了"只要能吸引眼球、提升名气，可以不计成本、无所不用其极"的扭曲"申吉"观，实质是心态的急躁和对虚名的沉迷。

"申吉"观扭曲的另一种表现是钻空子思维。许多"申吉"者，丝毫不过问创造纪录与突破极限的意义，只去翻查这种东西有没有人做过：有人做过最大份蛋糕，那我就做最大份炒饭；有人组织过千人泡脚，那我就组织万人吃羊肉串。反正你不限制同类题材，反正你不能说我抄袭创意，反正你没硬性规定申请的项目非得对人类有进步意义，反正我做出来了你就得把纪录给我。制度上的疏漏与门槛的低矮，让急功近利的投机者有空可钻。

中国人口众多，有才智者比比皆是。如果专钻吉尼斯纪录的空子，砍一根大树削尖了，就可以称其为世界上最大的牙签。在沙滩上摁一个手印，就可以称它是世界上最小的内陆湖，"世界之最"可以层出不穷。但，这样的纪录有意义吗？

委实，随着生活水平的提高，挣扎在温饱线上的人越来越少。但我们的物质供给，还远远没有丰盈到可以在"最大份"中肆意挥霍、可以用数百公斤炒饭来喂猪的程度。在挖空心思地想"哪些项目可以'申吉'"之前，我们还有复杂的医疗、教育、环境污染、食品安全问题亟待解决。在这大背景下，主办方没有丝毫愧疚，站在舆论的风口浪尖，不反思扭曲的"申吉"观，倒理直气壮地为具体数量辩解，揪着"扔掉的只是一小部分"的浪费比例不放，何其荒唐！

庆幸的是，这场"最大份炒饭"的闹剧，最终以吉尼斯方面拒绝纳入纪录而尴尬收场。我想，这个拒绝的姿态是高贵的，至少向一些热衷于争虚名、钻空子的国人传递了一枚颇具意义的价值信号——扭曲的"申吉"观，该被框正了。

烹制"巨幅作品"的初衷是争名，所做之物既无品鉴价值，还造成巨大的浪费，结果恰恰是损了名。希望"申吉"被拒的这盆冷水，能够浇醒更多人：有些纪录，不争也罢。

评论写作经验：评论没有捷径可走

我从大二开始摸索着写评论，起步算是比较早。但在认识曹老之前，一路无人指点，全凭磕磕绊绊地自我摸索，实在没少绕弯。

发表了一些文章后，常有人问我，怎么能快速提高评论水平？新闻评论有什么捷径？作为学龄四岁的"评论学员"，我非常能够理解他们渴望提升自身写作水平的急切心情，因为我也曾有此困惑，并万般期待出现一位前辈给我指点。但我非常反感这种凡事皆想寻捷径的思维方式。只能抱歉地说，评论没有捷径可走。

我是个慢热之人，学写评论多半是靠耐性在磨。仔细想想，并无独到秘诀，执着坚守的，只是三条非常笨拙的方法。

一是限时练习。直至今天，我仍保持着每周写三篇时评的习惯，限时 60 分钟写一千字。有时文思泉涌，写得酣畅淋漓；有时状态不佳，笔尖干涩，文章也极平庸。但不管怎样，都让自己保持动笔的状态。限时非常重要，在规定时间内把自己的观点说清楚，是评论最基本的能力。它一方面为我提供了参考坐标，同样是一小时所写，今昔质量可能迥然不同。另一方面，也减轻了我的心理负担，让我觉得写评论并不非常耗费精力，只需半集综艺的时间而已。因为疏于限时训练，很多人平时文章写得不错，一到考试，或者单位应急催稿时就手足无措，所写之文，也黯然失色。

二是积累选题。大四时有一阵，我的选题近乎枯竭，好像无事可评。遂准备了一个本子，记下一些我认为比较特别的事情或现象，哪怕非常琐碎：比如22岁少女因父亲不给买手机而当街打滚，比如某明星的孩子吃个意面都能上新闻，比如那句经不起推敲的鸡汤文"念念不忘必有回响"，或者非常迎合庸人自慰心理的"数学学不好的人长得都比较好看"。渐渐地，我发现就连刷朋友圈，都能刷出评论选题，比如层出不穷的投票链接、耸人听闻的"央视刚刚曝光"……这种点滴的积累，让我一直保持着表达的冲动，不再苦恼于无题可写，倒苦恼于无时间把它们写完。

三是与名家同题。如果一定要指出条捷径，大概非它莫属。大学时常看曹老的时评，做过这样的尝试：只看他的新闻由头，强忍住好奇不看后文，上网把事件的始末搞清楚，开始自己的写作。完稿后把两篇文章做比对，差异立现：哪些该深挖的观点我只停留在表层，哪些可以一笔带过的描述我啰唆个没完，哪些非常有说服力的论据被我忽视。说实话，这种方式非常奏效。

在学写评论的这四年中，我也着实犯过不少错误，实在不想让更多人重蹈覆辙，分享如下，皆是肺腑之言：

一忌贪大选题。

一个好题，能激发出无限的表达欲、收放自如。一个坏题，则让人无话可说、束手束脚。前几天，有学妹拿着时评练习让我点评，翻开一看，"一带一路"、人口政策、中美关系……几乎没有什么题材是她不敢触碰的，文中尽是专业术语的堆砌，观点也比较平庸，随便地挑出一个词问她："啥叫人口红利？"得到的答案支吾不清。基本概念都没弄懂，论证怎会有说服力呢？学写评论之初，我以为只有宏大选题，才意味着拥有深度。但其实，当知识不足以驾驭宏大选题的时候，别太贪大，不妨就从身边小事说起。留心观察，朋友圈中的吐槽对象都可以作为评论的选题——限电、点名、评奖学金、寝室人际关系……我们的生活，完全没有干涩到非要从宏大话题中寻找评论点的程度。

　　二忌只写不改。

　　笔耕不辍的练习确实重要，潜心修改同样不容忽视。相当长一段时间，我的评论练习只写不改，误以为只要在写，就有进步，回避自己时评写作中的问题。但事实上，除了语言变得熟练、下笔更加流畅，别无长进。

　　并不是每学期都有评论课，也不可能天天能见到评论老师，全指着老师的点评来提高几乎不可能。彼时我又那般迫切地想要提高，于是便假装读者、评判者来给自己的文章挑毛病。我一般会从三个角度来挑：我的观点是不是人人都能想到？有没有更贴合我生活的事实论证？我是不是只在就事论事？改过后，虽仍难脱稚嫩，但确实增色不少。

　　三忌急于求成。

　　急于求成表现在两方面。一是急求提升，评论不是八股作文，并非套套模板、背背好词佳句就能迅速得高分的。它需要清晰的逻辑、深刻的洞察、独到的观点。多读、多写已被说滥，却是不容撼动的真理。读书、写作本就需要时间，如果读十几本书就有立竿见影之效，人人皆可做评论员了。所读所感经理解后转化为个人思想，又需要时间。将个人思想用理性流畅的方式表述出来，还需要时间。每一环节，都离不开光阴的打磨，实在急不得。如果你每天都和知名评论员比，便总看不到希望，心很容易被失意填满。不如和昨天的自己比，只要你在行走，进一寸有一寸的欢喜。

　　另一方面是急求发表。学写评论还不到一年，我就四处投稿，非要用"见报"作为对自己的肯定，结果四处碰壁，所投之稿皆石沉大海。失望落寞自不必提，索性断了这个念头，安安静静地写。直到大四离校前一周，才发表了我的第一篇文章。在我看来，过早发表有三大坏处：一是滋养自鸣得意的幻觉，以为发表就是好评论的标志，对自身不足视而不见。二是无论多么开放的媒体，发表终究有诸多禁忌，一定程度上限制恣意的思想表达。三是媒体对评论的时效性要求较高，我们容易被迫追随热点，无暇对一件事做透彻的深刻思考，对处在"练习期"的你我而言，实在不是件好事。

　　不仅是评论，这世上有许多事都没有捷径可走。当你决定以笔为匕，刺向社会的顽疾、流行的病态，请先把"捷径"二字从你的字典里剔除，慢思考，慢阅读，慢积累，慢著文。

陈楚汉专辑

　　湖北荆州人，笔名"东林君"。北京大学新闻与传播学院 2010 级学生，现为《人物》杂志记者。

你的女神追不到

如果说上个月是悲剧之月，全民默哀，那这个月就是闹剧之月，全民八卦。先是文章出轨，再是"奶茶"花落京东。吐槽依旧那样欢乐，因为京东老板刘强东在微博中说"小天是我见过最单纯善良的人"，因此所有名字中带"天"字的明星全部中枪，包括易中天、朱孝天、印小天、朴有天、阮经天、马天宇，还有，李天一。

欢乐归欢乐，在这里想分析一下，为什么一个娱乐八卦会引起这么大的关注。是因为女神配大款？不对，另外一个"奶茶"刘若英同样嫁给富翁。是因为双方知名度高？也不是，比他们知名度高的人多了去，比如刘恺威和杨幂，比如周杰伦和昆凌，他们就没有站在这般风口浪尖上。

那是为什么呢？最容易想到的一点是熟悉程度，新闻学里叫"心理距离"。你觉得你和杨幂隔很远，刘德华更是触不可及，但"奶茶"是"我"捧红的啊！是"我"作为千万网络无名鼠辈中的一员，夜以继日的关注才将她捧红的啊！她就住在"隔壁"，距离我最近的时候可能不过100米。

刘恺威演了什么？我不知道；刘若英老公做什么生意的？我不关心。刘强东呢？昨天我才在京东买了几本书。这就叫"心理距离"。

但还有更深层次的一点，这我们就要说到爱情了。爱情是什么？我们常说希望爱情天长地久，但有几个人知道，爱情本身就不是从来有之的，爱情的产生有深刻的社会根源。这里我们就不得不引用人大性社会学研究所所长潘绥铭在著作《生存与体验》里的一段话了：

　　"在自视美艳之女与处知穷之男之间，在靓妹与老朽之间，确实一直存在着一道社会鸿沟，并不比一般的阶级差异小。美女实际上占有着一种可遇而不可求的社会稀缺资源。他们不仅天生就是女性中的上等人，对一般男性也可以傲视群雄；因为他们实际上是上流社会男人的宠物，有一大帮达官贵人给他们撑腰。他们仅仅在官老爷和阔佬面前才是不平等的。穷丑之男如果斗胆多看他们一眼，无异于跑到大内后庭去闻花，'主持正义'的人们不把他打个稀巴烂才怪。"

　　在这样的社会规则之下，男人要博取美女的芳心，只能靠"一富遮百丑"或者"一官解千愁"，然后再以自己的"粗犷"为自豪。否则，可怜兮兮地去低吟什么"我很丑但是我很温柔"，肯定是白费唾沫。

　　为了摆平这种社会阶层之间的矛盾，人类发明了两种东西：第一种是爱情。从公元 11 世纪发源于法国的普罗旺斯地区的《罗兰骑士之歌》，到大掏人们钱包的《泰坦尼克号》，西方文化把浪漫情爱宣扬到了极致，而且最主要的意思就是：穷男也能依靠爱情而获得美女。与此相反相成的，是各种各样的"灰姑娘"的故事，意思是权贵之男也会为了爱情而娶贫寒之女。

　　说得好，爱情可以弥补阶级鸿沟，比如如果第二天"奶茶妹妹"宣布和某一位毫无背景的无名小卒喜结连理，那大家第一反应便是——真爱！而当她和著名 CEO 结合时，大家的反应恐怕就如上所述：这不是爱情，这是女神在利用自己的稀缺性资源来"一夜跃到共产主义"。

　　的确，恋爱自由、婚姻自由，是现代社会大多数人公认的准则。京东奶茶配，合情合理。但让我们这些"90 后"大学生惊掉下巴的是，男财女貌第一次这么赤裸裸地摆在世人面前，20 岁的奋斗屌丝男士们辛酸地发现，金钱可能不能买来爱情，但是金钱所带来的潇洒的风度、阔绰的气质、开放的视野却是难以匹敌的。

10 年前，杨教授让我们见识到了社会地位的威力；10 年后，刘总裁则告诉我们资本主义的能量。性已经成为一种奢侈品，拥有卓越性的女神不仅能够藐视同胞，还能在此般性别不平等的社会里俯视大多数男性。比如"奶茶妹妹"就可以大大方方、堂而皇之地在微博里这样反讽："勤劳勇敢踏实肯干极富创造力和想象力的伟大中国人民！"

可惜的是，女神们敢于在网络书生意气、挥斥方遒，不是后天能力有多强，锐气有多盛，而是她们背后常常站着一个可以在现实生活中训斥我们的男人。

类似的值得关注的现象是，"90 后"一代，现在已经出名的几乎全是女性，新闻热点用她们的背影余光提醒我们，性别歧视依然存在，社会对女性的要求仍然是丰臀肥乳、前凸后翘、年轻貌美。

最后，在昨天微博头条里，除了这些喧闹的新闻，还有一个"陈道明随手画"。我突然觉得，以后就要做陈道明这样的男人，让人觉得温暖，觉得在这个异动的世界上一直有不变，也就有坚守，有希望。

体教部的光辉要照耀你，你敢不接受？

—— 也谈打卡制

　　BBS 上因为打卡吵得一塌糊涂，其实这种争执没有意义，因为双方都不可能说服对方。

　　在学生看来，空气污染如此严重，室外锻炼已不可行；锻炼不打卡，打卡不锻炼，制度完全沦为形式；打卡排队过长，浪费时间。在体教部和其他学生看来，迫使大家早起，哪怕不锻炼、散散步、吃吃早饭也是功德无量。

　　你看，双方争论的根本不是一个问题。学生评价打卡制度的优劣功过，弊远远大于利，所以该废；反对派则说旧制度客观有利，且有破有立，你立一个先。

　　拿制度的优越性来解释制度的合法性，是中国特色官僚制度的一大法宝。这种思维在历史书上、官方话语中俯拾皆是。民国时期人民颠沛流离，过得跟狗一样，你现在总比狗好吧？你敢不感谢国家？

　　同理，体教部也可以说，我们为民尽心竭力，这制度也是有功有过，帮你吃早饭、活动筋骨，体教部的光辉要照耀你，你敢不接受？学校、体教部、某些老教授觉得必须锻炼，那我们就设立个打卡制；那要是后天校长觉得吃早饭是必要的（似乎也确实挺必要的），是不是就在"学一"建个打馒头点？每天每人不领三个馒头不作数？

　　我听说有学校每天早晚几点之后宿舍不许留人，理由是激励同学去自习。广电局还规定所有台必须转播"新闻联播"呢！没有讨论，没有投票，听证会也是"打 24 次还是 36 次"的区别，这不是北大，也不用贬损清华，因为这违反的是基本的人性。

我很高兴有人站出来。因为以往的教育和流氓逻辑培养出了 BBS 上的那些无理取闹、不就事论事并且不自知的同学，明明在讨论打卡制的得失利弊，结果他们一定要我们拿出更好的方案来。这和我说鸡蛋不好吃你就要我生一个出来有什么区别？如果要我们拿方案，那我们还养着体教部作甚？更何况，在北京当下吃人的空气污染下，室外锻炼和身体健康本来就是水火不容的。

我痛恨给他人，尤其是给自己的校友同胞们贴标签，但是我希望当有志之士站出来质疑旧制度并且愿意与大家理性讨论时，我们不要质疑他人动机是否纯洁无瑕——"哟，一学期才早起几次就有人不乐意了，要真取消打卡制度，估计三四节课都要睡过。"（@bubblepiggy）也不要说正确的废话——"任何制度存在了之后，废除都比设立要费劲得多，因为制定者面对的现实已经是实施制度一段时间之后的状况；同时，制度本身有其自身的逻辑性与延续性，如果不根据一定的机制和程序废除，制度本身会丧失它被信任的基础。因此改易一项制度既不可能，也不应当急刹车，而是应重新疏导对话协商机制，共同探讨。"（@YUELANG）更不能故意搅混公事与私事的水——"少扯冠冕堂皇的，想取消早卡的人，十个人里有九个半是不愿意早起的，你信不信。还不愿意浪费时间，BBS 灌水是浪费时间，怎么没见你戒了？"（@ bubblepiggy）

是的，我也觉得"人人网"、微博、知乎、BBS 挺消磨时间的，但是我就不愿意下线。因为我不想把这个世界让给我讨厌的人，因为我还想声援一下那些勇敢的心。最重要的是，因为这是一个自由的国家，我有不幸福以及浪费时间的权利。

选择一种生活就等于放弃另一种生活

和同学聊天，大家都在实习，谈到薪酬，我这个新闻民工自然就自惭形秽，说得好听一点叫何陋之有了，人家实习生算上车补饭补都跟我们正式员工工资差不多高。上个月和在某证券实习的哥们也提到这个问题，但他俩都说，劳动时间太长，加班成常态，未来工作和家庭之间很难达到平衡。法学院的同学甚至说，如果选择转身离开这个行业，他不会有丝毫怀念（不排除其中有安慰我的因素）。

当然，听了这些我并没有感到慰藉，因为我在电视台同样每天"耗"到很晚，很多时候只是由于体制内拖沓成性、员工间分工不明，大家都没事干，于是上班时间刷微博、聊微信、耗到十一点。而且，经自己手剪的新闻自己都恶心看，既没有贡献出有趣有意义的新闻，那所谓的"社会责任感"也无影无踪了。这可能也是中国记者地位、工资低的原因之一吧。

这样想，当初大家以一样的分数进北大，只是兴趣不同、视野远近，选择了不同的专业，于是你进法学院，他进商学院，我进历史系、新闻系，结果同学大富大贵，自己惨淡经营。虽然古人教导我们要淡泊，但太史公不也说"君子疾没世而名不称焉"？

我学的是文科，我喜爱的新闻、电影、文学、历史这些东西，连养活自己都很难，还说什么过上体面的生活。我的老师在电视台干了快10年了，只能在燕郊买房，稍微晚一点下班就得住朋友家。

　　相比之下，同学在中央美院学建筑，实习工资就是我们不敢想的，接触的同样是非常高层次的东西（另一方面，他学纯美术的同学大多只能当老师，可能比我们还苦）。我并不比他们懒惰，无论是进大学之前还是之后，现在却连自力更生都很难。我自己都觉得自己可笑。

　　所以也理解 BBS 上医学和文史哲同学偶发的抱怨。当初高考比自己分数低的同学进了稍次大学的金融、经管、会计、法学，自己则苦苦地背砖头一样厚的医科书、天文一样难的哲学巨著。现实是，毕业后还得为 5000 元的月薪苦苦挣扎，每个月把房租扣掉，去电影资料馆看一场电影都得掂量。

　　换个角度想，我虽然工作时间长，但只要有发现，我都会在工作间隙和人家磨洋工的时候，用手机记录下点点滴滴的思考。我的身体是棋子，没有办法；但我的大脑还是下棋的人，任谁也阻挡不了。此外，我每周无论多累，都会看几部电影，去一次电影资料馆；我还有着自己的电影梦，随着电影知识的积累，我在早已看过的老片中又发现了新的乐趣，比如说《功夫》《大内密探零零发》、*Inception*、*TDK*。

　　对了，我在学校里学过视频剪辑，实习主要工作也是剪片子，每次工作闲暇，我就尝试一些新的、不囿于电视新闻的剪辑方法。毕业于北京电影学院的老师也很耐心和善良地教我，我现在看电影开始注意剪辑、转场、切换、配乐，电影这块宝藏更大了，我也觉得自己离梦想更近了。

　　这次做"东非动物大迁徙"报道，四十多个同事去了非洲。我虽然不能成行，但看着传回来的画面，那蛮荒的大陆、原始的动物、异域的人情，让我由衷地坚定了当驻外记者的梦想。选择新闻这种生活就意味着放弃律师、投行等另外的生活，放弃高薪养廉，放弃波音代步，放弃登堂入室，放弃出则林肯入则希尔顿。但对我来说，在荒蛮的大陆上流浪，跟素不相识的人用手语沟通，品尝各地最具乡土气息的美食，比在国贸、王府井吹着空调挣多少钱都要开心。

　　我很喜欢这句话——"人生本来就有圆缺之分，坚持梦想本来就是一件很酷的事情。"虽然很多人觉得它把同学之间的关系简化成攀比、炫耀了，但我倒乐于承认并为之鼓吹。

　　如果你真正去做自己喜欢的事情，那毕业五周年的同学聚会，你不要去，因为那时你大概处在最艰难的时刻，而你的同学们，大多正在大公司里步入精英阶层。同样，十周年聚会，你也不要去。但是，二十年后的同学聚会，你可以去了，你会看到，那些坚持梦想的人，和那些随波逐流的人，生命将有什么不同。

伪 善

从舒淇退出微博谈起。这件事的起因是甄子丹、赵文卓的"戏霸"论战，然后发展到各路明星选择支援的阵营，最后在这场论战中支持甄子丹、表现得过于突出的舒淇中枪，当初拍过的三级片被再次公开，于是舒淇不堪其辱，选择删除所有微博，退出新浪微博。最后著名的冯小刚跳出来，指责那些侮辱舒淇的网民不如畜生。为艺人鸣冤的"高晓松体"出世，各路明星纷纷表示对舒淇的同情。

首先，舒淇的艳照被公开对她的确是很大的伤害，但居然最后弄得她退出微博，这就比较匪夷所思了。既然做了怕人家发干嘛？我就不明白，怎么拍三级片还能更彰显人性光辉和奋斗史了？怎么拍了还不让传了？当时你卖我们买，现在你火了，自然可以穿回去，但你还要把过去脱掉的穿回去，这算不算欺骗消费者？想"穿回去"是没错，但混淆概念的是"现在穿回去"——捡回尊严，和"以前穿回去"——掩盖历史。全世界人民都观摩过了苍老师，人家从来不说要穿回去，就算她的艳照发出来也不会有人鄙视她。这就叫无招胜有招。

况且，当初舒淇拍片的时候，她难道不会比你们更清楚未来要品尝的恶果吗？这个热门事件发生时你跳出来，仗义是仗义了，但肯定也会因此受到牵连。现在照片再次出来，这就是代价。就好像当时你穷困得只拿得出首付，开发商说那就给你低息；然后你名利双收、还清贷款、如日中天时，开发商又说当年利率定低了，你还得再多付点利息。这种行为是很见风使舵、很下作、很卑鄙的，但不是没有依据和立足点。我能够理解舒淇粉丝们的心情，但这是你们的女神成长的代价。如果她能过了这关，难道你们不会觉得她变得更光辉伟大吗？范爷说："我挨得住多深的诋毁，就经得住多大的赞美。"将来舒淇再次成功的时候就可以当之无愧地说："我经得住多大的赞美，就挨得住多深的诋毁。"

其次，冯小刚、高晓松以及后来诸多明星的齐齐表态，我的第一反应就是这集体舞太煽情了。因为我真心不觉得某些明星的心理素质会这么脆弱，以前又不是没有经历这些。舒淇作为一个大红大紫、历练了这么多年的演员，她什么大风大浪没有见过，她的心理素质绝对比我们不知道好到哪里去了。而且，冯小刚作为一个导演，那个行业的规则和现状他不可能不清楚，与其说网民在用明星身份绑架你，不如说你在用道德绑架别人的嘴巴：敢做敢当，哪有敢做不敢当还不许人家说的道理呢？我对冯小刚的印象一直很不错，我都不敢把"伪善"这个字眼妄加在他头上，除此之外，唯一的解释只能是"性情中人"。所以，我想再说一遍，刚哥是真屌丝。

最后，各路明星纷纷站队让我不禁想起QQ空间右侧每天更新的"热门话题"，什么"爆炸死人""哈士奇被击毙""特大矿难"，只需轻轻一点"愤怒"或者"伤不起"，我就得以和其他数十万人享受同样的"三观"优越感和道德升华感。

同理，这个事件，目前，舒淇无疑是最突出的受害者，所以，无论你是挺赵文卓，还是挺甄子丹，无论最后真相如何，挺挺舒淇准没错。这么多道德制胜点，总有一款适合你。

评论写作经验：读书的目的就是读书

古今学林，有才者无外乎三种：

第一种是当世之人才。他们可以接受并熟练地掌握当世教育所传授给他们的技能，他们虽然也会展望未来，但预测却不一定正确，他们也不能打开知识的新天地。这种人才虽然大有裨益，却不罕见。

第二种是通世之英才。他们不仅通晓本专业的知识，而且还能学有余力，能钻研其他学科领域，并能作出巨大贡献。这种人内外功兼修，双管齐下，既能凌波微步，罗袜生尘，又能气通六脉，碧气纵横。

第三种人是超世之豪杰。这种人不仅能通晓本专业及其他专业的知识，还能对未来社会趋势的发展做出大致不失偏颇的预测，从而影响未来科学、艺术的发展。这种人可谓百年难得一遇，一旦出现，便可以以书生的一己之力扭转人类历史轨道。他们不是普通的高等生物，而是上帝赐给全人类的礼物。

从小到大，我们总是被一个问题所困扰：读书是为了什么？

爸妈说读书是学生的天职，亲戚说是报答父母养育、老师栽培，书上说是报效祖国。总的来说，无非就是让父母开心、让老师安心、让社会放心、让自己死心（踏地）。再说得高尚一点，叫学以致用、知行合一、科学技术就是第一生产力。无论高尚低微，这些答案都不足以通往"超世之豪杰"。

读书的目的，就是读书。

　　读书的目的就是为了读书，知识有用无用，都可为我所用。在他人看来毫无作用的知识，我都能拿来，去格物致知，只需要融会贯通，求得终极的智慧，便可修身，可齐家，可治国，可以平天下！

　　1914年春，就读于清华学校的吴宓和汤用彤，在一起探讨国亡时个体生命究竟该如何选择。汤用彤问："国亡时，我辈将如何？"吴宓回答："上则杀身成仁，轰轰烈烈为节义而死。下则削发为僧，遁于空门或山林，以诗味禅理了此一生。"汤用彤却表示，国亡之后，作为学人不必一死了却，因为有两件事可以作为选择。从小处说，是效匹夫之勇，以武力反抗，以图恢复。从大处讲，发挥学人的内在精神力量，潜心于学问，并以绝大的魄力，用我国五千年的精神文明，创造出一种极有势力的新宗教或新学说，使中国在形式上虽亡，而中华民族的基本精神和灵魂不灭，且长存于宇宙。这将是中华民族不幸后的大幸。

　　这有点类似于《天龙八部》中的扫地僧，从不与外人一争武功高低，从佛经中便可以参悟中武林的最高秘籍。而这天下武林人士人人艳羡的绝世武功，在他看来，不过是参透佛法后的身外之物。

　　赚钱的目的不是享受，赚钱就是为了赚钱牟利；拜佛的目的不是顿悟，拜佛就是为了拜佛诚心；读书的目的不是经世致用，不是报效祖国，甚至不是正心诚意，读书就是为了读书求知。

　　因为只有心中纯粹，手中才可拥有万物。

　　大家考上北大，都是光宗耀祖、光耀门楣。高中苦学的知识，似乎都要化为一纸功名。但我相信，越是一流的大学，越是务虚，越是纯粹，越是渴求知识。

　　最后，以马克思·韦伯的一句名言作结，愿学弟学妹在北大的四年中继续勤勉纯粹，永怀理想良知——"正是这样一种'新式的'企业家，唯独具有一种异常坚毅的性格，方能始终保持清醒冷静的自制，从而避免道德上与经济上的沉船灭顶；除了眼光敏锐与行动力具足之外，尤其

是能够担负起现在所要求于企业家的，一种保持张力以克服无数的对
抗、与安逸的生活享受无法并存、甚且与日俱增紧迫密集的工作。这，
便是与适合于过去的传统主义者迥然有异的另外一种伦理资质。"

03

第三编　课堂观点交锋

　　这是我最看重的一个部分，也最能展现北大课堂的气质和北大学生的自由精神，通过对同一个话题的交锋表现同学们多元思考、独到判断、用事实逻辑去说理的能力。这些话题都是我设置的，都是当时发生、与北大相关、在社会上引起激烈讨论的话题，设置这些"与北大学生很近"的话题，既考验着学生在判断上能不能克服"近距离感"带来的情感和立场障碍，又考验着他们排除干扰、从不同角度去思考的逻辑能力。

　　在这一部分，不仅能看到校园时事评论的美感，更能看到北大学生对事关自己学校的公共事务上的理性立场。

为何『北大总挨骂』

谈北大精神，不要张口就是蔡元培

王润茜

　　在香港报纸刊登了《香港人，忍够了》广告后，"忍够了"红遍网络，有北大同学一时手痒，做了海报一张，上书六个大字："北大人，忍够了。"海报上写："你愿意有点破事就听到'北大已经不是过去的北大'了吗？"

　　"北大已经不是过去的北大了。"北大只要有一点风吹草动，这句话被广泛转载，并伴以对蔡元培、胡适时代的怀旧。这句话的流行程度在2012年初达到了高潮，原因是25楼与26楼被拆除，而在其原址上，将会建起新闻与传播学院大楼。

怀旧不是坏事，但是要分得清什么是该保护的文物。这两栋并不算古老的楼，建筑上的价值也不多，原本的楼房结构也在 10 年前的抗震改造做了不少变动。它们尚未被拆除的时候，可能也没有多少人在意。如果它们不是在北大的南门之内，就算被拆了也无人问津。但是因为"北大"二字，突然让它们身价倍增，在某些怀旧人士眼中，甚至成为了北大精神的象征。在以讹传讹中，还被安上了梁思成、林徽因的作品之名。

蔡校长说，大学，不在有大楼之谓也，而在有大师之谓也。实际上，大楼与大师并不矛盾。大学最重要的固然是大师、向学的学生和精神血脉的延续，但遍观世界一流大学，哪一所不是拥有最先进的教学、科研设施？更何况最重要的是精神，其延续本就不维系于一栋楼。

北大的地理位置决定了其不能无限地向周围扩张，许多学院的教学办公楼已经建在了原有校园之外，距离学生宿舍和生活区甚为遥远，来去不便。而北大的校园环境也注定了不能使用校车等交通工具。同时，为了维护与原有建筑群的协调，北大鲜有高层建筑，横向与纵向的发展空间都已经被限制。在这种情况下，如果不将校园内的部分老楼拆除，那该让学校如何是好？ 25 楼、26 楼内部破烂不堪倒，是可以装修，但并不合算。

燕园因为历史悠久，其硬件本来就较为陈旧。有学生自嘲，北大有一流的学生，二流的老师和五流的设施，每年夏天的安装空调之声更是响亮。上百个社团，都没有自己的活动地点，只能使用教学楼，又与上自习的空间有所冲突。

当年博雅塔的建立，目的便是服务师生，为了方便取水，日后渐成地标；燕园本就出自美国人之手，初成之时，也被批为"不中不西，不伦不类"，但是今日却成为了北大的象征。如今拆 25 楼、26 楼，建立新闻与传播学院大楼，用于教学和学生的新闻实践，符合师生利益，并无不妥。同时，在目前的校园新建建筑设计中，均会注意与原有建筑风格的统一，虽然还未臻完美，但已经让人看见了设计者的诚意和努力，这一点并不让人担心。

北大就算真的是全国人民的北大，在被全国人民议论的同时，也首先是北大师生的北大，因为这些人与这片校园息息相关，血脉相连，他们的利益，当然是学校要首先维护的。

"历史"和"精神"，用多了是会贬值的，捧着过去的历史和不知何谓的精神，来限制今天北大师生的生活和发展，也是真正违背蔡、胡二位先生之精神的。

过去的北大究竟如何，我们也只能从文献影像中了解只鳞片羽。大部分人不过是人云亦云的传播者，这些对北大拆一栋楼、砍一棵树，就要张口蔡元培闭口胡适的人，究竟有多少真正了解"过去的北大"，了解真正的"北大精神"？

他们是否曾经想过，北大从新中国成立后，就已然搬离了蔡元培、胡适工作过的沙滩红楼。如果拆了一栋楼就能认为"北大已经不是过去的北大"，"北大已经倒掉"，那么搬离了原校园的北大在新中国之初就彻底倒掉了；而曾拆除二校门的清华大学，从 70 年代起已是废墟一片。

退一步说，那个众人心心念念的"过去的北大"，是新文化运动的主要阵地之一。当年倡导维新变革以适应时代发展的胡适先生，要是看见今天的北大还是"过去的北大"，怕也是不开心的吧。

这样喧嚣，不知道北大是否忍够了。

动辄挨骂是北大的另一种荣誉

程曼祺

鲁迅先生说"北大是常维新的",现在的情况是"北大是常被骂的"——拆个楼要被骂,砍个树要被骂,某教授骂了别人几句北大也跟着被骂……找遍中国,绝没有像北大这样让人总想逮着机会就骂、就指责、就摇头感叹的学校。但与其说这是一种悲哀,毋宁理解为一种荣誉——只有北大,只因北大,才能聚集如此多的关注和期待,即使很多是负面的。

在北大版的"忍够体"海报中写着:"你愿意有点破事就听到'北大已经不是过去的北大'了吗?"——这句话固然不错,但从反面来想,你愿意不管北大发生什么"破事",都听不到哪怕是只言片语的批评和质疑吗?如果哪一天不管是我们自己还是社会都失去了对北大"破事"的兴趣,那才更加可怕。

被骂是一种荣誉,首先是被自己人骂,这体现了北大人的自省和自尊。北大中文系教授钱理群先生,就曾批评北大。在 2003 年北大关于教师人事问题的新制度出台后,钱理群曾指责其背后的用意是让没留过洋的不能当北大教授:"按这样的改革,梁漱溟怎么办?沈从文怎么办?要是闻一多看到这样的规定,非勃然大怒不可。"

除了教授的批评外,每天行走在燕园的北大学生也对北大有颇多的反思。2011 年三角地拆迁和道旁杨树的被砍,不只有校外的人在指责,更有校内的学生在叹息。考虑成本和校园发展自然有其道理,但不能以此就剥夺了学生表达另一种观点和意向的权利,更无法否定这种异议的价值。刚入校的时候,国际关系学院的袁明副院长对我们说"大学就是有绿色"的地方,此话让我印象深刻。"绿色"是指大学的生机,而看得见的生机——树木,便是这绿色的重要组成部分。"十年树木,百年树人",由砍树之举引发的批评和感叹不能说全是不顾现实的无病呻吟。何况北大从来不是一个只考虑现实利益和功利计算的所在。

被外人骂,则体现了北大的特殊地位。舆论和公众对北大有一种吹毛求疵的态度,在这个放大的过程中,确实会出现何患无辞的欲加之罪,出现对现实的扭曲,出现对北大简单粗暴的批评——比如把 11 年树龄的十棵杨树上升到古树的地步,把破旧不堪的 25 楼、26 楼附会成与梁思成、林徽因有关的文物。但是在我看来,这是一所"最高学府"应该泰然处之的"骄傲的负担"和"好意的误会"。

北大之所以经常被骂不是北大了,究其原因,是因为它在中国人的心里还是那个北大,还是一片圣地。北大、圣地、精英——你既然享受了这样的尊荣与名号,及与之相应的资源,为什么就不能被多骂几句?哪怕这骂初看起来显得蛮横、偏执、天真。

那些向往精神独立、自由和人文关怀的人群,眼睛是盯着北大的。在他们的想象中,北大因其地位的特殊而容不得瑕疵。他们会以北大的标准来审视北大,会以圣地的要求来苛责北大——这就是完美。钱理群先生在《我的精神自传》中说,他知道北大的这种地位实际是一个神话,但他又不忍心向其他青年学生打破这样一个神话,因为"一个民族,特别是处于困惑中的民族,是需要相对超越的一方'净土'的;一个民族的年轻人,如果失去了'梦乡',连梦都不能做,那就太可悲、太危险了"。

"常被骂"的荣誉最后又和鲁迅先生说的"常维新"有关。在维新和破立的过程中,难免会被骂。一方面内部有争议,一方面外部有质疑，这是开拓者必须承受的负担与压力，利用得好，则将成为一种动力。在这个过程中，不管我们以什么理由去质问，去争论——是历史还是精神，是蔡元培的北大还是胡适的北大，请都不要轻易否定其中的意义。

错误的批评北大也得听着

刘 勐

　　"北大躺着也中枪!"这样的字句常常在北大未名 BBS 的讨论中出现,同学们的不满和嘲讽便在其后蔓延开来。所谓"躺着也中枪",简单地说就是无辜遭受不明不白的指责或攻击。网络上关于北大的虚假传言、媒体上一些关于北大的不实报道,就像马路上的小广告一样,即使清理了,隔不了多久又会冒出来恶心一下。一些关心和爱护的北大的朋友们就为此打抱不平,《谈北大精神,不要张口就是蔡元培》就吐出了学生们面对不公平待遇而憋着的一肚子委屈。

　　委屈归委屈,不过回头细细想想,为什么北大的飞短流长就这么多呢?难道只是"树大招风"吗?平心而论,那些批评者和北大比起来,根本就不是一个级别的对手。以北大在中国教育界的地位和国内外的影响力,以北大师生和各行各业校友们的卓越才华,想让舆论"和气"一点,北大真只能束手无策?这么多年来处处挨骂,竟然沦落到无力还手的地步,你会相信北大其实是"弱势群体"的一员?

　　所以说,北大今天在舆论上饱受争议的形象,多半是北大自己"惯出来"的。事实上,北大校方对一些不实传闻常常是从简处理,甚至是无所作为。我无法给出北大这么做的官方解释,但个人认为这样"忍气吞声",其实恰恰是为了延续蔡元培老校长开创的优良传统——"循思想自由原则,取兼容并包主义"。

　　既然要思想自由、兼容并包,那么前提就是要有不同的思想存在。

"百花齐放，百家争鸣"，没有前面这个"百"字，改革和创新就无从谈起。那么对于那些显失公平的评价，我们也要兼容并包吗？显然这是不对的。"取其精华，去其糟粕"是我们对待批评和建议的一个基本态度。但我们不能把"取其精华"的工作转移到批评者的头上。

我们平时谦虚地说欢迎大家多批评，提意见，心里面多半想的是善意的批评、建设性的意见。倘若对方做不到，心中可能就会有些不满。可诸如改革这样的问题，本身既很难给出完美的建议，又无法简单预见其正确性，提议者自然容易被挑出漏洞。况且就算是一个错误的建议或批评，如果北大能从中得到创新的灵感，这也是一种进步。如果我们要求公众只能提建设性的意见，只能进行正确的批评，否则北大就要大张旗鼓地辩驳，甚至追究责任，这对于公众来说既是一种苛求，也是一种恐吓。

为了兼容并包，就一定要广开言路，而要广开言路，就一定要让发言者没有后顾之忧。正是北大的"软弱"，才让北大师生公开批评母校的时候不必担心戴上"叛徒"的帽子，才让公众提建议时不必因为调查不实、研究不透而反遭批判。北大面对诬陷也能一笑了之的态度，给了批评者一颗定心丸，让他们不会欲言又止。当然兼容并包不仅要让说，还得听进去。回想每年在高考状元和自主招生这些社会热点里北大的表现，我们可以看到北大不仅顶住舆论的压力推进改革创新，也把来自各方的宝贵建议融入到了具体的行动中。

因此为了保护真知灼见发芽的脆弱土壤，北大承受点流言蜚语的风暴，不委屈。

周其凤是不是个好校长

陈楚汉

　　历经风波的北大校长周其凤近日终于卸任了。说是"终于"，倒不是因为对他本人有任何反感；相反，有时看到木讷的校长被媒体批评时手足无措的窘样，也不免心生同情，衷心希望周公早日脱手北大这个烫手山芋。在媒体上，无论周校长是笑迎高官，还是跪拜高堂，无论是亲近学生、勇创歌曲，还是率意直言、指点江山，都鲜有赞扬。

　　引维基百科为例，周其凤在北大五年期间最显著的贡献是解决空调和食堂问题——这也正是很多北大同学纪念、拥护校长时的说法。那究竟周其凤是不是个好的北大校长？在我看来，不跨越时代，和胡适、蔡元培什么相比，哪怕就说空调和食堂，周校长也远远不够一个好校长。

先说食堂。以我个人三年的用餐体验，北大三大食堂（"家园""农园""燕南园"）按拥挤程度可以总结为：农园基本靠走，家园时无时有，燕南人挤成狗。如今，将校外人员的食堂用卡取消（至于当初为什么设置，又是一个极大的灰色收入点，在此不论），学生依然没有座位。原因可能是扩招，也可能是北大食堂常年未扩建。但无论哪种，我都想问问，这算哪门子业绩？对于拥挤，我们中国人习以为常，但外国留学生则只有端着餐盘到食堂外，席地而坐就餐。试问在全世界各地的"世界一流大学"里，有哪个是让读书人站着吃饭的？每念及此，深以为耻。

再说空调，装上自然比没有好，我已经记不清楚北大同学为了空调在 BBS 上吵过多少遍了；但我记得大一军训时周其凤校长的教导。当时周校长在主席台上训话，台下不知是谁起哄，引发全校学生一起大喊"装空调"，周校长居然以"中国还是发展中国家"这样的理由搪塞学生，简直是为"王顾左右而言他"做了一回生动的注解！如果说装空调真的是周校长一直致力促成的业绩，那何不大大方方地向台下五千北大学生宣称必会全力以赴；哪怕功亏一篑，也是无愧于学生了。所以现在装上了，我也只是觉得"早该装上了"，而不是"太感谢周校长了"。因为校方此前要么说开销过大，要么怪罪电线承压不起，如今装上，我只能揣测，装空调拖无可拖，周校长顺水推舟。

最后，对于周校长饱受指责的"谄笑"，作为一个北大学生我必须澄清，周校长对所有人的确都是这样笑的。但至于亲民，我则不以为然：校长亲近学生难道不是应该的吗？更何况在我的记忆，周校长"体察民情"从来没有在中午 12 点来过燕南园，亲眼见识一下北大的读书人是怎么吃饭的。我吃饭无座，你一笑而过；你笑得灿烂，我吃得难过。

可能在外界意料之外，每次校外波涛惊天的争议不仅没有引发北大校内的分歧和自省，反而常常促使北大的空前团结、"同仇敌忾"。如今周校长卸任，无论是"人人网"还是微博，都有一大批北大校友宣称，"我们无条件地支持您，因为，我们都是北大人"。

在此我想声明，如果"无条件地支持周校长"是北大人的必要条件，那我宁愿不做一个北大人。

在周其凤退场后，我将如何记忆

董海明

　　得知周其凤校长退休的消息是在那天午后的短暂的睡眠后，彼时的大脑还停留在被电话叫醒的头蒙的状态里。同学告诉我，学校要换校长了。随之，这些天就陆陆续续地听到和看到了很多同学的怀念之语，尤其是 2009 年周校长任期内的第一批学生，甚至有人不无伤感地说："从入学开始就与周校长相伴，可是到了毕业时，毕业证上却没有周校长的名字。"情感真挚得像是在与一个时代告别。

　　然而我总是隐约感受到许知远一篇文章上提到的记忆上的一种"可怕的欠缺"。以至于晚上睡觉时突然问自己：在他退休后，我将如何去记忆这位校长？他是我所学习的地方的"头儿"，还是经常坐在学校大小会议主席台中央的重要人物？抑或是多次社会新闻事件中的争议人物以及北大学生极力为之辩护的北大校长？

　　显然这些言辞空洞无物，如果深究字句背后的故事，旋即显得苍白得多。1965 年，家境贫寒的周校长拿着北大的录取通知书，光着脚从湖南老家走到北大。其后在北大任教、担任公职。2008 年至 2013 年又担任北大校长。现年 66 岁的周校长的学习、教学和工作经历几乎和北大这几十年的发展彼此相扣，可谓是十足的"老北大"。

　　然而就是这位身上承载着丰富的北大故事的"老师兄"在担任北大校长期间，所有与之相关的故事在我的记忆中，大多是作为符号化的一部分内容存在的；同时也常是备受争议的舆论焦点。当下的教育体制中,"校长"本身就已经被符号化,而"北大校长"就更会被当做符号化的象征。

而学校也似乎常常是自觉不自觉地加深这种符号。平时走在路上,碰到校长的几率几乎为零。也许他正坐在与教室相去甚远的办公楼里为公务繁忙;会场上,周校长常常是坐在主席台的正中央,念着正式而又准确的稿子;校内新闻报道上,周校长大多数情况下都是新闻的主角,并且发表了"重要讲话";还有时不时在社会新闻上,"北大校长"又成了新闻事件当事人……

若非有幸在一次学生活动上,我亲耳听到周校长自己讲述他光脚挑担一路走到北大的故事细节,我或许永远都不知道他求学时的艰辛;若非一次作为学生记者去报道他视察某学院的工作的经历,我或许永远都感受不到一位真诚、朴实长辈的语重心长。可是在行政化倾向越来越严重的大学校园里,这样的机会能有多少?有多少人能有这样的经历?又有多少人能感受到这些点点滴滴,化作记忆中的美好存在?

以至于当我真正去梳理求学三年来记忆中关于周校长的历史时,竟然大都是这种简化、抽象,乃至零零散散、犹如断片般的内容。校园中,学生与校长见面的机会大都是各种会议上和校内校外新闻报道中。甚至当我们曾为身陷舆论漩涡中的周校长辩护时,也常常用"其实周校长跟学生很亲近"之类的话语或者另一个场景的亲近照来救场。然而真正去详细讲述这些内容时,却很少有鲜活的历史记忆。

显然,对周校长学生时期刻苦学习的"师兄经验"的分享,对于激励一代又一代的北大学子珍惜这个校园的作用更大;我们在校园小径上与校长的不期而遇更能让我们对这所学校有强烈的归属感和认同感;而与校长的真诚聊天也有助于我们对学校发展的深刻理解。而这些远比那些"符号化"的东西重要。

新一任的北大校长接过帅印,开始成为我们关于这个学校记忆的一部分。当校长带领着我们浩浩荡荡地推进北大建成世界一流大学，创造北大发展的新历史时，真正需要关注的是这些微不足道的"记忆细节"，而不是空洞无味的"符号内容"。否则校长换了一任又一任，历史走过了一程又一程，而我们记忆中北大校长总是"蔡元培"和那个"老北大"。我们总是以为看到了一个新气象，却不过是仍在重复着旧习惯。一代代人又是从头开始，短暂停留后又消失于历史的洪流中。

　　所以要想回答历史中的问题，得从"他"在场时的生活和工作细节记忆开始。小到一所大学校园，大到一个国家和社会。

对北大校长的无端抨击毫无意义

曾艺馨

3月22日，北大校长周其凤突然卸任，中共中央和国务院任命北大常务副校长王恩哥接任。值此之时，网上兴起了又一轮，恐怕也是最后一轮针对周其凤校长的是非议论。其实，周其凤校长在其任期遭到的舆论非议大多是没有根据的人身攻击，实质上是网民对制度和社会的不满情绪的宣泄，于北大的发展和高校教育制度的进步都没有任何意义。

纵观网络舆论对周其凤校长的历次非议，可见网络舆论已经从就事论事的批评变成了毫无根据的人身攻击：从批评周其凤所作《化学是你，化学是我》歌词水平低劣，到根据新闻照片讽刺周其凤是逢领导必"谄笑"的"周笑长"；从断章取义周校长演讲，指责其对美国教育妄加批评却看不到本国教育的不足，到揣度其为老母做寿时大哭是作秀。讽刺周其凤对领导谄媚，并称此举是中国"奴性"代表的网友，他们的依据无非是几张周其凤与领导在一起时喜笑颜开的照片，殊不知这种笑容同样出现在周其凤和学生的合影中。而称周其凤为老母做寿时大哭是作秀者，更无周其凤邀请媒体对寿宴进行报道的证据；在网上发布祝寿照片的网友"老锣"也接受了中新网记者李俊杰的采访，称自己是被当日气氛感动才将照片传到网上。抨击周其凤的网友对事实的真相往往不关心，周其凤到底是不是谄媚于官，是不是为了作秀贱卖亲情，不是事实说了算，而是他们自己对某些照片的逻辑推理说了算。

许多人或许认为，北大校长就应该承受比一般校长和学者更多的关注和批评，甚至会有"谁让你是北大校长"的想法。这种看法无疑是在放任社会对高等学府的非理性态度，于高等学府的健康发展并无益处。现在的人多在抱怨高等教育落后，批评高校校长的行政任命制度和学术腐败，这原本是一种对高等教育的反思，目的是为了改进高等教育。然而无端地批评和攻击高校校长则不属于这种"怒其不争"的批评，而是一种愤世情绪的盲目宣泄和不负责任的"煽风点火"。然而，这种"煽风点火"却在网络上十分有市场，网友们喜欢这种抨击和宣泄，喜欢这种不负责任的全盘否定，这种盲目批判的网络力量只能算作"乌合之众"，对改善他们所愤恨的社会现实并没有正面的作用，只能扩散他们的愤恨情绪。

世人对现在北大校长的非议往往伴随着对民国时期北大校长的缅怀，最常见的就是拿周其凤和胡适比，这种比较既无可比性也无意义。首先，虽然两人都是优秀的学者，但学术背景和领域完全不同。胡适是国学大师，而周其凤是化学博士。我们不可能要求周其凤写出胡适的诗歌，正如我们不能要求胡适做出周其凤的科学发现。在我看来，周其凤能写出《化学是你，化学是我》这样通俗、押韵的歌词来，对一位理科博士来说已经算不错了。其次，两人所处的历史时代完全不同。民国是一个大师辈出的时代，而当代却面临"钱学森之问"，我们总以民国时期的大师标准来要求和期盼当代的北大校长，是否有些太不切实际？因此，总拿当代的北大校长和过去的大师级校长比，然后发些"今时不如往日"的牢骚，着实没有任何正面意义。

我们可以批评北大的教育体制、教育方法、学术腐败甚至课程设置，因为这些是批评一所大学的人应该批评的地方。但是，把自己对教育体制和政治腐败的不满转嫁到某个校长身上，没有根据地妄加非议则是缺乏理性、于教育和社会进步毫无意义的行为。希望这种对北大校长的无端抨击不要延续到后任校长身上。

"兼容并包"不是北大的金钟罩

王 星

随着北大校长的人事变动，网络上又掀起了两股话语浪潮：主战微博的"倒周派"一边为"凤哥"的离去喝彩，一边感慨北大的堕落；北大学生组成的"挺周派"，却在社交媒体上纷纷发表对周的喜爱之情，甚至称其为"自蔡元培以来最受学生爱戴的校长"。

"最受爱戴"有待考证，但校长及学校"被黑次数最多、范围最广、力度最猛"却毋庸置疑。经过四年的雨打风吹，"北大"的金字招牌经已变成找骂的微博标签。行到水穷处，北大人唯有以"毁誉自由，兼容并包"聊以自慰——任尔胡说八道，节操就在那里；能经得住多大的诋毁，就能受得起多大的赞美。

然而，比起"儿子打老子"的阿Q精神，清者自清的"兼容并包"更像是一种象牙塔幻想。假想的金钟罩非但不能遮风挡雨，反而构成了墙内和墙外的屏障。里面的人以为外面的攻击不过是过眼烟云，外面的人却不满于里面人的高高在上和无动于衷。同一种鸦片，滋养了局内人的麻木，也培育了局外人的愤怒。

可惜的是，不管是前任校长的"没关系，你就是你"，还是现任校长的"务实低调"，似乎都没有破墙而出的意思。同样的怠慢也表现在危机公关长期的发育不良上。北大人一边抱怨社会的有色眼镜和吹毛求疵，一边却不断重复地授人以柄。等到媒体报道、微博爆料之后，才从开始单纯地被动挨打慢慢学会了艰难接招，但其作为的范围也仅仅限于接招罢了。

一百多岁的北大似乎天生对新媒体过敏。当网络舆论铺天盖地而来时，当谣言转发千遍就成真理时，北大官方声明的音量和传播力度，远远比不上"知情"教授随手写的140字。由此便出现了邹恒甫事件中奇特的传播脱节："邹恒甫微博爆料——微博话题发酵——北大新闻网辟谣反击——传统媒体报道，把消息带到微博——微博话题发酵——邹恒甫再爆料……"很难想象，如果邹恒甫持续后继有料，北大将会陷入怎样的舆论危机。

值得肯定的是，北大学生在维护母校声誉上做了很大的努力，不论是积极为母校辟谣，还是坚定地表达对北大的信仰。这固然说明传闻和断章取义北大的不足，却不能排除一些反击纯粹是出于自尊的因素，甚至是受害者心态。北大精神的原点——"思想自由，兼容并包"——在包容崇敬、热爱、真善美追求的同时，也包容了批评、非难乃至中伤。一座真正有灵魂的大学、一群有思想的人，是最不应该害怕异见和质疑的，因为他们的社会价值恰恰就在于甄别判断，让真理的光辉透过尘埃照亮世界，让滥竽充数无处藏身，汇集社会的力量认识到弊端和风险。当局者迷，医者不能自医，如果能听得进去逆耳忠言，喝得进去苦口良药，对于学校、对于社会而言，又何尝不是一件好事呢？

今天的北大，比以往任何时候都需要学会沟通，学会说话。"兼容并包"并不是躲在象牙塔里两耳不闻窗外事，也不是卑躬屈膝以讨好换和平。北大不是北大新闻网上那个歌舞升平、领导到了不同地方见了不同人却永远只说一套官僚话的北大，也不是流行想象中那个聚集了中国最优秀的学生却对中国大众普遍的苦难漠不关心、只对着权力和财富摇尾巴、与社会格格不入又孤芳自赏的北大。

北大校长的笑容不应该只温暖北大学生，北大的光荣和喜悦也应该让社会大众所分享。如何实现有待探索，但躲在金钟罩里，肯定是做不来的。

讨论『中国梦』

大学里的"中国梦"：请不要强迫我"成功"

黄子健

　　"我给母校丢了脸、抹了黑，我是反面教材。"——因卖猪肉而出名的北大毕业生陆步轩近日在北大讲台上哽咽着说出这句话。这位当年的"北大才子"，曾凭借在长安街卖猪肉的超高业绩一鸣惊人，当过公务员也出过书，依然觉得自己做了这一行实在是"混得不好"。而武汉的大学生呼维彬自大二起每天给学生寝室送桶装水，公司净赚逾百万，他也从受人白眼到受人青睐。至于学业亮"红灯"，无法按时毕业，呼维彬说他觉得值。

　　对比二人的反应，实在让人不胜感慨。陆步轩所说的这句话，可能代表了社会上很多人的看法：无论是哪个大学毕业，大学生去卖猪肉总让人觉得不光彩，不符合世俗定义的"成功"。而试想若呼维彬的公司没有盈利，那么其他人也可能依然把他当做一个"不务正业"的另类，他自己或许也未必有现在这种自信。

　　诸如此类，反映出的是社会价值评价体系的单一和僵化。说到底，"不以世俗成败论英雄"对目前中国社会的多数人而言，依然是句标榜胸怀的空话，一旦涉及实际问题，社会上评判成功与否的主流标准依然是钱、权和地位。而社会评价是个人自我评价的重要指标，社会评价的单一标准则无疑会影响到个人的行为选择，这就使得我们每个人都或多或少成了这种"成功论"的逼迫对象。陆步轩或许也正因为这种压力，才会说出那样的话。实际上，他凭借自己的双手，靠劳动养活自己，又何愧之有呢？

　　这种单一和僵化的评价方式不仅造成了社会上的金钱崇拜和权力追逐，也渗透到教育体系之中，消耗了年轻人的创造力和尝试精神，使得年轻人都不由自主地选择了更加稳妥、更容易"成功"的方式，不敢去尝试"其他的路"。就拿我自己来说，我也不敢说自己有多少勇气去与众不同。即使偶尔有两三个勇敢的"呼维彬"们，最终也难逃被世俗眼光评价："成功"了则成为"不走寻常路"的第一人，被人追捧；"失败"了则成为人群中无人关注的一个。

　　值得反思的是，这些现象所反映出的，恰恰是社会发展的尚未成熟。一个成熟的社会应该鼓励自由的选择，鼓励多元的价值和成功标准，鼓励创造和尝试精神，因为这些才是社会发展、进步源源不绝的原动力。

　　最近大家都在谈"中国梦"，对它也有各种不同的解读。对我而言，我所希望的"中国梦"就是能够在一个价值评价多元、开放、自由的社会里去做我想要做的事，不会被逼迫着按世俗的标准去追逐"成功"，可以做些看起来不那么现实的梦，不必在年轻时就担心一旦"失败"要如何，不必怕自己年轻的梦想会被嘲笑，甚至这个社会会鼓励我、支持我去实践自己的梦想，创造我想创造的价值。

"同一个梦想"只是奢望

罗 蔓

　　拿到"我的中国梦"这个题目，感觉一下回到了写命题作文的中学。那时候写命题作文，你知道从命题中应该提取出的主题，也知道老师需要你呈现的表达方式，有了框框，有了终点，剩下的只是填素材和填细节。我一直觉得，我的写作能力，就是在那个时候被毁了。

　　相应的，对于"我的中国梦"，也好像有一个表达的终点在那里招手，它叫"国家富强、民族复兴、人民幸福、社会和谐"。不过我今天姑且认为我已经不需要非得往那条路上走，而是来表达一下对于这个命题的真实想法。

　　我的真实想法很乱，并不是一看到"中国梦"，脑子里就能浮现出一个梦的样子。但是这恰恰就是我那隐秘"梦想"的一部分，正如"知乎"网站上得票最高的那个答案所说的："我的'中国梦'，就是有一天再不会有人来通知我，我的梦应该是什么样。"这是前半句，我还希望给它加上后半句："但是每个人都能通过自己的努力和探索找到真正属于自己的梦，而且这个梦，是可能实现的。"

　　对于我来说，似乎从小，学校和社会的教育就在通知着我应有的梦想。学校告诉我要考好学校，要为"中华之崛起而读书"，要报效社会，要为复兴中华出力；社会告诉我要挣大钱，要有地位。可是当我一路来到中国最好的大学，开始真正思考自己要用自己的人生来做什么的时候，以前那些被强加在身上的梦想概念开始变得毫无作用。那些关于国富民强的表述自然是好，但是这些集体之梦是那么看不见摸不着。而那些白手起家、发财致富的个人之梦，在如今这个环境中总给人一种切身的难以实现之感。污染严重的自然环境、难以放心的食品，还有高不可攀的房价，让通过自己的努力过上安稳的生活都变得有些遥不可及。和一同长大的朋友、同学交流，发现实现个人小幸福的最可行路径竟然变成了好好读书或者挣钱，然后移民。这，显然不是一个国家的民众的梦想的应有内涵。

于是，"中国梦"这个有几分奇特的表述诞生了。它让人很自然地想起"美国梦"。我们这一代看电视、上网成长起来的孩子，受西方流行文化的影响是很深的，对"美国梦"总有些模糊的概念，《阿甘正传》这部诠释"美国梦"的代表之作是很多人最爱的电影之一。"美国梦"，简单地表述起来，就是不管你的出身是什么，每个人都有机会通过努力达到富裕和成功。中国当然也不乏这样白手起家的故事，但是其中又有太多的故事似乎都有不光彩的部分，特别是第一桶金的由来。

先不谈"美国梦"的文化和思想基础，"美国梦"最终是有着清晰的行动导向的，那就是个人的努力与奋斗。至于机会和公平的竞争环境，是这个梦想的基础，是要维护的东西，不是梦想的目标。总之，梦想是在行动者手里的，是个人的东西。但是，"中国梦"不管究竟是什么，小到让人放心的水和食物，大到民族复兴和体制改革，谈的都是环境，是个人之外的东西。既然是在个人之外，这个"梦"就已经从可奋斗的目标，变回到了"做梦"，是美好的愿望，却难以以个人意志为转移。不过本来，在中国的传统文化中，"梦"从来都是用来"做"的，不是用来实现的。我们有"庄周梦蝶"，有"南柯一梦"，还有"游园惊梦"，等等。梦，代表的往往是和现实有距离的另一个精神世界。这种内涵，在今天，正在被宣传话语改写。

从梦本身的意义说，它永远都是个人的东西，在《盗梦空间》那样的科幻空间之外，梦想从来都不是可共享的。其实，本文开头那两句话描述的梦，也都是在"做梦"，头一句是调侃也是真诚的想法，后一句，算是我个人美好的祝愿吧。

"90后"的我，竟听到梦破碎的声音

董海明

"谁把你教育得善良无害，然后让你在现实中哭着学坏。谁把你的学历变成一纸空白，然后告诉你这就是优胜劣汰。谁把金钱变成了信仰，为你树立了成功的榜样。谁把安居乐业变成奢望，然后让你的人生为它而疯狂。"

曾经有人把那首风靡全国的《同桌的你》重新填词，这样唱道。这两天颇不平静甚至有些人心惶惶的校园，再一次让我想起这首歌。接连爆出的校园伤人事件将人们的视线聚焦在大学生身上。问题出自哪里，自然要在谁身上寻找答案。于是大学生的心理状态、同学关系、利益之争等成为了人们分析原因的关注点。以至于作为"90后"大学生的我也在自问，"有梦想的少年"，这是怎么回事儿？

当我认真思考过去二十多年的生活时，与歌词中所描述的矛盾一样，讶异地发现自己经历了两个异样世界。一个是上个世纪90年代，孩提时期尚带有传统味儿的生活。新生的我，模糊地感受到了传统老习俗的旧尾巴，玩儿着玻璃球、跳皮筋，听着越走越远的沿街叫卖声。当我再次回忆起来时，竟自然不自然地带着父辈语气地说，那时候的娱乐生活啊虽没现在这么丰富，却足够快乐呢。

然而伴随着我们成长的是它们的消亡，于是我又再一次被裹挟着拥抱了一个高速发展、日新月异的青年生活。对于时代来说，进入21世纪是新纪元的开始；却没想到对于我来说，随后的发展与之前的世界竟然会如此断裂。巨大的变革掩埋了无数承载着童年记忆的东西，使这些本就不深刻的回忆灰飞烟灭，一丁点儿也不留。诚然，这种变化带来的益处无须多言，"90后"成为了人们眼中最幸福的一群孩子，既有丰硕的物质条件，又不缺少长辈的疼爱。

但同时不得不承认，这种前后如此断裂的"两个异样时代"深刻地影响着当下如我一般的"90后"。身处迅速变迁的时代，面临着这股"世代交替的潮流"，我们常常会变得无所适从。去年是两岸"90后"步入职场的元年，台湾《天下》杂志首度针对两岸"90后"进行调查，揭示了这个群体的特征："他们出生在最富裕的年代，却要面对被剥夺的未来；他们既理想又务实、自我又多元、百无禁忌。"从调查的结果来看，在职业规划、社会态度、竞争力自评等方面，"90后"做出的选择背后面对着一个更为复杂的社会现实。在沉闷的现实面前，一切难以忍受的事物都成为了无可奈何的常态，我们安稳地承受着"吃过苦"的父辈给我们安排好的一切，而我们也在反抗的过程中走向了曾经的那个对立面。童年时做过的科学家、作家、教师、画家等五光十色的梦现在成了一种极富讽刺性的成功梦，单调而又现实。

作家北村说："现在与80年代最大的区别，就是理想主义不复存在了。这个梦是被一小撮人有计划、一步一步剥夺的。"这样的感伤让我这个"90后"看了不免想起了诗人北岛那段流传甚广的一段话："那时我们有梦，关于文学，关于爱情，关于穿越世界的旅行。如今我们深夜饮酒，杯子碰到一起，都是梦破碎的声音。"他们在挥手告别自己青春岁月的同时，也流露出对逝去的梦想和我们这代人面临的社会现实的一声唱叹。

当然，没有一个时代的人是可以复制的，他们只是属于那个时代的产物。而我们既不是要前代人什么都留下，也不是要求社会新的发展、变化满地开花。社会总是要向前发展的，旧的去了，新的来了，斗转星移，这是很正常的社会更替。只是希望在自然的、历史的新陈代谢之外，少一点人为的摒弃和淘汰。不得不说，对于"90后"这一代人来说，这种人为干涉的"社会进步"所付出的代价不可估量。在相继被泼灭了"理想主义和浪漫主义精神以及敢于怀疑的理性精神"之后，社会留给我们的只剩了"物竞天择、适者生存"的社会达尔文主义式的"丛林法则"。

而梦中的世界与现实的世界是一体的，没有了理想的现实根基，梦总是苍白无力，沦为幻想。我的所谓"中国梦"，其实就是一个现实梦。然而当我在畅想它的时候，一个年纪尚轻的"90后"竟也听到了"梦碎的声音"。好吧，但愿这声音足以使我保持清醒。就像博尔赫斯所说的，"在那做梦的人的梦中，被梦见的人醒了"。

不要放弃你曾拥有的"中国梦"

刘 鸽

翻开日记本，稚嫩的笔体记载着我曾经的梦想——教育部部长和记者。第一个梦想看似宏达，却曾经是我最想做的事。如今的我，已经离实现做记者的梦想很近，却又在考虑薪酬、工作强度、社会地位等因素而徘徊。今天提起笔来谈我的"中国梦"，我才意识到，既然离梦想那么近，为什么不趁年轻去努力追求？

如今分析为什么我会想做教育部部长，原因有二：一是我从小就喜欢看各种历史剧和名人故事，渐渐形成"人过留名"的信仰；二是儿时"贪玩"的我一直认为课业负担太重而放弃一些作业，结果给老师的印象都是"这个小姑娘学习不刻苦"。闲暇时总是在想美国的小朋友下午放学之后都在玩什么呢？他们的父母也会这样为孩子的教育问题奔走吗？我什么时候才能不再这样痛苦地学习呢？小学毕业后，我就立志做教育部部长改革中国的教育体制，让中国孩子不再因为学习而痛苦。

上了高中之后，做教育部部长的梦想受到了理论和实际的双重打击。商鞅死于自己创造的制度，范仲淹、王安石都因推行改革而被免职。中国教育改革千头万绪、难点重重，此前多任教育部部长都没有做出大的改革，我以后会成功吗？为了改革而赔上声誉或是性命值得吗？这些其实都是后话，首先要解决的就是能不能成为教育部部长。成为教育部部长最合理的模式就是：教师——校长——教育局局长——教育厅厅长——教育部部长，但是在成为局长、厅长、部长的过程中很可能被调到其他部门。高中毕业后我分析过中国教育存在的弊端，设想过几种解决模式，希望有时间能整理一下发表出去，可惜草稿弄丢了，也再无毅力去思考了。做教育部部长的梦想渐渐地就被遗忘了。

在电视上看见那么多记者冒着生命危险去灾区、去战地采访，我一次又一次地被他们的敬业精神打动；还有暗访记者深入黑工厂揭露行业内幕保障了消费者的权益。于是，成为电视中神采奕奕的记者又成了我的梦想。

机缘巧合之下我学习了新闻学。大一寒假到《吉林日报》实习时我选择了教育新闻部，既然做不成教育部部长，做个教育新闻记者也可以为中国教育事业发展出一份力。当时的报道任务是假期补课现象，在采访中发现，家长、学生甚至老师都不愿补课，却出于各种目的深陷补课产业的怪圈。稿件刊登后，看见我的名字在标题下我十分激动，自己终于是个记者了！但看过稿件后有些失望，报道没有我想象中的犀利，这样稳妥的报道根本不可能产生对社会的影响。听记者们闲聊时得知一周前报社领导被市政部门责难，原因是一个记者在冬季采暖的报道中写有些老旧楼冬季供暖效果不理想。报道供暖不好都会被电话约谈，批判教育制度岂不是要遭千夫所指？

梦想的绚丽之处在于你对它倾注了多少的热情。《中国梦想秀》中的刘伟之所以感动了很多人，不是因为他能用脚弹奏钢琴，而是因为他在追梦路上的执着。梦想和机遇都是人生中最珍贵的财富，当二者有一天能够结合时就会创造出"1+1>2"的奇迹，其附加值就是幸福感。在人生的路上会有很多的诱惑，但不要放弃了你曾经拥有的"中国梦"。

我的"中国梦"？不，是你的"中国梦"

陈楚汉

《环球时报》近日登载了人大特聘教授王义桅的文章《外界对"中国梦"的十大误解》，指出"中国梦"不仅仅要有共产主义、民主人权，更需要国内凝聚共识、国际上力求和谐。此文一出，争论又在所难免，但是无论是"左边"，还是"右边"，我都不想站。

因为我的"中国梦"，不是你的"中国梦"。或者更准确地说，我不接受，也不需要任何一个统一定义、解释权被垄断了的"中国梦"。

因为我的"中国梦"，就是人人有梦，人人有通过努力实现梦想的可能。法语里有一句"laissez-faire"，意思是"让他做、让他去、让他走"，后来演变为自由放任主义。我倒觉得，在经济学原理中学到的这个术语，也可以套用在"中国梦"上：让他做梦，让他去实现，给他实现的机会。

"为人性僻耽佳句"的可以做教授的梦；我们给教授高薪与学术自由，好让这梦酣畅绵长，既没有领导叨扰，也不用和各类总裁班、EMBA班打交道。"语不惊人死不休"的可以做新闻人的梦；我们给新闻以生命，而不是给生命以新闻，让新闻中从此不再会有"不顾绝症坚持坐班"的反人道主义宣传。"腰缠十万贯"的可以做企业家的梦，我们给企业家以私有产权充分发展的自由，让他们不用担惊受怕，更不至于好不容易做大做强，就惶恐慌张地表态"如果国家需要，我马上送出"。从我的经历来说，小学生可以多做做"副科梦"，让他们从小就接触计算机、照相机、电影、设计，如果想以之为专业，还能不受老师白眼。这样，等他们长到我这般大时，就不会再感慨与国外比，梦想已"输在起跑线上"，而自己永远不可能成为扎克伯格或者科恩兄弟了。

我们需要达成共识，但不要你给我们制定统一的共识；我们需要了解国情，但不用你左右逢源地在国情和接轨之间站队。一句话，我们需要"中国梦"，但是，不好意思，不是你的"中国梦"。

因为我最大的"中国梦"，就是有更大的自由去梦想、有更大的机会去实现，而不是教授、学者、"公知"来教我怎么做。如果你真的想把中国变成一个可以梦的地方，那你怎么忍心把美梦中的我叫醒，然后告诉我，你不能这么做梦。

要圆"中国梦"，请先醒过来

裴蒣迪

　　梦，对我们来说并不陌生，医学证明，每人每天晚上平均要做四五个梦。可"中国梦"，却有点像个"最熟悉的陌生人"。说它熟悉，是因为我们常能在报纸、电视、网络上见到它的身影；说它陌生，则是因为茶余饭后的闲谈时几乎没人会说："哥们儿，说说你的'中国梦'呗。"

　　当我把这个话题引进女生宿舍的卧谈会，发现大家也并非无话可说。事实上，一开始，大家讨论得相当带劲。

　　"申奥成功那会儿感觉特明显！当时我跟我爸守在电视前，一听成了，兴奋得嗷嗷直叫。我激动得在沙发上直蹦跶。我记得特清楚，要放平时，我在沙发上乱蹦，我爸准得骂我，那天他啥也没说，也跟我一起叫。"

　　"小时候看国庆阅兵，我总是激动得直哭，一想到原来咱们中国那么落后，各种受人欺负，再看到电视上解放军各种英姿飒爽，就是觉得特激动特想哭。"

　　可说着说着，大家就觉得没劲了。

　　"不过，这几年再看阅兵，就不觉得有啥感觉了，好像跟自己的关系不大似的。"

　　"去年奥运会我都没怎么看，感觉没那么关心中国拿多少金牌了。"

　　最后，大家得到一个共识——如果说，我们曾有一个"中国梦"，那么我们正在醒来。

儿时，我们这一代人的"中国梦"里，大都有两个截然不同的中国形象：一个来自历史教材，割土地、赔巨款，受尽欺凌辱没；一个来自电视机，拿金牌、造神舟，无比美好强大。在那个梦里，我们以为后者就是现实。

如今，这个大梦却在一点一点地瓦解：遭遇悲惨的上访妈妈、令人瞠目结舌的"外围女"、久久盘桓在祖国天空上的雾霾……一幕幕现实告诉我们，不得不醒来了，必须得承认，我们亲爱的中国还远不够完美。

醒来的过程一定是痛苦的。举世瞩目的世博会终于开到中国，但醒来的人欢呼不起来，他得苦苦思索"城市到底有没有让生活更美好？"奥运会上我们又成了金牌大国，可醒来的人高兴不了多久，他要头疼我国的青少年体质为何连年下降。

虽然，醒来的不一定就能圆梦，路上总会有迷惑和磕绊，可永远沉浸在梦乡里，就永远也无法圆梦。如果你只知为中国队员奥运冲金摇旗呐喊，而不努力帮自己的孩子养成锻炼身体的好习惯，中国怎能成为真正的体育大国？如果你只知为灾区人民捐钱捐物，而不对自己所捐负责，不努力监督它们落到实处，中国怎能发展出真正的慈善事业？

而且，继续闷头做梦，有时不仅不能圆梦，甚至还可能把美梦变成噩梦。前些日子的钓鱼岛争端中，就有不少人选择在梦里爱国、强国。是啊，醒过来认真分析局势多痛苦，还是上街梦游来得痛快，结果他们一边举着"宁可大陆不长草，也要收复钓鱼岛"的荒诞誓言，一边把冰冷的武器砸向我们自己同胞的车上甚至是头上。

曾经有这么个脑筋急转弯，问：实现梦想最重要的一步是什么？答案既不是努力，也不是持续努力，更不是玩儿命努力，而是很简单的三个字——"醒过来"。这三个字，应该送给所有真正想实现"中国梦"的爱国者们，没错，醒过来，才能圆一个真正的"中国梦"。

"北大学生不读书"?

借书的少了未必就是坏事

田维希

最近《人民日报》的一篇题为《高校图书馆借阅量创 10 年新低，孩子今天你读书了吗?》的报道里给出了一组数据：2014 年北大图书馆书籍借阅总数 62 万本，为近 10 年最低，而在 2006 年这个数字是 107 万本。许多高校图书馆借阅排行榜显示，最受大学生欢迎、高居排行榜前三的多是《明朝那些事儿》《藏地密码》《盗墓笔记》之类的通俗作品。报道一出，随之而来的就是"连北大学生都不爱读书了""高校人文精神已死"之类的声音。作为一个北大的学生，这话我可不爱听。

媒体总是有选择地展示事实的某些侧面，而另一个事实是，北大图书馆的电子资源快速发展，许多学生已经习惯阅读电子书籍和期刊。我之前为了做"挑战杯"的课题，专门采访过北大图书馆的聂华副馆长，她说，北大图书馆在 2011 年上线的"未名学术搜索"功能在 2012—2013 年间的检索量提升了 200%。学生使用"未名学术搜索"，只需要输入关键词，就可以将各类电子资源"一网打尽"，下载到电脑或者手机、平板电脑等移动终端上进行阅读，而电子资源采购经费也占到了全部采购经费的 42%。阅读介质、阅读方式和阅读习惯在改变，纸质书借阅量下降是意料之中的必然结果。

此外，我身边真正爱读书的同学都愿意掏钱买书来看，他们对好书有强烈的占有欲，认为经典的读物值得多次翻阅，反复咀嚼。过去老一辈的人们日子穷，没钱买书，公共图书馆为他们提供了免费的精神食粮；而现在文化消费提升了，学生也能拥有更多自己的书，从这个角度来说，图书馆借阅量下降，转向"藏书于民"，未必不是一件好事。

至于阅读的内容，我认为通俗作品受到热捧，不必过于担忧，批评"人文素养太差，没有独立和深刻的思想"未免言重。一个时代有符合它特性的精神食粮，通俗作品主题新颖、语言活泼、贴合现实、娱乐性强，作为课余时间一种消遣、放松的方式，更符合大学生娱乐阅读的需求。"阳春白雪"是值得一看的经典，读"下里巴人"就不算长知识了吗？正如邓拓先生所说"读书如捡粪"，一要广，二要勤，"捡的范围要宽，不要限制太多，不要因为我管的是牛粪，见羊粪就不拣，应该是只要有用的，不管它是牛粪、羊粪、人粪都一概捡回来，让它们统统变成有用的肥料，滋养作物的生长"。

现在社会上许多提倡读书的活动大有"为了读书而读书"之势，可读书并不是培育一个人的最终目的。读书何以求？将以通事理。阅读的本质是加深对于世界的认识和思考。"读万卷书，行万里路"，古人通过读书和行走来接触社会，认识世界，而现在的大学生有了更多的途径：浏览社交媒体获取信息和观点；参加大学的讲座与名师面对面交流；出远门游学、实践，等等，都是体验社会、增长见识、深邃思想的手段。因此即使读书的人减少了，也不代表就是头脑简单，空洞无物，只是提升自我的选择更多了。指望学生仍然"一心只读圣贤书"，就是陈陈相因、故步自封的做法了。

我承认我读书少，但并不以此为荣

卢南峰

4月23日我的同学田维希在《新京报》上发表了题为《北大学生真的不爱读书了吗?》的评论，反驳《人民日报》的报道《高校图书馆借阅量创10年新低，孩子今天你读书了吗?》。维希认为，北大图书馆借阅量下降的同时，电子资源的检索量提升了200%。此外，经济条件的改善使得同学们倾向于掏钱买书，所以图书馆纸质书借阅量的下降只是因为阅读介质、阅读方式和阅读习惯的改变，并不能说明"连北大学生都不爱读书了"。

维希为北大学生做了一个漂亮的辩护。但是，当我就读书问题扪心自问时，却觉得问心有愧。因为我知道，每到期中期末交课程论文的时候，我们脑袋空空，临阵磨枪，在"未名学术搜索"上检索成百上千的文献资料，从每篇文献里抄几个貌似深刻的句子，东拼西凑出一篇论文。电子资源检索量上升了200%，并不等同于我们电子阅读量的上升。

何况，2011年上线的系统，在2012—2013年度正值使用普及期，检索量激增是正常的现象。但事实上，我接触的图书馆老师仍在抱怨，电子资源采购经费已经占全部采购经费的42%，但大部分数据库的利用率极其惨淡。

此外，我观察身边大部分同学的书架和日常生活，并不赞同"借书转购书"的判断，因为热衷于读书的同学，既购书也借书，没有明显的此消彼长的关系。生活水平的提高让我们有能力拥有自己的书，却不意味着能够抵消图书馆借阅量的锐减，也不能说明我们仍像前辈一样热爱阅读。

事实或许是，北大学生的阅读量确实在下降。

维希认为，今天的我们有了更多获取知识的途径，社交网络海量的信息和观点就是其一。十多年前就有人说，这是一个信息爆炸的时代，而信息就是价值。今天，社交网络的碎片化信息以灵活的方式弥补我们知识结构中的漏洞，但我愈发感觉到，它的前提是我们已经形成了自己知识体系和分析筛选信息的能力。否则，海量的信息只是"乱花渐欲迷人眼"，让我们沉迷于信息获取的快感，这种快感让人上瘾，让我们都罹患了信息强迫症，我们是否曾因为半天不刷朋友圈或微博而感到异常的焦虑？美国学者西奥多·罗斯扎克在互联网普及初期写过一本书，叫作《信息崇拜》，精准地预言了我们今天所面临的窘境，在他看来真正值得尊重的不是信息，而是思维的艺术。搭建知识结构，锤炼思维方式，这些基础的，甚至可能是枯燥的工作，却需要老老实实坐在冷板凳上阅读才能完成。

愈是浮躁的时代，大学生们就愈需要沉下来。举个我们专业的例子，"大数据"如今是一个红得发紫的概念，当大部分人都在咀嚼那些关于"大数据"的"神谕"时，我们应该沉下来，去系统地学习统计学和计算机等基础知识和分析方法。没有分析方法，"大数据"只是"0"和"1"的随机组合，所以我的一位老师在谈完"大数据"之后，转而让我们去读一个世纪以前的实证研究经典著作——涂尔干的《自杀论》，这本书让我明白了何为社会统计与数据分析。

维希还认为，书本并不足以支撑我们的知识体系，我们需要融入更加广袤的人生与社会中，而不是坐在书斋里读死书。这点我非常赞同，但是，在当今大学中，我们往往矫枉过正，太过汲汲于融入社会，我们忙于实习、创业、实践、出国旅行……我们在充满诱惑的社会面前眼花缭乱，沉迷于"融入社会"的幻想中。在我刚入学的时候，我的一位师兄曾告诫我说："多的永远不是'选择'，而是过剩的欲望让你忘了自己的本分，我希望你们能在某一个'三省吾身'的夜晚中回想起四个字：读书学习。"

不出意外的话，我们迟早是要融入社会的，我们可以为此做准备，但这却不是我们忘记自己本分的理由。南极的企鹅从水中跳上岸前，需要沉潜到深处，以获得纵身一跃的加速度，过早地融入社会使我们跳过了沉潜的阶段。

书没读完，就一头扎进社会里，最后，我们或许发现一个浮夸而浅薄的自己。

我知道自己读书少，你可别骗我

裴苒迪

完了完了！连北大学生都不读书了！"2014年北大图书馆书籍借阅量创10年来新低"这条新闻一出，哀叹大学生不读书、读书少的声音又响了起来。有趣的是，有位北大学子迅速做出了回应，一篇名为《北大学生真的不爱读书了吗?》的评论开始在朋友圈流传。作者主要观点有二：第一，我们北大学生并不是不爱读书，是你的考核标准不靠谱；第二，就算北大学生真的读书少了，也不值得担心，提升自我的方法还多着呢。很不巧，同样作为北大学生，我对以上两点都有些不同的看法。

首先，我们的确不能光凭纸质书借阅量下降，就说北大学生不爱读书了。但作者的两条辩护却不太站得住脚。电子阅读的增加到底能不能弥补纸质书借阅的减少，本就是个问题，但是用电子文献检索量的上升来证明电子阅读增加并不合适。大学生都心知肚明，电子文献检索往往是为了写论文、赶作业而进行的工具性阅读，并不能和真正的阅读画等号。另外，买书多也不等于读书多。想想看，身边有多少人只是沉溺于在京东、当当打折时疯狂屯书的快感？动辄一两百块的书买回来，认真读完的又有几块钱？

那么，北大学生真的不爱读书了吗？具体的调查数据我是没有，倒是有几件小事可以讲讲。郑也夫老师是知名的社会学家，2013年刚从社会学系退休，他曾经在课上跟大家聊读书，聊着聊着就讲了一句话，到今天都让我记忆犹新且汗颜不已："当年我们找点书读不容易，现在的条件好太多了，可你们年轻人读书的劲头怎么还不如我这个老头子，想不通！"这学期在一门研究生的课上，一位美籍教师问大家马克思《费尔巴哈论纲》的最后一条是什么，现场居然没有一个人能讲出来！其实最后一条就是那句人们耳熟能详的"哲学家们只是用不同的方式解释世界，而问题在于改变世界"，足见我们对经典文献的生疏。

作者的另一个观点是，就算北大学生真的读书少了，也不要太过担心，那是因为我们了解世界、提升自我的途径多了。这一点我也不太赞同。就拿我自己的亲身经历来讲：本科四年，我可以说是体验了各种各样的读书之外的"提升自我的途径"，做社团、办报纸、跑实习、出国交流……但四年下来，除去收获了一份漂亮的简历和一些实践经验之外，我并未觉得自己在学识和思考判断力上有多大提升。进入研究生阶段，我下决心痛改前非：无论将来毕业后是工作还是继续深造，研究生这两年一定要塌下心来认真读些好书。这样半年多下来，的确觉得自己长进不小。我深刻地体会到，一些实际的社会经验和工作技巧，也许可以靠其他途径来获得；但是，对复杂社会现实的深入理解与判断，对于自身既有观念的不断反思与刷新，是必须要靠长期坚持的阅读来努力获取与维持的。读书，自有所谓"其他认识社会、提升自我的途径"所不能替代的价值。

当然，作者为北大学生做辩护的心态也非常值得理解。这几年，媒体上经常出现各种"黑北大"的新闻，同学出于自我防卫心态做一些辩护也很正常。但我认为，在"借阅量下降"这个问题上，北大人最应该有的态度是直面问题，自我反思，知耻而后勇，而不是忙着为自己辩护、为北大正名，更不能以"我们现在有了更多提升自我的途径""阅读方式和阅读习惯已经改变"等理由来安慰自己甚至欺骗自己。

每一个人都不应该背上阅读数量的枷锁

孙曦萌

"世界读书日"已经过去了，关于北大学生阅读量的讨论也将随即远离公众的视野。同之前种种对北大的质疑一样，我的同学们无论是"据理力争"还是"低头认错"，都免不了激起层层波澜——和社会的斗智斗勇，在各种节日、纪念日、一些行为调查的发布日已经成为常态，更何况这次是关于我们本应拿手的"读书"。

我并没有参与"北大学生到底爱不爱读书"的讨论，我确定学校里从来都不乏爱读书的同学，也确定即便我们真如社会所期待，把人均借阅量提高到很大的数量，学校里也依然有视此为负担的人。然而问题是，把借书的本数作为一个指标来衡量人的阅读状况，是否过于单一了些？把阅读这种美好的个人体验，指标化、群体竞争化，对于学生的个人成长来说，究竟能有多大的好处？

虽说数量能够反映出一个人涉猎的广度，以及一定程度上反映出此人与书为伴的时间，但我始终觉得，通过阅读收获的多与少，取决于阅读过程中思考了多少，取决于你是否真的通过阅读这本书拥有知识的提高、精神的丰富，哪怕仅仅是心灵的愉悦。不只是大学生，对于已经脱离学生身份的人也是一样，每一个人都不应该背上阅读数量的枷锁。

并非有意为学生阅读数量未达到社会期待开脱，相反，个人为自己定下阅读数量的目标，逐渐形成阅读意识，对于培养阅读习惯来说是一种很好的方法。但如果这个目标是别人强加的硬性指标，或者为了学校的学风、名声而大家一起刷阅读数量，恐怕对于个人并无意义，因为你其实可以借一摞书然后堆着不看。阅读对于学生的重要性已无须多言，既然这种增进知识的方式被广泛认可，让学生根据自身的情况，在每学期、每学年甚至是整个在校生涯的时间内，自己给自己定下自由课外阅读的目标并由学校来监督完成，也未尝不可，在完成老师布置的阅读之外，即便自己仅仅挑选了一两本，相信也能带给学生更多观察世界的角度。

不妨先问问学生，你一年中看了哪些"学习任务""必读"之外的书？你上大学以来看过的印象深的、喜欢的书有哪些？如果答不上来或并无太多话可说的现象非常普遍，才是真正值得担忧的。在阅读习惯普遍不容乐观的今天，比拼数量固然简单直接，可如果"数量"在阅读中被赋予了太多的关注，难免会使大学生阅读产生浮躁之感，选书的自由、在一本书上花多少时间的自由，也随之被禁锢。更何况"读书多"的人很可能根本数不清也不在乎已读书的数量，"读书少"的人对调查结果也不会在意。

现代社会中，每个人的时间都特别珍贵，能用来享受阅读的时间需要格外珍惜。爱读书，不是因为这种品质是一个人优秀的标签，而是因为读书是帮助我们寻找优秀品质的途径。这条寻找的路，有人向往天涯海角，有人只想安居一方，无论是多而广，还是少而精，他们都是自由的、无悔的，都可以成为优秀的人。怕的只是没有安居者的怡然自得与坚韧，亦不具备远行者的勤奋开拓与品位，连坚持长期阅读的定力都没有，又去盲目追求借书数量，这不是奔向远方，是流放。

警惕自我感动的学习方式

何 敏

前阵子，关于"高校阅读量下降"的新闻成为了大家普遍视野中的热点，首当其冲的北大学生也据此进行了有理有据的反驳和争论。笔者虽然不是北大的学生，但是对于此事同样有一些别的想法。

现在关于读书的各类调查层出不穷，得出来的数据类型也是多种多样，它们大部分是警惕的声音，这无疑表明了读书一事毋庸置疑的重要性。但我坚持认为，不必强求书的借阅量、阅读量，等等。

我本人就是一个很喜欢看书的人，也因此常常会遇到这样一类令人尴尬的问题："你一天／一周／一个月／一年看多少本书？"为什么说它尴尬呢？因为我真的不知道怎么回答。我真的很喜欢看书，也明白看书可以给自己带来什么，所以我无论去哪儿都要带着一本书，只要有任何闲暇时间都会拿书出来看。在学校澡堂洗完澡吹头发的时候，我永远右手拿着吹风机，左手给书翻页，看得不亦乐乎——不然干站那多浪费时间啊。因为课内需要和课外兴趣的书类别不同，我常常需要在一段时间内看好几本书，所以对于书，我日常的态度就是，"看"。所以每次遇到别人问我"你一天／一周／一个月／一年看多少本书？"我往往只能回答"不知道"。苍天可鉴啊，我真的没有数过我读了多少本书，每一个当下，我只知道我要把我手上想看的书尽量看完。就像我曾经采访过的一个阅读量甚高的前辈说的："读书是我的日常生活，就和吃饭、睡觉一样。没有它我活不下去。"你会去数你吃过多少顿饭、睡过多少次觉吗？

当然了，你可能会说，这种情况只适用于那些爱读书的人（是，我们的确爱），对于那些不爱读书的人来说，不强调阅读量，还剩下什么呢？不，对于任何一个爱读书或者不爱读书的人来说，去引导他们明白读书一事的价值（甚至不一定得是"读书"），比强调阅读量，要重要得多。

前阵子，有一段话在互联网上疯传。于宙在题为《我们这一代人的困惑》的 TEDx 演讲中说："这些年我一直提醒自己一件事情，千万不要自己感动自己。大部分人看似的努力，不过是愚蠢导致的。什么熬夜看书到天亮，连续几天只睡几小时，多久没放假了，如果这些东西也值得夸耀，那么富士康流水线上任何一个人都比你努力多了。人难免天生有自怜的情绪，唯有时刻保持清醒，才能看清真正的价值在哪里。"

一味地用阅读量标榜自己读了多少书、学了多少东西，难道不是一种"自我感动"的学习方式吗？这样的"自我感动"的学习方式我们见得还少吗？

豆瓣有一个很有名的关于读书的小组"买书如山倒，读书如抽丝"，我的一个热爱读书的朋友，曾经满怀热忱地加入了那个小组，本以为可以遇到高山流水、惺惺相惜的读书交流活动，结果不久就退出小组了。因为那个组里讨论的内容永远是"某某电商又做活动了""买满多少减多少""你们看我今天凑的书单"……我的朋友退出的时候还发了一篇帖子，说这些人都需要豆瓣读书开发一个"我有"的标记功能，没想到获得了很多赞同。

我并不反对这样的"买书如山倒"的行为（因为我本人买得也不少），但请永远不要因为自己拥有了多少本书而感动，比"买"更重要的是"读"。同样的道理，比"借了多少本书"更重要的是"读"；比"在硬盘里缓存了多少节公开课、纪录片、经典电影"更重要的是"看"；比"做任何事情"更重要的是"明白做这件事真正的价值"。

生活在一个资源如此丰富的时代，我满怀感激，同样满怀警惕——想到河的对岸去，就想办法过去，不要站在河的这边，却看着水里的倒影自我怜惜。

04

第四编　校园评论

　　每个学期，我都会给学生布置关于"校园评论"的作业，就某个校园热点、校园现象或校园话题写一篇评论，也许学生对社会有心理距离，但是校园却是自己每天生活和思考的地方，应该很有话说。——学习评论，应该从自己"最有话说"的领域和专业开始去写。在身边发现选题，在日常生活中发现评论点，这考验着学生的评论敏感和选题能力，最熟悉的有时并非最好写，熟悉了，有时反而没有了对问题的嗅觉，只缘身在此山中。

　　在这一部分，看评论文章之外，更能看到今天的北大学生对于一些教育问题深刻的分析和毫不留情的批判。

"撕逼"读研为哪般

柏小林

　　我是一个"保研党"，我是一个出身社科院系的"保研党"。之所以如此强调我的社科背景，那是因为社科的保研竞争历来都比理工科要来得猛烈和艰难：申请者多但录取率低，还需要"真刀真枪"地过五关斩六将。漫长的时间、复杂的程序、面试的不确定性以及不同选择之间的博弈，煎熬着每个"保研党"的身心。每个被录取者都是保留下来的"精英"。而"考研党"的读研之路，则更为漫长和艰苦卓绝。因为这份辛苦，对读研的人，我一直心怀敬畏和敬佩。

　　然而，为什么要经历诸多辛苦读研？理由其实很简单："我不知道自己想干什么，所以想先读研，混两年再说。至少能够多拿一个研究生文凭。""现在全中国本科生、研究生遍地都是，同一届本科生哪里比得过研究生，拿个研究生文凭找工作更有竞争力。"这样的言论，不仅出自我身边同学之口，就整个社会而言，应该也是一个共识。从唐朝科举制度完善开始，读书、应试便成为寒门子弟改变命运、光耀门楣的首要通道。在当下，虽然科举制废除已经百余年，但"读书改变命运""万般皆下品，唯有读书高"的观念却依然根深蒂固，并随着时代的发展逐渐演变为对学位和文凭的崇拜与需求。当今社会的读研行为，与古代读书人倾其一生赴科举的行为极为相似，越来越散发着功利气息，逐渐偏离了研究生设置的初衷和精神。

　　以功利之心选择读研，便受到欲望的驱使。马克·吐温曾说过："狂热的欲望，会诱出危险的行为，干出荒谬的事情来。"为了读研，当然不至于干出什么伤天害理的事情，但各显神通的"竞争"却是不可避免的：选"水课"或者与老师助教套近乎以刷高成绩；花大量时间做学生工作以获得微薄的加分；为了拿到更多的科研加分而出现交叉署名的"恶性"行为；绞尽脑汁将三年里哪怕是芝麻大的成就都写进简历；综合成绩评定时锱铢必较，为 0.005 的加分而大费口舌、互不相让……为了读研，有的人从大一入校便开始苦心经营，有的人后知后觉却也不甘落后。尤其是到了大三，头脑中只有绩点那几位数字，精心计算着一分一厘。有人用"撕逼"来形容保研，说那是一场"成绩好的人"的"撕逼大战"。我很反感这个词语，它虽然刻画了保研竞争的激烈性和残酷性，但包含更多的，应该是旁观者对保研中的功利之心和功利行为的深深调侃和讽刺。高绩点带来的是进入保研面试的资格和机会，甚至直接打开了读研的大门。但高绩点的背后，却并不是高能力、高学术水平的体现。

上周，作为新媒体研究院考研面试记录秘书的我旁观了考研面试的全程，目睹了考研高分者甚至是连续几年考研者们差强人意的面试表现：名列前茅的笔试成绩，脱口而出的社会学、传播学专业术语，却说不清楚概念的具体含义，讲不明白研究问题的基本过程，语言表达颠三倒四毫无逻辑。功利的考研之心催生了功利的考研班和考研培训，创造出一条看似快捷的备考之路，却实现不了考研者进入名校拿文凭的梦想，还荒废了考研者大把的时间与精力，得不偿失，令人扼腕。

大学，是一个以学术为先的地方。而大学中的研究生，则是学术研究的核心新生力量，代表着中国未来学术水平的发展潜力。而在当下，只有去功利化才能还学术一片净土。另一方面，选择读研，未必能给我们带来理想的工作、丰厚的薪水和舒适的生活条件。在这个人人都是创造者的时代，一纸文凭固然重要，但自身的能力才是核心竞争力，才能真正去挖掘那些潜在的机会与财富。与其为了读研而"撕逼"，还不如想清楚自己想要什么，端正态度，踏踏实实提升自己的能力。要知道，读研，是一种人生选择，却不是唯一的人生选择。

"师生互相讨好"是种什么病

李嘉佳

　　有人说中学的好成绩是靠搞的，大学的好成绩是靠搞的，搞关系的"搞"。不知道从什么时候开始，跟老师搞好关系，即讨好老师，已经成为了大学里考得好成绩的重要条件。

　　这里说的"讨好"，主要指的是为了成绩或其他功利目的刻意为之的行为。"讨好"也分不同程度，重者贿赂乃至不择手段，当然是不可取的。而轻者只是想跟老师混个脸熟，比如故意发几封讨教学术问题的邮件，显得自己很努力，等等，这对取得好成绩无疑是有帮助的，无疑也是大多数想"刷绩点"的同学的选择。

　　后面这种行为看似无可厚非，但若深究起来，为了体面的成绩逼迫自己去问本无太大兴趣的问题从而博得老师的好感，欺骗老师同时欺骗了自己。而可怕的是，一旦这种策略屡试不爽、得到推广、多人效仿，甚至变换花样层出不穷，也许大学校园里的一节课将变成一场活色生香的"宫心计"。

　　当然，很多人不介意，更不在乎，因为通过这样无伤大雅的欺骗换得优秀的成绩和光明的前途，是划算的。而且这种现象一旦普遍，也就淹没在见怪不怪的淡漠里了，因此讨好老师成为了自然而然的事。

　　但奇怪的是，老师其实也在讨好我们。

　　说两个故事。一个是前几天舍友抱着厚厚一沓书回来，说是某老师亲自出钱买的教材，还补了一句："老师真可怜，课都被退得不剩多少人了，还得用这种方式来讨好我们。"第二个是关于某热门"水"课，老师给的福利多多，教材免费，送水果，在课上还给同学开放兼职赚钱的机会。但其实真正听课的人只是少数，大多数人都是冲着课程的"水"而来。末了，又听闻有人评价："某老师真是可怜啊，费尽心思和花样讨好我们，就是为了让我们来上课。"再仔细回想，课堂上有多少这样的场景：老师抛出一个问题而下面的人静默无言，于是无奈之下只好说"发言有加分"。

课上老师在苦口婆心地要讨好我们，课下我们却在绞尽脑汁地想怎么讨好老师，这多么奇怪，也多么无奈。其实我们讨好的不是老师，只是成绩单上的功利一笔，但老师是实实在在地希望得到讲课的回应。

这种讨好与被讨好的诡异关系，扎根于对成绩的功利心，而强大的功利心很大程度上是由于兴趣的缺失。我们缺失了对兴趣的认知，于是功利占了上风，驱使着我们去选择功利性强的课程，也造就了充满功利的讨好行为。有一句话叫"问问你自己到底想要什么"，问清楚了再去做，也许就不会在讨好与被讨好的尴尬中徘徊了吧。

拖延症的作业战争

邓　筱

　　现在是 3 月 24 日 22 点 12 分，距离老师布置作业已经过去了 97 小时又 42 分钟，而距离交作业的时间还有 1 小时零 48 分钟。虽然老师一再强调交作业要趁早，交得太晚的话，快乐也不那么痛快。但是我，还是凭借着自己"顽强的毅力"，撑到了现在动笔。

　　这种"顽强的毅力"，我们通常称它为——拖延症。

　　不知哪位仁兄将交作业的时间命名为"Deadline"，死线。交作业这样一件毫不起眼的小事，瞬间变得崇高又悲壮。我心怀侥幸地想，此时此刻，一定有无数同仁跟我一样，率千军万马在"Deadline"前殊死搏杀。曾经在朋友圈看到一个折线图，标题为"大学生的学习效率"。看到图上的效率折线一路风平浪静，突然在"死线"前夜突破天际，多少大学生会心一笑，纷纷举手转发，说自己又"中枪"了。但即便如此，也还是有那么多人孜孜不倦地刷新着朋友圈，让作业、论文、复习资料安静地躺在电脑里睡大觉。

　　我们常常以懒惰自居，每每被问到为什么还不动笔，总以一个"懒"字加上人畜无害的笑容糊弄过去，仿佛拖延是性格使然，无须改变也无法改变。但其实想想，说拖延是因为懒也牵强，因为作业的总量是不变的，并不会因为死到临头而减少分毫。早做晚做，早晚会做。不管你做不做，作业就在那里。

　　那么究竟是怎样一只看不见的手拽着我的衣袖，让我难以动笔？回想起布置作业的当晚，因为发言得了老师奖励的本子，我哼着歌一路蹦回了宿舍，打开电脑打算一鼓作气认真完成这次作业。然后……

然后就没有然后了，我坐在电脑前，大脑死机长达45分钟。根本想不出任何话题的沮丧，将得到奖励的喜悦冲刷得一干二净。好不容易有点思路，问问老师又被否决掉，只给我留下一个蒙娜丽莎的微笑。于是我打开了综艺节目，飞快地把作业抛诸脑后，并在每次想起作业没完成的时候不断自我催眠"还有时间，不着急"，直到现在。

拖延，许多时候其实代表着恐惧，恐惧遇到困难，恐惧一筹莫展，也恐惧即使耗费心血完成，成果却不如想象那般光鲜。每个人对任务的完成情况都会有美好预期，但现实操作起来往往不尽如人意。一旦陷入困境，我们难免会问自己，是否高估了自己的能力水平，是否再怎么努力也就这个样子了？而如果把任务积压到最后，因为时间紧张，我们完成的过程不必精益求精，写完就是第一位；因为时间紧张，即使成果粗制滥造一点也无妨，"我这是赶出来的，如果时间充裕，我能做得更好……"如果能刚好赶在"死线"之前完成，还可能有点小愉悦，你看我效率如此之高，时间卡得多么精准，千钧一发之际力挽狂澜，自豪之情油然而生。

拖延着，拖延着，那一颗自尊又脆弱的玻璃心，就这么被保护甚至被加固了。于是地球照样转，而自己依然是自己心中那个蛰伏于内引而不发的超人，只要有了时间，只要投入心血，就能够一鸣惊人。看起来没什么不对，可是问题来了，那个超人真的出现过吗？出现过几次呢？

是什么构成了现在平庸的自己？不是那些仅存在于想象中的高水平，而是一次次纠结之后的拖延，还有相伴而生的勉强与敷衍。

现在是3月24日23点37分，距离交作业还有23分钟。我心满意足地看了看时间，长出一口气，感觉自己刚刚结束了一场伟大的战役。

新闻专业的围城之内

杨文轶

"我们也是被采访过很多次了，经验丰富！"

去年同期，基础采访与写作课的老师布置了一个作业：为一件发生在清明期间的事情写一篇消息报道。在寝室苦思选题无果之后，我决定外出走走，或许会有发现。站在南门呆望了一小时零散的游人之后，我与值班的保安小哥攀谈起来，开头那句话就是他得意的回复。

"你都被哪些媒体采访过？"

"就你们这校内的报纸、电视台。还有外面的大报纸，跟我们上了一天班。"

"他们一般都问些什么？"

"问得最多的就是工资，然后就是说看我们的生活情况。我们的生活情况有什么好看的，都是最普通的事。"

"那他们采访之后的你生活有什么变化吗？"

"有！领导说不让再接受采访了！"保安小哥笑起来。

如果你身在校园，或许你根本感受不到传统媒体的冬天，一切关于这个行业的事物看起来都欣欣向荣：无论什么学院都要写新闻稿、剪视频，校园媒体一个接着一个开办，新闻与传播学院对全校开放的课程全部人数爆满……

与之相对应的是，新闻与传播学院被戏称为"地产学院""银行学院"——毕业生工作去处的大头是金融行业。新闻系学生毕业后不做新闻，成为院内笑谈；个别老师也感叹："来新闻学院学习就是要磨灭你们的新闻理想。"

这种反差到底是怎么出现的？

新闻仿佛是一条人人都可以汲一瓢水的河流，却很少有人真正踏浪前行。它是一项第二技能，能够为第一专业锦上添花。于是，一群人风一般地来，采访、写作、编辑、刊发，热火朝天；一群人又风一般地去，回到各自的领域，从前校园媒体的经历就成了简历上浓墨重彩的一笔。当其他专业的学生艳羡着说"你们专业真有趣，能学到真东西"时，新闻专业的学生只能巴望着岸上，笑而不语。

一个几乎没有门槛的专业，一个极大普及的专业，一个要争论存在意义的专业，像一座围城，一座写满"到此一游"的围城。

为什么要读"无用"的人文社科?

俞 超

从香港中文大学交换回来的上一个寒假,我回到家常被亲友问到的是:"在香港学到了什么和大陆教育不一样的东西?"一开始我总是兴奋而自信地回答:"我在香港中文大学上的课少,但是思考得多。"确实,上学期除了认真完成每门课的阅读任务外,我看了除本专业新闻学之外,包括人类学、政治学等在内的近30本中英文著作。

可是,每当我欣喜地描述自己感受到的人类学的思维逻辑是如何有魅力、不同的政治流派的思考方式是如何迥异的时候,往往找不到一种共情。有一次,我就追问一个同学:"你觉得哪里不对劲吗?"那位同学顿了顿,说:"老实讲,你读了那么多非本专业的书,为何不趁着交换期间多上点课拉高绩点,或者找一份实习?这对将来就业很有帮助。"当时我被这样一个迎面抛来的问题措不及防地问倒了,于是就陷入了沉思——我在香港所做的这些都是无用功吗?

我知道答案是明确的否定。其实,我能够理解那位同学的初衷。原本就已经浮躁的大学校园,加上日益严峻的就业环境,这是一种较为现实的考虑。在大学生社交圈,曾一度流行的一个话题就是各专业的毕业生薪酬排行榜,前十名不出意外地被理工科横扫。从《2013 年度中国理科基础教育白皮书》中,也可以看到"北上广"地区高中理科数量远高于文科的现象。

当然,学科的选择是个人的考量,无可厚非。然而,错的是许多人在选择的时候加上了一把功利的标尺，让教育不再纯粹。例如，对于大学毕业后继续攻读"传播与媒体研究"方向的打算，亲朋好友的质疑让我很多次都陷入"被思考"。曾有一度，我一直尝试着去向周围的人解释"传播与媒体研究"将来能够干什么：公关？纸媒？电视台？企业人事部？我发现我已经不单单是在解释，而是在过分解读了。

往往，当我们在衡量一个学科的用处时就会陷入一个二分法的怪圈，即什么是"有用"？不属于"有用"的是否就代表"无用"？大学的许多课程设置并不能即可见效，但是像哲学、人类学、社会学这样的学科传授给人的思维逻辑和思考方式将陪伴一个人的一生，能够说它们是"无用"的吗？

在当下，越来越少的人关注大学是否教会了学生多思考、广涉猎、勤动笔。越来越多的指标在衡量大学的时候突出毕业生的薪酬，强调毕业生的就业率。被这种社会风气裹挟着进入校园的学生也就陷入了迷茫或者盲从。大学固然肩负着培养学生适应这个竞争激烈的世界，但人才竞争是一场持久战，我们除了要学习那些毕业后能够立即实践的技能之外，还需要为自己长期的智慧、创造力和社会能力发展做投资。这些都不是空话，只能说我们没有一个切实可衡量的指标，我们所定义的"有用"太狭隘、太鼠目寸光。

如果大学毕业，剩下的只有技能，那么大学如何与职业学校区分？当我们离开校园的时候，那些无法看到的、难以衡量的东西往往是最重要的。

爱因斯坦曾说："教育就是我们把在学校所学的内容全都忘记以后所剩下的东西。"这也是为什么要读"无用"的人文社科的一个理由。

对性又爱又惧的中国大学生们

朱垚颖

　　3月21日，清华大学《清新时报》的一篇特稿《害羞的清华：无处安放的"性"》火爆清华、北大等高校学生的朋友圈。稿子指出，在清华大学，"'性'或者'亲密关系'，似乎还是一个谈起来会让人面红耳赤的事情"。

　　以北大、清华为代表的高校学生面对"性"的讨论时，呈现出一种奇特的特征：一方面，大家都尽可能避免在公开场合讨论"性"，任何关于"性"的探讨都会被视为低俗和不雅；另一方面，大学生的心理、生理需求又决定了"性"的话题始终隐藏在暮色之中和硬盘之上。北大学生自主开发的资源共享软件 Maze（中文名"妹子"）就为无数北大男生提供了一个特殊资源的下载渠道。

　　中国高校学生对于"性"隐晦和猎奇的心态，其实是整个社会道德观念在高等院校的缩影。在传统观念中，"性"总和"淫""黄""秽"等字眼联系在一起。和"性"可能有关的事物，都会被贴上标签，然后成为禁忌的话题。这种依靠道德和价值判断产生的雷区，对于女性来说更容易爆炸。男学生在宿舍这一私密的空间常常会分享成人片，而女学生稍微流露出一点对"性"的好奇和欲望，就会面临外界的舆论压力和内在的心理压力。

　　但随着社会观念的不断改变，尤其是西方文化的渗入影响，当代大学生对"性"的态度早不再是10年前的"唯恐避之不及"和5年前的"好奇宝宝"。"性"也不再是不可触碰的高压线。至今开设已 20 年的北大全校通选课"人类的性、生育与健康"（简称"三宝课"），从 2011 年秋季学期开始进行课程改革，鼓励北大学生对和"性"有关的问题进行科学的调查研究。婚前性行为、边缘性行为、性幻想、同性恋性行为等相关议题多次出现在该课程的学生课堂报告上。

不过，高校关于"性"的讨论在这两年出现了一种新的变化——学生们开始以开玩笑的心态对"性"进行调侃，用戏谑的方式去阐述对"性"的认识。北大"三宝课"每学期固定的小组调研，俨然已经变成一场讨论"性"的狂欢。不少同学用"无节操""无下限"来形容一些小组的调研报告和制作的视频。从"性"之雷区走向"性"之狂欢时，不变的是人们对"性"话题的特殊对待。大学生对"性"的认识并没有真正走出固有隐晦心态的局限。

"性"讨论的逐渐放开，对整一代青年人尤其是高等院校学生的两性关系甚至婚恋行为、家庭模式都会产生深刻的影响。当前，高校学生们更开放、更坦然地对待"性"，这是中国性教育获得的一大进步。只有社会舆论和价值观念真正剥除"性"的神秘外衣后，我们才能用更加理性的眼光去看待自己的身体，认识自己的欲望。对于大学生来说，"性"并不肮脏，也不猥琐，而是在二十多岁的年龄里应当去理解和尊重的人性。

如果可以，我希望女生节在6月2号！

夏坤

我不是在为女权主义发声。

只是觉得一夜之间从女生节到妇女节，这样的设定太猥琐。

首先，我们来探讨一下女生节的意义。现在的中国人，尤其是学生，好像特别热衷于过节，情人要过情人节，有情人没情人的都要过光棍节。自己的生日要大过特过，别人的生日也上杆子跟着敲鼓打锣。我们是中国人，要过自己的节日，因为放假。我们不是外国人，也要热热闹闹地过外国的节日，因为好玩。当妈的过母亲节，当爸的过父亲节，当老师的过教师节，不管干什么都可以过劳动节，甚至去世了还有清明节。我已经数不清我们有多少需要庆祝的日子，而痛痛快快地玩，潇潇洒洒地买买买，好像也掩盖了我们过节日的真正意义。那就是纪念，是褒奖，是致敬。说得肉麻点，是出于爱。我们每个人在属于自己的节日里确定自己的社会身份，同时享受这个身份所带来的肯定和尊重。每个人，每个团体，每种职业，每种人群，都值得用一个节日来兴师动众地肯定。所以在这一天里，在女生自己的节日里，女生可以被体贴，可以被温柔以待，甚至可以被宠爱骄纵，但，不能被折辱，不能被意淫。

那这样一个本出于表示爱的节日，怎么就被"污化"了呢？这一个本来让女生爱的节日，怎么就变成了让女生又爱又恨的日子了呢？大概是出于男性对"爱"的误读，自以为是的误读。

他们以为女生摇头是羞涩的认可，却忘了人家已经明明白白在说"不要"。他们以为大胆的标语会让女生脸红心跳，却忘了脸红心跳也发飙的前兆。他们以为男生的示爱会让女生幸福感爆棚，却忘了女人最大的悲哀就来自男人。在大学里，男生们还没学会怎么当一个顶天立地的大丈夫，却已经学会了男性最恶劣的性格——自大。他们在用自己会笑的玩笑企图逗笑女生，却成不堪入目的标语和粗俗的调戏，或许不是有意伤害，但单纯地干着恶劣的事，这样的反差更让人觉得悲哀。我不认为几条略显"下流"的标语就能伤害到心灵越来越强大的女生们，只是为还没走出学校就显露出"流氓"本质的男生们感到心惊。楚王好细腰，当男生以视觉享受为追求去审视甚至要求身边的女生时，自己又是否做到了女生所欣赏的"宽肩收腰窄臀高个"。口口声声说女生太物质，喜欢"高富帅"，然后自己一边安于做 丝，一边猥琐地幻想女神。并不是反对高追求，只是提倡要求是相互的，是对别人的，更是对自己的。

当然，我不是一棒子打死所有的男生，这个女生节，我也收获了满满的感动。我只是想提醒男生们，性别不同，怎么能开相同的玩笑？请不要用你满意的方式去揣测女生的心意，这点忠告，怕是"男朋友们"也都需要的吧。

女生节在妇女节前一天，多么有深意的安排啊，一提起来就是心领神会的微笑。我想这肯定不是女生的主意。女生一夜变妇女，男生一夜又恢复单身贵族。男生啊，你想告诉女生什么呢？

作为一个女生，我倒是希望女生节在 6 月 2 日，男生节嘛，就在父亲节前一天好了。

大学青年，别让你的朋友圈透着股"官僚气"

王琪

"团校夜谈：踏踏实实做事，老老实实做人……"

"党媒姓党，学习党的新闻舆论工作精神，努力成为政治坚定、业务精湛的舆论人才……"

"今天是第 X 次参加北京市团组织骨干培训班学习……"

以上所见可不是出自什么机关通讯或是喉舌媒体，而是我从大学师兄的朋友圈里摘录的几则日常更新。朋友圈总是上演着各种传播的变异，从一开始的兴趣分享，到开掘商机的营销推广，再到如今随着所谓的"微信好友"日益泛化为"微信网友"，一股暗流涌动的"政治宣传"又悄然拉开宣传战线。

刷屏皆是政治学习，转发全是骨干微信，感慨均为国家大事，忙的也是校园生计……不知你的朋友圈里也是否一样活跃着一群"画风清奇"的"精神领袖们"？他们的状态更新犹如实时播放的"新闻联播"，不是和领导的握手合影，就是有板有眼的主流价值宣传，给你的朋友圈既带不来笑点，也带不来知识点，更找不到共鸣点。如果这位微信好友在现实生活中干的就是机关领导或是政治宣传的工作，那倒也不算稀奇。不过，如果是个正在高校就读的大学生，那就别有一番值得思考的深意。

因为在最应学会批判的大学时光里，他的朋友圈却在熟练地打着一种老气横秋的官僚之气，而错过了属于韶华时光的朝气与叛逆。2011 年"五道杠"曾引发人们对"官样小大人"的争议，而行走在大学校园里这些"领袖主席"是不是也应该被端上台面议一议？当年的黄艺博尚有些许年少稚嫩，还需在父母、老师的指导下循规蹈矩。但一部分早已步入成年的大学青年，可以说从生理上已经具备了独立思考的基础与能力，却仍不加批判地在上级与主流的价值追求中亦步亦趋、随声附和乃至溜须拍马。原本的书生意气被"听话"磨去棱角，举着"思想自由，精神独立"的口号，却对所谓的"权贵"言听计从。

或许有人会说，朋友圈的内容发布是私人偏好，你无权干涉。但当这从个人现象逐渐上升为一种群体选择时，就不得不让我们重新思考这些看似无心实则有意的推送背后的意图：为什么发？想给谁看？

人情、关系和面子是笼罩在中国社会上的一张无形的大网。大学校园从来不是远离世俗洪流的象牙塔，朋友圈也不再是志趣相投的社交工具，而成为攒人脉、拉关系、"打广告"的线上平台。它改变了原有的师道尊卑与师生距离，原本传道授业的教与学的关系，因为一句"我能加您微信吗"，也似乎多了一层不同以往的私人关系。随便一个点赞都会增加一次"刷脸"的机会，随便一条微信更新都会是献给上级的"表忠"，对组织做的思想汇报。

同时，当代大学生的身份也不仅有"学生"这一种，还可能是学生工作负责人、研究项目助手。在僧多粥少的教育资源、科研资源甚至就业资源面前，"一对多"的师生组合不可能让每一个学生都得到均等的自我实现机会，任人唯"亲"的潜规则也就在所难免。朋友圈的这种"官腔"成为定点投放的广告，在目标对象的视域中打造出完美的、可信赖的自我呈现。

这固然是一种理性选择，当大学生因为这种选择开始变得和混官场一样迂腐，这难道不是一种莫大的悲哀吗？

不是读书无用，而是有用的标准太狭隘

夏坤

    一个光华管理学院的朋友问我："像我们毕业随便进个公司，一年收入七位数，你学广告能干嘛？"

    我想了想说："公司总有用到广告的时候，我给你们做广告能挣六位数吧？"

    我转头问我学新闻的朋友："你看看我们学广告的抱着他们大腿也能挣钱，你们干嘛呢？"

    他想了想说："你给他们的假冒伪劣产品写虚假广告的时候，我曝光你们。"

    不知道从什么时候起，我们衡量一个专业、一个职业、一个行业的时候，都开始用"挣多少钱"作为标准。学经济比学新闻的有用，因为他们挣钱多；当医生的比当老师的有用，因为他们挣钱多；搞创业的比搞研究的有用，因为他们挣钱多；甚至不上大学的比上大学的有用，因为他们当上老板的时候，上大学的要去给他们打工。我们在比较中，树立了这样一种"有钱等于有用，没钱就是没用"的残酷标准。所以，读书就和无用画上了等号，无非是因读书的变现通道受阻，读书好不能带来白花花的银子。

    我们对"读好书就能挣大钱"这件事是抱有期待的。这是一个流传了千年的民风，读书考试，一旦高中就当官晋爵、封妻荫子。那时候的读书是有用的，因为读书和当官、权力紧密联系在一起，在一个士农工商的差序社会，读书人也无疑是最有地位的。有权力有地位了，离有钱还远吗？于是，"万般皆下品，唯有读书高"，读书成了最"有用"的工作。

但是如今呢？读书不能直接通向权力，读了多少书也不能直接带来同样厚度的人民币，享受九年义务教育的我们也缺少了文化崇拜，学那么多干嘛，够用就行。于是，读书人一没权力，二没经济，三没地位。更可惜的是，我们走出了"书中自有黄金屋"的时代，却仍旧保留着"书中应有黄金屋"的观念，这就更让那些"读书无用"的口号里夹杂了看热闹的心态和凉薄尖刻的口气。

但一味用金钱多寡来衡量读书是否有用，这个标准未免太狭隘，也太短浅。如果我们接受这个标准，那就是鼓励读书人无其不用地利用他所掌握的知识获利。一次讨论瘦肉精，学化学的朋友最后哭笑不得的说："是是，我们学化学的都有罪。"那当然，瘦肉精必然不是我一个文科生能做出来的，三聚氰胺也绝不是一个对化学成分一窍不通的人能想出来的主意。但同样，我也研究不出清洁能源，我也造不出纳米材料。如果挣钱就是有用的，想必瘦肉精一定更有用，但这是我们谁也不愿意看到的结果。新闻能挣钱，多收点保护费就是了；老师能挣钱，多拿点家长送礼就是了；科研能挣钱，多卖出点黑心技术就是了。别说读书挣不了钱所以无用，只是这种标准下的"有用"太浅薄，一味追求金钱利益而丧失操守，你我都会成为受害者。

要说读书只能挣黑心钱，那也不对。读书好不能说明智商高，也不能说明能力好，但最起码能证明过去十几年里，他能够做好一件事。在最浮躁不定的年纪，在最坐不住的年纪，他能把这件颇为枯燥的事情做得比其他人更好，不管是因为够聪明，还是够耐心，甚至够幸运，这些特质也是做其他事的加分项。能把读书这件事做好的人，也会因为他的聪明、耐心、运气好，而做好其他事情。只是，现在的社会对人才的要求更高，只会读书是不够的，还有人际交往、执行策划、思维灵活等要求，读书人真正要防范的是成为只会读书的两脚书架，只有艰深知识的积累，却没有其他能力的补充。

但挣钱并不是读书人的追求，读书是为了能更认真地做一件自己喜爱并且有益的事情。所以我很钦佩那个"曝光你们"的新闻朋友，在我还纠结于六位数还是七位数的比较时，他已经超越眼前的蝇营狗苟，切实地告诉我他读的书能用来干嘛。

我为什么不喜欢"微信课程群"

王文超

人是一种群居性的动物，这种原始本性在微信时代表现为热衷于发起群聊，建群早已和我们的社交生活水乳交融，扫二维码、他人邀请、面对面建群……入群方法层出不穷。微信群聊的共享性和即时性恰好弥补了公邮回复延迟和教学网单向接收信息的劣势，因而在当下的大学课程开展中，成为重要的一个环节，几乎每门课都有相应的课程群。

有趣的是，每学期开学，越来越多的人都在"加入群聊"和"开启消息免打扰"的提示中交替操作，两步操作凸显了我们在课程群中的矛盾与纠结，我们既害怕缺席课程讨论，错过重要的通知信息，又厌恶密集的信息轰炸，何况其中大都是无意义的社交。这本用于加强沟通然而多得快要溢出屏幕的课程群，也越来越让人爱不起。

在我看来，课程群的主要目的是课程信息发布和组织课程讨论。然而，微信课程群真的促进信息传递了吗？不尽然，微信群天然带有社交属性，在这样的媒介中进行信息发布，必然增加我们获取信息的成本。微信群中盛行的两类网络社交现象——红包和表情包文化，也渗透到课程群中并泛滥成灾。发红包和表情在课程群中变得像见面握手、说"你好"一样习以为常的存在。按照惯例，入群后老师们都会在特别的日子里发红包给大家，领了红包出于礼貌，同学们也会发个表情来表示感谢，这一个个表情转眼就成了课程群中几十上百条的未读信息，点开提示匆匆浏览甚至不浏览就关闭窗口的大有人在，自然总有重要通知成为信息大海中的漏网之鱼。加上接力式的回发红包，让课程群的社交意涵愈加丰富，想要在这样的环境中高效处理信息，似乎并不容易。

在这种社交灌水中，课程群本来承担的课程讨论功能也被弱化。一个普遍存在的现象是，在一个课程群中，大部分人除了抢个红包，发个表情，大多数时候处于"潜水"状态中。这种"沉默的大多数"和活跃的少数之间形成的反差，意味着课程群讨论功能失灵。这里面的原因非常复杂，但也与微信群的社交属性和无效信息充斥不无关系。红包和表情以及其他社交信息，使讨论离散，将意义切割，最后消解了成员的讨论热情。尤其是在一个不熟悉其他成员的课程群中，成员的"潜水"现象更加明显，"围观"成为第一选择，当对课程有疑问时，人们倾向于使用更加深入和便捷的私聊，这进一步使得课程群的讨论功能弱化。

当然，讨论功能失灵并不意味着完全没有讨论。偶尔也有关于课程的讨论，但是其效果有时候并不能令人满意。

比如前几天，老师本着自由辩论的目的将外校一位同学拉进课程群，为的是讨论一下她那篇批评北大的文章。辩论中有句名言——"真理越辩越明"，即使面对本就无法直接定夺真理与否的话题时，多元价值的讨论总能让我们在思想碰撞中更加明晰自我的判断。然而当天的辩论却让我看到了"鸡同鸭讲"如何上升到粗暴撕逼，看到辩论的结果不是促进理解，而是更加确定"我才是对的"。一次高质量、有效的讨论要有一定的前提，例如对基本概念达成认同、论据充分、逻辑严谨，在讨论的时候不能人身攻击、恶意揣测、排资论辈等，如果不能遵循这些前提，那么所谓的交流很大程度上都是在自我的话语体系中坚守价值阵地。然而在微信群的话语氛围中，通常缺乏一套大家都认可的公共讨论规则，也缺乏保证这套规则顺利实行的组织者，所以很难达到真正辩论的目的。我不否认有人在参与讨论的过程中提高了逻辑思辨及表达能力，但是就一个课程群来说，脱离了良性辩论的氛围，那么还有什么意义？

　　微信课程群让人越来越爱不起的地方在于，无效信息越来越多且将持续存在，而相关的课程讨论功能也在微信的社交属性中逐渐被弱化，然而不变的是，我们持续的建群热情。

你以为他们真愚蠢到认为读书无用了吗？

熊成帅

从小就听人说读书无用，长辈、邻居，还有同学，他们都说。

但是我从来不相信。我相信的是刷在小学泥墙上的斑驳红字：知识改变命运。长大后，我用自己的经历证明了那行标语。因此，从小到大，我从没说过读书无用。

直到我上了大学。

假期回到故乡，遇到昔日的好友。他们从遥远的东部城市打工回来，身上带着疲惫，还有的人带着工伤。他们看到我，对我说，读书真好，读书不用打工。我一阵心酸，收起微笑，摇摇头，平生第一次说出这样的话："不好不好，读书根本没什么用，打工好。"我不忍心说实话。你们都不读书了，我只好骗你们。

读书当然有用，不仅是收入、社会地位和交际圈的极大改变，更重要的是个人心智的极大提升。一句话，不读书，几乎不可能"诗意地栖居在大地上"。但问题是，他们都已经不可能再读书了，我怎么好意思炫耀自己读书的优越呢？

在一些人看来，读不读书是个人的选择。只要消灭了读书无用论的意识，人们就会来读书了。而在我儿时的朋友们看来，读书完全是稀缺的社会资源。你能够去上大学，不仅是由于你努力，更重要的是你拥有一个供你上学的家庭。我怎么好意思，占据了稀缺资源，还要夸耀自己占据的资源有多好呢？

教育成为稀缺资源——这一点也不奇怪。我的小学同学们，家里几乎没有什么存款。看着高中生活费上涨，孩子又已经到了能够打工挣钱的年龄，许多父母便开始向孩子灌输读书无用论。"你看隔壁的张二，大学毕业三年了没找到工作。书有什么好念的？"孩子未成年，没有自己的主张，一听这种意见，心里马上就乱了。

在一些落后地区的学校里，一些老师学历不高，脾气暴躁，常常张口就骂"你这样低的成绩，读书有什么意义？不如趁早滚回家去"。时间长了，任你怎么宣传"知识改变命运"，他们也会怀疑：我能不能学到知识？知识能不能改变我的命运？于是，有些人不等高中毕业便早早离开了学校。而那些剩下的人，又要面临高考的选拔。他们上学时得不到优质的师资，既没有衡水中学那样严格的学校环境，又没有"北上广"那样昂贵的辅导班，高考成绩在高考中自然落后。对名牌大学、重点大学，他们不抱什么希望，"一本"是他们的冲刺目标。但是大多数人，往往只能考上"二本""三本"和专科学校。以中国的大学生就业形势，怎么让他们相信"读书有用"呢？

这绝不是我"奇特的"个人经验。随意翻开一份中西部省市的高考升学统计表，你就能看到农村学生的入学比率。

在西部农村，大多数家庭都承受着沉重的教育负担。随着集中化办学，物价上涨，高中的教育成本越来越高。上大学的成本花费几乎在10万元左右，而我幼时的朋友们家庭年收入在1万到2万之间。他们家里通常会有两个孩子要上学，大学费用需要20万。大学教育费用是这些家庭10年到20年的年收入总和，但一个家庭是不可能不吃不喝的，要凑足大学费用绝不是简简单单的事情。在这样的形势下，即使父母们知道读书有用，但也很难让他们投资于孩子的大学教育。

这不是什么特殊情况。根据《中国统计年鉴2014》的数据，2013年，中国还有20%的农村人口年收入在2583.3元以下，还有40%的农村人口年收入在 5516.4 元以下，前者大约是 1.2 亿人口，后者大约是 2.4 亿人口。也就是说，还有 2 亿多人像我的小学同学一样，面临求学的经济困境。

教育成为稀缺资源，这一点也不特殊。无论是中考还是高考，其选拔人数的比率远比我们想象的要大。一位知乎网友对教育统计数据的追踪发现，1998 年小学招生人数有 2201 万，而 2010 年本科招生人数只有 351 万。也就是说，每 100 人里，只有不到 16 个人有机会进入本科类大学。

在以前，我深信求学依靠的是自我奋斗，轻易就指责那些不好好学习的人。励志故事太多了，如果只看一个人的经历，很容易认为读不读书是个人追求问题。但是一旦眼光放宽，探寻本质，你就会看到，教育在根本上不是观念问题，而是一个彻底的经济问题。不改变教育投入和教育资源分配状况，空谈教育的好处不仅收效甚微，更容易演变为资源占据者变相的自我炫耀。

实际上，在"90 后"这一代人中，很少有人会真的相信读书无用。读书无用的论调早就变成客套话，或者一种自嘲。即使是我的小学同学，他们从小被灌输读书无用，但在外奔波多年，看到了高学历者的生活水平，也早就明白教育的重要性。问题是，如果教育资源分配状况不改变，他们和他们的后代很可能根本没有享受高等教育的机会。我会鼓励他们排除万难，让他们的孩子接受更多的教育。但面对他们，我再也说不出任何话来赞美自己所接受的教育，即使它真的如此美好，如此诱人。

我们大多数人都活在别人的期待中

王 娴

　　我在一次聚会上碰到光芒四射的张一甲师姐，她是北大数学系2009级的"天才女"，很出名，现在在百度新媒体部门任职。她热爱编剧，喜欢广告，做了一个很出名的微信公众号"媒老板"，写过一篇朋友圈疯传、北大校长在开学典礼上引用的《一只海绵的自我修养》。总之，她的路子与数学完全不同，一毕业就去了奥美，当时被央视采访，作为大学生职业选择"特立独行"的代表。

　　"我不想继续读书，就不读书。不想去金融公司上班，就不去。你也一样，要跟着自己心里的声音走。我们大多数人都活在别人的期待中。别人说你北大毕业就应该当大官，你学数学就应该赚大钱，我不愿意。"她很洒脱。

　　大四毕业季，是做选择的时候。好像不管学什么专业，好多人会去银行，因为钱多、稳定。学新闻的不干新闻，是新闻专业毕业生的常态。经济金融是最热门的专业，毕业后去投行赚大钱是金光闪闪、令人欣羡的。自从反腐开始后，大学生考公务员的潮流有冷下来的趋势……这样带着世俗气的职业选择，令人不禁反思，我们的大学，培养的究竟是独立自我的人格，还是精致的利己主义者？

　　再看看大学生活。选课的时候，最常问的一句是"这课给分厚道吗"。一到期中期末，图书馆、刷夜处人满为患，我们在期末两个礼拜学的东西常常比前面一整个学期学的还多。有机会参加校际交换，还会因为考虑交换会不会拉低 GPA 而纠结去不去。修经济学双学位，方便将来转经济金融方向，赚钱多，是普遍想法。"成绩好＝工作好＝赚钱多"是成功逻辑，"你应该去找实习，方便将来找工作"是最常听到的善意指导，"女孩读什么博士啊，早点嫁人"是我近半年最熟悉的劝解，"选什么方向不好，选个发 paper 这么难的方向"是听多以后连我自己都担心的事。

你究竟想成为你自己，还是成为别人想让你成为的你？我们在做选择的时候，为何总是被别人的眼光左右？那些所谓的经验之谈、师兄师姐的忠告，诚然是走向成功的捷径，却容易让我们失去选择一条"少有人走的路"的勇气。职业选择本身是个人的考量，选择待遇好、稳定的去向无可厚非，然而抱着亲朋好友的"功利"期待，放弃心中真正所爱，就太可悲、太不值了。

伴随着整个社会越来越浮躁，大学生作为最具发展潜力的群体，在职业选择时应该多一点洒脱之意，少一点名利之心。所以，别活在别人的眼光里，给自己一个任"心"选择的机会。

勿让一句"大四狗"成为大四生的避风港

陈彦蓉

前几日上一门专业课,课上老师点名,连着四五个名字都无人应答,老师抱怨一句:"都几次了怎么总是不来,大四了,也是要来上上课的。"底下便有人小声嘀咕:"都'大四狗'了,还来上什么课啊。"

"大四狗",一个在社交网络上炒热不久的词,是对大四学生进行调侃的代名词,也理所应当地成为了大四学生插科打诨式的自嘲。考勤不到、作业难交、上课低效,忙实习,忙论文,忙申请,还要忙着毕业游玩,联络感情——这似乎是一副典型的"大四狗"生态。一句"大四狗",似乎总可以解释所有混乱的生活方式。可以博得老师的睁一只眼闭一只眼、朋友们的相互关照和自我的心安理得,进而在课堂上尽展一只"大四狗"懒散的状态。而这样的生活,在大四学生中间,也绝不在少数。

笔者作为一名"大四狗",生活中这样的话语常闻耳畔:"'大四狗'还要早起上课真是伤不起啊""我都是'大四狗'了,也不在乎成绩了,对付对对得咯""我们都是大四的老人了,也该好好放松了"……同样,我也难以免俗。大四上学期,保研后诸多事宜尘埃落定,对待课堂考勤、各类作业也容易滋生懈怠懒散心理,每每这时,心底总有个声音在叫嚣:"我都大四了,不用那么在意这些。"恍恍惚惚一学期结束,课程没学好,时间也未有效利用,心里却又怅然若失,和周围同学一聊,大抵都有此种感受。

这不禁引人反思,难道,安心上课读书的大学生活,真的截至在大三结束的时候，在一句"汪汪"的调侃声后悄然退场？

诚然，"大四狗"这一道避风港，更多地来自一些大四学生懒散的举止，也可以说是一种刻板印象的标签，但这并不是造成"大四狗"生态的唯一原因。这种现象在一定程度上还在于教学制度安排得有些不合理。

首先，到大四上学期，保研、出国申请和找工作大抵落下帷幕，而这三种主流的毕业去向只考虑大学前三年的学术表现，大四的成绩不再作为决定性因素——只要不挂科地修满学分，顺利毕业就万事大吉。即使不好好上课，不认真完成作业，老师们也不会特别"较真儿"地让你挂掉而不让毕业。其次，本科设置中大四学年必须完成四个月不间断的实习。如此在实习与课程冲突之下，两害相较取其轻，大四学生只得以实习为理由缺勤课堂，尤其对于即将工作的毕业生来说，翘课去实习似乎更是一件顺理成章的事情。

最后，某些老师、同学对大四学生所持有的以偏概全的判断也无形中激化了大四学生的懈怠情绪。大多低级同学都不愿和"大四狗"结成课堂报告小组，一旦同组，一边叫苦不迭一边也大包大揽所有任务，大四学生可泰然享受特殊优待；老师对大四学生的考勤和作业质量也是睁一只眼闭一只眼，我就曾亲耳听闻一位助教说道："对大四的期末论文质量不抱什么期望。"由此试想，一句"大四狗"，怎能不成为大四学生在学术考核上安然无恙的避风港呢？

真切希望无论是大四学生自身，还是课堂老师，都能对大四的学术要求更为严格些，不要让一句"大四狗"成为大四学生学术课堂上的避风港。毕竟，无论暑假过后你将入职工作、远渡海外或是继续攻读硕士，大四这一年读书上课的书香生活，都将会成为一生中怀念校园生活、追忆青春年华最美好的记忆。

大学生与社交媒体：一场最孤独的狂欢

李 茜

寝室里只响起键盘敲打的声音。四个女孩静悄悄地面对着各自的电脑上网，蓝莹莹的屏幕投射在她们专注的脸庞上。突然，一个女生探身对室友说："你看到了吗？我在微博上 @ 你了。"另一个这才咯咯笑出声来："看到了呀，我回复你啦，快去看。"而她们俩之间的距离，不到 2 米。

毫不夸张地说，10 年前开始风靡中国的社交媒体，已经完全改变了当代大学生的生活。穿梭在校园里，你经常会看到低头紧盯手机屏幕的人匆匆走过；课堂上，一张张埋在电脑背后的脸多半是在翻看好友更新的照片和日志；甚至连社团会议、小组研讨都开始被微信群所取代。当越来越多的学生开始养成"起床刷微博，躺下发微信"的习惯，社交媒体的魅力似乎显而易见。然而，在我看来，大学生过度依赖社交媒体带来了孤独问题。

去年微信的大规模瘫痪造成的慌乱让我们意识到，现代人最恐惧的，是被切断与社会群体的联系，哪怕只是一小会儿。那么，到底是孤独催生了社交媒体，还是社交媒体放大了孤独？那些在社交平台上公开发送的"晚安"，表明我们对孤独的恐惧并没有减少，反而更强烈了。

科技带给我们一种"永远不需要独处"的错觉，让我们在排队时、等待公交车时，甚至在卫生间时都可以有事可做。过度频繁的联系让我们产生习惯性的心理饥饿感，让我们每当离开通信设备、每当没及时收到回复就不免心慌意乱。更加频繁的交流带来沟通质量不可避免的下降，我们之间的交流方式渐渐浮于表面化和片面化。越来越多的大学生表示，"比起说话我更愿意发短信"，我们渐渐习惯逃离真实的交流，自欺欺人地选择更浅层面的沟通。当我们懒于打理自己、坐一小时地铁去和闺蜜小聚，而是选择躺在床上使用微信对讲时，是否考虑过对社交网络的过度依赖，已经挤占了现实社交的活动空间？这种高效率、低成本的社交，是否也意味着人与人的关系更加廉价？是否可能导致自我封闭，使现实社会关系如苏打饼干般易碎？

虽然社交媒体让我们孤立自己，但这种孤独已经丧失了独处应有的本质，当科技让我们成为了彼此的情感拐杖，过度的交流让我们没有时间安静地面对自己，以至于在不得不独处时完全无法习惯。而聒噪的网络世界逐渐让我们养成横向翻阅而不是纵向思考的习惯，我们的注意力愈加难以集中，也进一步丧失了独立钻研的能力和意识。

有句歌词说："狂欢是一群人的孤单，孤单是一个人的狂欢。"人生不能离群，而自修不能无独。只有给自己和自己对话的机会，才有可能安静地观察，冷静地判断，沉静地反思。独思的修行、意志的磨砺，最应在大学时代开启，才能在将来无论从事什么行业时，都能在群体的喧嚣中保持相对的清醒。

看到最近很流行的一个联合国世界儿童基金会的软件，只要放下手机10分钟，就会有捐助者给非洲儿童提供一天所需的饮用水。那么，不妨以"不动手之劳"，为需要的人赠一桶清水，也给自己的内心开掘一眼清泉。

大学的讲坛谁做主?

罗　蔓

　　北大讲座多,围绕着讲座的事儿也多,有的讲座挤破头,也有的主讲人被轰下台。但是前几天,有场讲座还没办,就迫于"舆论压力"被取消了。不是因为触及政治雷区,问题首先是出在了讲座"民科"性质上。

　　事情大概是这样的:资和信集团总裁、亿万富翁王吉绯先生要在学校办一场主题为"万有能量的哲学原理"的讲座,由北大学生会承办。讲座上,王吉绯将以天文爱好者的身份,与大家探讨时空弯曲、太阳黑子,还有地震等问题。"让我们一起颠覆传统的物理学",宣传语如是写道。讲座通知一发出,就遭到了青年天文学会"青天会"成员的严正抗议,认为讲座内容宣扬伪科学,会给北大带来不良影响。抗议在网上受到学生的广泛支持,最后学生会决定停办该讲座。

　　这事儿有点意思,表面上看是在反对"民科",捍卫学术尊严,背后纠结的东西其实还是大学和利益的问题。

　　对于王吉绯先生在北大宣扬他的"万有能量"学说本身,我倒是觉得用不着激动。每个人都有自己的看法和观点,有权自由表达,伏尔泰有句名言:"我不同意你的观点,但我誓死捍卫你说话的权利。"但他表达的场所是北大的讲坛,这一承载着丰富文化符号和想象的空间,使问题确实变得复杂了些,可是学校里不是也有诸多商业讲座、明星见面会吗?校园作为公共空间的一部分,并不是非得时时刻刻都得学术和守卫学术正确。真理不一定越辩越明，一些谬见和异言也不见得就有害。对于王吉绯先生的这场讲座，作为一名文科生，读上几句简介，也能让我对其科学程度有一个判断。

所以，如果是一个其他什么社团承办的活动（不大可能是学术社团，它们有自己的操守需要捍卫），大可一笑了之，或者有空还可以去和主讲人"切磋切磋"。坏就坏在其承办方是学生会，主讲人的本职是企业家。用不着多联想，谁都明白这背后多半是有些说不清的利益关系。

大学利用社会资本这一行为也无可厚非，被北大学子笑誉为"民科最高峰"的捐赠人廖凯原先生甚至能在北大开课，讲授其"天命人"世界观。这一举动存在值得商榷之处，但有限度的交易为大学换来大楼、研究经费和奖学金，也算是一种双赢。大学与商界的良性互动本来就是大学获取独立地位的一个重要方式，只是互动的细节还须好好研究。

然而，学生会作为学生自己的群体性组织，对这种明显容易引发争议的活动不征求意见和民主决策，对可能存在的利益互换不公开不明示，也难怪会引来非议，搞得贻笑大方。试想，如果学生会大方承认许多活动拉赞助、拉企业支持的性质，把捐赠合作"晒"出来，而不是遮遮掩掩，非得弄出点学术意味来，等撞到"民科""伪科学"的枪口上，再来危机公关和取消活动，情况也许会好得多。

我倒是很感谢那位发长文抗议本次讲座的同学，在长文引起的关注和讨论上，我们至少实实在在看到了对学生会的监督，对谁能来北大办讲座、以什么形式办进行公共讨论，但我希望，这样的情景不仅仅发生在如此的极端状况下。

别让大学成了"特权追求"的演练场

黄子健

　　晚上和朋友聚餐，席间聊到贝克汉姆北大见面会一票难求的事情，一人向我和另外一个也在校学生会做过部长的朋友发问："你们是不是可以直接要到票啊？都是权贵嘛！"其他人会心应和，我却不由得尴尬：虽然我没这样做，但如果我去伸手，也许真的可以不必排队就直接拿到，不过此事非但不能让我感到丝毫"自豪"，反而令我难堪。

　　在很多大学，学生们都管在学生组织里担任比较重要职位的人叫作"权贵"，这叫法半戏谑半认真。戏谑在于，学生干部手上都没多大的"权"；认真在于，这些学生干部由于职位关系，总能在需要的时候找到熟人求个方便，而"要票"就是我们的"特权"之一。

　　在我看来，这种校园"特权"与我们常指责的种种社会特权并没有本质的区别。校园"特权"所求取的利益固然并非价值不菲，但它与其他特权一样，都是不惜以违背公平的基本原则为代价来达成特权之间的"利益交换"。而且这种特权出现在本该纯洁美好的大学校园里，更应让人感到无比的担忧。担忧之一是，早熟的学生干部们过早地尝到了"特权"的滋味，这使得他们日后更可能会极力追求真正的特权，而看到这种"特权"之好处的其他人也更有可能为了自己的利益而追求这种"特权"。担忧之二是，更多的"无权者"对此习以为常，或不敢或不想对此进行反抗，让人不由得"怒其不幸，哀其不争"！

　　但最根本的忧心与震惊或者是我们意识到这样的事实：原来我们平

时呼唤要解决的"特权"问题早已植根于校园之中，而我们所痛恶的社会上的官僚特权意识往往从进入社会之前就已经萌芽。这不得不说是整个大学教育与社会的悲哀。

大学本该是知识圣殿，是学子们人格与价值观养成的理想王国，是社会里最重要的精神圣地。一个人的世界观与道德观往往都在大学期间迅速地发展、成型，而这些价值将指导其一生的行为与选择，因此大学除了传授给我们专业知识之外，更应教会我们该持有怎样的道德品质、家国理想，教会我们应如何做一个正直、善良、有益于社会的人。无论如何，大学都不应当成为一个培养"特权意识"的地方，不该成为"特权追求"的演练场。一旦大学精神不幸失落至此，它将影响的就不只是一部分，而将是一代青年人。这种影响将在这些人心中根深蒂固，并进一步渗透成为社会的文化与氛围，最终成为任何人都难以逃开的社会要求，造成整个社会精神的沦陷。

意识到问题的严重性，也许就是一个好的开始。我庆幸的是，尽管我自己也曾向这种"校园特权"妥协，但还没麻木到觉得享有"特权"是一种"理所应当"，我还保有犹豫、纠结的能力；我身边也尚有一些人并未"习以为常"，还愿意发声，愿意为维护公平尽自己绵薄的力量。我希望的只是，身边的这种"不满"会越来越多，并能化为一种集体的力量与行动，共同改变这种现状。相信哪怕只是从小小的校园开始，也能产生蝴蝶效应，最终获得很大的不同。

华丽的世界，单调的梦想

杨 柳

　　北大毕业生卖猪肉本是一件已经炒冷了的新闻。然而，这个话题最近又因为当年卖猪肉的"北大才子"如今却缔造出了一个估值约40亿的食品连锁企业而重新热闹了起来。这个人叫陈生，他自己在今年3月应邀回母校开讲座，戏称与当年"北大毕业生卖猪肉"中的主人公陆步轩是北大毕业生中"唯二"的两个卖猪肉的。

　　然而，他们或许将注定是北大毕业生中的"唯二"人物，尽管有人欣羡陈生年纪轻轻就能坐拥数十亿的资产，但如果把他们放在陈生当年的位置上，仅仅"卖猪肉"这三个字就足以让人视若畏途。对于身处最高学府的学子们来说，他们期望的归宿即使不是麦肯锡、高盛、谷歌这样的精英汇聚之处，也应该是中央部委、垄断央企、四大银行那样的权力高踞之所。于是，在中国960万平方公里的辽阔土地上，这里的学生只待在"北上广深"；而更优秀者，也只活跃于纽约、伦敦、巴黎、东京等几个星星点点的大都市。难道是因为只有这些职业、这些城市才能完成他们对实现个人价值的理想和人生可能性的探索吗？或许对一些人是，但是对于更多的人，它们毋宁说是与身份、地位、权力、金钱相联系的符号，而拥有这些符号也就意味着距离获得这些诱人的利益又更近了一步。

　　面对这种情况，北大并非孤例，中国所有大学的价值导向与培养目标都在权力和金钱的渗透下以"千校一面"的方式惨遭同质化。当我们看到近些年来诸如经管、法政这些"经世致用"的学科在所有大学都猛然崛起，而文、史、哲却只有默默转身的背影时，这背后除了功利计算的逻辑之外，还能是什么原因？无论最高学府还是地方院校，在追逐权力与金钱上早已达成了惊人的高度默契，差别只在于利益的层次与规模。因而，钱理群教授所称的"精致的利己主义者"在所有的大学，被大批量地生产出来也就不足为奇了。在这些经过严格教育而高度理性的年轻人的功利计算中，"卖猪肉"永远都不可能在他们的职业规划中有一席之地。

诚然，我们无法否认权力、金钱、声望这些利益作为人类行为的基本驱动力的作用，但是利益只是人类欲望的投影，其本身无法为社会指明前进的方向。而能够透视人类未来的却恰恰是今天日益不为人所珍视的真理和理想。而大学，特别是北大这样的学府，其本身存在的意义除了完成知识的生产和传递外，更是为了成为保存关于人类的真理与理想的象牙塔。如果说北大的教育目标在外观上可以宣称是为国家培养未来的精英的话，那么扪心自问，这些顶着"精英"光环的人究竟是在攫取利益，还是在谋求国家的发展出路？

可惜今天的大学还不能在这个问题上给人交出一份满意的答卷。如果没有人愿意放弃既得的利益而去靠"卖猪肉"创业致富，那么又怎么指望有人愿意进大山、下基层、坐穿冷板凳？当整个世界都在被权力和金钱的重力所吸引，无论墙外的社会还是墙里的校园都开始变得越来越只呈现一个单极的面相。可是如果当世界只有单一的价值观，这种价值观所培育的单薄的梦想，又如何去通向一个充满可能性的未来呢？

别让写作业变成"码字"大战

赵勤勤

前几天收到学校记者团的通知:"响应中央出台的'八项规定'之改进新闻报道,本学期的消息将控制在 500—800 字,大家写稿的时候悠着点儿!"一笑之余不禁叫好。我们见过太多冗长的新闻报道,现在中央要求"压缩报道的数量、字数、时长",无论对记者还是读者都是一种减负。

由此想到北大同学写作业的"盛况"。论文或读书报告,如果老师说3000 字左右,我们就"自觉"写到 6000 字;即使老师规定了字数上限,也仍然有大量同学"超额完成任务"。我所见过最夸张的是,一门通选课的期中论文,竟有一位同学写了 30 万字,交上去的简直就是一本书。

我也不能免俗,上学期好几门课的论文字数都破了万。然而我内心并不愿如此。记得大学的第一篇论文,我认认真真几乎是自己写了 4000多字,得了 80 分,而周围写了七八千字的同学几乎都在 90 分以上,其中有不少私下坦言是拼凑的;到第二篇论文时我就学"聪明"了,加大了引用比例,写了 9000 多字,最后拿到了 95 分。

我想多数同学大概也是受了这种引导才走上疯狂"码字"之路的。现在有很多老师批改作业并不认真看内容,而是以字数论英雄,字数多就表示你付出了更多时间,写得更认真,所以应该得高分。我就亲眼见过一位助教以 3 秒一张的速度批改试卷,这么短的时间怎么看得完写了什么?只能通过谁写得多来判断谁写得完整了。

但写得多并不意味着写得认真、写得好，甚至恰恰相反。现在的学生都面临很大的学习压力，极少有人能够在大量阅读和深入思考的基础上写出上万字的课程论文，长论文大多都是东拼西凑、一个意思绕来绕去说的结果，还不如一些观点独到、行文简洁的短论文，只能算是低级的学术垃圾。当然，这并不是说所有人都是为"码字"而"码字"，也有质量很高的长论文，但"码字"确实是相当一部分人文社科课程的主流。

人的行为深受激励机制的影响，错误的激励必然导致行为的扭曲。并不是所有同学从进大学就有拼字数的追求，这种恶性竞争很大程度上是由老师不恰当的激励造成的。老师的引导对学生学习态度与方式的影响不可估量。有的老师不仅认真看学生的作业，而且还给出评语，在这种情况下，学生就难以靠"码字"拿高分，而要努力写出深度。

而更多的老师则不在乎作业是否真的起到了学术训练的作用，只是把任务丢给学生，再收上来打个分就万事大吉了。留作业、写作业都变成了完成任务，师生之前本应有的互动和反馈缺失，如何激励学生在认真读书和思考后写出有"干货"的论文？当然老师们都面临繁重的科研压力，教学任务也不轻，时间非常有限，这些制度上的原因另当别论。但无论如何，正确引导学生都是老师应该承担的重大责任。

在改进新闻报道的春风中，我们的作业也应该"瘦身"。恳请老师们打分时以内容为重，看作业中究竟有多少"干货"。如果真是没时间通篇仔细阅读，建议严格规定字数上限并且严格执行，超字扣分，毕竟在同样的字数限制内写得比别人深刻是见真功力的。别让写作业变成"码字"大战，别让"码字"变成一些学生变相偷懒的捷径。

热闹的辩论赛，失落的辩论魂

裴茸迪

又是一年辩论赛，每到这时，无论白天黑夜、场上场下，似乎总有一股辩论热持续燃烧：白天，总有些自习室的门上写着"辩论队讨论，勿扰"；深夜，校外的小餐馆里常见一群年轻人眉飞色舞、刷夜备战；场上，选手唇枪舌剑，观众掌声连连，自是热闹非凡；场下，题为"东方菇凉选择令狐冲／江湖更幸福"的清华、北大明星赛视频正被转发不断。

乍一看，辩论在大学很火。可惜事实上，火的只是辩论赛，失落的是辩论魂。

那么，辩论之魂是啥？答曰：求知。辩论的重点，不在辞藻的堆砌、修辞的华丽，在于以理性思考抵达真理。古希腊时期，苏格拉底就是以问答辩论的形式，传授知识、启发智慧。

从这个层面讲，如今座无虚席的大学辩论赛场，恰恰缺席了真正的辩论：娱乐化的辩题、重胜负的竞争、二分法的观点……这些都极易使人为辩而辩、为胜负而辩、为掌声和笑声而辩、为最佳辩手的称号而辩，却模糊了辩论的真正焦点——求知。记得有一场辩论赛，一位女辩手用了大量网络流行语，"三句一反问两句一感叹"，而且居然气贯长虹地连说两分钟不带喘气的，一席话毕，自是掌声雷动，我也带着膜拜的心情跟着拍巴掌。可走出赛场，冷风一吹，我发现除了华丽修辞和强大气场，其观点和论证过程竟没给我留下任何印象。

　　既然辩论是为求知，那么大学真正的辩论，绝不该局限在赛场。

　　课堂上应有辩论。现代大学创立之初，辩论就是一种很重要的课堂组织形式，今天美国很多知名大学也都特别注重讨论班式教学，老师和学生辩、学生和学生辩，人在辩论中学会倾听、思考和表达，并由此加深对知识的理解。我曾有幸上过几次讨论课，觉得辩论实在是学习妙法。想辩论，肚子里总要有点货吧？这就强迫你去读书。你总得让人听明白你在说啥吧？那就要事先把自己的观点想得明白透彻。另外，同辈发言时所展现的思考能力和知识储量，既助我打开思维，又促我勤加用功。

　　宿舍里应有辩论。大学里最宝贵的资源是什么？当然可以是名师、好课、图书馆，但还应该算上你身边这群朝气蓬勃、精力充沛的同龄人，尤其是他们和你一样年轻而渴望智慧的大脑。不管怎么说，大多数能考上大学的人，还是在高考这场尽管规则变态但相对公平的智力游戏中胜出的人。如果不能在大学期间充分和自己的同辈交流思想，实在可惜。

　　一个人的头脑里应有辩论。如果说，课堂的组织形式、宿舍的交流氛围，都不是一己之力能控制的，那自己在读书、思考的过程中，常在自己的头脑中辩论总可以吧？古语云"学而不思则罔"，很有道理。读书时，对作者的观点常存一分疑虑，和作者辩；写作时，对自己的想法多做一层推敲，和自己辩。在自己的头脑里，养成辩证的思维习惯，一个人也可能实现"真理越辩越明"。

　　可现实呢？课堂上，常常是满堂灌；宿舍里，人人对着电脑；学生的脑子里，大都忙着在工作、出国、读研这三者间做选择。热火朝天的辩论赛占据了舞台中央，真正的辩论却缩在角落，无人问津。

哈佛的通识教育不能盲目地拿来

王文浩

　　"虐课"还是"水课"？给分厚不厚道？这是选修北大通选课的首要问题。

　　在这"绩点为王"的时代，课好分也好的课供不应求，课好分却"虐"的课敬而远之，课"水"分还烂的课门庭冷落。折中之计，要分不要课，分好大家好——这是理性人的主流选择。于是，以提高学生文化素质为目标、以学习西方通识教育经验来自我标榜的通选课，某种程度上竟成了混学分、提绩点的"可有可无课"。往好了说，扩大点知识面，增加些兴趣点；往坏了说，上课以睡为主，考试以混为主。笔者不禁要问一句，会一点"概论"，懂一些皮毛，这就叫"通识"？通识教育，通的哪门子识？

　　通选课全称"本科素质教育通选课"，也就是所谓"通识教育"，源于美国，以哥伦比亚、芝加哥、哈佛、斯坦福等世界名校最为成功。鉴于我国通识教育无历史、无经验，"以洋为师"是必须的。不学则已，学则择优而从。蜂拥而上学哈佛，学形式、学分类，一律照搬照抄，坚持"拿来主义"。以北大为例，整个通选课的分类方式基本照搬哈佛1978年模式，如将素质教育通选分为六大领域——A类：数学与自然科学；B类：社会科学；C类：哲学与心理学；D类：历史学；E类：语言、文学、艺术与美育；F类：社会可持续发展。学生需在每个领域至少选2学分，E类至少选4学分，A和F类相加至少选4学分，等等。指导思想是，学不了"质量"学"数量"，不仅要学，而且要"赶超"——课程越多越好，范围越大越好，门类齐全、无所不包，一学期开一二百门通选、公选是常有之事。

　　这种不管不顾、盲目效仿、拿来即用的做法，既缺乏明确教学目的，又不了解美国通识教育的基础和传统，更忽视了我国通选课和美国通识课的最大差别。事实上，以哈佛为代表的美国通识课并不特别重视课程设置的规划，各校课程分类不同、具体科目内容不同，但共同的是这些科目就是本科生的必修课、"主课"，即美国人所谓的"核心课程"。这些"核心课程"经严格设计、严格要求，其目的是由学校第一流的学者指导学生进行第一流的学术训练，培养学生形成真正的学术素养（尤其是阅读经典的能力）。而这些课程往往正是名校的精华所在。可见，通识教育的核心不仅是"教什么"，而且是"谁来教"，强大的大师队伍是基础，必修的"核心课程"是关键。所谓纲举目张，必修课是"纲"，选修课是"目"。国内的许多大学正是忽视了这一点，往往"只见其形，未见其神"，以"目"代"纲"，本末倒置，把各种导论、通论、概论弄成了通选课的主流，看上去缤纷多彩、包罗万象，实则泛泛而谈、毫无"通识"之实。就笔者的经验，这种概论课一般考过即忘、"雁过不留"，除了学得一些具体知识外，与所谓文化素质的提振毫无瓜葛。通选课在教学体系中更是地位尴尬：对于各院系而言，开设通选是"政治任务"，草草设计、随意摊派即可；对于学生而言，反正是选修，能学点东西最好，不行能刷分也成。于是，一门能激发学生兴趣的课程就成了传说中的"好课"，"通识"二字名存实亡。

　　北大于2000年增设通选课，积极响应了上个世纪90年代国家提出的"文化素质教育"概念。其意图是好的，方向是对的，可整个问题意识是模糊的。什么是"文化素质教育"？怎么搞"文化素质教育"？没有明确的目的，没有清晰的思路。近年来致力于推动中国通识教育的甘阳教授早已指出，西方通识教育应对的是 20 世纪西方文明的危机，其目的是捍卫"西方文明的认同"。因此，中国大学通识教育的中心任务，是接续自民国以来断裂的文化传统，是加强中国的青年对华夏文明的认同。

通识教育不是面子工程，不是夸夸其谈，通识教育的发展既要有大关怀、大格局，又要有行之有效的具体办法：以高标准、严要求的"核心课程"为"纲"，以成熟的选修课为"目"，以"纲"带"目"，宁缺毋滥。这就是通识教育课程的改革方向。

我的大学谁做主？

林宬希

新学期伊始，回到校园的北大师生们发现熟悉的燕园又有了新变化。五四路东侧的几栋楼和五四体育馆都被围了起来，很快就被夷为平地，燕园里的工地又多了一大块。加上去年动工的几幢大楼，燕园在建的工地不下三处。而这些工程的建设，又是由谁来拍板决定的呢？

犹记得去年拆 16 楼时校园里沸沸扬扬的讨论。有些同学主张老建筑应当得到保留，有些同学则认为应当与时俱进，有些同学觉得为了建楼将一排大树砍倒太过可惜，有些同学则不以为然。然而无论坊间的争论结果如何，这些房子和大树们的命运早已成定局。当一排刺目的树桩暴露在阳光下时，不少同学驻足拍照，默默叹息。

笔者不禁质疑，这所学府到底属于谁？而它的命运和走向，又该由谁来决定？

也许有人会说，北大应当属于国家和人民。此言不假。但是如果换一个角度来看，北大的师生们似乎更应该是主导这个校园的人。他们每天在这里学习、工作与生活，是这所学校最重要的组成部分，也是这所学校最直接的感受者。他们了解这所学校，是最大的利益相关者。而目前，这些利益相关者们似乎并没有太多影响决策的权力。

笔者曾和一位台湾大学的朋友谈起北大的大兴土木。她很吃惊地问道："难道在学校里搞这样的大工程，不需要征求并取得学生们的同意吗？"她告诉笔者，之前台大为了一栋新建教学楼的命名引发了争论。学生们和校方对命名各执己见，最后博弈的结果是学生们的意见得到了采纳，这栋大楼按照同学们给出的方案命名。回看北大，这种全校讨论并决定校务的事例，可谓少之又少。

北大设立有校长信箱的制度，但是信箱制度是一种"一对一"的交流平台。建议被悄悄地投入信箱，是否有回音，只有谏言者自己知道。学校对于大范围的讨论有着极高的敏感度，BBS的审查使得言论一旦触动校方的神经，就会被删除。校园内对于条幅和展板的严格管制，使得学生们只能用它们来传达社团或者讲座信息，无法进行意见的发表和讨论。虽然校方也曾做出一些采纳学生意见的尝试，但是高度敏感的体制让这些尝试收效甚微。

教师、学生不是学校的主人，行政管理人员反而是主人。官僚化的管理让这所学校失去应该有的光芒。伴随着一栋栋老建筑倒下的，是这所学校曾经引以为豪的民主与自由。穿行在工地一般的校园里，师生们只能感慨自己的渺小和意见的无足轻重。校园像一座城市一样搞政绩工程，不停地拆、不停地建。与城市不同的是，校园领导们可以想拆就拆，完全没有钉子户的困扰。师生们做不了钉子户，也当不了反对派。而没有了反对意见的大学，又何以独立和批判？失去了独立和批判精神的大学，又何以称大学？

05

第五编　社会热点评论

　　经常有人质疑大学生评论时事的能力，认为评论是需要经验历练与沉淀的。有的认为，当记者很多年后才有资格写评论；有的认为，起码35岁后才能写评论——我一向反对这种观点，这种经验历练并非评论写作的充分必要条件，大学生也是社会中的一员，每天关注时事，互联网更是观察多元和复杂社会的一个窗口，虽然没有经历，但只要关注社会并深刻思考，当然也能写出很棒的时事评论。北大学生用这些见诸报端的优秀评论证明了，时事评论写作没有年龄障碍。

离去或是驻足，都是对自由的追求

宋子节

　　前不久，河南实验中学老师提交的辞职信在网上引起很大轰动。短短十个字"世界这么大，我想去看看"，引起许多网友的反响。根据"知乎网"上她的学生回忆，作为心理教师的她，虽然工作尽心尽责，但是却没有机会详细了解每一个同学，因为鲜有人光顾心理咨询室，令她感觉失去了非常重要的东西——与学生的互动与反馈。长此以往，便失去了作为教师的乐趣与寄托。因此，她决定辞退工作，寻找新的精神家园。

　　相较之下，也有很多人在同一个教师岗位上坚持了数十年。山西乡村教师杨怀栓从 1986 年开始到全乡最偏远、条件最艰苦的草庄凹寄宿制小学教书，二十九年如一日，其间强直性脊柱炎发作，关节变形，身高从 1 米 72 萎缩到 1 米 55，连坐、躺都十分困难，却从未说要放弃。虽然学校被大山环绕，出行不便，他未感囚困之苦。他说自己习惯了教书育人的生活，会永远留在这里。外界的世界到底有多精彩，他并不在乎。在小小的山坳里，有了学生这群心灵寄托，他的心便是自由的。

　　两位老师虽然身处环境不同，但却有着类似的心理状况。他们很清楚自己想要走的路到底在哪里，因此即使放弃优厚的待遇、舒适的环境也不在意。他们唯独在意的只有心中的目标和信念。心灵能够走在实现理想的道路上，才是真正的自由。

　　反观目前平日里网络上一波接一波地加大宣传"自由"的力度，有意将自由和旅游联系在一起，给"自由"二字贴上"文艺青年""云南酒吧""青藏高原""香格里拉"等一系列标签，甚至有人将"丽江一夜情"也看做是自由的象征。网络重塑了受众在我们心中的定义。在信息的反复灌输之下，受众不断自我暗示，竟也认定这种人人吹捧的旅行就是自由的全部含义，而与之相悖的，就是不幸福、不自由的生活——办公室隔间是囚禁梦想的牢笼，只有青藏高原的湛蓝天空才能荡涤沾染了尘埃的灵魂；两点一线是枯燥乏味的轨迹，环游世界才是不羁的象征。

这名女教师说要去看看更大的世界，并没有说自己要去旅游，也可能只是换一个行业，换一个工作，冲破原有体制的桎梏，寻找更加坚定的精神寄托。但是直接被大多数网友曲解为要去"环游世界"，紧接着联想到经济状况，随后还出现了"环游世界，我带着你，你带着钱"的调侃。对于自由，人们的第一反应是旅游、挥霍，认为满足肉体和眼球的享受，就是自由的意义了。从看世界联想到旅行，再从旅行想到经济状况，一系列的联想中唯独少了精神层面的探讨。

如果要追随自由，就要有抛下一切的勇气和魄力；如果要挑起重担，就要有任劳任怨的担当和毅力。不论哪一种人，他们的两眼都是紧紧盯着前方，看着自己的目标，而非因别人的路有着旖旎风光，就迷失了心智。但是有一些人，只是抬头羡慕别人的生活，低头抱怨自己的人生选择，最后充满怨气地度过平凡而普通的一生。

解构很普遍，恶搞有底线

王文浩

杜甫火了。玩 COS，玩穿越，化身为狙击手、送水工、坦克男、单车汉，穿越到高达战士、魔兽世界、宠物小精灵、火影忍者的世界中，与李白共舞，抱美人入怀……一代"诗圣"俨然成了网络红人。

"专家"怒了。河南省诗歌协会会长马新朝说："我们绝不允许诋毁杜甫形象……如果是有人恶搞杜甫，恶意丑化杜甫形象，说明他是无知的、浅薄的、低俗的。"更有评论将此类涂鸦直接升格为"亵渎文化"现象。

在我看来，不必对此大惊小怪，更没必要将其上纲上线。一者，课本涂鸦本身就是不少人学生时代的共同爱好，只是不同时代加的"料"各有不同罢了。我小时候也喜欢在书上涂涂画画，当时只是加个胡子、添些麻子，不如现在中学生的创造力旺盛。二者，杜甫本人就很有自我调侃的精神，如他回忆童年的诗句："忆年十五心尚孩，健如黄犊走复来。庭前八月梨枣熟，一日上树能千回。"其顽皮形象跃然纸上。再者，在这娱乐至死、恶搞盛行的时代，涂鸦杜甫引起热议的现象，本身就是大众狂欢的一种形态，是当今流行文化的一种反映，同学们、网友们竭尽想象让杜甫"旧貌换新颜"的做法可以理解，其实不仅是杜甫，李白、李商隐、鲁迅等名人皆已纷纷落水。

事实上，此类恶搞行为本身就是娱乐化时代解构历史、改写历史、使之呈现出当代面貌的表现之一。在我看来，这类对历史人物外在形象的恶搞，实在是解构历史的初级版本，而且也满足了网民的某些需要。正如漫画作者"花菜公子"说的："几年前，网友刻意拿语文和历史课本上的人物形象做比较，发现配图中的王羲之、苏东坡、杜甫等人物形象，眉眼、神情和角度几乎都是一模一样的，多半是严肃的、沉重的，不同的只是帽子和服饰。"教科书中的古人形象忧国忧民、多年不变，不符合流行文化的标准，学生、网友们想要再创造，"娱乐放松一下"也可以理解。现如今，各种"戏说剧""穿越剧""恶搞剧"层出不穷，各路专家、作家对于历史事件、历史人物的重新解释洋洋洒洒，各种"秘史""秘传"泛滥成灾。解构历史、重话历史的现象早已存在，且太过普遍，其中鱼龙混杂、浊多于清，但也绝非一无是处；将其"一棍子打倒"的想法既不现实，也不理智。退一步说，当年鲁迅先生的《故事新编》就是解构历史后的一种个性化表达，蔡志忠的诸多漫画亦是对历史经典的诙谐展现。北大哲学系的杨立华教授就说过，是蔡志忠的《庄子说》引他进入哲学之门的。

　　然而，解构历史很普遍，不代表恶搞历史没底线。缺乏对历史的敬畏、缺乏对古人的尊重，早不是一天两天的事儿了。在历史任人"调戏"的今天，你要涂鸦、你要戏说也就罢了；凡夫俗子总有七情六欲，历史人物也并非一定十全九美，解构历史、恶搞历史，使古人拥有现代人的情感，谈现代式的恋爱，大家想拦也拦不住，想管也管不了。但你要打着"专家"的旗号，说"刘胡兰并非被国民党所害，而是死于乡亲们的铡刀之下"，"李白是个吃软饭、打群架、混黑社会的古惑仔"，"大禹三过家门而不入是因为他有婚外情"，那实在是过分了；你要是心心念念要让岳飞不再是民族英雄、林则徐变成误国罪人、关公成了好色之徒、孔子成了跳梁小丑手中的狗皮膏药……那就真是亵渎历史、污蔑前人，"是可忍孰不可忍"了。

　　一个网友说得好："这个时代赋予我们的压力本来就很大，很多人生活得都很压抑，得轻松时且轻松，整天板着脸岂不是很没有意思。"诚如斯言。但历史毕竟是严肃的，理解这种多样化的历史解构不代表鼓励将历史"娱乐化"，更不代表"将恶搞进行到底"。"如果严肃的公众对话变成了幼稚的婴儿语言，如果一切公共事务形同杂耍，那么这个民族就会发现自己危在旦夕，文化灭亡的命运就在劫难逃。"这是《娱乐至死》的作者波兹曼同志给我们的忠告。

"网上免费阅读"对读者并非利好

朱婉婷

 阅读报章，是一种需要，也是一种享受。匆忙时，快速翻页，扫过标题，大致能够捕捉社会动态；空闲时，悉心阅读，世界就在眼前。且慢，这好像和新时代有点格格不入了。很多朋友说，通过电脑、iPad 或手机，进入新闻网站，或是电子报，效果岂非相同，甚至还更方便。

 这种"新"趋势，其实也不新了。十多年来，网络科技的发展，带来一种趋势，国内几乎所有报章都在网络上供应内容；此外，也有一些免费新闻网站出现。这是新兴市场，传统媒体趋之若鹜；如果没有电子报，大家会认为落伍，跟不上资讯时代。

 网上阅读几乎没有成本，各类新闻讯息一点即来。这也造就了一个新的想法，以为新闻是免费的。省却订报和购报费之余，一些网民还可以在网上吐槽报章，得了便宜还嚣张，痛快非常。

 其实，天下没有免费的午餐，天下也没有免费的新闻和讯息。

 当一个读者免费上网阅读时，肯定有别的人要付出额外的成本；这些成本，就转嫁到报社、广告商，以及购报者身上。免费读者不断增加，传统读者跟着流失；于是，报社的成本就节节上升，报章的水平就每况愈下。

 传统报章需要维持众多的工作人员，尤其是新闻记者和编辑，他们的薪水和福利，占了报社开支很大比重。没有记者到现场采访，写不出有现场感的新闻，更无法得到独家新闻；没有专业的编辑，就编不出有水准的版面；没有经验老到、具有专业能力的资深从业者，报章就少了精神和风格。而一旦报章水准下降，舆论监督的功能弱化，这时，社会就得付出额外成本。

而时下的免费报或免费新闻网站，只需少数几个人或十几人，就可运作。它们依赖二手新闻，或是热炒小道消息，讯息有限，权威性可疑；而且，更必须屈从于广告商利益。这种"新"媒体，影响了读者阅读的习惯，也冲击媒体舆论监督的功能。

媒体必须收费，才能供应高质量的产品；新闻不能免费，才不会沦为可有可无的材料。新加坡《联合早报》的网站"早报网"，即将开始收费；而市场成熟、资讯发达的欧美国家，也早就建立了网上阅读的收费制度。

驳曹林：我为什么不愿谈新闻理想

李远朝

第七周给学生布置了一个作业。选择近期一篇新闻评论作为文本分析对象，从标题、开头、结构、逻辑、语言等方面分析其表达效率，然后就所选评论的话题另选角度写一篇同题评论。之所以布置这样的作业，首先是让学生们有读者意识，从读者角度分析评论的表达效率，毕竟读者角度和作者角度是不一样的，读者对表达效率有着非常苛刻的要求。再去写同题文章，就会有了读者意识，写作时就会想着读者，怎么才能让读者看得更清楚，让观点更有效率地到达读者那里。这次作业效果非常好，同学们的作业都比第一次有了很大的进步，标题醒目，论点清晰，语言流畅，结构有节奏感，层层推进。尤其让我高兴的是，很多同学选了我的文章作为文本分析对象，而且多是从批判的角度进行分析。我一直鼓励他们敢于质疑和批判，他们首先就拿老师开刀了，我甘当这种磨刀石。

新闻理想好像已经成了一个笑话，曹林老师以《原谅我如今竟还跟你谈新闻理想》给媒体人打气，我并不认同其观点。最近网友都在谈"各种不同"，以此类推，当我们谈及新闻理想，媒体人安身立命且引以为豪的新闻理想，已经成为不少从业者羞于、怯于甚至耻于提起的词，是不是要说是因为这届新闻从业者不行？

调侃终归是调侃，可是媒体人避谈新闻理想的现实却客观存在。不

光不谈新闻理想，就连"做新闻"这件事，很多人也开始逃避。2014 年
江苏省高考理科状元吴呈杰在接受采访的时候，提到自己"想当一个新
闻人"的志向，被在场的所有记者"苦苦相劝"；现在他在北京大学光华
管理学院读大二，学经济。《人物》杂志两名优秀的编辑李海鹏和林天宏
辞职后转投《时尚先生》和万达旗下。犹记当时读林天宏为自己的《故
国身影沉默》一书作的序时心里的感慨：当我们读着前辈的文章学习如
何做一个新闻人的时候，他们已经"坐进了写字楼的格子间里，过上了
朝九晚五的稳定生活"。

　　有人说："理想就像内衣，不能轻易示人，但是一定要有。"而新闻
理想在各式各样的理想中，显得尤为单薄。换句话说，这层内衣，很多
时候已经不能为新闻人保暖了。

　　有一种观点认为，逃离的必定是弱者，因为你不够优秀，所以无
法保护好自己的新闻理想。因而一个普遍的现象是，每当一个记者辞职
转投他业，必定会或多或少背负起背弃理想的骂名。然而何为优秀？
曾因刊发《儿子涉案被拘留　父母"想不开"自杀身亡》一文被公安局
负责人电话威胁的武威记者张永生，难道不能算作优秀吗？面对威胁
和阻挠，他还依旧坚持做自己认为有价值的报道，可最后的结果是什么
呢？一条发错的短信所暴露的三位记者的遭遇，更让媒体人寒心、恐惧
和愤怒。一些地方完全把调查记者当成了敌人，舆情研判也成了"敌情
研判"。

　　我们不是从一开始就不愿谈新闻理想，而是太多的现实让人趋于麻
木。就如同"老人摔倒扶不扶"这个问题背后所隐藏的社会问题一样，
很多事情并不会按照我们的正义感、责任感所指向的结果发展。多少人
抱着"铁肩担道义，妙手著文章"的愿景踏入新闻学院，却在逐渐地了
解和切身的体会中将理想消磨殆尽。并非完全否认新闻理想在现如今的
存在意义，我们也知道有一群有信念的优秀媒体人，无论环境怎样改

变，他们依旧是新闻的脊梁。然而影响大多数人对于一个行业看法的，往往不是行业中出类拔萃的那一部分群体，反而是人数最多的中下层。他们的生存状况如何？他们的付出是否与收获成正比？他们的权益是否得到保障？这些问题的答案，很多时候并不能让我们满意。

新闻归根结底是一个职业选择，因而"新闻理想"一词也不应被过度解读。记者如同银行职员、教师、公务员等各个行业的从业者一样，需要通过一份工作实现个人基本生活所需的给养，进而追求对社会的贡献和人生价值的实现。难道一个曾为记者的人、一个曾立志做好记者的人，在不愿谈新闻理想之后，就无法走向人生巅峰了吗？难道从怀有新闻理想的那一刻开始，我们与新闻就被道德捆绑在一起了吗？在跳槽被视为"人生选择灵活化""随时保持对生活的思考"而被年轻人普遍接受的今天，为何偏偏媒体人的职业选择被推上理想的圣坛大肆指摘？至于不谈新闻理想却依旧在从事媒体行业的人，我更觉得没有什么理由去指责他们。在现实中淡化了理想，却保持着新闻人的职业责任感，往往比那些不知疾苦空谈新闻理想的人更值得敬佩。脚踏实地做事的人，难道要因为"没有仰望星空"这个理由而受到责难吗？

当然，现如今新闻从业积极性的下降与很多因素相关。互联网的发展对于传统媒体的冲击日益加剧，新闻行业内部竞争增加，自媒体的发展导致记者让位出了很大一部分话语权……我们不能否认，一部分媒体人的离开是竞争失败后的缴械投降，但也应该看到媒体从业环境的变化、记者权益无法得到保障等原因，让很多人被迫割舍了新闻理想。与其讨伐离开的人背弃了理想，与其在一次次新闻反转、误报之后带着冷漠和讥讽说新闻从业者理想与责任感不再，不如尝试着放下对于所谓"新闻理想"的执念，走下道德的高地，设身处地地去理解甚至改变新闻人的生存现状。

坐等新闻反转的我们既不冷漠也不无耻

盛倩玉

2016 年 4 月 3 日晚，一位名叫弯弯的姑娘在北京 798 和颐酒店四层走廊里遭遇陌生男子拉扯。此事一出引发巨大关注，围绕事件的讨论除了"女子在外应当如何防身"之外，也有一些观点认为此事很可能是弯弯想要炒红自己，也可能是如家对手的恶意表演，或者是政府设置议程想要转移人们对巴拿马文件的关注，纷纷期待着和颐酒店事件发生反转。对于这样的观点，曹林以一篇《坐等新闻反转的我们既冷漠又无耻》，痛批等待新闻反转的阴谋论臆想者们。

对于曹林的这一观点，我不能认同。在我看来，反转心态有其必然原因，背后体现的也并非冷漠和无耻。

人们之所以会对和颐酒店事件产生反转期待，是有其必然性的。会使人们产生反转期待的新闻，都有两个共同特点——"夺人眼球"以及"单方面的、稀少的信息"。从"安徽大学生扶老事件"到"成都女司机被打事件"，事实证明，同时具备这两个要素的新闻，往往就会发生反转。

首先，审视和颐酒店事件，我们可以发现此事非常之"奇葩"。女孩在酒店被陌生人拖拽，大声呼救却被认为是情侣吵架——不论人们怎么强调这种情况发生的可能性，这一事件也太过罕见了。我们中的大部分人不可能经历过在公共场合被流氓拖拽，更不可能经历过被陌生男子拖拽却被误认为是情侣。

第二，在和颐酒店事件中，除了弯弯，我们没有听见其他方面的声音。我们不可能只听弯弯一人之言就相信了事件的全部经过，可是如家的声明含糊其辞，警方的态度暧昧不明，这都难免让人心生怀疑并产生反转期待。4月3日弯弯报警，但警方却根本没有立案；4月6日北京警方的官方微博第一次回应此事，一张蓝色图片上写着"警方正在彻查，请您持续关注"，没头没脑的14个字，既没有说警方到底在彻查什么，也没有说我们应该关注什么，甚至连和颐酒店和弯弯的名字都没出现，让人不知所云。

我们不会期待"李克强：把降低药价作为深化医改的突破口"这样一则新闻发生反转，但会期待"达赖妄称转世制度过时 曾称要转世成女人蜜蜂"这样的新闻发生反转。反转期待不是源于民众心血来潮的恶趣味，而是源于这些新闻具备了发生反转的要素。和颐酒店事件正是如此，博人眼球的案情加上单方面信息，都导致了这条新闻极有可能失实，人们坐等反转的心态完全可以理解。

另一方面，我想指出的是，面对和颐酒店事件，将批评的矛头指向民众的反转期待完全是对错了靶子。人们之所以会主观臆测，是因为信息的匮乏和不透明。在这起事件中，如家、警方和政府都没有尽到公布信息的责任，又怎么能怪我们胡思乱想？

英国逻辑学家理查德·惠特利曾引入法律中"推定"和"举证责任"的概念，来确定各方在争议中所承担的不同责任——在公共事件中，拥有更多权力和资源的一方需要承担更多的举证责任，而弱势的一方则具有一定的推定权力。例如在"表哥事件"中，网民可以通过昂贵的手表就"推定"杨达才腐败，而杨达才和有关部门则有"举证责任"向网民证明自己没有腐败。

在和颐酒店事件中，如家和警方作为拥有更多权力和资源的大型企业和国家机关，有责任对人们的推定做出解释。换言之，如果如家不想让人们乱想，估计是如家得去论证自己的酒店没有卖淫窝点；如果警方不想让人们乱想，估计是警方得去积极立案加快侦查；如果政府不想让人们乱想，估计是政府得诚实面对巴拿马文件，别让反腐成为一个笑话……

此时，再强调"坐等反转是冷漠且无耻"，真的有些不合时宜，因为真正应该受到责备的，是那些藏着掖着把民众当白痴的企业和相关部门，是那些总是不经求证就发出一些奇葩新闻的编辑和记者，而不是"坐等反转"的我们。说"坐等反转的你们既冷漠又无耻"和说"怪这届人民不行"有什么区别？同样批错了对象。

我认为，人们在奇葩社会事件面前的"反转心态"恰恰是媒介素养提高的体现，不是对单方面信息不加选择地相信，而是仔细审视不断追问。所以，这样的我们，既不冷漠也不无耻。

附：坐等新闻反转的你们既冷漠又无耻 / 曹林

"和颐酒店女生遇袭"在微博上引发了数亿的关注量，成为当天最热的社会话题。

这不是你嘴里说的小事

有人很不屑地说，这种"小事"竟然能引发这么多人的关注，竟然发酵成如此大的热点，然后充满鄙视地说这是泡沫口水话题，冲淡了其他更重要的议题，甚至以此批判"舆论监督之死"。

将心比心，我是非常能够理解舆论和公众对这件事所倾注的超常关注。说这是"小事"和"泡沫话题"的，不屑里满含着自命精英的傲慢自负和事不关己的冷漠麻木。是的，这事虽不宏大，也没有什么深远的象征和意义，却发生在我们身边和眼皮底下，事关每个人最敏感最脆弱的安全感。我们都渴求正义和安全，而普通人对正义的理解并没那么高深抽象，最能触动和冲击我们的，就是这些具体而微看得见的身边之事。

对没有经历的人来说，这是"小事"，不就是拖拽中惊吓了一下；可对当事人来说，这是天大的事，对于有共情感的人来说，这足以让他们失去基本的安全感——光天化日众目睽睽之下，都可能无故以这样的方式被殴打被劫持被失踪，这哪里是小事？受害者虽然只有"弯弯"一个人，但公众因此都产生了强烈的安全焦虑，对于这种事关公民基本安全感的事情不去关注，不去追问背后的管理漏洞和公共安全问题，才是媒体的失职，才是舆论监督之死。不能因为舆论监督在其他事务上的无奈缺位，而情绪化地排斥媒体对这种社会事务的关注。

我反感这种自命精英者的傲慢，更反感那些坐等新闻反转的阴谋论臆想者们，这些人既冷漠又无耻。

无依据地坐等反转就是冷漠

　　昨天我写了《我们都害怕成为和颐酒店遇袭的女生》的评论后，好多网友都留言说，你这时就写评论，不怕这事儿反转吗？事情刚发生就评论，到时反转了看你怎么说？可以看到，很多人都是带着这种搬着小板凳坐等反转的看戏心态来看待这件事的。反转心态主要有以下几种：其一，反转恐惧症，新闻反转剧看多了，不敢相信新闻，觉得后面必有反转；其二，反转偏好症，反转爱好者爱看反转，期待发生反转，来个惊天大逆转，再弄个大新闻，多有戏剧效果啊；其三，反转强迫症，觉得事有蹊跷，不妨等等再看。

　　能理解那种经历了太多反转新闻后"不敢相信原初报道"的恐惧，这是无数报道失实带来的失信恶果。谨慎当然很好，但我特别反感那种毫无原则、没有事实根据的"逆转想象狂"，我怀疑我怀疑我就怀疑，没有依据地怀疑，一惊一乍地臆想逆转，以颠覆先前报道为乐，抓住一个细节的变化以点带面，或拿着某不靠谱的反方说法，或仅仅提出某个不成熟、无权威来源的质疑，就以垄断了真相，发现了真理，打了先前报道者的脸的兴奋、得意和优越感欢呼"出现惊天大逆转"。这种"逆转想象狂"之下，使各种阴谋论有了生长和追捧的空间。

　　与发生过扶人被讹诈就不敢扶人的心态一样，这也是反转新闻太多带来的失信恶果。对于那些"你不怕新闻会反转"的质疑，我是这样回复的："反转恐惧症，吓得人们不敢做判断了。信任危机，吓得人们不敢扶老人了。如果这条新闻反转了，如果女孩撒谎了，如果我判断错了，我在公号为自己的判断道歉。路人不能因为发生过讹诈事件就不敢做好事扶人，医生不能因为发生过医闹就不敢救急，评论员不能因为有反转新闻就不敢做判断。"

　　是的，我一直跟学生讲"评论不能跑在新闻的前面"，需要耐心等待事实。但我从没有说过在完整的真相出来之前就不能评论，而是说评论要以既有事实为依据，不能作超越事实的判断，不能凭脑补和想象去推理。毕竟，事实不是一次性呈现的，而是一个在调查中逐渐呈现的过程，在这个过程中评论员不是坐视，而可以凭既有事实做出一些判断，这种判断考验着评论员对既有信息的梳理力和判断力。

质疑需要能力，判断更需要能力

我之所以做出这样的判断，并非被看完视频后的同情和怜悯所主导，而有自己理性的判断。有相对完整的视频和当事人清楚的叙述，有来自警方的信息，确认了女生被拖拽的事实，还有酒店方面的初步回应，这是基础，再加上我的一些判断：

其一，有人说是炒作和营销，可是会有炒作者胆大和愚蠢到去报警吗？这不是找事找死，用生命去炒作吗？凭我的经验判断，炒作者一般都是制造眼球效应，并尽可能回避警方的介入。除非警方配合炒作（这种可能性为零），否则不敢主动将警方卷入。而且当事人将部分矛头指向了警方（不立案），这必会激起警方深入调查。如果是营销和炒作，激怒警方，这不是作茧自缚吗？

其二，有人质疑当事人的微博4月4日才开通，而事发是在4月3日。这也好理解啊，从女生的冷静表述和利用微博扩大影响来看，她是非常熟练的微博用户。她担心如果用有自己很多个人信息的微博求助，可能被人肉，带来很多麻烦，便新开微博求助，符合常情常理。

其三，有人质疑视频是如何获得的。很明显，是在向警方报案后从酒店调看记录时翻拍的。我的判断是，她带着朋友一起去报案去调阅视频，她在向警方诉说当时的场景，她的朋友在一旁翻拍。

其四，有人质疑，遭遇这样的惊吓，她的长微博的叙述为何那么冷静、有条理。也很正常，她后来自己也解释了，尽可能让自己保持冷静客观的叙述，把自己的经历说清楚，才能赢得公众相信。

其五，有人质疑，为何夜间有那么大的转发和评论，甚至很快在微博上有了话题。很正常，微博微信刷屏，引发很多人的同情，触动痛点，成为热点，微博数据迅速捕捉到这一热点从而设了话题，公众情绪助推着流量。

其六，有人质疑其后的各种阴谋，可似乎没有一个阴谋有事实依据，都是臆想而已。比如说联想到如家被收购，质疑为什么发生在这个时间节点上。这也好理解，什么事情都有个先后发生顺序，如果以阴谋论逻辑思考的话，会把任何两个不相关的事联系在一起构成因果关系。一个假性因果的段子是：2010 年 5 月 18 日，温总理一出访德国，5 月 31 日，德国总统克勒就辞职了；5 月 11 日，温总理一出访日本，6 月 2 日，日本首相鸠三由纪夫就辞职了——这之中好像有某种因果关系，其实是假性因果。德国总统克勒辞职，是由于其"不当言论"；而鸠三由纪夫辞职，则是由于民意支持率很低，党派压力迫使其辞职。跟温总理的访问没有任何因果关系，这完全是时间上的巧合而已。

其六，还有人说这是为了转移话题，这是心机婊思维臆想出的阴谋，看着有些人在网上传着一个个不明来源的阴谋论，真觉得媒介素养课应该成为一门公民必修课。热衷于"Believing is seeing"（信什么就看到什么），而不是"Seeing is believing"（眼见为实），一个手带锤子的看什么都像钉子，结果就是聋子听哑巴说瞎子看到鬼了，盲从盲信而自己不过脑子。

再说一句，这次如果新闻反转了，我判断错了，我会道歉。

全民八卦中的道德高地

张卓雅

　　"周一见"确切地说还未见周一便成为业内人士会心一笑的"秘密"、全民茶余饭后的谈资。从亲密照的曝光，到当事人的微博发声，从"南都"的出面回应，到最近"求'南都'放过"的长微博，事件的一波三折更增添其戏剧性与吸引力。于是全民八卦的节日悄然开幕，关注度空前。

　　木心先生在教导陈丹青时曾说："群众没有观点。"所言确矣。群众只有情绪。当下所处的时代，膨胀的信息不断压缩人们思考的空间，比起思考，人们更善于站队。爆炸性新闻一出，人们便迅速投身到看似不同、实则大同小异的三大阵营——骂男主角、骂女主角、骂娱记。这"三骂"中优美的愤怒姿态既将矛头对准他人，又为自己占领道德高地，可谓一箭双雕。妙哉，妙哉！

　　然而，尚不论这些道德卫士是否自己真的百毒不侵，且只谈其表面上一边声泪俱下控诉自己纯真的感情如何遭受偶像的蒙蔽欺骗，一边愤愤不平于娱乐记者卑鄙无耻拆散他人家庭；一边密切关注事态的进一步发展，一边内心深处怀揣因接近欲、知情欲、好奇心极大满足带来的快感，是怎样的道貌岸然。

　　有需求，才会有市场，是经济学上恒久不变的规律。正是人本能的窥视心理催生了"狗仔"这样一个特殊的职业，正是明星为获得关注而让渡部分隐私为"狗仔"实现目标提供可能性。在八卦新闻的生产消费圈中，本就是互相利用的关系，何谈道德孰高孰低？

用七八个月时间挖出这则丑闻的卓伟在接收《人物》杂志采访时，将其日常工作概述为："带着恶意过滤新闻。"而这成为文娱的工作准则也无可厚非，但公众在消费新闻时带着多大恶意却需几分斟酌，再加商榷。毕竟即使是公众人物，也具常人的一面，也有着不同于常人却也相似于常人的家庭生活。老人的长微博即使被怀疑炒作，也有让人痛心同情的一面。更何况每个人都会有人生的冬天。

正如"担负着戳破假象使命"的卓伟接受采访时所说："世界上没有完美的人，所谓完美都是假象。"人非圣贤，孰能无过，何必紧紧相逼。而黑塞在《悉达多》中所写更是发人深省："世界并非不完美，其或正处于一条缓慢通向完美的路上……一切罪孽本身就蕴含着宽恕……学会爱这个世界，不再拿它与某个我所希望的、臆想的世界相比。"

完美伴侣本便是子虚乌有之事，何必占据道德高地让自己高处不胜寒？得饶人处且饶人，未尝不是一个不错的选择。

高音炮 vs. 广场舞：以"直"报怨才是正道

张 瑶

据《温州都市报》3 月 30 日报道，温州市鹿城区新国光商住广场区的居民为了对抗附近松台广场上的噪声，花费 26 万元购置了用于强声驱暴的音响设备，试图"以噪制噪"。

近些年来，这种居民和"广场舞大妈"之间的对抗在媒体报道中并不少见。泼粪、鸣枪、放藏獒等手段"推陈出新"，利益双方的矛盾却不见解决。

一些评论者将矛盾的激化想当然地归咎于当地政府的明显缺位，这显然不符合温州市鹿城区政府的情况。据媒体报道，在这次对抗升级之前，鹿城区政府已经出台过《鹿城广场文化活动公约》，并组织区委宣传部、区文明办、鹿城区公安分局、区城管与执法局、区环保局等单位联合监控和管理广场噪音问题。鹿城区政府不仅加强巡查、进行劝阻，还开通了 24 小时投诉热线。如此大的力量投入还被批评为"政府职能部门缺乏主动介入和调解意识"，我都想替鹿城区政府喊冤。

那为什么政府的介入仍无法解决利益双方的矛盾呢？

我以为，这是居民和"广场舞大妈"两个群体之间缺乏沟通智慧的结果。当地政府不是介入得太少，而是介入得太多。要想解决这两个利益群体之间的矛盾，以"直"抱怨才是王道。

这里的"直"一方面指公正合理。国家确实颁布了不少法律保护居民的利益，例如《环境噪声污染防治法》第 45 条规定，"禁止任何单位、个人在城市市区噪声敏感建设物集中区域内使用高音广播喇叭。在城市市区街道、广场、公园等公共场所组织娱乐、集会等活动，使用音响器材可能产生干扰周围生活环境的过大音量的，必须遵守当地公安机关的规定"。在我看来，新国光的居民与其用强声音响循环播放"请遵守《中华人民共和国环境噪声污染防治法》，立即停止违法行为⋯⋯"，不如直接呈递一纸诉状到人民法院，让事情真正诉诸法律解决。毕竟法院才是司法机构，而鹿城区公安、城管、环保局组成的"联合执法组"已经履行了法定职责，从法律角度看已经无可厚非了。而民事诉讼案件只能由当事人提起诉讼，不能依赖国家司法机关提起公诉。

　　但是，诉诸法律对新国光商住广场区的居民来说实属下策。因为，经当地环保局测量，居民使用的强声音响已经产生了噪声，"广场舞大妈"完全也可以把居民送上被告席。这样一来，又是两败俱伤，利益双方的嫌隙可能更大。

　　这里的"直"另一方面指坦率、直接。如果利益双方不能直接对话、将心比心、妥协退让、达成共识，问题便只会在巡查组的监督之时得以"解决"。一旦监督不到位，双方便可以为了各自的利益各行其道。所以，结束"隔空喊话"才是当务之急。当利益双方分别派代表坐到谈判桌前提出各自的诉求，从普通人的角度用一颗心去体谅另一颗心，做出各自的退让，"以噪制噪"的闹剧才能从根本上得以解决。接受媒体采访的居民不乏提出解决方案的智慧，而是缺少自行解决群体沟通问题的意识，过于依赖政府这个第三方了。

　　徐贲在《明亮的对话》中说，"民主社会不是一个利益的共同体，因为民主制度中的不同群体有着不同的、相互矛盾的利益。但是，民主社会却可以成为一个话语的共同体，因为利益不同的群体和个人都可以通过说理而不是暴力，去妥协他们之间的利益分歧和矛盾。"

　　如何为所代表群体争取利益，协调意见双方，并致力于彼此之间的交流和对话，互换意见，相互谅解和妥协，达成一个大家都满意的局面，考验的是公民的智慧。

《归来》之后，历史的卷轴会缓缓打开？

张卓雅

张艺谋在《归来》上映前接受了凤凰的独家专访。其中，他对"影片是否放弃历史"做出解释，称："因为政治禁忌，很多东西不好拍。一个东西能拍还是不能拍，不是由导演的性格和勇气决定的。"

电影《归来》只截取了小说《陆犯焉识》的后半部分为素材，叙述内敛而节制。因而，"文革"的戏份很少，时代对主人公身体、精神上的迫害也被极大弱化，影片的关注点更多是放在了"文革"过后，陆焉识对家庭的"回归"。

但涉及"文革"本身便是一个很大的突破。

早些年同样触碰"文革"的《活着》，纵使在戛纳载誉归来，国内至今也未上映。于是，很多观众都不曾欣赏到其波澜壮阔与直击人心。随着时间流逝，余华小说中的情节在脑海中早已经模糊，但小说和电影带给人冲撞激荡的记忆依然清晰。虽然这一次《归来》的描写不再直接，时代在其中更多是充当背景，充当由头，但正如传媒学者尹鸿所讲："虽然故事单纯而显得单薄或简单，但'焉识'提醒了我们去哪里认识那段历史。"

无论是对小说，还是对电影，文学作品的审查制度在每个国家都普遍存在，有区别的只是自由尺度的大小。然而，一纸禁令却总关不住向往自由、渴望真相的心。李大同的《冰点故事》依然会被人了解，冯骥才的《一百个人的十年》依然有渠道使人内伤，杂志《自由中国》在图书馆的角落里依然可寻……

只要历史一天无法被完全扼杀，文化就一天难成坚不可破的禁忌。当越来越多的人熟练掌握"翻墙绝技"时，不知身下所处的这个社会是否也会感到些许悲哀。

作家野夫曾说："没有文字的民族是可怜的，有文字而不许真实记录的民族，则是可恨的，盖因它在退化人类的品质。"然而，官修正史中，总是有太多刻意的隐藏和回避……历史课本中一两页的"文革"介绍，远远不能使学生真正了解到那一段时代。唯有从那些逐渐被放开的作品中，年轻一辈才会了解老一辈辛酸的足迹。

事实上，任何一个民族的记忆都绝非正史构成或者说囊括，民间私史的刊刻流布才填补了过去。在一个成熟健康的国度里，民间社会的充分发育应被允许。而了解是一切的前提。

对时代的了解多一分，和解才能多一分，以史为鉴的可能也才能多一分。

不认为中国人擅长遗忘，人们只是学会了沉默着与中国一路相望。"生于斯长于斯，默默地忍受生活，平静地面对伤害，安详地等待结局"，是中国人真实的状态。

不知道《归来》之后，历史的卷轴是否能徐徐打开；但从个体悲剧中展现出些许时代的厄运的《归来》，至少已拉开了真相的包袱，让人窥视到了些许光明。

生活不能大爆炸需要合理解释

张卓雅

　　看科学家吵架，听"谢耳朵"吐槽，全家人一起追《生活大爆炸》基本成为每周末必备的消遣项目。然而上周五上搜狐视频如约追剧时，却发现它并没有"不见不散"，取而代之的则是"出于政策原因无法提供观看"的黑色页面。

　　突遭禁播的不只有《生活大爆炸》，还有包括《傲骨贤妻》在内的其他三部美剧。根据"凤凰调查局"的数据显示，有 66% 以上的调查者认为美剧下架会在不同程度上对自身产生影响，但真正让公众愤怒的，一定程度在于"政策原因"这一解释的含糊与敷衍。在网友的众多控诉中比较突出一条便是："《生活大爆炸》究竟哪里违反政策了？"

　　"政策原因"究竟是什么原因？是出于文化保护主义考虑，是为了监管抵制大尺度、暴力、血腥情节，还是有另外的考量？不说清楚是担心具体民众的难以说服，还是因为政策本身的站不住脚，这其中疑点重重，公众情绪未免不走向极端。"下架"这一举动毕竟多多少少会给民众生活带来影响，所以不论民众理解与否，体谅与否，把原因解释清楚都是必须的，且提供具体原因至少会为政府与民众之间的"对话"提供一定的可能性。

　　事实上，似是而非、模棱两可的搪塞总会把本应公开的事情搞得神神秘秘。最牛的规定是上级指示，最牛的部门是相关部门，最牛的原因是政策原因……词汇本身的极大模糊性，造就其无限膨胀的可能性。乔治·奥威尔曾说："有什么样的生活就会造成什么样的语言，而什么样的语言则又会强化最初的原因，导致相同结果的强化。"试想，决策制定者若常用这一套模糊话语与民众进行交流，社情民意的疏通、公众情绪的疏导、社会的和谐如何谈起？

　　言辞含糊本质上也是对民众知情权的不尊重。从突然下架至今，广电总局未清楚地对其做出正面回应。而由于忽视公众的知情权，造成社会心理的混乱、谣言四起的现象，我们早已并不陌生：包括近些年来对交强险的猜忌，包括在环境污染事故之后的大规模饮用水抢购风波，包括这次对广电总局的众说纷纭……谣言止于公开，疑惑消于透明，正所谓"民知情而安"。呼吁网民理性的同时，政策制定者更应明白：唯有充分尊重公众的知情权，才能避免对政府的不信任及更多社会不安定因素的出现。

　　父母在看一些有血腥镜头的大片时常会和孩子说，你现在可能接受不了这样的场面，还是等长大了看比较好。基于这样的解释和设身处地的考量，孩子们自然可以接受被支开的结果。同理，政府对现状做出改变时，至少也应给民众一个较为清楚的解释。因为重要的不是"为什么不能看"或者"什么时候能看"的问题，毕竟离开美剧，正常生活秩序一样可以维持。真正重要的，是对公民知情权的尊重。

评价大学生的另一种可能

张卓雅

毕业论文，一向被看做是大学学术的最后一道关卡，其质量也体现着毕业生的专业水平与学术能力。然而最近几年每逢毕业季，网络上都会掀起关于论文制度存废的讨论。赞成取消者认为当下本科生的毕业论文拼拼凑凑，毫无学术价值，论文制度已沦为形式；反对者则认为取消毕业论文会更加助长当下大学的"放羊教育"，使学生对专业所学更加陌生，我国的学术环境也会更加浮躁。

然而，问题的关键并不在于毕业论文制度的存废，而在于这种"一刀切"的评价标准已经不能适应当今社会下的大学。

伴随现代大学教育产生的毕业论文，其作为学位资格认证的重要依据，主要是用以展现科学研究和描述科研成果，衡量的是学生"做学问"的能力。在不断执行的过程中，其不断成熟与完善，成为标准化稳定性的评价标准。

但大学的定位与价值，却在历史的长河中悄然转变着。蔡元培先生在 1917 年就任北京大学校长时，开宗明义地说："大学者，研究高深学问者也。"事实上，在那时大学的定位便在于专业化、深度教育。然而，随着现代化进程的发展，"通才教育"的说法也逐渐盛行，"社会所需要者，通才为大，专家次之"的观点得到越来越多人的认可。而在倡导多元化的当下，大学已不再是一个只能"做学问"的地方，大学生的选择也更具有多元性、特殊化。学术，早已不再是大学生的唯一选择。

大学期间，有的大学生选择创业，把自己白手起家的小企业经营得风生水起；有的大学生读书立著，身在校园便已在社会中小有名气；有的大学生苦练口语，地道的外语让"老外"都大跌眼镜……当下的大学有了越来越多的可能性。韩非子有言："世易时移，变法宜矣。"而这也是大学接轨于社会的一种方式。对此，无须诟病校园的"浮躁"。国家的确需要踏实去做学术的人才，但每个学生对自己的定位也有不同的思考，对个人的人生轨迹也有着个性化的设计。而如果一个学生"志"不在"学术"，我们是否应该用单一化的论文制度对其进行评价？是否应该有其他标准去衡量他大学四年的意义？社会对大学生的评判标准是否能够根据其专业、发展需求、自身设计有相应调整？

比如，对一个大学四年一心做实习的学生，对他的评价能否转变为大学生活中工作能力是否有提升，或者工作单位对其是否认可信任。比如，对一个苦练口语的学生，对其的评价能否从看他的论文写得漂亮与否，转移到他是否能够真正与他人进行交流？毕竟那才是口语的功能所在。

多元化的今天，选择的多元造就了评价多元的必需。与其讨论"连着孩子一起倒掉洗澡水"般断然废除毕业论文制度，不如集中精力去构建平行的一套可供学生选择的评价标准去适应当下社会。

别让火爆的亲子节目灼伤脆弱的童心

李 茜

浙江卫视新推出的一档明星亲子节目《爸爸回来了》首播便引发争议，起因是一段明星给3岁半女儿洗澡的镜头。电视台随即公开发表声明采纳网友意见，并公布在重播时会对有争议的镜头进行删减。

总结起来，反对这段镜头的观众基本持两种观点。有人认为，导演组拍摄孩子的洗澡镜头已经超越底线，有低俗嫌疑，更何况播出时没有给女孩所有裸露的身体部位做模糊处理。还有一种人干脆直接反对女孩和父亲共浴，认为这种做法对性别意识的构建无益。

对于父亲是否应该帮低龄女儿洗澡，我并没有发言权，也认为所谓的教育专家和观众无权插手。父亲是否应该给女儿洗澡，应该和不同的家庭环境、教育观念，以及孩子本身的性格特点相关。每个孩子都像形状独一无二的珠贝，和开口说话、学会自己穿衣的时间有别一样，性别意识的觉醒也分先后。只要孩子并未表现出排斥、羞涩，而是享受亲子时光的温馨，这种行为便无可指摘。

关起门来，每个家庭都有选择如何照顾孩子的权利；但是当他们的生活场景被投放在大众媒体上，暴露给无数的潜在观众时，事情的性质便发生了变化。如果爸爸给女儿洗澡的场景是一段珍藏的家庭视频，女儿懂事后看到想必会莞尔一笑，或者因为浓浓父爱而动容；但如果她是在上网时无意间搜索到自己小时候"光溜溜"的照片，并看到后面的成千上万的点击量，那么感人的场面会不会变了味？女孩是否会感到心理不适呢？

明星真人秀节目的风靡，很大程度上满足了观众对名人私生活旺盛的好奇心和集体偷窥心理。在市场利益的驱动下，在残酷的收视竞争面前，电视台在节目设置上通过曝光隐私、无形中操纵嘉宾的例子屡见不鲜；无论是中国还是外国的节目，都很难完全保证在制作和传播过程中不给参与者带来任何负面影响。但当视觉消费的对象聚焦到儿童群体，媒体在保证收视率的同时，更应该兼顾职业操守。面对自我概念、性格特点还未定型的儿童，媒体从业人员必须慎之又慎，每一个细节的选择都需要反复斟酌，考虑其可能带来的不良后果。

我承认节目组拍摄爸爸给孩子洗澡很可能并没有恶意，也并非故意以"低俗"博取眼球，更大的可能性是认为小嘉宾尚年幼，即使"露点"也无伤大雅，而亲子间的互动温情满满，可以传递"正能量"，所以予以保留。但是我仍然认为节目组不该录制洗澡片段，除了亲人之外，再小的娃娃也不应该让陌生人看到自己身体的隐私部位。节目中的小女孩，只是在发现浴室的摄像设备时好奇地说了句"摄像头？"，并未意识到它的真正用途。可如果她习惯了卫生间隐藏的摄像头，并认为跟踪拍摄的陌生叔叔完全可以信任，是否会在日后忽略对自己的保护意识？更何况网络时代的传播能力和搜索能力并不可控，我们无法了解节目投放出去后，隐藏在屏幕后的观众具有怎样的面貌，又将把视频用作怎样的用途。当我们面对孩子纯正无瑕的眼睛，即使再善良的本意，也必须锱铢必较，考虑周全。

一些支持节目组的观众认为，"孩子的世界是干净的，不应该用成人的眼光去看待"。撇去事件本身暴露隐私的特殊负面影响不谈，这句话本身的态度倒是正确的。尊重孩子、避免给孩子带来人为伤害，还在于在节目制作、消费时摒弃成人的审美视角和价值观念，选择俯身与孩子平视。在其他亲子节目中，出现过在环节设计上用刻意欺骗的手段测试孩子，让成人观众因为看到孩子慌乱的反应大呼"好萌好天真"。这种消遣孩子、把孩子当成"小把戏"的成人审美心理显然越了线。而受众在观看节目时，也不应由于一些亲子节目中一些有意无意放大的冲突镜头，比如小朋友之间争执，就以"大人"之心度"小儿"之腹，臆造出"儿童阴谋论"，给孩子贴上"耍大牌""有心机"等标签，让孩子深陷舆论漩涡。上节目只占据孩子生活的一小部分，而电视上呈现的内容更是经过筛选剪辑的冰山一角，观众无权针对一件小事就对孩子的人格做出板上钉钉的负面评价和人身攻击，这对孩子和父母都是一种隐性的伤害。

儿童世界的特殊性，让我们在追赶亲子节目的热潮之前必须冷静反思。任何涉及未成年人的节目，都必须全面考虑其可能给嘉宾和受众带来的心理感受；除了职业的节目制作人员，电视台也需要专业的儿童心理专家，对节目的策划提案和最终的播出效果进行风险预估，最大程度地减小节目设计、儿童曝光等环节可能给孩子带来的伤害，不能让愈加火爆的亲子节目灼伤脆弱的童心。

巧合很少，悲剧太多

孙曦萌

看到这样一则新闻，安徽一中年男子凌晨驾车回乡探母，途中看到有车祸伤者需要救助而肇事者逃逸。由于自己的车上没有安装行车记录仪，该男子并没有伸出援手，后感到不对劲，返回后发现伤者竟是来迎接自己回家的母亲，最终母亲因没有得到及时救治而去世。

这的确是一个很悲伤的故事：在清明前发生的车祸、肇事者逃逸、途径者没有施救、老人去世……而最令人悲伤的，莫过于途经的未施救者和事故受害者，是母子。由此，"见死不救"受到了批判——"老吾老以及人之老，幼吾幼以及人之幼"，社会不该冷漠，社会需要更多温暖。

可是，如果不是"子未救母"这样不幸的巧合，事件只是肇事司机逃逸、过路司机没有伸出援手，是否还会受到这么多的关注？"儿子未救母亲"和"一位老人被撞没有得到及时救治"相比，前者的确更能吸引眼球，但更能引发普遍社会意义的，恐怕还是后者。

必须承认，媒体在每天发生的各种交通事故中偏偏选择报道这一起，的确会对一部分司机产生警示作用。然而遗憾的是，我们习惯性选择了沉迷于生活的戏剧性，在众多事故之中，特别关注着更特殊的、更戏剧化的，并用它们分析着普遍的可能，着力呈现见死不救带来的极端悲惨后果，却在不知不觉中忽视了驾车撞人逃逸、没有安装行车记录仪就不敢救老人的事实。并不是所有的车祸受害者都会被亲人视而不见，但因肇事者逃逸、他人担心碰瓷而耽误治疗的现象却是屡见不鲜的。

如果暂且认为在这个事件的讨论里，道德和法律并没有大小先后，那么，用此事当做反例，来弘扬道德也未尝不可。但令人感到困惑的是，把这种规劝与广大机动车驾驶者亲人的生命安危有意无意地联系起来，从某种程度上来说带有一定的恐吓意味在内，是否真的能产生较好的效果？为什么要去救人，"避免出现类似巧合"可以成为理由，但把减少悲剧寄期望于人们心里的这杆秤，似乎也从另一个侧面体现出我们在交通事故责任划分上的漏洞。

当年，"小悦悦事件"轰动全国，路过的十余人受到强烈的道德批判，而今天，依然有人对救助交通事故受害者存有畏惧。媒体能够把握到大众的共情能力——我们依然愤怒、批判冷漠、能够准确领会到新闻报道教给我们的"道理"，但媒体也高估了大众把"道理"应用于实际生活的变通能力——有人依然可能会犹豫，心里有负罪感却没有停下脚步，"多一事不如少一事"……无论是冷漠的路人数量令人心痛，还是冷漠的路人身份多么特殊，用这些有冲击力的新闻元素引发舆论关注后，我们能不能再多做点什么？在冲击心灵之后，告诉大家该怎么救、施救者担心的如"碰瓷"等问题有无办法避免、法律对肇事逃逸者的处罚状况，等等。

社会依然需要温暖，生活依然不乏这些不幸的巧合，但同每年全世界发生的交通事故数量相比，巧合很少，悲剧太多。当巧合被放大，被当做道德劝导的素材，对完善交通事故处理相关法规与措施的讨论、对逃逸者和未施救者心理活动的解析，却渐行渐远。我们盯着事件中的巧合看，任凭时间走过，不知不觉地，把事故看成了故事。

死人为何屡上头条？

郑深宇

    4月26日凌晨，汪国真去世；当天，曾经的"诗坛王子"登上不少媒体的头条。随即有评论说，一个诗人上头条的最好方式是死。之后，相继去世的科学家徐光宪、艺术家苏文盛也成功上头条。貌似要上头条、被朋友圈刷屏、引起网上高度关注，"死"成为了不错的选择。但我不以为然——名人的死被搬上头条，只是媒介传播的产物；更多的时候，我们要尊重逝者。

    上头条的方式有很多，但背后都有一定的机理，名人之死只是碰巧符合罢了。首先，新闻本身是最重要的因素，"大新闻"总是和头条绑在一起。第二，新闻事件须和大众有较近的心理距离，所以并非所有的"大新闻"都能上头条，纯粹政治性的、经济性的事件一般少人问津。最后，大众不免将事件议论一番，不断扩散，在推波助澜中生产出头条。

    第二环所谓的拉近心理距离，可以是引发相关记忆，可以是回归现实热点，主要在于让大众产生联想，引起情感共鸣，哪怕是一星半点的共鸣。比如汪国真逝世，唤起大众在青葱岁月里抄诗的美好记忆；苏文茂走了，人们立刻回味起这位捧哏大师的经典作品。这和大众窥私猎奇、关注娱乐新闻无本质差别，前者是寄托感情，后者是寻找乐趣，都属于"心理靠近"。

    这种"心理靠近"多是大众主动拉近个人与事件的距离。就"死"这一事件来说，"死"本身能引起大众的感情共鸣，而人皆有恻隐之心，人们在不自觉中向其靠近。大众听到名人逝世的消息，同情和悲悯便充斥心头；再回顾名人的一生，佩服和崇敬油然而生。因而侯仁之、汤一介等大师逝世，朋友圈立马刷屏悼念，媒体头条也是一片悲声。

但更多的时候，心理距离是媒体拉近的。当下社会分工日细，人们可能对其他领域一无所知，心理距离为无穷远。比如在徐光宪先生逝世前，大多数人并不知道有这号人；在其逝世后，大众对其化学研究的认识也仅仅止步于几个简单名词。这时候，媒体大肆渲染老先生的高尚人格和卓越成就，朝着家国情怀引导，这样，人们立马有了感觉。这和运动员夺冠被捧、莫言获诺贝尔奖上头条是同样的道理。

心理距离拉近后，头条的推出主要靠第三环节的议论——争议或评论。一个名人或者他的事业本身有争议，那在其死后，这种争议将再次达到高潮，逝者将被送到风口浪尖，于是头条就这样生成了。汪国真走后的支持和评判充分印证了这一点。当然，如果这个名人一生耕耘于专业领域，并无瑕疵，那在其死后，大众会给他戴上很多帽子，肯定肯定再肯定，哀悼哀悼再哀悼。甚至由此引发其他评论，诸如"再也没有这样的大师了"等。这些议论是生产头条的必要化学条件，不可或缺。

死人屡上头条，这是媒介传播的必然产物，也是大众无意识助力的结果。但媒体用最后的噱头来博取关注，大众以此做饭后的谈资，如此消费逝者，在道义上似乎不妥。虽然这对于死者已无太大影响，但活着的人总该有所反思。逝者已矣，我们应该多一份宽容和尊重，不要在名人最后一次上头条的口水里埋葬了自己的良知。

不要让死亡成为诗人的信仰

岩田文绘

上个月汪国真先生英年早逝，昨日又惊闻用课余时间写诗的大二在读学生王尧自杀的消息，偶发感叹，从普希金、保罗·策兰、西尔维娅·普拉斯……到徐志摩、闻一多、顾城、海子……诗人这个身份，似乎总与死亡有不解之缘。曾在给高中生上诗歌鉴赏课时，一连介绍几位诗人的生平都已非正常死亡终结。同学们疑惑："诗人都追求死亡吗?"我默然。也许有些诗人确实有死亡情结，但这并不代表所有，我们也看到有"我不相信梦是假的／我不相信死无报应"的北岛、"你在我的航程上／我在你的视线里"的舒婷，与癌症战斗的卡佛……相反，群众却更乐意将诗人同死亡联系起来，概括出"艺术家都是疯子"，又把其再窄化为"诗人都有自杀倾向"，因为"死亡"为诗人的结局增添了一份最后的诗意和浪漫，这是符合社会想象的。所以每当有诗人如人们想象那般死去，社会就借着惋惜、怀念之意大肆宣传报道，原本沉寂的诗作也随之进行最后一次热卖和炒作。

这，是否是社会以一种高端而狡猾的方式在潜移默化着"死亡＝声名"的观念? 如果就这么平凡地生老病死了多可惜，本可因不寻常的死亡而成为传奇的。群众其实是不在乎诗人真正自杀的理由的，他们更愿意在他们身后加以八卦的评论猜测，或浪漫化的想象来满足自己的需求。

顾城是这样，一双执笔写出"黑夜给了我黑色的眼睛，我却用它寻找光明"的手，正是这双手，举起斧头（最终警方并未证实）砍向了妻子并完结了自己的生命。纯真与血腥的强烈对比，令旁观者热血沸腾，人们在死者身后激烈地讨论"童话诗人"的"暴力倾向"，而这两个对比鲜明的定义无疑是顾城死后贡献给舆论的最大热点和谈资。

海子也是这样，其好友且同为诗人的西川说他是有自杀情结的人，他在诗中反复地提到死亡、鲜血、尸体与天堂，他从容地爬上火车慢行道，让过车头，钻入某节车厢的轮下……我也喜爱海子的诗，喜欢他的"亚洲铜 / 亚洲铜 /"，喜欢他的"目击众神死亡的草原上野花一片 / 远在远方的风比远方更远"，不胜枚举。但我不赞同人们把他的死一厢情愿地拔高和赞赏："愿将海子的死看做目睹本真以后的个体跨越生存界限的选择，在界面的一端是诗国的辉煌""海子的死标明中国纯诗已经抵达人类精神最前沿却又在现实当中濒临灭绝"……这些都是摘自网上对海子之死的评论，言语之间也对海子饱含着敬意，但首先要铭记的是，诗人不是殉道者，社会没有理由把他们自主选择的死亡私自解释成替庸俗的尘世完成洗净生命的祭奠和牺牲。

王尧又何尝不是这样？逝者已逝，没有人知道他选择结束自己生命时考虑着什么，也没有人在意。或许他的死揭示着社会教育体制的漏洞？或者人情冷暖的偏颇？但社会不关心这些，人们只关心死者诗人的身份，在他死后，所有在网上和朋友圈疯传的纪念文章无一例外地将他冠以"诗人"的头衔，又一个诗人自杀了，多么吸引眼球呀。像我们平凡人，根本无法理解那些与我们生活在不同境界的诗人是怎么想的，现在他死了，可以供我们考究探讨了。

王尧死前并不出名，一个利用课余时间默默写诗的大二在读学生，他因自杀瞬间被关注，被怀念，并被称为诗人。我不懂诗歌批评，看着网上传出的王尧的诗句，也无法评判这些是否真的为优秀之作，看到有不少评论将他的诗与海子、戈麦等经受了时代和大众认同的诗人相提并论，我不知他是否有如此的水准，但现在逝者尸骨未寒，遗作也才刚刚公布于世，我们应有所警惕，不能因他的死亡而盲目抬高他的诗作价值。诗本应是隔着一段距离，久远而缓慢回味的韵道。华兹华斯曾提出"回忆理论"，他认为情绪激动时不适宜写诗，"诗是强烈感情的自然流泻，起源于在平静中回忆起来的情感"。诗歌鉴赏也同理，是个平静的活儿，不要让未能平复的心绪去打搅直觉的感应。

"死亡是对世俗的逃离和解脱""这样的尘世终容不下一颗自由的灵魂"，王尧死后，这样的字句在评论中屡见不鲜，看似是对死者灵魂价值的肯定和叹惋，但这不也在暗示着一种对死亡的肯定解释，把自杀同追求尘世之外的自由所联系起来，怎不是一种对自杀的鼓励？那些年轻犹疑的、尚未成熟的诗人看后会想：哦，甘心堕于此尘世是懦弱的，是诗人就应追求高洁的生死之外的彼方，大概死亡才是我的涅槃？或许我说得有些极端，但当下社会对诗人的定位和诠释确实是有这样一种期待在的。

死亡或许符合一部分诗人所追求的诗意与解脱，但并非所有。世间仍存在着许多脆弱敏感的心，不要因社会群众的自我意淫而让诗人去曲解和迎合这样残酷的期待。就像一个站在顶楼边缘的轻生者，他摇摇晃晃地犹豫颤抖是在等待最后下决心的时刻，而社会舆论的倾向无疑是那个站在高楼底下叫嚣"快跳呀！"的旁观者。

不要因死亡蒙住克制的鉴赏，也不要让死亡成为诗人的信仰。

写给键盘侠

徐 芃

　　大概因为从小就喜欢看武侠小说，我一直对"侠"怀有很美好的情感：他们不愿做平庸的过客，他们有意气、有勇气，也有本事能救人于水火。但是"键盘侠"似乎已经是一个骂人的词了：我常常见到有人用它来讽刺那些光说不做的人，常常见到有人用它来攻击那些愤怒而愚蠢的人，常常见到有人用它来讽刺那些作秀的人。我也讨厌这三种行为，但是却不愿用"键盘侠"去讽刺他们，因为他们和我一直崇敬的"侠"一样，不愿做袖手旁观的过客，我始终相信，他们本可以成为真正的英雄侠客，所以我想把我有幸知道的"侠"的故事讲给你们听。

　　第一个侠客，他有挺身而出的勇气，也有明辨黑白的智慧。前几年流行过一句话，叫"围观改变中国"：网络的快速发展，给了很多人发声的平台，那些曾经消逝在屏幕背后的身影开始涌上舞台。

　　他们不再只是透过镜头去看，不再只是通过音箱孔去听，不再只是跟着播音腔去念白；他们睁开了自己的眼睛，伸出了自己的耳朵，打开了自己的嘴巴。那些躲在镜头之外的人发现再也不能像以前一样肆无忌惮了，这种围观，确实改变了当时的中国。

　　可如果说围观曾经让这些侠客正式登上舞台，那么现在的围观却在使很多人平庸沉沦。围观最开始是一声冲锋号，他对着那些隐蔽龌龊的地道呐喊冲刺，让那些藏在里面的硕鼠们战栗不已；而现在的围观却是一种只有号角没有冲锋的大喇叭，或者是只有冲锋没有号角的乱冲乱撞。

　　我尊重的这第一位侠客，他能仗义执言，遇到不平之事便会扬眉出剑；但他也知道什么时候应当亮剑、对谁亮剑，他会在大家都在关注一场事实清楚、是非清晰的民事纠纷时，提醒大家收起口水，把目光投向更加重大的议题。我想把他介绍给你们，这是我欣赏的第一种英雄主义：富有智慧的勇气。

　　第二个侠客，他能克服自己的意气。行走江湖的人，大都血气方刚，热血上涌。对恶保持义愤是善良的表现，但是强烈的正义感并不一定会带来正义。比如最近的暴打女司机事件，人们为了谴责女司机的无理行为，就采用人肉的手段去翻旧账、曝光个人信息，甚至还有涉及个人隐私的开房信息，这些信息都是直通公安内部网的，这种出于义愤的行为也是一种恶。

　　通往地狱的道路，往往是由美好的愿望铺就的。良好的愿望有时会遮蔽我们的眼睛，似乎有一个好的名头就可以肆意妄为，让我们不再认真审视自己的行为是否正当。我们也常常捍卫自己的正确，令胜过别人的欲望压倒了对正义的追求，这就是愚蠢的固执。

　　我尊重的这第二位侠客，他有正义感，更会控制自己的正义感。在自己正确的时候，克服不必要的激情；在自己错误时，坦诚地承认并道歉。不用附和众人来获取安全感，不以贬损他人来显示优越感。这是我欣赏的第二种英雄主义：克服自己的意气。

　　第三个侠客更加特别，他有"消灭自己"的勇气。在俗语中"英雄"这个词总是和"乱世"相伴，"行侠仗义""劫富济贫""替天行道"这些词都是一种暗示：江湖风波险恶，这个社会非常不公平，六扇门也是不值得信任的，只能盼望英雄来扭转乾坤。

　　但是这样的英雄总是孤独而悲壮，乱世之中，个体都是无力的，无论你是谁。而且以现代文明的标准，英雄侠客是不适宜的，现代文明一个重要的原则就是对暴力的严格限制，私下的以暴易暴必须废止，公权的合法暴力也必须受到严格监控。所以，对于英雄侠客的召唤，不仅是对于社会的恶的怒吼，也是对六扇门的怀疑和敌视。

我尊重的这第三位侠客，他清楚地知道"侠"的局限，所以他要"消灭侠客"，他要召唤的，不是英雄辈出的乱世，而是一个平凡的世界。六扇门不再龌龊，无论是庙堂之高还是江湖之远，正义的人都能安全地求得光明磊落。当人们能够通过合法手段保护自己时，英雄也就可以安心退场了。这是我欣赏的第三种英雄主义：做正确的事，不是为了扩大名声，博一个英雄侠客的名头，而是能够说，我做了正确的事，我尊重我自己。

为什么流行语会让人反感？

李嘉佳

北大未名 BBS 上最近有一题为《对一些新潮词语有些接受不了》的帖子："别人谈到时会有点小反感但马上会压下去，自己则完全不想说这类词语，包括但不限于：男神、女神、正能量、女汉子、屌丝、基友。"许多网友也表示有类似感受。

毫无疑问，这些新潮词语即流行语，刚产生时会受到很多追捧，成为我们聊天记录和朋友圈里的高频词。但过了一段时间，这些流行语就会让人产生反感，原因除了人们喜新厌旧的天性外，笔者认为还有一点。

这些流行语让人反感之处在于，一旦得到官方媒体甚至领导人的认可和使用，就反过来促成一种谄媚，各媒体、地方部门甚至官方传播平台纷纷跟进，铺天盖地、不顾语境地使用。比如"任性""男神""女神""女汉子"，比如春晚贾玲主演的小品《喜乐街》，其中"女神和女汉子"的桥段频频出现，被反复高唱，深入观众记忆挥之不去。节目组原以为贴合潮流，却反倒引来了不小的嘘声，甚至有人质疑是否是一种"歧视"。

为什么会有这种现象？因为文化的代沟确实存在。网络流行语多出自"80后""90后"等互联网使用主力军，而官方媒体、权威发声渠道则是掌握在"60后""70后"的人手上，这些人难以真正了解新一代互联网人群的思维方式和文化气氛，却又很想跟上时代的潮流，因此只能从最容易模仿的流行语入手。比如春晚，作为一档受欢迎程度逐年堪忧的官方大型舞台节目，自然需要想办法抓住新一代年轻观众，因此就想出了使用流行语的办法，谁料语境没把握好，反倒受到了不少反感和批评。

于是，无外乎近来许多领导人和媒体大肆采用流行语，一味迎合大众的喜好。但这种缺乏深入理解的使用，反倒会引发一系列负面效果。其实这些流行语多半是网友们在调侃、自嘲的状态下诞生的，目的是娱乐，但如果忽视语境地用到了官方宣传渠道上，就成了一种无脑的谄媚，让人看了产生反感，同时也把流行语的新鲜度消耗殆尽。

马来西亚媒体如何报道客机失联

张以柔

在马航 MH370 航班失联这场全球关注的新闻大战中。CNN、美联社、路透社、《华尔街日报》、《纽约时报》等一众西方媒体，不断突破核心信息源，援引权威专家分析，对马来西亚官方信息发布形成倒逼之势，确保了全球网民的知情权。相比之下，身处核心当事国的马来西亚媒体表现如何呢？

在本次报道中，马来西亚最大中文报纸《星洲日报》主要转载外电，借用外人之口针砭，本身评论则感性得多；《星洲》的编辑手法与官方立场可嗅到一些味道，是马来西亚最"识大体"的媒体，什么可以报，什么不能报，拿捏很准；作为中文小报，《中国报》则明显着重于小道花絮，对两位飞机驾驶员的私生活进行层层剖析，热炒机场巫师事后的口水战；《东方日报》作为唯一一份非官方背景的媒体，在大是大非的时刻也是避重就轻，多引用外电的内容翻译。

事实证明，与外媒共处一个竞争平台上，马来西亚媒体缺乏对信息深度挖掘的能力。除了煽情式报道之外，鲜有对政府的直接追问、对真相的挖掘，更多是对发布会上官方说辞的原话搬运。而相对于美国作为民航核心技术国，马来西亚国内缺乏航空领域权威专家，这也导致无法第一时间对事态做出权威解读。

我们都了解，马来西亚是一个有传媒管制的地方，可以管制传媒的机构包括新闻部和内政部。前者主要负责发放事关政府的官方新闻稿，召开政府的发布会。后者则更多检测媒体发布的内容是否合乎"要求"。

自己曾经在《星洲日报》实习过，当时发了一篇疑似"唱衰国阵"的新闻稿，就有新闻局的官员踩到报馆，邀请老总说话。

关于这次客机失联事件，马来西亚在野党领袖安瓦尔说："以前，看到亲国阵的媒体出现，国阵只要给一个飞吻，媒体都会乖乖回家，不再提问。但是，马航航班失联事件受到世界关注，在面对外国媒体时他们害怕了，所以（首相纳吉布）召开记者会时，就不准媒体发问。"

"No news is bad news"，马来西亚，不管是媒体还是政府，没有经验还是硬伤。

比众口纷纭可怕百倍的是众口一声

陈楚汉

今年两会，一如去年又胜过去年的仍然是众代表、委员的"雷人"提案与语录，以及随之而来的网友的犀利吐槽。

比如数十年如一日拥政爱民的全国人大代表、全国劳模申纪兰声称："网也应该有人管，不是谁想弄就能弄。咱要按照原则去弄，不要好的弄成坏的了，想说什么就说什么，咱是共产党领导下的社会主义国家。这个网，你谁想上就能上？还是要组织批准呢？"而一向语出惊人的陈光标则继续发扬他的作风，他称："未受过九年义务教育的人不应该生孩子。"

每当听到这些匪夷所思的言论时，我们在嬉笑怒骂之余，却也不免感叹当下社会的割裂真有如天壤之别，可谓是："站在天堂看地狱，人间好像情景剧；站在地狱看天堂，各个代表都像流氓。"

但我却觉得这仍然是一种进步，智慧使人进步，愚昧又何曾不能呢？相比于整齐划一的聪明，我更乐于接受这种叽叽喳喳的讨论。意见的自由市场固然不能事事聪明，但一定不会造成整个时代的愚昧。

如果没有申纪兰这样的无论政治风云如何变幻、都屹然不倒的"劳模"，我们这些"90后"怎么能知道我们的国家因为这种"全票赞成"有什么样的遭遇，又怎么能够切身体会什么叫"殷鉴不远，在夏后之世"？如果没有陈光标这样的"红顶商人"，当下的官商们又怎么能深刻理解总书记"官商不要勾肩搭背"的警醒呢？

　　当然，意见的自由市场也有它的滞后性。有些代表、委员的意见虽然也遭到网友百般嘲弄，但只要不受到人为的压迫，历经时间的洗练，也必有水落石出、"沉冤昭雪"的一天。

　　比如，全国政协委员、宣武医院神经外科主任凌锋"让挽救无望的患者自愿选择离世方式"的建议，虽然被不少网友戏称"小病自我诊断，大病自我了断"，但"尊严死"这个国际医学界在上个世纪 70 年代就提出并在发达国家已经实践的想法，也越来越多地得到中国人的理解和支持，"这对患者和亲人都是一种解脱"，新浪新闻的网友如是说。

　　对于代表来说，让智慧成为智慧者的通行证，让无知成为落后者的墓志铭，让愚昧成为愚民者的火葬场。对于人民来说，有错必纠，还政于民；知错能改，善莫大焉。我想，在这个特殊又漫长的政治过渡期，两会的意义，莫过于此了。

没有您的授权，我不能代表您

王润茜

"没有您的授权，我不能代表您。"这是李承鹏的竞选广告词，在这张黑白色调的竞选海报上，他双手插在口袋里，看向远方。

2011年5月，外号"大眼"的时评人李承鹏宣布参加成都市武侯区人大代表竞选，并组建助选班子，有了参选大纲，一时备受瞩目。而后，作家夏商、中国政法大学副教授吴丹红及杭州普通市民徐彦、梁永春等纷纷加入了"独立候选人"大潮。

但是今年2月13日，李承鹏在微博上宣布，因为没有拿到联名推荐信，他落选了。随后，他的选择是前往投票站，在选票上的"另选他人"一项中，填上自己的名字，投好庄严一票。

李承鹏说，他前往投票时，投票站一片寂寥，每位前往投票的选民都能得到20元的误餐补助。在他的身后，是大条的横幅，上面依稀可见"选好代表为人民"。

"人民代表人民选，选好代表为人民。"这本应该是人民代表大会的精神核心，也是民主制度在中国的践行方式。可现如今，又有多少人从心底认可，那些每年3月进京赴会的"人民代表"真正代表自己的利益呢？

大多数选民是怎样投好庄严一票的呢？是面对几个不认识的人，选择名字好听的，还是随意画几个圈完成任务？或是和复旦大学的同学们一样，在选票上填上苍井空？还是和笔者一样，拿到选民证之后，拍照上传炫耀一番。投票之日，以"太麻烦，懒得跑"为由，放弃了行使投票权。

在中学政治课本还在强调美国等所谓的资产阶级民主国家投票率不断下降的今天，又有多少人统计过基层人大代表选举时的投票率？

笔者认为，与其为中国人不珍惜民主权利扼腕叹息，不如思考，究竟是制度的哪个方面出了问题，让我们的人民代表沦为"橡皮图章"，让代表选举成了过场、形式。

面对"被代表"，人民的选择并不多，所以就只能恶搞。人民用恶搞的方式来对待选票，其根本原因在于，人民不知道候选人是谁，更不知道候选人能不能代表自己。与之相对的是，候选人们完全没有意识到，让选民了解他们是自己的义务，反而认为，应当让"富有责任感"的选民去主动了解他们。

而人民用恶搞的方式来对待选票的结果，是人民代表大会，这个宪法规定的我国最高权力机关，难以起到监督作用。偶尔的一桩罢免案或否决案，就能够成为被称道的典范。

人民可能并不认识李承鹏。这并不重要，正如人民不认识所在选区的其他人民代表一样。但李承鹏的不同之处在于，他在努力地让人民认识他。他在不断地通过言行来证明如下事实：我可以代表你的利益，如果你愿意授权让我代表，请投我一票！

民主是一种政治理想，更是一种政治实践，公民李承鹏今天站了出来，虽然他没能获得获选人资格，但是他为那些出现在选票上的人做出了榜样。所谓政治改革，应当思考的是如何让代表们真正地开始"竞选"。

公开、自由、公平的定期选举是民主政治最显著的特征之一，只有通过所谓"竞选"，当选的和想要当选的政治家才会真正认识到自己的政治命运在握有选票的公民手中，因此，自己的一切政治行动都要以自己的选民的利益着想。在民主体制下，公民有权利决定到底由谁来管理国家。公民通过"选举"这种形式，来捍卫自己的权利和自由，监督、惩戒和撤换那些不称职、不合民意的政治家，也用选举来抗拒政府权力的不合理扩张。

如果选民要选的是只会举手和鼓掌的"橡皮图章"，那选民只能投"好庄严"或者苍井空一票。再或者，投自己一票，在人大代表并不能代表你的时候，你至少可以代表你自己。如果选民要选的是真正为了人民的人大代表，那选民自然会"投好庄严一票"，而这些代表，也能够真正代表人民。

公民意识不要"三月来，四月走"

黄子健

　　每年三月两会的召开总能掀起一阵"参政议政"之潮。在网络社交媒体发达的当下，仿佛一夜间微博上许多人都变成了心系社会的积极分子，颇有"千树万树梨花开"的效果。但这股两会之风往往不能持续地拂动大家的兴致，更多人往往如消费春晚，"赶时髦"地消费一把政治，并借此向粉丝们展露一下自己的情怀。接着，两会结束，各回各家，柴米油盐酱醋茶。

　　与此类似的是，近年来曝出的一些事件，诸如"表哥""房姐"等——不同于"地沟油""毒胶囊"，它们往往同大多人的衣食住行没有直接联系——这些事件最初在网络上也有庞大的转发量，但许多转发者往往只是出于一时的兴趣，对事件并没有深入了解，评论也浮于表面，只有部分人会主动持续地关注事件的发展与最终结果。

　　于是我们看到如此的现状：在拥有如此多元信息通道的当下，我们有各种手段可以了解到这个社会上发生了什么，什么与"我（们）"的利益相关，但是真正关注这些事务的人并没有显著增加。人们主要关注的还是个人的穿衣吃饭、开工放假。而与此形成对比的一个略显滑稽的现象是，大多人都或多或少地能侃几句政治、经济话题，甚至还有戏言称"北京的出租车司机都是政府秘书"。但这些人大多没有进行过系统的知识积累与有意识的思考，没有形成理性的认识和观点，所做出的评论更多出于一时激愤。如此的结果是当其遇到无力解决的问题时往往直呼民主与自由、法治与公平，批判中国现状，把一切归结为制度之错，试图用这些大概念给自己打上"合格公民"的标签，但却无意、无能探求解决之法，然后待事件热度一过，即将思考抛诸脑后。如此做法，既对事件核心无关痛痒，又于社会无益。

如此现状提示我们，我们需要的是真正的公民意识，而非一时热情。这种公民意识指的不是能应景地批判几句贪官、点评两句时事，或对不公之事表达一下愤慨，或在网上对未经司法判决的嫌疑人进行简单粗暴的道德指控。真正的公民意识，在我的理解中，要求公民深刻地认识个人、社会和国家三者间的紧密联系，进而主动地将自己置身于社会环境之中，积极关心和思考政治、文化、经济等大小社会问题；同时也需要公民对个人权利、义务、责任和道德观念之于社会的重要性有深刻的认识，并因此积极主动地行使权利、履行义务、尽到责任、遵守道德要求。落到实处则是要积极参政议政、关心社会实务，不仅做纯粹的是非判断与情绪宣泄，更应基于逻辑和理性思考，提出中肯的意见与创新性的、可行的方案。重要的是，这种对社会的关切应该是持续的，不能仅追赶社会热潮，而是要进行持续积极的"练习"。

目前的难处在于，人们大多热情有余，理智不足，又坚持不住。如此培养的只能是伪公民意识。当然，人们出于正常的生活、交往需要，不能仅仅阳春白雪地谈论这些大问题，穿衣吃饭依然是生活常态，不可忽视。但在脚踏实地经营个人生活的基础上，人们或应有适当的"理想主义"。毕竟，建设一个好的公民社会与我们每个人的切身利益息息相关。值得欣喜的是，在信息传播愈发发达的现在，我们有越来越多的途径接触到这些富有理想精神的探讨，也能够接触各方观点从而形成自己的理性认识和判断；也有越来越多的人，逐渐意识到民主、自由、法治社会的建设基础在于"开启民智"，而自己的这种主动行为正是从最细微也最重要的角度做出的重要推动。

大学生为什么会有两会冷漠症

罗蔓

坦率地讲，作为一名正常普通的大学生，两会并不在排在关心议题的前列，身边同学对此也少有谈论。唯一的一次日常对话中出现"两会"，竟是一名需要做和水质相关实验的同学，抱怨在这特殊时期，出于安全原因，不让他们去水源地取样的事儿。在学期初的班会上，辅导员还专门向我们传达了学校和团委的倡导，叮嘱同学们还是稍微关心一下两会的事儿，不要到时候别人问起来，连两会是什么都不知道。这对于在大学里必修五门政治课的我们来讲，听上去确实有些讽刺。

幸好有了微博、"人人网"，还是让我感受到了一点儿同龄人中的两会气氛。除了惯常的看美女、看热闹，两会起到的一个实际功能就是普及政治常识。比如那几张在社交媒体上流传得最广的图片是国务院机构改革方案的图解和说明，相信让不少人第一次对我国最重要的这些机构的设置有了一个大概的认识。回想起前一届两会，除了多了些政治八卦，它给我的主观感受似乎也差不多：娱乐一下，长长知识。

但是理性告诉我，这不应该是两会这一每年国家最重大的政治活动和我们的联系的全部。深感惭愧之余，我也在思考，究竟是什么，让自己对两会提不起太大的兴趣。并且我相信，像我这样的绝不占少数。

结合对周围同学的一点随机调查，发现一个最主要的理由是"关心了有什么用？"不要急着批判这是功利性思维，仔细想想，该种说法确实不无道理。当提案和议案基本上仅仅是谈资，对突如其来的重大政策变动，能做的顶多是去了解和接受；当我们意识到，自己只能去适应，不能去改变，那确实不如少关心些"国家大事"，多抓住点眼前东西。

所以不是不想关心，而是很多时候确实难以想明白自身与其的关系。而一旦我们看到某种联系，关注度立刻就能上升。比如对于新组建的某总局，除了名字很长，大家还想到了电影问题，关心起电影分级和"剪刀手"来。看电影，作为最主要的日常娱乐方式之一，自然很重要。

还有位同学则是直接向我坦白了自己对于政治事务的厌恶，她觉得政治有太多肮脏的东西，所以不想去关注。这里大不用将问题上升到犬儒主义，我更倾向于将此单纯地看成是一种对我们所接受的政治教育以及日常信息的某种正常反应。从小学到大学，大量繁复、枯燥、充满说教意味的政治教育已经让人厌恶，使得许多学生不愿意再对这个领域进行思考。

政治参与热情低，的确是大学生群体的一个普遍特征，不过这也不能全怪"90后"们不关心国家、社会。事实上，两会期间许多同学纷纷在网上分享一些政治常识的信息，就已经是一种进步，这起码体现出大家有这个兴趣和需要。

在公共讨论中，一提到民主，总会有人拿民众素质说事儿。我们不妨将大学生看成一个观察样本，看看究竟是哪些变量在影响政治参与。

06

第六编　在北大的旁听生们

　　旁听生是北大课堂上的一道风景，每年我的课堂上都有很多来自外校的学生，甚至有学生每周五晚上坐两个小时的地铁来听课，而且风雨无阻，一直坚持，让我很是感动。总体来看，旁听生比北大学生更珍惜这种听课机会，抢坐在前排，抢机会参与讨论，积极写作业让老师点评。他们在课堂上的存在，很多时候让讨论更加多元，清华大学、中国农业大学、中国传媒大学、北京师范大学、中央民族大学，不同学校学生的多元观点有时能碰撞出很精彩的火花。课堂上还经常有一些业界同行来访，他们的从业经验也给课堂讨论带来了不同的东西。

"步步精致"的大学生活

何 敏（北京联合大学应用文理学院）

　　每个大学生身边大概都会有这样一个朋友：他（她）成绩优异，勤奋上进，事事争先，每天脚步匆匆，忙得不亦乐乎，是老师和同学眼中的优等生。然而一旦深入了解这个朋友的生活状态，你会觉得，他（她）似乎过得并不是那么开心。与之相反的是，事事都做得很好的他（她）充满了深深的自责和焦虑。

　　因为这个时代对于成功的渴望及其衍生的焦虑，早就渗入了被称为"象牙塔"的大学校园。大家从跨进大学校园的那一刻起，仿佛就铆足了一口气，企图过上一个"步步精致"的大学生活。绩点要高，课外活动要参加，社交和人脉要努力开发，甚至连谈恋爱都唯恐落于人后。

　　于是常常出现这样的事情：有的学生为了保证完美的绩点，特意去选一些"水课"，更有甚者，在临近期末的时候偷偷找老师私聊，说自己毕业之后想出国（且不论话的真假），拜托老师给个高分，不然影响自己前途。笔者以前也有毕业想出国的想法，有些太难的课，担心自己分数低，于是也循着这个例子做过类似的事。一开始觉得这事情挺正当的，毕竟老师随便大手一挥，就是学生金光闪闪的绩点和似乎与之相关的大好前途。直到有一次看了人大哲学系的教授周濂在《你永远都无法叫醒一个装睡的人》一书中写的，他自己作为老师面对学生提出类似要求时的矛盾心情，才恍然明白自己之前做的事情并不是那么正义。他大意是说，老师当然希望每一个学生都有大好前途，可是如果得到一个高分这么容易，那求知和学习就失去了它本来的意义，再者对别的学生也不公平。

他在书中写道："这学期我收到大量学生来信，都在焦虑于为什么周围的同学如此目标明确，为什么自己依旧懵懵懂懂。出于某种补偿心理，他们会一方面忙不迭地参加各种社团活动、社会实践，另一方面又强求自己在考试时门门得优。在这种全方位恶性竞争的氛围下，只可能造就彻底的赢家和彻底的输家。"都说大学教育正在堕落成为一种"失去灵魂的卓越"，但是在我看来，更可忧虑的是那些赢家并不因此成就"卓越"，反倒可能因为谙熟了各种潜规则而变成蝇营狗苟的现实主义者，与此相对，输家则因为遭遇挫折或不公而成为愤世嫉俗者和犬儒主义者。无论是哪一种结果，都以丧失灵魂为代价。

充满恶性竞争和焦虑的大学生活，哪里有什么赢家和输家，大家都是输家，为了"步步精致"，大家都活得很累。

"知乎"上的"动机在杭州"老师，曾经提出过一个"浙大病"的概念，大意是说，他在浙大接触了很多很优秀的学生，这些学生在别人眼中都是"学霸""天之骄子"，但是在他们眼中，自己很多地方都不如人，并因此感到痛苦。比如，有一个女生成绩非常优异，但是"一直没有人追"是她的心结，为了减肥，她压榨自己身体的一点一滴。"每当我多吃一口饭，我就会有很深的罪恶感。我觉得我没有尽力，就像现在，我压榨每一分钟时间，每次当我安静下来不做事，我就会觉得没有尽力。就像我当年高考，我在努力压榨每一道题，每一个分数，如果某个题目丢分了，我就会有深刻的罪恶感，觉得我对不起父母。所以我知道自己只考了浙大的时候，我伤心地哭了。"最后她说，"其实你不知道，我身边很多浙大的同学都这样"。

对自己严格要求，事事力求完美，企图过上一个"步步精致"的大学生活，这既然是"浙大病"，那么也有可能是"浙大药"。我们何不坦承，这个世界上确实有在不同方面都碾压我们的人。面对自己，我们要铭记胡适先生说的，"怕什么真理无穷，进一寸有一寸的欢喜"。面对别人，英雄出场的时候，我们不妨做个热情鼓掌的人。

人生是一场马拉松，不是一场短途赛跑，我们都不赶时间。

世界上最遥远的距离是课堂上的师生

王潇雨（河北某大学）

写在前面：

这个星期有机会来北京听曹老讲新闻评论，在课后他留了这样一个作业：就校园现象、校园问题或热点写一篇评论。拿到这个题目，我就又开始发愁了，每次有关写作的事情我总是打退堂鼓。我不知道自己是不会写还是不敢写，因为心里有太多的话想说，但真到了要写的时候，却硬生生地卡在那儿，无从下笔。

今天要写的这篇评论和我自己有关，所以要先介绍一下我的情况。我是一名来自小城市的二本学校的大三生，学习的是播音与主持专业。这次是第一次来到北大，北大真的是很大，我一路问询着来到这间教室，不到 6 点 40 分教室里已经坐满了人，我搬了一把凳子坐在了后面。坐定后，我看了看周围的同学和面对着我的老师。稳了稳神，没错，我真的在北大。在上课的过程中有一个自由讨论环节，议题是就陈光标冰桶造假事件进行讨论。我很激动，我想大胆地说出我自己的观点，我想发言。于是我拼命地在脑中组织我的语言，终于我可怜巴巴地将我认为能够表达我观点的话语理顺，在心中给自己无数遍的鼓励，当我怯怯地将手举起时，自由讨论的环节也告一段落。我放下举到一半的手，我知道我心中有失落，但更多的是庆幸。我庆幸我没有张口，因为我胆怯，我害怕自己的观点有问题，我害怕长达三年的不开口会让我语无伦次，磕磕绊绊，会因此受到嘲讽。于是我放下了手，千百次的心中演练无疾而终。在课后，老师布置了这个作业，就是我今天这篇评论要说的问题。

北大的学生说北大，清华的学生写清华，我不了解北大、清华这些一流大学中的校园问题，在拿到这个题目时，我想的只有那所我生活与学习了三年的师范类院校，我熟悉那里的环境、那里的课堂、那里的规则，在这三年中所见所想，我都想将它写下来。

高中考大学我选择了艺术，一是分数低，二是我爱说话，会说话，喜欢表达。但是因为文化课的平庸，来到了某二本院校。到现在我还清楚地记得我高中时对大学的憧憬与期盼，和许多人一样，我幻想着未来四年的大学是一个学术气氛与娱乐环境并存的小社会，在课堂上坐满了对知识充满着渴望的学生，有激情传授知识的老师，每一节课都是思想的碰撞、知识的互动，每一个人都是积极向上的个体；在课下有让我们身体放松的休闲娱乐场所，足球场、篮球场、游泳馆等场地宽敞明亮。

怀揣着这样的幻想，我迎来了我的大学生活，整整三年的时间，我长"醉"在这里不醒。因为在我看到的课堂上，没有互动交流的师生，只有坐满了低头族的后三排座位与空荡荡的前排座位，所有的学生都不约而同地选择坐在最后三排位置上。每每有上课来晚的同学只有悻悻地坐在稍靠前的位置上时，那脸上浮现的懊恼真让人以为那讲台上的不是老师，而是猛兽；课堂上的气氛也是压抑难熬的，台上老师自顾自地讲，台下学生如入无人之境般与现代化电子产品为伴，或与周公在梦中相约。大多数的老师一站上讲台，就会立刻开始自问自答模式。老师提出的问题变成了老师对自己的发问，基本上每一位课堂上的演讲者都明白这是一个单方面的传播，不要期待会得到任何来自学生的反馈，因为你的受众根本就没有去理会你。这种课堂模式，让我愤怒，也让我悲哀！

　　网上流传过这样一个段子：快下课了，老师说，大家注意了，我要布置作业了，请吃泡面的同学别聊天，后面打扑克的同学不要大声吵闹，以免影响到前面的同学睡觉，看风景的同学把下面打篮球的同学叫上来。这本是一个调侃师生的段子，在这里反而成了现如今一些大学课堂的真实写照，这不才真是天大的笑话、最犀利的讽刺吗？

　　整整三年，我不发问，不回答，稍显积极的回答就会得到不甚友好的围观与调侃，我选择了做一个哑巴，和数千名与我般的人深陷"沉默的螺旋"之中，于是就在这种沉默中我"消失"了。一起被同化，一起被和谐，和所有的"我"一起行尸走肉般穿梭在校园里，最终变成一具具会行走的机器。上课的目的是不被点名，是将娱乐场所从寝室搬到了教室，这真是充满了讽刺的课堂。正是这样的情景，它正发生在已知或未知的和我一样的大学生身上，发生在许许多多思想与精神急速下滑的校园中，我置身于此，但无可奈何。大学，何时变成了这般光景。

　　在这自我麻痹的"准社会"中，不只是学生，老师的角色也变得不同起来。"师者，传道授业解惑者也。"老师不只是照本宣科地宣读课本上的知识，更重要的是挖掘学生身上的潜能，激发他们对知识的渴望，鼓励学生对未来勇敢去追寻与探索。老师本是学生人生道路上的指明灯，现在却成为了加速学生惰性思维的催化剂。一些老师的课堂平淡无奇，照本宣科，就像上文笑话中的老师一样，没有劝说与教育，反而采取不作为的方法助长了学生的惰性。

　　在这个信息高度发达的新时代中，物质生产的大规模运作带给了人们物质上的极大满足，但精神生产与精神活动却一步步地走下坡路，两者发展不平衡的后果正在年轻人身上显现。这些天一直在看由路遥的小说《平凡的世界》改编的同名电视剧，剧中的主人公孙少安、孙少平两兄弟身上的那种属于年轻人的劲儿，是在安乐窝里的当下年轻人所没有的，那种冲破束缚，一心摆脱自己的命运，向理想坚实地踏出每一步的勇敢与倔强，是值得所有年轻人学习的。在大学中学习成长的年轻人身上就应该存在着对未来的强烈憧憬与敢于挑战、勇于奋斗的韧劲，以及一颗执着的心。我不知道如何去评价丰富的物质带给我们的利弊，我不知道今后的年轻一代该何去何从，我不知道我写下的校园问题能否让人产生共鸣。没有人觉得这是问题，而都习以为常地接受了，这也许才是最为悲哀的。

在北大蹭课的课堂上，一位同学写道，新闻评论就是"从正常中寻找反常，在反常中发现正常"。这一说法用在校园中再恰当不过了，在这看似正常的校园中，实则存在的是与真正的校园生活相悖的反常，但却又因为这种反常现象的大范围普遍存在而显得正常起来。正常与反常混在一起，蒙住了人们的眼睛，人们还沉浸在这种傻傻分不出来的乐趣中娱乐着自己，这还是校园吗？

世界上最遥远的距离，不是我爱你你却爱着他，而是从老师到学生之间那空空如也的座位，是心理上难以抹平的沟壑。

中国大学生提问少是伪问题

完颜文豪（中国传媒大学）

近日《广州日报》报道，清华大学教育研究院发布一份研究报告，从包括清华大学等"985"高校在内的 23 所本科院校中，收集 2 万多份调查样本，对中国的"985"院校和美国研究型大学做了一番比较："985"院校学生在"课上提问或参与讨论"题项上，有超过 20% 的中国大学生选择"从未"，而选择这一选项的美国大学生只有 3%；只有 10% 的中国学生选择"经常提问"或"很经常提问"，而选择这一选项的美国大学生约为 63%。

随后，媒体发出的几篇时评，矛头都直指中国应试教育体制或填鸭式教育模式，认为中国学生从小被灌输"真理"和答案，缺乏质疑习惯。乍一看，这观点似乎挖掘出了"中国大学生提问少"的根源，细想来其实不然，"中国大学生提问少"并不是多么严重的问题，只需课堂形式稍作改变。在教育体制难以做出根本性改变的当下，一味把问题归咎于教育体制或模式，会把一些可以通过具体措施解决的问题，推向无解。

中国大学生提问少，一个重要原因是提问或交流环节一般不会成为课堂的一部分，学生在课堂上没有太多提问机会。现在的大学生，早已不是"两耳不闻窗外事，一心只读圣贤书"的"书呆子"，获知信息途径非常广泛，对社会热点甚至国际大事都有强烈的关注欲望，会有各自不同的看法。然而，在一般大学课堂上，由于时间有限、授课内容太多、大班上课学生多等因素，老师不会专门分出一些课堂时间作为提问或交流环节。即便有提问环节，也只是在课堂快要结束时，简单问学生有没有疑惑或问题。大学里的讲座都会留出一部分时间，作为大学生提问环节与演讲者互动，经常看到很多同学争着举手争取一个提问机会。这学期在北大旁听一门新闻专业课程，每次课堂前 20 分钟，老师会让学生就一个话题自由表达观点，很多同学都会参与讨论，不同观点之间的争辩颇为激烈。

　　大学生提问少，是因为大学课堂上普遍缺乏专门提问或互动的环节，没能充分调动学生提问或表达观点的欲望。解决这个问题，只需教学方式稍加改变，调整课堂时间的分配，不一定非得追根溯源地批判或改革整个教育体制。

　　很多教育问题，在时评家的批评中，最后都会归咎于教育体制与教育模式。这种评论逻辑看似深刻，其实是一种思维的惰性，它缺乏对教育问题、学生与教师的真实深入了解，习惯性地认为任何教育问题，都来自摧残学生能力的应试教育体制，从而把一个又一个教育问题推给了"万恶"的教育体制。这种评论思维，缺少就事论事的分析，容易把一些可以通过具体措施改进或解决的小问题过分放大，放大到无解。

　　教育体制改革是渐变的，短期内不可能实现根本性改变。一些教育问题可以在渐变中、在具体措施中得到解决，别动辄就非要改变教育体制不可。

民族主义是实现"中国梦"的最大的困惑

李昇焕（韩国留学生）

笔者在南京旅游的时候，发现了大部分宾馆和餐厅的门上挂着的一个牌子："禁止日本人出入。"上学期中国和日本之间发生钓鱼岛纷争的时候，一些中国人民向日本餐厅投石头，烧掉日本国旗，破坏日本公司的汽车，并发生了激烈的反日示威。从领土纠纷发生的国家之间的冲突扩展到民族主义，高涨的反日民族主义又产生了社会动荡。

习近平主席在第十二届人民代表大会中多次强调"中国梦"。他表明实现中华民族的伟大复兴，实现"中国梦"，建设全面的小康社会，建设具有富强的民主文明和谐的现代化国家。习主席所表明的"中国梦"是一个包罗万象的、包括多样含义的概念。但是，在钓鱼岛领土纠纷中出现的激烈的民族主义可能会成为实现"中国梦"的最大的障碍之一。

近年来，中国民间反日情绪高涨，这背后的一个重要原因是中国民族主义的兴盛。这些问题不仅中国人在思考，而且中国的周边国家也在密切关注。

对我这个韩国人来说，对日本的卑鄙的历史观和领土主权侵害感到非常大的愤怒。但是，为了中国在中日关系中得到真正的胜利，中国人民应该以理性为基础的、合适的外交方式来处理问题，而不以民族主义来面对问题。强烈的民族主义不能根本解决问题，而会加深两国之间感情上的冲突。控制不住的民族主义是中国政府要注意的严重的问题。民族主义的出现会产生与其他国家的矛盾和纠纷，威胁国际社会的和平。

钓鱼岛纠纷时出现的暴力倾向的民族主义会对对中国关心的、愿意与中国交流的外国朋友造成严重的负面影响，而且民族感情的爆发会使住在中国的外国人产生很大的不安。在世界上没有一个国家会单独发展下去，尤其，对从世界最大工厂改变为世界最大市场的中国来说，与外国的紧密交流是非常重要的。与其他民族坚持和谐关系，发展友谊交流是决定国家发展的关键。现在中国已经成为唯一与美国媲美的超强大国家，中国在国际社会的角色越来越重要。中国民族需要以大人般的宽容来容纳国际社会的态度，为国际社会的发展作出贡献，甚至会牺牲自己的利益，就会超越美国，成为国际社会的责任国家。

唐代的第六代皇帝玄宗的"开元盛世"时期是中国历史上最繁荣的、中华民族最伟大的时期。当时首都长安是世界上最发展的国际城市之一。在长安，很多外国人进行政治、经济、文化等方面的积极的交流。国际城市长安曾经是"开元盛世"的最重要的原动力之一。以友谊为基本的、超越民族主义的、以世界市民精神为核心的国际交流，会进一步促进"开元盛世"的复兴，使现代中国实现"中国梦"。

对我这个留学生来说，亲眼看到北京的反日民族感情，感到很大的顾虑和担心。如果韩国与中国之间发生外交纠纷，会导致民族冲突，造成严重的社会问题。中国是世界上最有力量的国家之一，中国 13 亿人民的力量强大。中华民族的民族主义问题会扩张到全世界的问题。中国为了实现"中国梦"，建立起民族文明的现代性国家，不得不解决民族主义问题，才能在国际社会上发挥真正的力量。我的"中国梦"就是中华民族率领国际社会的和平。

会讲一个好故事胜过 65 张证书

叶丹艳（中央民族大学）

这几天"证霸"的新闻火了，骂他的各种帖子也余热不断。《东方今报》的这篇报道原本是想挑起能力和名校的争端，不料立马就被眼尖的网民看穿"金光闪闪"的马甲，还原了一个自鸣得意的小丑形象。

其实，孙梦涛同学的大学四年不算白过，他手里抱的 1.3 米高的证书就足以证明，至少比那些成天宅在宿舍里打 DOTA 的少年们要活得"充实"。不过，再细看他的这些证书和经历：参加了一百多次志愿者活动、做兼职、担任董事长助理（记流水账）、创办传媒教育公司（称运营不错，但三个月就放弃运营）……几乎没有相关性，也就是说，他在不断的选择、放弃、选择、放弃中折腾。而这种折腾带来什么结果呢？就是看似你做了很多事情，实际上却没有一件是突出的。还原孙同学的这些经历，他找不到工作不过是延续之前考研、考研失败、创业、放弃创业的规律性循环罢了。

这已经是一个分工细化的时代，社会更需要的是某一个领域的专业性人才。彼得·蒂尔在《从 0 到 1》里揭示了商业成功的秘密，与其在红海里争夺有限的蛋糕，不如通过创新开辟只属于自己的蓝海市场。这种"从无到有"的思维方式值得借鉴。在这个崭新的时代里，你只会因为自己的独一无二而找到饭碗，而不可能因千篇一律就明哲保身。就孙同学的简历来看，他实在没有展示出哪些方面的专门技能。报道里没有具体提他把简历投到哪些公司的哪些岗位，但若是虚妄的高眼光，那么石沉大海也就不足为奇了。

微博、"知乎"上的网民都"呵呵"地笑了，人们似乎在这场狂欢式的嘲笑中获得某种良好的自我感觉。可是，急于和"证霸"划清界限的我们难道又不是千千万万个孙梦涛吗？这些孙梦涛们因为不清楚要干什么，于是拼命地做各种准备：考五花八门的证书、加入各种各样的社团、担任若干部门的学生干部，每天在琳琅满目的活动中忙里忙外、上蹿下跳，然后，在深夜拖着疲惫的身体回到宿舍，想想自己干了这么多事还蛮心安理得的。毕竟，贴在身上的标签越来越多了。

近日参与了一所"985"高校的"十佳大学生"评选活动，参评的都是各个学院推出的精英分子。聆听这些优秀大学生陈述的先进事迹，果然个个都是深藏功与名，社会实践、创新项目、获奖证书、期刊发表……与孙梦涛相比，有过之而无不及。但奇怪的是，这些出色的符号并没有给我留下深刻的印象，我唯一记住的只有一个藏语班的汉族女生。因为，只有她给我们讲了一个真实的故事，一个从藏语菜鸟成长为藏文化达人并自主开发了藏语学习 App 的故事。

当"985"学校的学生和二本学校的学生同时拥有 65 张含"金"量相当的证书时，HR 凭什么要选择后者？当然，如果杀出一匹会讲故事的黑马，两者就都可以被 PK 下去了。

有点讽刺，你忙了那么久，你从来没有停下过，你总把自己搞得很累很累，当你终于可以欣慰地捧出一大摞证书，却不敌那个讲了一个好故事的人。他看起来很轻松，每天都在做自己热爱的事情，没有获得多少证书。可是，他比你多拥有了一把金钥匙。这把金钥匙打开的是一个有血有肉、真真实实的世界。所以，他能轻松地讲一个好故事，而你只能罗列证书。

　　如今要在创业热潮中获得天使投资都得学会讲故事了，而你怎么还没学会呢？一个玩笑。好故事绝不是包装出来的情怀，真故事才是好故事的前提。

　　"证霸"找不到工作，或是用人标准的一个进步。

抵制杜汶泽？不要伤及无辜

张大鹏（中国传媒大学）

香港艺人杜汶泽因"大陆儿童在港当街便溺"事件发表对大陆人的言辞，遭网民抨击甚至发生骂战，杜汶泽骂大陆人"没多大本事"，而网民则以抵制他主演的《小团圆》作为回报。5月8日上映至今的《小团圆》的票房不及4000万，与投资9000万相差甚远，更不用提与《同桌的你》《超凡蜘蛛侠》等的竞争了，似乎抵制杜汶泽有了效果。

杜汶泽的言辞过分了点，他的错误在于给批评的对象戴了顶"大陆"的帽子；相应的，自己就成了"港人"，直接而不是以温和的语气，再加上是一种批评性质的言辞，当然能激起人们的愤怒。而网友，即杜汶泽所说的"大陆人"对骂战的升级也应该负点责，就是说要准许对方发言，即便当感到群体的身份受到侮辱时也应该冷静对待，因为目的不在骂而在于理性沟通。可结果便是，这部准备长达五年之久、精心制作的《小团圆》似乎很快就会收到一个票房惨淡的结果。在抵制杜汶泽的问题上，其实电影本身是无辜的。

文学上有一种理论叫作"人品不等于文品"，即一个人的道德水准跟作品所显现出的作者的品格是没有必然联系的。文学上创作者的介入是可以与本人人格相分离的。我们通常以为作品体现的高尚情怀就是作者的实际人品，其实不然。就像人们在言谈中总是极力表现好的一面而刻意掩盖其瑕疵一样，何况人性之复杂也不是仅仅通过一件事就可以判定的。同样，杜汶泽所表现的实际行为中的人格并不等于在电影中所体现的艺德与演技。艺德就是一个演员能不能按时到场拍戏、是不是积极勤奋拍片、有没有诚恳对待每一个演职人员等，而演技就是具体表演中的角色投入程度、是不是惟妙惟肖等，是证明一个演员实力的重要标准。而艺德和演技往往对一部作品产生重要影响。

从杜汶泽的言辞中，不能想当然地以为他就是一个道德败坏的人，就算他是一个品德极其恶劣的人，也不能代表他的艺德和演技就是一无是处的，因为品德与艺德、演技没有必然的联系。也就是说，如果《小团圆》本就是一个不错的片子，而有很多观众早已有了想去看的念头的话，因为杜汶泽的言辞就拒绝去看影片，其实是对自己意愿的一种违背，带着一种愤怒的非黑即白的道德批判的心理拒绝看《小团圆》，吃亏的往往是自己。

然而，面对现实中汹汹的抵制杜汶泽的狂流，个体的选择很难就事论事地看待杜汶泽事件，从众般地跟大家一起抢起网络道德的大棍，棒杀杜汶泽与电影。其实，这样的抵制已有不少，而有可能出现的荒唐已经屡见不鲜。抵制家乐福造成中国员工的失业，抵制日产车酿成中国人砸中国人的车的荒唐事。有人说，那是国别之间冲突造成的荒唐，香港是中国的啊。我当然不否认，但是，这样的网络狂欢与抵制，形成不了理性的诉求与沟通，网络充斥着无效信息，有可能造成网络暴力的发生，还连累一部有可能会有积极正面效果的国产电影。

诚然，作为影迷或者期待着进影院看一场电影的人来说，抵制杜汶泽很难做到就事论事，分清谁是杜汶泽，哪里有杜汶泽与《小团圆》的分界线，但是这个事件可以作为一种认识问题的契机。抵制有底线，不轻易放弃心中的意愿，要努力成为一个理性的观看者。

传统阅读式微，阅读如何保质

王佳宁（北京某高校）

2014 年初，"全民阅读"第一次被写进《政府工作报告》；4 月 8 日，北京三联韬奋书店首次开启 24 小时运营模式，不再打烊；4 月 18 日，世界文学史上的标杆人物马尔克斯辞世，巨著《百年孤独》再被品读；4 月 23 日，走过十九个年头的"世界读书日"引发新一轮短时读书热潮；4 月 25 日，中国"第一夫人"彭丽媛为孩子们朗读安徒生童话《丑小鸭》。

这个春季，"书""阅读"成为媒体争相关注的焦点。

从小到大，大人总会告诫我多读书，冰心的那句"多读书、读好书、好读书"，成为很多孩子融于心底的名言警句。读书本该是个人行为，当它成为媒体兴师动众的议程设置的目标时，重新审视中国阅读现状，不得不承认：国人阅读现状令人担忧。

中国官方近期发布的第十一次全国国民阅读调查数据显示，2013 年，中国成年国民人均阅读图书 4.77 本；此外，52.8% 的成年国民认为自己的阅读数量很少或比较少。

当莫言获得诺贝尔奖，网民开始热衷于莫言体的传播；当马尔克斯逝世，全世界都跟马尔克斯很熟，半句不离《百年孤独》，然而这其中到底有多少人真正深谙巨作的精髓，或许远没有我们预想的乐观。在自媒体时代，我们都具备故弄玄虚的伎俩，却自惭形秽于没有半滴墨水的心。

从博客到轻博客再到当下正火的微博，"短、小、精"成为众媒介平台发展的趋势，无论是微博 140 字的字数限制，还是微信取一"微"字的考究命名，都可窥其端倪。之所以成为趋势，想必贴合了当下网民快速阅读的偏好。无论在马路上、地铁上还是饭店里，人们目不斜视地刷手机成为常态，在公共场合，更鲜见阅读书籍、报刊的人，目及之处，众人用手机快速地刷屏，在感兴趣的内容上停留几秒然后快速搜寻下一个感兴趣的话题。

随着科技的发展，人们日渐习惯通过手机、电子阅读器等新式媒介阅读，电子化、碎片化和快餐化的阅读方式导致浅阅读成为时代的主流。也许，阅读方式的改变并不能说明人们阅读量的减少，但从知识吸收的角度看，零散的"碎片式"阅读带来的多是信息量的集聚，这种鱼龙混杂的信息围困更有可能导致读者辨识度降低，而真正的阅读应该是深入人心、有精神内涵的，能够启发读者求索与探寻的心，这样的阅读才会让人视野开阔，心智练达。

前几天，手机更新了微博软件，可喜地发现出现了"长微博"功能，当文本不再围于140字的字数限制，更多精良的内容才得以在新媒体平台上传播。传统阅读生活日渐式微，无论阅读方式如何改变，能让人平心静气的深入阅读才是关键。

韩剧为什么走在咱们前面

肖异菲（宾夕法尼亚大学交换生）

你知道，今年的两会上，除提案、议案外，被提问最多的话题是什么吗？就是近日火爆全中国的韩剧《来自星星的你》。

韩剧为什么能一次次席卷中国娱乐圈呢？参加两会的文艺代表委员给了众多的解释：韩剧剧情真实、题材新鲜、帅哥美女多、资金更充足，等等。王岐山在参加北京团审议政府工作报告时甚至指出，韩剧能走在中国电视剧前头，是因为韩剧的内核和灵魂，恰恰是传统文化的升华。

可是，领导和文艺代表都回避了一个关键的话题：媒体自由。

王书记这种基于传统儒家文化价值维护的分析缺乏解释力，因为韩剧在近几年也走红非亚洲国家，如古巴、墨西哥、哥伦比亚等国。把矛头指向影视行业的"文化"缺陷，容易使中国人民忘记媒体监管这个更大的体制问题。中国的连续剧跟不上韩剧，主要是因为背后有个极为严谨的广电总局，限制该行业的发展空间。

相反，韩国的媒体自由在亚洲是名列榜首的。这种高度开放、商业化的环境促使韩国影视业不断创新。光在剧情设计方面，韩剧在华20年已告别了"癌症、车祸、医不好"的"三宝"时代，加入了外星人、半兽人、长腿花美男等角色变化，经历了穿越、灵异、超能力的题材突破。再来，很多韩剧是边播边拍的，制作人在播放过程中与观众交流，并及时调整剧情，最大程度地迎合观众的需求。可想而知，这种拍摄方式在中国是过不了广电总局那一关的。

当韩剧在超越时空时，中国电视剧还停滞在过去，过于沿用旧模式。要么是千篇一律的古装戏，要么是围绕着抗日、革命、建国这些带有宣传色彩的主题转。比韩剧更前卫和多元化的美剧，探讨的恰恰是中国电视剧不敢碰的敏感话题。例如现在风靡全球的《纸牌屋》，就体现出美国政府的腐败、民主的腐蚀，而在大部分的中国文化产业中，"腐败"这个词已成为了忌讳。

作家冯骥才表示，韩剧之所以流行，一个重要原因是中国的影视剧大大缺乏原创力。而原创力来自哪里？显然，它不是政府可以创造出来的。但政府能做的，也应该做的，是创造一个能让文艺人士充分发挥创意的稳定环境。可惜的是，目前的中国相关政府部门不仅没有给予影视业足够的支持，反而成为了该行业发展的阻碍之一。我在费城看了荣获第 66 届戛纳国际电影节最佳剧本奖《天注定》，而中国的电影院却禁止播放这部优秀的作品，因为它反映了太多迫切的社会问题。所谓"上帝的归上帝，恺撒的归恺撒"，为了让影视业更有竞争力，政府部门首先要做的，就是从不该管的地方退出来，鼓励制作人大胆创新。

"韩流"在中国大陆持续、大肆被追捧的趋势告诉我们，越是想主导潮流的政府，越会走在潮流后面。全国政协委员、广东画院院长许钦松在两会期间说，韩剧热潮伤害了中国的"文化自尊"，显示中国已缺失了"文化自信"。究竟是谁削弱了中华文化的自尊和自信，我想大家心里都明白。

骄傲地说"我是新疆人"需要勇气

张卓雅（对外经贸大学）

昆明暴力恐怖事件一出，同学立即发来微信："新疆人又闹事了。"接着刷朋友圈、人人网，发现状态形形色色，但大致兵分三路：以新疆人为主的"我们新疆好地方，新疆人民淳朴善良"；群情激奋的"新疆人可怕又可憎"；以及相对理智的"暴恐分子与新疆人民无关"。学校的一些公共主页上也掀起了对此次事件的讨论，我不由回想起5年前的打砸抢烧事件，风平浪静之后依旧心有余悸，便也在那时搬离了新疆，搬离生活了10年的地方。

然而在转学至北京的日子也并不好过。第一天见面会走在回家的路上，无意中听见同学对母亲说班里来了一个新疆姑娘，母亲惶恐的反应至今还记忆犹新。在同学心目中，从新疆来的我坐在教室里便仿佛一枚滴滴答答、随时可能爆炸的定时炸弹。同桌一遍遍和我确认：

"你不是维吾尔族人吧？"

"不是。"

"那你不是暴徒对吧？"

"对。"

类似的对白还是持续了大概一个学期，并不间断地出现在三年的高中生活里。

骄傲地说出"我是新疆人"越来越变成一件需要很多勇气的事。因为直至今日，每当问题出现之时，新疆、新疆人都会成为众矢之的，猜度和畏惧还是长久间地四处蔓延。在人们模糊的概念中，维吾尔族便与凶残、暴力可以画等号，即便新疆人如何解释，如何通过善举去树立自己的形象。时间没有给予人们以理性，没有改变人们看问题的眼光，更没有弥合人们心中的伤口，似乎只把鸿沟越拉越深，给人们更多的心寒。

5 岁时随着父母的援疆建设来到乌鲁木齐，10 年里与新疆产生了难解难分的感情。10 年间所认识、了解的新疆是有着千里牧场、雪山大漠、高原湖泊的新疆；是瓜果飘香、民风淳朴的地方。小学、初中都就读于汉校，但班里总会有几个少数民族同学。小学最好的闺蜜是同班的维吾尔族女孩，除了饮食上的习惯有所差别外，她和汉族姑娘相差无二。每逢古尔邦节，她便从家带给我馓子、杏干，还有糕点；还有"七五"暴乱时，妈妈单位里维吾尔族叔叔为保护那些来不及逃跑的汉族人，便把他们拉到家中，藏在身后……他们才是我印象中维吾尔族人的代表，他们才是维吾尔族人的缩影。

然而"七五"过后，很多的恶都被冠以"维吾尔族人"的名号，从小偷，到切糕，再到如今的昆明之殇。而新疆人，对内承受内心的愤怒与憎恨，对外承受不分青红皂白的辱骂，其处境之难，非常人所能想象。而我作为与他们共同生活的亲历者，作为他们善良可爱的见证者，每遇其被推至风口浪尖、成为众矢之的时，便难以抑制内心冲动为之打抱不平。

改变观念实则不易，人们心中伤口的弥合也需过程。网上流传的这句话让我很感动："不要把对恐怖分子的愤怒扭曲成对一个民族的恐惧和隔膜；也不要把对暴力的还击扭曲成对一个地方人民的歧视和敌意。新疆，是兵团人，是西部大开发者离开家奉献青春的地方；是儿子娃娃、丫头们成长的地方；也是他们所挚爱的家乡。愿人心的隔阂早日弥合。"

评论带给我心性的培养与思考力的锻炼

张卓雅（对外经贸大学）

不做"五毛"，不做"美分"，对评论的喜爱只源于对逻辑的信任。

女性不一定是"无理取闹"的代名词，也可以与社会保持距离，用冷峻、犀利的目光去看待问题。评论写作里，我追求的无非两个词：一是理性；二是克制。

然而，就像在感情世界里，一片痴心未必能修得一段佳话；怀揣对评论的热情，带着清晰的方向和目标，但在实际操作中真正拿捏好尺度和分寸也尤为不易。"戴着镣铐起舞"的评论写作，操作起来时刻会受到两方面的桎梏：来自自身情绪的牵绊和来自外在新闻边界的束缚。

人不可能孤独地活着，之所以写作是为了沟通。评论写作一样不例外，因为有这样那样的观点，因为有旺盛的表达欲，因为想要和他人分享探讨自己的想法，所以借助写作的形式实现一石激起千层浪的目的。然而，和其他写作不同的是，评论写作并非一个倾诉和发泄的过程。的确，创作的原动力是情绪，但在评论写作中永远要懂得的就是"悬崖勒马"。

情绪常常带来偏见，激烈的言辞则更容易让人偏激。有人质疑写评论让人片面，我却以为写评论磨的恰是人的心性。一个有说服力的观点，一定不是"以情动人"，而是"以理服人"。所以，当跟着曹林老师学习新闻评论时，便也一同开始学习管理和控制自己的情绪，学习在表达欲最强烈时停下来等待热度褪去，给自己足够多的时间去思考观点是否能够站得住脚，立论是否能够自圆其说，逻辑是否能够自洽；于是因为写评论而逐渐学着慢行，不轻易盖棺定论赠人以"劣根性"，而是抱着好奇、探索之心去发现问题，分析问题，并试图提供一个解决问题的思路及可能性。

在这个急躁而喧嚣的世界里，因为写作理清思路的需要，而给自己更多的时间静下来想一想，给自己更多的机会去沉下心来，于是会发现会承认有些问题并不是想象中那么简单；有些问题不是通过大声疾呼"改革"二字就可以解决；还有一些问题在当下可能是无解的，是需要时间，需要等待的。面对问题，愤怒和痛苦可能不是最好的表达方式，热血和激情也可能无法带领社会走向远方。写评论的时日愈久，人反倒变得愈加平和。

除了对心性的培养，评论挑战的更是思考的能力。

犹记得王青雷在《我不愿做一个所谓成熟的人》中所说："变革时代的可以是科技，引领时代的永远是思想。"而评论直接体现的就是一个人思考的功力。初次接触评论写作时，也常诚惶诚恐，担心行文会不会存有漏洞，忧虑措辞会不会言不达意，因而下笔前常常会把思路提纲发给好友，请他们参谋逻辑是否完整连贯，结论能否经得住层层推理。

曹林老师曾在一节评论课上推荐了斯泰宾教授的《有效思维》，对我而言这本书可谓意义非凡。第一次拿起时草草翻过几页，便感"读不下去"，而选择搁置。放了一段时间拾起时，也是读完相同的几页，感受到的却是震撼，而越往下就更是体验到逻辑之美。整本书读完，已然成为斯泰宾的"死忠粉"，也时常会把这本书推荐给友人。

这本书的译者吕叔湘先生，是我国著名语言学家，在翻译时吕老已是八十高龄。他把整整三年的时间花在这本书上，当因健康问题无法继续时又立即委托给他人继续翻译。他之所以这样重视这本书，就是因为："常常看到一些说理的文字里头隐藏着许多有悖于正确思维的议论，希望能够通过这本书的译本使发议论的文风有所改进。"

加缪有言："生命的价值和崇高在于反抗，在于头脑清醒。"而一个社会民主、公平、正义的实现，精英的呼吁固然是动力，但光靠少数有责任感、使命感的精英恐怕难以完成使命。人民无法崛起，国家便无法彻底翻身；自上而下的改革固然可以推动进程，社会的重构却无法因此实现。

"一个民主的民族极其需要清晰的思维，它没有由于无意识的偏见和茫然的无知而造成的曲解。"而这本书在某种程度上，潜移默化之中塑造了我思考的张力，引导了我思考的纵深。

当下中国，新媒体正蓬勃发展，对各类理论和现实的讨论层出不穷，然而很多情况下不是"真理越辩越明"，而是越说越乱。网上拼杀的一个鲜明特点就是：对手有多极端，自己往往也会相应变得多极端，最后干脆变成了"微博骂战"，变成最原始最简单最粗暴的情绪宣泄。究其原因，论战双方或者多方在"亮剑"时，自己的思维可能还很混乱，还没有真正成形。没有想清楚的观点又怎能经得住推敲，当论证岌岌可危、理屈词穷之时便也只有靠无理取闹、胡言乱语来保全颜面。斯泰宾的《有效思维》梳理论述的就是我们的思维所受的内外在干扰和障碍，进而引导我们采取措施加以避免，从而锻炼我们思考的功力。而这也正是当下国人所缺少，却也是社会进步所必需的。

反观犹太人在千年文明中取得的恢宏成就，作为"人生操作手册"的《塔木德》在背后起了强大的支撑作用。经历两千多年，两千多位拉比反复讨论与争论而达成的共识、形成的逻辑，无时无刻不训练着犹太人分析问题的能力，塑造着犹太人思考问题的水平，想必这也是犹太人灭国几千年，却没有真正消失的原因之一。

"理"有三个层次：理性、逻辑、伦理。我们常常站在道德制高点上攻击他人，挥舞道德大棒和他人谈伦理问题，却忽视了自己可能都没有登上理性那一层阶梯。从小接受的教育告诉我：先做人再做事。对于评论也应如此，先谈思维再谈技术。

如果把生存比作博弈的话，情绪是博弈中的"快棋"，思维是博弈中的"慢棋"，二者理应相辅相成。社群网站里众生喧哗，但太多快思，太少慢想，而评论锻炼和考验的却是"下慢棋"的能力，这也是曹老师常挂在嘴边的"一定要让评论区别于网络喷子"。

桑德尔曾说："我的目标不是试图用什么理念去说服学生，而是把他们训练成有头脑的公民。"小小一篇评论很难掷地有声，对于整个社会大潮可能只是一朵小小的浪花，但其背后思维撞击的力量却不容小觑。借助评论的平台，不同人之间实现了思想的沟通、观念的探讨、价值观的碰撞……我想这便是评论之美或者说评论之魅。

人们生活世界里的禁忌和限制造成了语言交流的阻塞和暧昧，但永远无法消除语言交流需要本身。因而频繁删帖的现实，无法让社会变得缄默。在这个时代里，我不做"五毛"，也不做"美分"，只愿深思熟虑过后，心平气和地和这个世界聊聊天。

07

第七编　评论考试佳作

　　每次新闻评论考试都是闭卷，两小时内就所给新闻由头写一篇评论。这种考试，考查的是学生的知识和经验积累（摆脱对百度和资料的依赖，纯粹靠日常积累），以及一学期评论学习之后对于判断、角度、逻辑和表达效率的掌握。虽是应试文章，但每次都有不少佳作，本部分所选的是 2015 年的考题、出题意图、高分文章以及我的点评。

新闻评论考题

从以下两个话题中任选一个为由头，写一篇评论。题目自拟，角度自选，不偏离话题，字数不少于 800 字、不超过 1300 字。时间：18：40—20：30。

一

某网站近日发布《2015 中国高考状元调查报告》，报告显示，高考状元在学术研究领域成就较高，但经商和从政不是高考状元所长。在商界打拼的"状元"出现了千万富翁和亿万企业家，但无人登上胡润、福布斯等富豪榜。昔日高考状元毕业后多从事高薪职业，大多跻身白领或金领阶层。行业顶尖人才和领军人物偏少，高考状元成才率低于社会预期。

二

著名书法家张充和近日在美国家中逝世，享年 102 岁。她是沈从文夫人的妹妹，与张元和、张兆和、张允和并称"合肥四姐妹"，其书法被誉为"当代小楷第一人"。张充和去世后，很多媒体用的标题是《最后的才女张充和去世，"合肥四姐妹"成绝响》。有评论称，媒体好像特别喜欢用"最后的啥啥"来给人封号：最后的才女、最后一个看门狗、最后的名媛、最后的国学大师，等等。"最后"这词用多了，只会让其含义贬值。就好像"史上最""最牛""最美""最帅"用多了，这些词也大大贬值了。怎么看待这种媒体现象。

出题意图

第一道题，学生肯定有"话"说，因为高考状元是一个老话题，大学生对这个话题很熟悉，而且角度很好找。这条新闻有着明显的问题，用"无人登上胡润、福布斯等富豪榜"来评价高考状元很可笑。还有，"高考状元成才率低于社会预期"也很有问题，"成才率"是一个伪问题，"对状元的社会预期"也是一种病，还有社会对"成功"单一的评价标准。

其实，越是感觉"有很多话可说"的话题，评论越是难写，因为很难写出新意，无非就是批评社会的状元崇拜、批评应试教育思维、批评社会对状元的预期，等等，每个人都能想到这些，偷懒的人思维很容易停留于此，写出一篇看到题目就能想到作者会说什么的大路货评论。

之所以出这道题，主要是想让学生们少讲理多讲故事，写写身边的高考状元。北大很多学生都是高考的胜利者，很多学生自己就是本市、本省的状元，或者身边有很多状元。写写自己和身边状元的故事，在分享故事中道理自然就出来了。关于高考状元的道理大家都懂，很难写出新东西，但"状元故事"并不是每个人都有。能把高考状元的故事与这个话题结合起来，写一篇可读性和思想性兼备的评论，就更考验评论素养了。

我在平常讲课时提到过：很多话题有着清晰的是非，在道理上很难讲出"附加值"了，用新鲜的故事去表现，才会有附加于"老话题"和"大道理"之外的评论值。

选第二个话题也是有讲究的，第二个话题材料其实不是新闻，而是一篇"微评论"，这条微评论已经有了一个非常清晰的论点和角度，如果再沿着这个"已有论点"的思维去批判媒体偏爱"最"，就太偷懒了。这个话题比上一个还难写，因为材料中的论点很容易干扰和框定考生的判断，让考生思维局限于这个论点中走不出来。这么出题，主要考查考生的思维跳跃能力，让考生能写出不同于既有论点的观点，或者从其他角度看这个问题，提出不同观点，或者是"对评论的评论"，或者站在一个更高的层次来评论。

我的评分标准是这样的：一，把都能想到的道理说清楚，80分。二，虽然论点没有新意，但如果一两段论述上有亮点，标题、开头、论据有任何一处有新意，84分。三，有不同的角度，论证一般，85分。四，角度不同，论证也有新意，90分。五，角度、文字（可读性）、故事兼备，100分。

别让高考状元变成学生的无期徒刑

徐 芃

　　高考是一场沉重的战役，说它沉重，是因为它被赋予了无数的意义。来到北大之后，我和许多同学交流过，"好好努力，熬过这几年，高考考个好成绩"是无数师长对我们的勉励，高考成功意味着一所好的大学，一个好的平台，一份好的工作。简单来说，就是一个好的前程。

　　高考状元作为这场战役中的优胜者，则被赋予了更多。我的一个妹妹曾经半开玩笑地说："学霸，你考上北大就是我的噩梦啊！"状元是无数家长口中的"别人家的孩子"，是悬挂在学校红榜上的头像，是电视报纸上的"才子""才女""某某地区、某某小区、某某镇的骄傲"。

　　高考状元的身份似乎已经变成了成功世界的入场券，但是需要警惕的是，这种成功是别人眼中的；同样地，虽然高考状元有了更好地获得"成功"的条件，但它也不是纵容你怠惰的护身符。

　　个人对于高考状元这个身份的过度纠缠，可能会让它变成自己的束缚。鲜活的个体被"高考状元"这个标签以及社会附着在它之上的无数期待捆绑，无异于一场无期徒刑。

　　最近某网站公布了一份《2015 中国高考状元调查报告》，称状元们在学术领域成就较高，而在政商界虽有成绩，但缺少行业顶尖人才和领军人物，成才率低于社会预期。这种"社会预期"可以理解，但是，个人永远活在别人的预期之中，无疑是一种悲剧。

　　我就读的第一所高中每月都有一次综合考试，大家都称其为"月考",月考之后按分数排名,并且将前 100 名公示。我因为学业不错并且善于考试,所以多次拿下第一名,久而久之也在学校小有名气。甚至还有同学不呼其名,看见我就喊"年级第一"。

这种潜移默化的影响是非常厉害的,虽然我反复提醒自己不要在意排名,但每次假装淡定地走过"排行榜"时也忍不住多瞟几眼。如果看见漂亮女生在那里看榜,心里也会更加得意几分。

这种不断和别人比较,活在"我是状元,我要一直这样优秀"的想法中的状态陪伴了我两年。我开始逐渐发觉自己在接受老师、同学对于状元的期待:我要努力刻苦,专注于课业,并且要一直保持成绩,以后考一个好大学,找个好工作,有一个好前途。

但是当我在高二连续第 N 次拿下状元之后,我忽然开始反思:"这是我喜欢的吗?我真正想要的是什么?"我发现我一直活在与他人的比较之中,一直要完成那个"优秀"的预期。我其实忘记了还有一个更大的世界,这个世界不是一个更大的竞技场,而是我自己的内心。

"我是谁?"

这个问题让我苦恼,我经达了无数场考试,解开了无数刁钻古怪的题目,但是我无法回答这个问题。

在这种情况下,我"任性"地休学一个学期,在这一个学期内漫无边际地看了很多"闲书",然后转学到了另一所高中。如果说这休学的一学期有什么收获,那就是我忘记了那种与别人比较、满足别人预期的生活状态,这让我感到自由。

现在回头来看,休学、转学的举动未免太过出格,如果把社会预期当做一个圆,个人意愿当做一个圆,理想的生活状态应当在这两个圆的重叠之处。但是有一点是可以确认的,无论是不是状元,都不应当抛弃自我,在别人期待的半径内画地为牢。

高考,还有很多事物,之所以沉重,很大一部分原因就是被人为赋予了很多意义。但那是他们的沉重，作为一个人，我本可以轻松上阵，不是吗？

点评

一，讲自己的故事，是一般人看不见的视角。一般的评论，是站在外面看高考状元，而这篇评论是曾经的高考状元从自己的角度看别人的预期、看自己的内心。这个故事之所以有抵达人心、触动心弦的力量，不仅在于"怀疑人生"和"休学思考"的曲折动人，更在于让我看到了一个不同的世界：一个拒绝迎合别人预期、有独立思考的高考状元的心理世界。

二，这篇评论的附加值不只是故事，不只是新鲜的视角（不是外人看状元，而是状元看别人和自己），更在于让人看到了一种"不同"，虽出人意料，抚卷沉思之余，又觉得入情入理入心。多数人可能没有勇气做出那样的选择，多数人可能会享受状元的光荣，成为没有自我追求的考试机器，但作者没有，他让我们看到了另一种可能。

三，文章也没有时评八股腔，没有开头引新闻由头再按部就班地评论，而是先谈观点和讲故事，用有冲突性的故事引出主题，尤其这一经历很有意味："我的一个妹妹曾经半开玩笑地说：'学霸，你考上北大就是我的噩梦啊！'"写到第五段才不经意地提到了新闻由头，最近有个关于高考状元的调查报告。时评要摆脱八股腔，有时需要这样的处理方式，娓娓道来讲道理，而不是生硬地把新闻由头放在前面，然后从由头生出议论，看到了这种八股模式就让人厌倦了。评论应该有"问题意识"，由"问题"和"困惑"开始生发议论，而不是从新闻由头开始。

符合写作过程的思考应该是这样：先有对某个问题的思考，某条新闻激发了这种思考或印证了这种思考，或对这种思考提出了挑战。基于

"问题意识"的评论，带着"问题意识"去看新闻由头，要比"从新闻由头引出思考"的写作模式更吸引人，更自然。尤其当"从新闻由头引出某个思考"的模式泛滥成灾后，"从问题引出新闻由头"的写作结构更清新自然。

四，评论需要讲理，但讲理不应该变成生硬的说教，这篇评论我之所以会给 100 分满分，不仅出于前述各种原因，有结构创新，有故事，有思想深度，有情怀，还有评论语态的清新，没有大词和概念，简约朴实的语言很有力。没有表现在过强的"讲道理"的说教冲动，没有居高临下的灌输感，而是把道理融于对故事的叙述中，让读者自己领悟。

讲故事就是老老实实地讲故事，忌讳一边讲故事，一边借故事去上纲上线，忌讳带着强烈的说教意图去讲故事，比如这篇评论，故事本来讲得很好，很有表现力和感染力："2009 年 12 月 29 日，卢展工在漯河市调研，并和在漯河市临颍县投资的闽商企业家亲切合影。当企业家们虚位以待邀请他坐下来与大家一起合影时，卢展工幽默地说：'我站在后面，给你们当好靠山！'坚持让闽商坐在前排，自己站到后排。"

如果写到这里就收笔，读者自然能感受到故事的表现力，道理已经蕴藏于故事中，不言自明、意味深长。可作者的一句点评，就坏了这个故事的韵味，也坏了读者的胃口，非要加一句点评："领导者合影的座次并不重要，领导者在人民心中的位置最重要。"这个大道理把故事的味道完全毁了。讲故事本来就是为了潜移默化地说服，不必将道理点明。再好的道理，生硬地说出来，都会让人产生"强迫感"。

瞧，这一段也是这样，点评把故事给毁了。本来是娓娓道来的故事节奏，可没说几句，忍不住要拔高，控制不住说教的冲动，还是回到了"新闻联播"的节奏：

"在焦作调研时，卢展工看望了山村小学教师，并与他们合影留念。这时，小学生们纷纷要与卢爷爷合影。'我还是坐地上吧，别挡住了孩子们的脸！'为了保证每个孩子都有合影机会，卢展工笑呵呵地一次又一次坐在冰冷的水泥地上，并说：'一个都不能少啊！'就这样，全校学生都与卢爷爷合上了影。"之后也加了一句点评："有句调侃话叫'屁股决定脑袋'，卢展工一次又一次坐在冰冷的水泥地上，也一次又一次地强化着领导者要坚定地把自己置身于普通群众当中的理念。"

谁是最后一个并不重要

申玉哲

　　死后二度成名并不是什么新鲜事，每当有一位名人死去，媒体就开始卖力地给他们刻墓碑、戴光环，这当中最划算的做法就是给逝者冠一个"最后一位"的称号，省时又省力，还能轻易吸引大量关注和转发。

　　然而谁是最后一个并不重要。张充和先生去世的第二天，著名导演谢铁骊去世，这位出生于上个世纪20年代的导演，曾拍摄过《古墓荒斋》等作品，在世界上享有一定知名度。他的去世，可以说代表着华语电影一个时代的结束，接下来的一段时间里，我们大概只能在电影院看到《小时代》《何以笙箫默》这种烂片了。从这个角度来说，谢铁骊导演是大陆导演界最后的大师，然而并不见媒体有大密度的报道。因为媒体知道，一个娱乐时代的大众并不关心一个没有噱头的导演的去世，他们更关心范冰冰和张馨予。

　　而媒体之所以大肆采用"最后的才女"来报道张充和先生，是因为"才女"这个词已经被一些烂俗的故事培养出了受众土壤。林徽因和梁思成、陆小曼和徐志摩、张爱玲和胡兰成，民国盛产才女才子的轶事韵事，每一段故事都已经在微博、微信被转过无数遍，可谓家喻户晓、人尽皆知，然而不为人所熟悉的是林徽因和梁思成联手保护下来的古建筑。说到底，最有传播力的还是大众试图窥探的韵事。果不其然，有关张充和与沈从文，与丈夫傅汉思的故事也随之传播开来。

　　"最后一个"式标题的盛行，还与媒体的短视有关。吴晓波写"最后一个看门狗"，无非是以为传统媒体的主编已经不再被时代需要。而不久后，苹果就发出了新闻有史以来最特别也最有吸引力的招聘启事，要求编辑具有发现"算法所不能挖掘到的新闻"的能力。谁说主编已死？不过四五年的光景，就出现大波这已死、那已死的哀号声，然而人家不过是打了个盹。

媒体的短视，又是因我们这个剧烈变革的时代而起的。迫不及待地与过去挥手告别，却在新时代的入口头晕目眩迷失方向，害怕被这个日新月异的时代所抛弃，媒体纷纷拿起笔书写新世纪的史书，他们写道："最后的才女张充和去世，'合肥四姐妹'成绝响。"这更像是一种标准答案，一种中学历史后遗症，一定要找出"第一个""最后一个"和"时代的标志"，急于回答这个自己制造的填空题的媒体，并没有意识到张充和先生在美国高校讲授中国书法的影响，在中国传统文化面临传承危机时，这可能更为重要。

作为读者和受众，看多了"最后一个"这类标题，难免会跟屡屡被"狼来了"欺骗的村民一样，真的是最后一个的时候，反而没有关注了。其实聪明的读者们大可不必在意媒体的煞有介事，他们只是在狂刷存在感，生怕错过时代的列车而已。谁是最后一个并不重要，重要的是平实的讣告、真诚的缅怀和有历史责任感的忠实记录。

⌇ 点评

一，这篇评论我给了 90 分，算是高分了。在考场上不查资料而完全靠自己的积累，能写到这样的程度算不错了。

二，文章的亮点是，没有停留于材料已有的论点去批评"最后"，而是分析了媒体在这种语境下偏爱"最后"之类极端语言的原因，而且对原因的分析没有停留于对"记者偷懒"的批评，而是看到了两个更深层次的原因：第一，问题不只在于"最后"，而在于"才女"，"最后的才女"满足了公众的窥视欲，符合现代大众娱乐文化的猎奇需求。第二，媒体的短视："迫不及待地与过去挥手告别，却在新时代的入口头晕目眩迷失方向，害怕被这个日新月异的时代所抛弃，媒体纷纷拿起笔书写新世纪的史书。"动不动就言"时代的终结""时代过去了""最后一个"，流露出浓浓的迷失和焦虑心态。轻言终结和最后，也是一种浮躁。文章不仅角度独到，而且还有案例，用谢铁骊案例进行反衬，使论证更有力。

三，文章的一个问题是，并没有抓住一个亮点去有效率地论证，论点有些分散。作者抓住了两个有亮点的判断，然后平均用力，使两个有亮点的论点都没有说清楚。评论分析了"媒体热爱'最后'"的两个原因：其一是，烂俗的故事满足公众窥视；其二是，短视和迷茫之下"迫不及待地与过去挥手告别"。这两个论点都挺棒，把其中的一个以丰富的材料和完整的逻辑说清楚，就是一篇可以得满分的文章。一篇文章中对两个缺乏联系的论点平均用力平均论证，分散了论证资源，降低了论证的力度，降低了评论的效率。花开两朵，各分两段去分析，让人感觉两个论点都只是浮光掠影，都没有说清楚。

四，拿到一个题目，在纸上罗列出几个角度，然后动笔。选两三个角度和方面去写，比较容易写——每个角度、每个方面凑个三四百字，加起来就可以凑一篇千字文——问题是，每个点写三四百字，很难把这个点说清楚。每一个论点就停留于"三四百字"的浅层次，这可能是思维上的一种偷懒。

五，另外一个技术层面的问题是，一方面是批评"最后""终结"这样的字眼，一方面自己在评价导演谢铁骊时不自觉地用了类似的词："最后的大师""时代的终结"，等等。

何"最"之有？

岩田文绘

何为"最"？程度副词，常用来形容事物的极端状态，这是众所周知的，但这定义却在模糊化。近日张充和去世，媒体冠之以"最后的才女"的头衔来报道，这头衔看着是不是太眼熟了？从"最后的大师""最后的贵族"，到"最美""最帅""最牛"，如果在活字印刷时代，"最"字的模板恐怕得成倍地准备。

然而奇怪的是，面对媒体滥用"最"的现象，大部分读者虽觉得多看无味，却很少质疑。是不是真的是最后一个？范围是怎样限定的？仿佛大家都理解这是媒体为吸引眼球制造的噱头，爱看不看，不必认死理地去死扣原来的含义。于是"最后"和"最"在媒体和读者的心照不宣中渐渐模糊了原本的词义，成为一个在表达程度的同时更带有情感倾向的词语。所以用滥了，也见惯了，没有人闲得出来追究谁评的，也不会去质疑真实性，一个标签而已，不用较真嘛。

其实，若追溯到历史长河中，不难发现这种动不动冠之以"最"的癖好，中国人自古便有之。中国人对己向来是谦逊的，但在夸别人别物时，向来由着自己的主观倾向，语不夸透死不休。随便举几句诗词便可知：夸风情时"最是橙黄橘绿时"，夸品性时"当数人间第一流"，甚至有诸多大家，欣赏《春江花月夜》，竟夸其为"一篇压倒全唐诗之作"。自古这些极端的感叹和评论不绝于耳，众说纷纭，人各取所需，未尝不可。

　　但需警惕的是，大众媒体与上述个人点评是不同的。虽说这种吸引读者的观念多少有传统文化思维的影子，但将个人情感价值判断原封不动搬到公共传播中就不妥了。作为媒体在下定义时，已非一家之言，现代社会的大众传播功能确立了这种情感倾向和价值判断是有引导社会舆论功效的，而这种滥用"最"字导致的后果就是词语原本的定义模糊混淆，在读者眼中直接判定为：看到"最美"，哦，这是表扬高尚举动的。看到"最后"，哦，又一位名人去世了。诸如此类，习惯了标题噱头后简单粗暴的认知，即使假设某物种真的灭绝了，媒体报道"最后什么什么"，估计读者也不会当真了。

　　媒体与读者这种不健康的默契是可悲的。当然，祸首是媒体，因为他们的滥用俗用，导致了读者逆来顺受的冷漠，读者其实早就不吃这套了，而媒体又懒得用新招抓人眼球，于是便落入这种循环洗脑，导致词语定义模糊。但中文的语言辞藻从来都不应该是如此苍白浅薄的，面对民国才女的逝世，面对好人好事的表彰，难道只有"最后""最美"能形容吗？想起张充和在沈从文的墓上题字："不折不从，亦慈亦让，星斗其文，赤子其人。"追悼和赞赏之情皆在十六字之内了。若现在媒体来报道，估计又是：最后的才子沈从文如何如何了。

点评

　　本文亮点有三。

　　一，立足"最"字泛滥的媒体语言习惯，透彻地解析了"最"字中经不起推敲的逻辑漏洞——很多时候，它们只是无法界定也难以自圆其说的伪概念。伪概念的泛滥，致使了视觉上的疲劳与观感的麻木。

　　二，阅读这篇文字，扑面而来的是一阵源自文学素养的厚重。作者引古人诗作中的绝对词现象，阐述"最"字表达古已有之。同时非常清晰而及时地指出二者的区别——一是自说自话的情感表达，一是面向大众的媒体。身份的差异致使"最"字现象纵有深厚渊源也不可滥用。让我们从另一重坐标中更客观地看待这种绝对化的表达，个人抒发情感无可厚非，媒体新闻报道要审慎使用。

三，"最"字泛滥导致的审美疲劳、反映的思维惰性等观点是众人皆可想到的角度，而作者非常清醒地看到了众人视线之外的东西——媒体与大众之间病态的默契关系。你不走心地把"最美最帅"捧上神坛，我也只不过匆匆翻翻手机不当回事，至多附赠一枚敷衍的赞。这种潦草的反馈关系，比浮躁的语言习惯更值得警惕。

其中，第一亮点中的透彻说理，只能算作优秀评论的底线标准。而后两者，才是本文在众多文章中脱颖而出的根本所在。

《何"最"之有？》还有可精进之处："最"泛滥的原因何在？结尾段中，虽提及了懒用新招的惰性和词汇表达的苍白，但论证不够透彻，所能想到的还有记者语言的乏力、热衷于以标题夺眼球等许多病因，或许是囿于考场时间、篇幅有限难以深入来谈，实乃瑜中之瑕疵。

别把状元不当学生看

杨文轶

恰好，我有幸曾与一位状元做过三年同桌。

那年高考过后，班主任拿来标准答案给我们估分。她一看，六科选择题加起来错了一道，之后便把标准答案丢开，坚决不肯看主观题答案。

然后睡足半月，玩足半月，直至同时接到清华、北大招生办电话，再然后，是蜂拥而至的记者。

那时我已确定要读新闻，兴致勃勃地跟在她身后看采访，顺便看到省台两档节目的工作人员为争夺让她先上哪一节目而厮打。

一边端看着报纸上题为《小家碧玉状元花》的报道，一边望着正坐在我对面，整个人笼罩在火锅升腾的水汽中大快朵颐的她，我感到十分不解。

我告诉自己，不要做这样的记者。

三年后，我才知道，这何其之难。

每年高考状元公布之后，这些幸运儿都会成为媒体竞相追逐的对象。每一年我们都会看到，他们是如何天资聪颖，以至于一面打游戏、唱歌、旅行就能在千军万马中越众而出。

他们之中，没有人会告诉初相识的记者，在一个又一个寂寂深夜里，如何坚持独行。

而媒体最喜欢的就是这样的桥段，状元们的高中都是这样轻松惬意，应试教育的机械训练、繁重任务、单一考核都在此被抹杀。

忘记了，状元们曾经也只是普通学生中的一员，他们在之后的独木桥上取得的成绩并不足以让他们免去之前的辛苦。

纵向看中国的考试制度，我们似乎可以下结论说，如今的"状元"是最不值钱的状元。

科举考试之时，学子们要经历乡试、会试、殿试，一有失手，便只能四年后再战。他们不仅要经历密闭在隔间里连考九天策判论，而且还要在殿前面试，这就使得优胜者既需要满腹文章，还需要相貌堂堂，口才流利。

现在，高考每年一次，一次即产出六七十人，若放回古代，或许只能算作进士，入翰林院做个编修就已不错。

然而，如今的考试制度与科举在目的上便有本质不同。科举的目的在于"学而优则仕"，以便日后"仕而优则学"，高考的目的则是为了更好地分配高等教育资源。分配教育资源，恰恰是为了向更多领域、多个层次培养人才。

"行业顶尖人才和领军人物偏少，高考状元成才率低于社会预期"的观点本身存在三个问题：一是社会对状元的预期很大程度上建立在媒体的议程设置之上，从业人员即便认识到高考并非衡量人才的标准，也无法跳脱出这一怪圈；二是成功标准单一，仿佛只有从商从政才能走上巅峰，忽略了其他维度；三是玩数字游戏，行业顶尖人才和领军人物出现的比例，要远远低于状元的产出率。

我们不应把过多的关注放在状元们身上，媒体尤其如是。在他们之外，更广大的、平凡的中国学生们才是教育的缩影。

最后讲到我的同桌，在招生办老师舌灿莲花的怂恿下，她选择了所谓北大最好的专业——光华管理学院。进去之后，她才发现，状元身份只是进入此处的门槛，相比于外界的看重，在此处却被无视。她的同学们，不少选修了数学双学位，本院的专业课只是小儿科，学有余力之时，还能全面发展。

一开始她很是抑郁，课业上压力陡然增大。现在她心态比谁都好，游泳、网球、垒球信手拈来，谁还没个特长？

这或许，才是教育的意义。

点评

这是一篇观点与情怀兼具的评论，既不失鲜明的观点，也饱含世情的温度，它让我看到了作者融入日常的观察习惯。

一，许多人觉得，以自己的经历作为佐证去写评论是非常主观且乏力的做法，因为个人对自身的经历有独一无二的解释权甚至编造权，能尽可能完美地为我的论点服务，故而对采用自身经历百般忌惮。这其实是一种非常狭隘的偏见。很多时候，触动我们思考的并不是那些遥远且宏大的新闻事件，恰恰是生活中的所见所闻。让你谈高考、谈教育、谈成功观，你谈什么呢？谈这个抽象的体制？谈单一的价值观？谈被人批了一万遍的庸俗成功观？我倒觉得，这些抽象的议论才是真正乏力、真正苍白的。有什么材料，能比你身边这位朝夕相处的状元更有说服力？

二，本文的附加值在于，作者亲眼看到了一场追捧，洞察了媒体对于状元优越感的放大，以"轻松惬意就能当状元"的方式将状元捧上神坛，看透了其中的偏颇，看透了这种简单化的叙述所抹杀的应试教育弊病，无疑是深刻的。它为我们提供了一种特殊的视角，不是状元的自我讲述，又不是纯粹的旁观者，而是一个走得进去、又跳得出来的位置。

三，本文看似是在讲故事，完全不像一篇时评，这是思维中根深蒂固的"时评八股套路"在作怪。时评只能用"引事实、讲道理、下结论"的套路进行吗？非也。本文也鲜明地指出了，是媒体的过度追捧与操纵议题设置的权力，让状元承受了过高的社会预期；当下的"状元"含金量与制度背景已然不同于古时；单一的成功标准太过狭隘。听作者娓娓道来她的耳闻目睹后，我们可以听到一个非常有力的驳斥：教育的意义不在于上多少榜、领跑多少行业，而在于人本身，能否拥有健全的人格、健康的心态、多元且有趣的生活方式。

新闻写作讲求文笔的时代已经终结了?

卢南峰

　　著名书法家张充和近日在美国家中逝世,享年 102 岁。很多媒体报道此事时用的标题是《最后的才女张充和去世,"合肥四姐妹"成绝响》。这些年,我们送走了"最后的才女""最后的国学大师",也见证了形形色色以"史上最""最美""最帅"为定语的达人降临,媒体毫不吝惜地将这些带有"最"字的头衔送给那些活着或逝去的人们,表达着他们的缅怀或赞誉。与之相类似的短语还有"一个时代的终结":乔布斯去世,一个时代终结了;诺基亚被收购了,一个时代终结了;"快播"被查封了,一个时代终结了。我们这个小时代就在媒体的叙述中,孜孜不倦地"可持续终结"着。

　　我常常为"最"或"时代终结"这样的词语在新闻写作中的滥用感到不安,倒不是怕记者在报道中轻率地使用这些绝对性的词语给人定论,日后被推翻,而是因为这些词语的泛滥,让我看到了今天的记者在新闻写作中词汇的匮乏和表达的无力。我们怀念张充和与她所代表的气质、韵味、时代气息,我们试图表达对民国式书香门第的追思与向往,却在绞尽脑汁之后选择用"最后的才女"去捕捉那些不可言传的灵韵。同样地,当我们赞美那些拥有卓越人格与品行的人们,却只能说"他是最帅的""她是最美的",我不知道这对于报道对象而言,到底是一种赞美,还是一种敷衍。

　　任何精妙的表达,一旦可以被不假思索地滥用,变成程式化的叙述,就会丧失其原有的美感,并成为阻止我们准确表达的障碍。正如"一个时代的终结"的提法，最初有史诗般的韵味，如今却成了浮夸的短语。

今天新闻已经成了快消品，我们习惯了粗制滥造的新闻作品，只求其不出现硬伤，能够准确地传达信息，而不再追求其品质。大量的新闻记者缺乏基本的写作训练和文字素养，思维的惰性也桎梏了文字的张力。他们或娴于使用"给力""任性"这些流行词语，信手拈来就可以造一个"接地气"的标题，在新媒体时代的社交平台上获得不错的点击率，但当他们面对"落霞与孤鹜齐飞"时，也只能叹一句"我也是醉了"。

我们知道，新闻不是文学，我们应当保持理性客观，杜绝文学性的想象与描述。但这并不意味着新闻写作不再需要文字的穿透力与美感，不再需要笔力千钧、入木三分的表达，不再需要"前方吃紧，后方紧吃"这样穿透人心的新闻标题。我们当然可以采用零度叙述，用"张充和去世"这样客观的句子传达信息，但若想舞文弄墨，是否可以超越"最后的才女""一个时代的终结"这样贫乏干瘪的叙述？

我们的记者有过辉煌的时代，比如民国时有梁启超、张友鸾那样汪洋恣意的报人，普利策奖的特稿堪比文学作品，记者用自己的笔触精准、深刻地勾勒着我们所处的这个世界，将漂亮的文字奉献给我们的读者。记者不仅是匠人，也是文人，对自己创造的作品有品质上的要求。

《华盛顿邮报》前总编菲尔·格雷厄姆曾说："新闻是历史的初稿。"那么记者都是给历史打草稿的人。而当我们的记者书写历史的时候，能否突破词汇的贫乏和表达的干瘪，像司马迁一样用漂亮的文笔，为历史留下精准的记录？

点评

文中有句话让我颇受感动："我常常为'最'或'时代终结'这样的词语在新闻写作中的滥用感到不安……因为这些词语的泛滥，让我看到了今天的记者在新闻写作中词汇的匮乏和表达的无力。"在这个时代，随口批评与满含情绪的指责是最简易的事情。我们可以非常轻松地带着一份优越把"最"字泛滥的使用者们批得体无完肤，但又如何呢？所聚焦的不过是弊病本身罢了，所批判的不过是就事论事而已。

次等的评论，是就事论事尚且论证无力；中等的评论，是就事论事透彻到位；优等的评论，则是以小问题为突破口，打量大世界，且透彻入理。从"最"字泛滥，引申到新闻写作的思考，脱离了"就事论事"的狭隘境地，卢南峰的这篇文章让我们看到了一种更宽广的视角，一个青年知识分子的远忧意识。

粗制滥造的新闻作品，让穿越时空的韵致索然无味，让打动人心的好事毫无新意，而除了"最帅""最美"，作者还看到了"最后的大师""时代的终结"，平日里的观察，让他在有限的考试时间内想到相似的问题成为可能。绝对词背后是语言的干瘪匮乏与思维的惰性，而它们可衍生的，绝不仅仅是"最"字泛滥这单一的问题。

"前方吃紧，后方紧吃"、梁启超、张友鸾、格雷厄姆……不经意流露出的字眼，传递出了一丝专业性，可以感受到作者对近代以来优秀新闻作品、优秀新闻人的熟稔，这是新闻专业学生的优势，专业知识有时是最好的事实论据，也是最好的评论视角。它可以让我们突破"就事论事"的狭隘琐碎，站在新闻写作的大范畴下去思考。可否将专业知识融入评论中、如何能融入评论中，南峰给了我们一个不错的答案。

何言状元不成才

赵 琳

　　舆论眼中的状元是这样一群人：高考前的他们，要么聪明绝顶，精通琴棋书画；要么勤奋刻苦，钻研天文地理。无论是天之骄子，还是知识改变命运，他们都是孜孜不倦、赢在起点的榜样。而进入社会后的他们，则要么默默无闻，甚至街头卖肉；要么虽然出色，却为数不多。他们成了日趋平庸、输在旅途中的反面案例。"状元不成才"看似是戏剧的反转，实则却是一个伪命题。

　　正如近日某网站发布的《2015 中国高考状元调查报告》，就指出经商和从政不是高考状元所长，高考状元成才率低于社会预期。然而，在这些让人为高考状元惋惜，甚至为国家命运担心的结论背后，却隐藏了错误的逻辑。

　　首先，何谓"成才"？报告称，"在商界打拼的'状元'无一登上胡润、福布斯等富豪榜""行业顶尖人才和领军人物偏少"，即指出状元成才率低于社会期望，经商、从政非状元所长，这实则是轻率的。反映出虽然脱离了高考语境，但我们对成才的定义依然没能逃离排名。事实上，无论是财富排名还是行业排名，归根到底它们只是成功的一个方面，而不是全部。"成才"应当包含德、智、体、美、劳各个因素，包括生产贡献、家庭责任、社会担当各个方面，怎能一面批评教育体制中评价体系的单一，又一面去用单一的标准苛责状元呢？从排行榜推断状元成才率并非明智之举。

　　其次，何谓"偏少"？报告中强调的"行业顶尖人才和领军人物偏少"，是指跟谁比偏少呢？要知道，人数少不意味比例低，这与参照的基数大有关系。比如100名状元中有10名是领军人物，而10000名非状元中有100名领军人物，自然是只有10人却占十分之一的状元成才率高于虽有100人却只占百分之一的非状元成才率。

最后，虽然报告中所言的"高考状元成才率低于社会预期"是事实，但这就能推导出状元成才率低吗？答案自然是不能。因为等式中，大家对高考状元的"社会预期"是被大大抬高了的。A小于B不能说明A很小，也可能是A很大，但是B更大。因而在数学上，推导逻辑的漏洞显而易见。

对于"状元"，我们总想说明我们并不比状元差，每年高考时期微博刷屏的"从未听说过的状元"与"史上著名的落榜者"便是最好的例子。它巧妙地偷换了概念，用模糊的数学比例和大小，来掩盖逻辑的硬伤，从而迎合大众自我安慰的心理。但我数学差，你也别骗我。因为"状元不成才"的伪命题无助于高考体制的批判，只会增加大众和精英阶层的互相排斥。

与其伪造"高考状元成才率低"的误导性命题，倒不如探讨"创新性人才比率低"的问题来得实在。

点评

这是篇中规中矩的评论，从现象到观点，从说理到结论，思路顺畅。但中规中矩不意味着平庸、八股，一样具备打动人心的逻辑力量。基于媒体所做出的"成才的状元数目偏少"这一草率的论断，有顺序、有条理地进行驳斥。

一是巧用数字。面对"状元成才比率低"这一粗糙草率的判断，单纯地去驳斥很容易陷入空洞说理和"你说你的，我该不听还是不听"的死循环。赵琳以"百中之十"和"万中之百"为例，让抽象的比例一下具体了，不失为聪明的做法。但我认为，此文中数字例证倘若转换一下叙述方式，或许更有力："倘若100位登榜的成功人士中，拥有状元身份的只有寥寥几个，而非状元身份的有九十余个，看上去，好像状元的成才率确实很低。但须注意，几位状元背后，是名可罗列的小群体，而九十余个普通人背后，是数以千万计的庞大考生群。在这种现实背景下再作除法，结果很可能反转。"

二是独到视角。除了击碎"状元成才率低"这一结论中的逻辑漏洞，还非常犀利地洞察到了这种观念广为传播、大受欢迎的原因——它迎合大众自我安慰的心理，尤其让不思进取、学业不精者有想象成真的莫名快感，更是切中了教育批评家们的期待——你看，光会学习有什么用？光有高分有什么用？你看这病态的教育制度都培养出了什么人？它所认可的天之骄子都是这么不成才。逻辑漏洞重重的断言，之所以能拼凑出的是一个充满臆想的世界，根源也恰在于人们的心态。我们周围有许多类似的言论，比如"数学学得不好的人都长得好看，因为他们比较快乐"，抑或"考不上大学也没事，反正都是考上大学的给没考上大学的打工"，毫无原则地迎合这种自我安慰的心理，便是助长了将问题推卸给别人、给体制，反正不是自己的思维恶习。一个手里拿锤子的人，看什么都像钉子。同样地，一个笃定应试教育体制弊病重重的人，看什么数据都会轻信，都会当做自己的佐证。"高考状元成才率低"这一现状，一定程度上也跟这种根深蒂固的偏见有关。

三，严谨的论证已使得文章具有了强大的逻辑力量，如能加上一两则佐证的案例，论证会更生动。比如在"何谓成才"中，若能举出几则虽然没上富豪榜，但也担得起成功者的例子，指出庸俗成功观的偏颇之处，便要比纯粹地说成才包括哪些要素丰满深刻些。